里斯卡
典文库

021]

Peyton Place

冷暖人间

(美)格雷斯·麦泰莉●著　简努努●译　何亮●丛书主编

首都师范大学出版社
CAPITAL NORMAL UNIVERSITY PRESS

图书在版编目(CIP)数据

冷暖人间/(美)麦泰莉著；简努努译．—北京：首都师范大学出版社，2015.4(2019.7重印)
(奥斯卡经典文库)

ISBN 978-7-5656-2266-3

Ⅰ.①冷… Ⅱ.①麦… ②简… Ⅲ.①长篇小说—美国—现代 Ⅳ.①I712.45

中国版本图书馆CIP数据核字(2015)第078554号

LENGNUAN RENJIAN

冷暖人间

(美)格雷斯·麦泰莉 著 简努努 译

责任编辑 刘志勇
首都师范大学出版社出版发行
地 址 北京西三环北路105号
邮 编 100048
电 话 68418523(总编室) 68982468(发行部)
网 址 www.cnupn.com.cn
印 刷 龙口市新华林文化发展有限公司
经 销 全国新华书店发行
版 次 2015年5月第1版
印 次 2019年7月第2次印刷
开 本 880mm×1230mm 1/32
印 张 15.875
字 数 375千
定 价 32.00元

总序：电影的文学性决定其艺术性

不是每个人都拥有将文字转换成影像的能力，曾有人将剧作者分成两类：一种是“通过他的文字，读剧本的人看到戏在演。”还有一种是“自己写时头脑里不演，别人读时也看不到戏——那样的剧本实是字冢。”为什么会这样，有一类人在忙于经营文字的表面，而另一类人深谙禅宗里的一句偈“指月亮的手不是月亮”。他们尽量在通过文字（指月亮的手），让你看到戏（月亮）。

小说对文字的经营，更多的是让你在阅读时，内视里不断地上演着你想象中的那故事的场景和人物，并不断地唤起你对故事情节进程的判断，这种想象着的判断被印证或被否定是小说吸引你的一个重要原因，也是作者能够邀你进入到他的文字中与你博弈的门径。当读者的判断踩空了时，他会期待着你有什么高明的华彩乐段来说服他，打动他，让他兴奋，赞美。现实主义的小说是这样，先锋的小说也是这样，准确的新鲜感，什么时候都是迷人的。

有一种说法是天下的故事已经讲完了，现代人要做的是改变讲故事的方式，而方式是常换常新的。我曾经在北欧的某个剧场看过一版把国家变成公司，穿着现代西服演的《哈姆莱特》，也看过骑摩托车版的电影《罗密欧与朱丽叶》，当然还有变成《狮子王》的动画片。总之，除了不断地改变方式外，文学经典的另一个特征，是它像一个肥沃的营养基地一样，永远在滋养着戏剧，影视，舞蹈，甚至是音乐。

我没有做过统计，是不是20世纪以传世的文学作品改编成电影的比例比当下要多，如果这样的比较不好得出有意义的结论的话，我想换一种说法——是不是更具文学性的影片会穿越时间，走得更远，占领的时间更长。你可能会反问，真是电影的文学性决定了它的经典性吗？我认为是这样。当商业片越来越与这个炫彩的时代相契合时，“剧场效果”这个词对电影来说，变得至关重要。曾有一段时期认为所谓的剧场效果就是“声光电”的科技组合，其实你看看更多的卖座影片，就会发现没那么简单。我们发现了如果两百个人在剧场同时大笑时，也是剧场效果（他一个人在家看时可能不会那么被感染）；精彩的表演和台词也是剧场效果；最终“剧场效果”一定会归到“文学性”上来，因为最终你会发现最大的剧场效果是人心，是那种心心相印，然而这却是那些失去“文学性”的电影无法达到的境界。

《奥斯卡经典文库》将改编成电影的原著，如此大量地集中展示给读者，同时请一些业内人士做有效的解读，这不仅是一个大工程，也是一件有意义的事。从文字到影像；从借助个人想象的阅读，到具体化的明确的立体呈现；从繁复的枝蔓的叙说，到“滴水映太阳”的以小见大；各种各样的改编方式，在进行一些细致的分析后，不仅会得到改编写作的收益，对剧本原创也是极有帮助的，是件好事。

——资深编剧　邹静之

主编的话：跟随文学人物走进各种各样的命运险境

能参与《奥斯卡经典文库》丛书的编辑工作，我感到特别的荣幸和高兴。说实话，这套丛书的编辑过程不仅给我，也给我们整个编辑团队带来了莫大的兴奋感。

兴奋之一：这是国内首次以大型丛书的形式出版经典电影的文学原著，这无疑是奉献给广大读者的一场阅读盛宴，我们相信无论何种口味的读者，都会从这套丛书里找到自己的最爱，甚至找到陪伴自己一生的精神伴侣。

兴奋之二：我们选择的书目全部是奥斯卡奖得奖或者提名的电影原著。奥斯卡本身就是全球最值得大众信赖的品牌之一，在奥斯卡异常严格的选拔标准下，这一批电影原著小说的艺术质量，还有部分原著是第一次出中文版本，我们之前也并未读过，但读过之后，深为震撼——世界一流的小说确实能带给人直击心灵而又妙不可言的独特感受。

兴奋之三：这套丛书让我们重新认识了文学原著和电影作品之间的互动关系。有的作品我们只看过小说，没有看过电影；而有的作品我们只看过电影，没有看过小说（后一种情况更多一些）。于是在编辑的过程中，我们重新补课，将同一故事的两种艺术形式尽量都补看完整。补完课才发现，文学与电影之间的关系真是太有趣了——电影或者因为时长所限、或者因为视听特性的发扬、或者因为求新求变，通常都要对原来的文学作品做出取舍和改动，电影编剧和导演如何取舍如何改动，背后其实都隐藏着电影创作者的深入思考。而很多文学名著又被不同的电影创作者多次改编，这些不同的电影版本所体现出来的电影创作者的不同趣味、不同表达以及独特个性，每每让我们生发出一种“又发现了一片新大陆”的感觉。我们作为读者和观众，往往会为哪一个电影版本改得更好而争论得面红耳赤——而对于那些两种艺术形式都没看过的朋友来说，我个人的建议，最好先读小说，充分展开自己的想象世界之后，再去看电影，收获绝对不一样。

兴奋之四：比起编剧和导演对文学作品的改编，演员、明星们对文学人物的演绎无疑更能引起大家的好奇和关注，在看完小说之后，带着悠闲而挑剔的眼光，再去评论、比较电影里的明星的表现，甚至去评论、比较不同版本的明星的表现，这给我们带来了数不清的快乐时光。

因为部分原著小说和电影也是我们第一次接触，以上所呈现的，都是我们在编辑过程中非常真实的感受。我们也非常期望我们的工作能带给广大读者同样的兴奋和快乐。《奥斯卡经典文库》为您精心挑选的这些非常优秀的原著小说，完全值得您腾出一点业余时间，全身心投入其中，跟随着那些精彩的文学人物走进各种各样的命运险境，去迎接那些意想不到的感动和震撼。

——北影老师　何亮

导读：另类女性主义读本

小心许愿，因为结局可能并不是你想要的。用这句话来形容格雷斯·麦泰莉（Grace Metalious）的一生再合适不过。1924年，格雷斯出生于新罕布什尔州曼彻斯特。在那个新英格兰人和爱尔兰人说了算的地方，拥有法裔加拿大背景的群体颇受歧视，而格雷斯一家恰好就属于这个群体。为此，母亲坚持一家人住在加拿大人比较少的社区，来逃避身份带来的困扰。从母亲那里，格雷斯学到了伪装和掩饰。十岁时，父亲离开了家。因为在当时，离婚对于天主教徒来说，是件非比寻常的事。格雷斯感到耻辱，为家庭的破碎而耻辱，为加拿大人在新英格兰人和爱尔兰人面前低人一等而耻辱。她借由写作来逃避这一切，她幻想着一种截然不同的生活，一种浪漫而刺激的生活。十八岁时，在家人的反对下，格雷斯毅然嫁给了乔治·麦泰莉（George Metalious），一个希腊人。经历了乔治参加二战，和之后攻读教育学位，写作对于格雷斯来说已经不再是一种兴趣或是消遣，而成了她的生命。马尾辫、宽大的衬衫、牛仔裤，格雷斯颠覆了循规蹈矩的新英格兰乡村妇女的形象。家务活、煮饭，这些她通通丢给丈夫，甚至为了避免被打扰，她将自己的孩子锁在外面，冷得直流鼻涕的孩子们只能去敲邻居的家门。她满口脏话，酗酒，毫不避讳地谈论性。这在20世纪50年代的女性当中十分罕见。

1955年，格雷斯花了十周的时间完成了一部小说的初稿，灵感来自从友人那里听到的一个真实的故事：一个年轻的女孩枪杀了一直猥亵自己的继父，并将他的尸体掩埋在畜棚里。

1956 年，《冷暖人间》（*Peyton Place*）出版，里面再次描述了上本书的内容。尽管被很多评论家定义为下流，垃圾，该书在第一个月就卖出十万册。据估算，每二十九个美国人当中就有一人购买了该书。

《冷暖人间》可以说是由三个女人搭起来的一台戏：一直梦想着成为作家的艾利森·麦肯齐（我们或多或少可以在艾利森身上看到作者的影子）；绝望孤寂的主妇康斯坦丝·麦肯齐；以及受继父性侵，将其杀害并埋藏的赛琳娜·克罗斯。但是在故事的背后，却无时无刻不在弥漫着贫富差距，种族歧视，爱的得与失，背叛和遗憾的气息。

这部颇富争议的畅销书，引起了好莱坞的关注。书出版的同一年，20 世纪福克斯公司就以 125000 美元的价格买下了该书的版权。1957 年，根据该书改编的同名电影上映。在 1958 年的第三十届奥斯卡金像奖颁奖礼上，《冷暖人间》拿下了包括最佳影片，最佳女主角和最佳男配角在内的九项提名。

《冷暖人间》的成功，让格雷斯·麦泰莉一夜暴富。但是似乎她和成功相处得并不好。她忘记了贫穷的日子，也想不起快乐的滋味。她和丈夫乔治离了婚，嫁给了一个当地的 DJ。豪华的轿车、奢华的晚宴、酒精，围着她转的爱她钱的人，格雷斯在贝弗利山庄过着名流般的生活。1960 年受够了酗酒和争吵的第二任丈夫离开了格雷斯，之后她又和第一任丈夫复婚，但是没多久又离了。伴随着后几部书的受冷，格雷斯的酗酒与日俱增，钱却与日俱减。“我看着那空空的瓶子，看到了我自己。”格雷斯如是说。

1964 年 2 月 25 日，格雷斯·麦泰莉肝硬化去世，享年 39 岁。她从来都不知道实现她的梦想竟然变成了一场噩梦。

时至今日，《冷暖人间》成为很多大学女性研究课程的指定读物。格雷斯也被看作是女权主义运动的先驱和文学界的圣女贞德。她重新界定了什么内容可以写进书里，尤其是关于女性的内容。她启发女性从身体和心灵上解放自己，大胆追求心中所想。她以文字为剑，向 20 世纪 50 年代压制人的社会风俗发起进攻，鼓励人们畅所欲言，戳破虚伪的面具，揭露事物的本质。从这个角度来说，《冷暖人间》也可以被视为一部被大部分人遗忘的，女权主义先驱的启示之作。

Peyton Place

第一卷

第一章

秋老虎就像是一个女人，成熟、热情，却也善变，来去随她意，你永远也无法确定她会不会来，会待多久。新英格兰北部，秋老虎伸出指尖深红的手，推搡冬天的到来，但也只是短暂的一段时间。她是你无法预知的一个季节，带着秋天的最后一期温暖到来，直到冬天撑着冰冷的脊梁骨，披着凋零的树木，踩着冰冻的大地到来。年轻时饱受过冬天锯齿般风割血流的老人们，虽然伤感，却也熟知，秋老虎就是个骗子，冷眼旁观就是了。年轻的人们却急切地等待着，在瑟瑟秋意中仔细观察着天空，寻找着她到来的迹象。有时候老人们也会放弃英明的决断，不顾征兆，满怀希望地和年轻人一起等待，他们疲惫的、早已沾上初冬雾气的双眼，望着天空，寻觅虚假回暖的第一丝足迹。

有一年十月初，秋老虎来到佩顿，像一个可爱的女人，欢笑着将她的光芒洒向乡下的每一寸土地，一切都美得晃眼。

天空低低的，蓝得化不开。枫树、橡树、桉树，一片深红色、褐色、黄色，在不合时令的热光中，在秋末冬初的阳光下，盛装亮相。针叶树像一个个不满的老头儿站在佩顿周围的山上，散发着黄绿色的光。镇上的马路上和人行道上铺满了落叶，踩上去发出欢乐的喀拉声，压碎的叶子散发着芳香。但从上面走过的都是老人，都在思考着死亡和腐朽。

佩顿静静地沐浴在秋老虎的光辉中。榆树街的主道上连个鬼影儿都没有。店员们在前窗铺上了遮阳布，并不为生意惨淡而伤神。他们避在里屋里，轮流打盹，浏览《佩顿时报》，或者收听广播里的棒球赛。

榆树街的东面是镇上的六个商业街区，公理会教堂的尖塔高耸其中，尖塔穿过周围的树木，在蓝天下闪耀着炫目的白光。商业区的另一端也是一个尖塔结构的建筑——圣约瑟夫天主教堂，因其顶端是一个金十字架，使得公理会的尖塔相形见绌。

赛斯·布斯威尔（Seth Buswell），《佩顿时报》的老板兼编辑曾经很诗意地写道："两座教堂像两个巨大的书立，将佩顿支撑其中。"该评论在镇上掀起了一系列小小的争议。镇上的天主教徒们几乎没有谁想要和新教徒为伍，同样，公理会的教徒也没有与天主教徒为伴的意愿。可见，如果假想的书立真的出现在佩顿，必须得是同一个教派。

听到那周全镇的争论，赛斯笑了。在他的第二个版本中，他将两座教堂形容为两座高大的山峰，守护着宁静的佩顿。天主教和新教徒们仔细审视着第二篇评论，试图寻找讽刺和玩笑的痕迹，但最终都信以为真了。这次赛斯笑得更厉害了。

马修·斯温（Matthew Swain）医生，赛斯认识最久也是最要好的朋友咕哝道："山，啊？更像两座该死的火山吧。"

“两座呼吸着硫黄和火焰的火山。”赛斯补充道，依旧笑着，添了两杯酒。

但是斯温医生不愿跟他的朋友一起笑，他经常愤恨地念叨，这个世界上有三样东西是他痛恨的：死亡、性病、宗教组织。

“按先后顺序，”医生经常修正道，“关于这个叙述，不管正确与否，都可以让我开怀大笑那些从没被想到的。”

但是在这个炎热的十月午后，赛斯并没有在想反对宗教团体的事，或者任何特别的事。他坐在自己与街道平行的，办公室厚玻璃后边的桌边，啜着冷饮，漫无目的地听着棒球赛。

在拥有铜绿色穹顶，白色石头建成的法院大楼前，有一排木长凳，几个老头儿懒洋洋地倚在上面。木长凳似乎已经成为美国小镇所有市政建筑的一部分。老头们背朝温暖的那面靠着，用破旧的毡帽遮着他们疲惫的双眼，让秋老虎的阳光温热着他们冰冷的老骨头。他们静静地靠着，就像榆树街上的榆树一样。

榆树底下是柏油人行道，很多地方都被巨树张牙舞爪的根部弄得不再平整。人行道上空无一人。法院对面的街上是国民中央银行，固定在它前部红砖上的钟敲响了，时间是下午两点半，这是一个周五。

第二章

枫树街：是一条宽阔的、绿树成荫的街道，南北纵横，穿过商业区，将榆树街一分为二。在它的最南端，沥青马路消失了，取而代之的是一片空地，上面矗立着佩顿的学校。肯尼·斯特恩斯（Kenny Stearns），镇上的杂货工，正朝着学校走去。法院前面的老头们睁开惺忪的双眼注视着他。

“那不是肯尼·斯特恩斯嘛。”开口的人显然讲了一句废话，因为大家都看到了肯尼，并且所有人都认识他。

“现在看着挺清醒。”

“不会太久的。”

老头们笑了。

“不管怎样，肯尼的活儿干得挺好的。”一个叫克莱顿·弗雷泽（Clayton Frazier）的老头儿说。不管什么事情，克莱顿总是要和大家唱反调。

“他什么时候不是醉得没法干活。”

“我就从来没听说肯尼因为喝酒耽误了哪天的活儿，”弗雷泽争辩道，“镇上就没有哪个人能像肯尼一样把植物照料得那么好，他的一根指头，就是你们所称的绿拇指。”

一个老头窃笑道：“真遗憾肯尼在植物上的运气没有在老婆上的运气那么好，或许他有个绿鸡巴的话，情况会好一点。”

这一评论引起大家的称赞和轻笑。

“金妮·斯特恩斯（Ginny Stearns）就是个懒婆娘，”弗雷泽说，“哪个男人摊上这么个天生荡妇，能做的都不多。”

“除了喝酒。”第一个开口的人说道。

关于肯尼·斯特恩斯的话题好像没什么可聊的了，有那么一会儿，没有人说一句话。

“这天儿比七月还热，”一个老头换了个话题，“该死的，汗流得我背直痒痒。”

“不会持久的，”弗雷泽说，抬了一下他的帽子看着天空，“我见过有一天太阳落山后不到十二个小时，气温骤降，然后就开始下雪，今天的天儿跟那天一样，所以不会持久的。”

“都不利于健康，像今天这样的天儿足够让人开始考虑夏天的内衣了。”

“不管健不健康，只要这样晴好的天气持续到明年六月，你都不会从我口中听到半句怨言。”

“不会持久的。”弗雷泽说道。一瞬间没有人接他的话。

“不会的，”老头们附和道，“不会持久的。”

他们看着肯尼·斯特恩斯拐进枫树街，淡出视线。

佩顿的学校在街两边面对面矗立着。小学的教学楼是一栋巨大的木质建筑，又老又丑，还很危险。中学的教学楼却是佩顿的骄傲，砖结构，窗户大到几乎占据了整面墙，而且它有一种诊所的高效威严气息，这让它看起来更像是一个小小的，运行良好的医院，而不是一所学校。小学是维多利亚式建筑中最糟糕的，铁质的防火梯之字形垂坠在教学楼两边，尖尖的。开放的钟塔耸立在楼顶端，让它更加恐怖。一条粗粗的黄色绳子从钟塔放下来，穿过天花板和楼的二层，将钟敲响。在一楼大厅的一角，绳子的一头垂下来，持续诱惑着小学生们去抓。学校的钟是肯尼·斯特恩斯的秘密情人，他将它擦得亮亮的，让它在十月的阳光中像古董的白镴一样闪着光亮。此刻肯尼正朝学校走去，他抬头看着钟塔，满意地点着头。

“就算是天堂的钟也没有你的嘴甜。”他大声喊道。

肯尼经常对着他的钟大声说话，他还跟学校的大楼说话，跟他在乎的各种各样的植物和镇上的草坪说话。

小学和中学的窗户朝温暖的午后敞开着，可以听到里面传出的低语声，闻到铅笔屑的味道。

“这样的午后，真不应该上课。”肯尼自言自语道。

他站在低矮的篱笆旁边，篱笆将小学和枫树街上第一栋房子隔开。绿色温暖的气息弥漫在他早晨修剪过的草丛和篱笆中，在他周围散开。

“今天完全不适合上学。”肯尼说着，烦躁地耸着肩，不是因为他的语无伦次，而是对占据自己的，一种少有的情绪感到迷惑。

他想扑倒在地上，将他的脸和身体埋进某种绿色的东西里。

“这样的天气，”他朝着安静的教学楼粗暴地说，“不是上学的天气。”

他注意到一个小细枝独自从篱笆上巧立起来，高出其他的枝芽，破坏了篱笆顶部一致的平整。他弯腰折掉这根早熟的绿芽，一阵强烈的温柔充满了他，但又突然被一种野性取代。他拽了一把嫩绿的小草，在指间揉碎，直到他的皮肤感受到一种柔软的湿润。情感在他体内积聚，他的呼吸开始颤抖。很久以前，在他训练自己不去在乎以前，他对老婆金妮也有过同样的感觉，同样的温柔被一阵突如其来，带有粉碎性和征服性，以及单凭力量和权力去占有的欲望所压制。突然，肯尼松开手，放掉手中残断的草，在粗糙的工装服上抹了抹手。

“真希望有杯酒。”他满怀热情地说着，走向小学的双开正门。

时间是下午两点五十五，他该准备拉钟绳了。

“真希望有杯酒，真希望啊。”肯尼说着爬上教学楼前门的木头台阶。

肯尼的话，因为是对着钟说的，所以被放大，带着他独有的语调，轻易地从窗户飘进教室里。教室里，爱尔希·桑顿（Elsie Thornton）老师正在给八年级的学生上课。几个男生出声大笑，女生则咧着嘴笑。但是这段欢乐的插曲很快就结束了。桑顿老师坚信小孩子会得寸进尺，所以虽然是周五的下午，而且自己也很累，她还是很快恢复了课堂的秩序。

“谁下课后还想和我待三十分钟吗？”她问。

学生们安静了下来。这些学生年龄从十二到十四岁不等，肯尼的钟刚敲一声，他们脚底下就开始发出动静。桑顿老师拿尺子猛地敲了一下桌子。

“我没说下课，都给我安静！”她命令道，“你们的桌子都清理干净了吗？”

“是的，桑顿老师。”学生们参差不齐地回答。

“站好。”

四十二双脚从座位上重重地迈出步子，在过道上站好。桑顿老师等着每一个学生背挺直，头朝前，脚底安静下来。

“下课。”跟往常一样，她话音一落，就产生一种荒唐的感觉，觉得她应该低头并且用手臂把头保护起来。

五秒不到，教室就空无一人，桑顿老师松了一口气。肯尼的钟依旧愉悦地响着，桑顿老师幽默地想到，肯尼敲响三点下课钟的时候，总是带着特别的激情，但是早上八点半的时候，他就像在敲丧钟一样。

如果能解决问题的话，桑顿老师自言自语，努力放松着两肩胛之间的部位，我也希望来一杯。

轻轻笑着，她站起来走到窗户前，看孩子们走出校园。外面，学生们开始分成三三两两。桑顿老师发现只有一个孩子是自己一个人，艾利森·麦肯齐（Allison Mackenzie），刚走到人行道上，她就和人群分开，一个人匆匆走向枫树街。

真是个奇怪的孩子，桑顿老师笑着，看艾利森的背影逐渐消失。太奇怪了，这么小的孩子身上居然透露着忧郁。同样奇怪的是，艾利森在全校没有一个朋友，除了赛琳娜·克罗斯（Selena Cross）。这两人是一对奇特的朋友，赛琳娜十三岁，皮肤黝黑，有着吉普赛人的美丽，她的眼睛像时间一样古老；艾利森·麦肯齐，有点婴儿肥，一双天真无邪充满好奇的大眼睛，一张非常敏感的嘴巴。艾利森，宝贝，给你自己找个外壳，桑顿老师想着，找一个没有裂纹和弱点的，那样你就可以在残酷命运的磨难中生存下来。老天啊，我好累！

罗德尼·哈灵顿（Rodney Harrington）从学校飞奔出来，看见前面站着的小诺曼·佩奇（Norman Page），脚步一点也没有放慢。

该死的小恶霸，桑顿老师恶狠狠地想。

她鄙视罗德尼·哈灵顿，这一点，她拿人格和师德担保，所有人，尤其是罗德尼自己，都不会质疑。罗德尼十四岁，块头超大，一头浓密的黑色卷发，厚厚的嘴唇。桑顿老师听班上几个比较早熟的女生形容罗德尼“可爱”，她没法同意这种看法。如果能痛打罗德尼一顿的话，她一定会非常开心。桑顿老师脑子里有一本学生档案，而罗德尼则被归类为捣乱分子。

在他这个年龄来说，他块头太大了，而且对于他自己以及他爸爸的金钱和地位太确信了，总有一天会遭报应的。

桑顿老师咬了咬嘴唇内侧，严肃地跟自己说，他只是个孩子，也许会变好的。

但是她了解罗德尼的爸爸莱斯利·哈灵顿（Leslie Harrington），所以又开始怀疑自己的话了。

小诺曼·佩奇被迎面而来的罗德尼击倒了，他四肢伸展着趴在地上开始哭，一直趴着，直到泰德·卡特（Ted Carter）走过来，将他扶起来。

小诺曼·佩奇，真好笑，桑顿老师想，但是我从没听哪个成年人叫诺曼的时候把“小”字去掉。“小”似乎已经成为他名字的一部分了。

诺曼，按学校老师评论，似乎就是由角构成的，他的颧骨跟他的小脸相比，异常突出，他擦眼泪的时候，肘部凸出来，瘦瘦尖尖的。

泰德·卡特拍打着诺曼的裤子，“你没事吧，诺曼？”他的声音飘进教室，“好啦，没事，别哭了，快回家，你没事的。”

泰德十三岁，按年龄说，长得高大，并且身上已经有了成年人的印记。在桑顿老师八年级的男生中，泰德是唯一一个完全变声的。他说话的时候是饱满的男中音，声音完全不会嘶哑或者突然变尖。

“你为什么不找一个跟你一样块头的?”泰德转向罗德尼问道。

“哈，哈，”罗德尼愠怒地说，“比如说你吗?”

泰德朝罗德尼靠近了一步，“对，我。”他说。

“哦，走开，”罗德尼说，“我不想浪费我的时间。”

但是，桑顿老师看得很满意，因为是罗德尼走开了，他趾高气扬地走出校园，身后跟着一个发育过度的七年级女生，贝蒂·安德森（Betty Anderson）。

“你为什么不管好自己的事?”贝蒂扭头对泰德叫喊。

小诺曼抽着鼻子，从裤子后兜里掏出一块干净的白手帕，轻轻地擦着鼻子。

“谢谢，泰德，”他害羞地说，“真的谢谢你。”

“哦，走开，”泰德说，“趁你老娘还没来找你之前赶紧回家。”

诺曼的小下巴又开始抽搐。“我能跟你一起走吗，泰德?”诺曼问，“就只要等到罗德尼走远就好，行吗?”

“除了你，罗德尼现在脑子里还有其他事可想，”泰德粗鲁地回道，“他甚至都已经忘了你还活着。”

泰德从地上抓起他的书，跑去追赶已经走到枫树街一半的赛琳娜，他没有再回头看诺曼。诺曼从地上捡起自己的书，慢慢地走出校园。

桑顿老师忽然觉得累得挪不动了，她把头靠在窗框上，茫然地看着窗外空旷的校园。她了解自己学校的孩子，知道他们的家是什么样的，他们是在什么样的环境下长大的。

为什么要尝试呢？她想，这些孩子又有多少机会能够冲破他们出生的环境呢？

每每这个时候，桑顿老师感到累的时候，她都觉得自己是在无知地打一场注定要输的仗，被徒劳和无助感压倒。不断地念叨一个小男生，让他记住罗马帝国建立和灭亡的时间，又有什么意义呢，反正他长大后还是会靠挤牛奶为生，就像他爸爸和他爸爸的爸爸。给一个小女生灌输小数的概念又有什么逻辑可言呢，反正她最终也只需要算她怀孕的周期。

几年前，艾尔西从史密斯学院毕业，决定留在家乡新英格兰教书。

“你在那儿不会有太多机会施展拳脚的。”院长跟她讲。

艾尔西·桑顿笑了一下，“他们是我的乡亲，我了解他们，我知道该做什么。”

院长也笑了，“凭你的学识，如果你找到敲碎新英格兰人贝壳里的骨头的方法的话，艾尔西，你会名扬世界的，历史上第一个吃螃蟹的人都出名了。”

“我在新英格兰生活了一辈子，”艾尔西说，“我从没听到有人真的说：‘对我爸爸来说足够好的，对我来说也足够好。’那是强加于新英格兰人身上，一种颓废的态度和可怕的陈腐的观念。”

“祝你好运，艾尔西。”院长悲哀地说。

肯尼·斯特恩斯走进了桑顿老师的视线，一瞬间，她的思绪断了。

荒谬，她很快又安慰自己，我有一教室优秀聪明的孩子，他们虽来自不同的家庭，但也和其他家庭无异，星期一我就会感觉好点的。

她走到壁橱前，拿出自己的帽子，这个帽子她已经连续戴了七年了。看着手中破旧的褐色毡帽，她想起了马修・斯温医生。

“不管在哪里，我都可以辨认出某个人是不是老师。”斯温医生曾跟她说。

“真的吗，马特[①]？”她对着他笑，“难道我们都有着一张受挫的脸？”

“不是，”他回答道，“但是你们看起来都劳累过度，拿着很低的薪水，穿着寒酸，营养不良。你为什么当老师，艾尔西？你为什么不去波士顿或者类似的地方？凭你的才智和学历，你可以在商界找到一份薪资优厚的工作。”

艾尔西耸了耸肩，“哦，我不知道，马特，我想可能是我喜欢教书吧。”

但是当时，就像现在一样，是一种希望支撑着她，就像几百年来支撑所有老师的那个希望一样。

只要我可以给一个孩子教一点东西，只要我可以唤醒一个孩子对真善美的感知和对知识的渴求，那么我就心满意足了。

一个孩子，艾尔西想，调整了一下褐色的破毡帽，带着爱开始想艾利森・麦肯齐。

---

① 马特（Matt）是马修（Matthew）的昵称。——译者注（本书中除特意标注外，其他均为译者注）

第三章

艾利森·麦肯齐迅速离开校园，没有停下来跟任何人说话，她沿枫树街往上走，然后向东走向榆树街，避开她妈妈开的旺角服饰店。艾利森快步走着，直到将佩顿的商店、房屋都甩在身后。她沿着纪念公园后面长长缓缓的山路往上爬，终于来到一个地方，沥青道路的尽头。路面另一边地形急转直下，被石头和灌木覆盖。地形下降的地方有一块带底座的宽木板作为阻挡，看起来很像一个超大的锯木架。木板上用红色的字迹写着“路之尽头”。这几个字总能让艾利森感到某种满足感。她想，板子上本可以写“路面在此结束”或者“小心陡坡”，她很开心有人想到用“路之尽头”来标记这个地方。

艾利森沉浸在她有整整两天和这样一个美妙午后的事实中，她可以逃离可恶的学校，在这样一个短暂的假期中，她可以来到这里，来到路之尽头，就她一个人，想着自己的事情。有一小会儿，她会在这里找到乐趣，并且忘记她这样的乐趣会被更为成熟的十二岁的女生认为是幼稚的、愚蠢的。

秋末冬初碧蓝的天空和慵懒的空气让午后变得迷人不已。艾利森一遍一遍地说着“十月的午后”，它们就像镇静剂，使她安宁，充满平静。“十月的午后。”她说着，舒着气，坐在写“路之尽头”的木板边上。

此刻，她是平静的、无畏的，她可以假装自己又变成一个小小孩，而不是一个不到一年就要进入中学的十二岁女生，一个应该对穿衣打扮，对男生和浅玫红色口红感兴趣的人。童年的快乐环绕着她，这里，在山上，她不会觉得自己有异于同龄人。离开这里的她是奇怪的、不可爱的、可悲的、缺乏同龄女孩的迷人魅力和优雅自若的。

极少数情况下，她会在学校感受到些许一个人的快乐，那都是在读她喜欢的书或者故事的时候。那个时候她会迅速抬起头，发现桑顿老师在看她，她们的眼神交汇，停留，微笑。她很小心地不让这种快乐显露出来，因为她知道班上其他女生会笑她，让她意识到这样的喜悦是不对的。她们最喜欢用“幼稚”来给她定罪。

对艾利森来说，让她满足的日子已经不多了，她现在十二岁，很快她就要过和学校其他女生一样的生活了。她会被她们包围着，努力成为她们中的一个。她确信她们永远都不会接受她，她们会嘲笑她，奚落她，她会发现自己是世上唯一一个有别于其他人的怪人。

如果要艾利森来界定她脑海中所指的“她们”，她会回答：“所有人，除了桑顿老师和赛琳娜，有时候赛琳娜也算。”因为赛琳娜是美丽的，而艾利森认为自己是一个没有魅力的女生，该长肉的地方平平，不该长的地方一坨，腿太长，脸太圆。她知道自己太害羞了，又笨手笨脚的，满脑子痴梦，所有人都是这么看她的，除了桑顿老师，不过那只是因为桑顿老师自己就很丑陋平庸。赛琳娜会笑着挥一下手，试着赶走艾利森的不足，“你还不错啦，丫头。”但是艾利森不会总相信赛琳娜。不知道何时，在迈向成熟的道路上，她失去了被爱的感觉和在这个世界的归属感，而对抗这种痛苦的办法，就是告诉自己，从来都没拥有过的，谈何失去。

艾利森远眺路之尽头远方的空地，在那里，她可以看到佩顿在她眼下展开，她可以看到小学的钟塔、教堂的尖塔、蜿蜒流淌的蓝色的康河以及像赘生物一样附在康河两边的红砖工厂。她可以看到灰色石桩建成的塞缪尔·佩顿的城堡，她用力注视着城堡，佩顿就是以它命名的。想着和佩顿相关的故事，她竟然在暖阳下打起颤来，于是故意将视线移开。她试图锁定她和妈妈居住的白绿色小别墅，但是她没能把它和邻居的房子分辨开来。艾利森的家距离她现在坐的地方有两英里远。

艾利森家附近的房子都很简单，构造完善，独门独院，大部分都是科德角风格，白底绿边。有一次艾利森在一本书里查“邻居”的意思，虽然现在更为理解，但仍然觉得邻居是非常特殊的情况下，某个人的附属物。在韦伯斯特（Webster）的《在桥上》一书中，“邻居”是住在他人附近的人，这个说法安慰了艾利森一段短暂的时间。韦伯斯特的《在桥上》显然没觉得邻居不是朋友有什么奇怪，但是没有一个字典里的定义能够解释，为什么艾利森和她的妈妈在佩顿没有任何朋友。艾利森相信是因为她们家和大部分家庭不一样，所以其他人才不想和她家打交道。

在路之尽头，艾利森将她看不见的房子想象成挤满忙碌的、受欢迎的人，他们的手机会不停地响。在这里，她可以想象她家的房子和别家的没什么区别，不因太空而诡异，也不全是错，就像没有爸爸就全是错的，她的人生，她自己。只有在这里，一个人，在山上，艾利森对自己满意，充满信心。

她从坐的地方跳下来，弯腰捡了一根小的枫树枝，几天前的寒风骤雨折断了这些树枝。她小心翼翼地将树枝上的枝杈掰掉，让它变成一根几近笔直的棍子。她边走边扒棍子上面的皮，直到扒完。弄完之后，她停顿了一下，将鼻子凑近光洁的绿白色的树枝，嗅到一股新鲜潮湿的味道。她的指尖在树枝表面滑动，直到感觉到有潮湿的汁液黏到手。她继续走着，每走一步就将棍子插进地里，想象自己手里拿的是照片上阿尔卑斯山上人们手中的登山杖。

路之尽头两边的树都很老，那是新英格兰北部地区少数从未被砍伐过的树木，因为佩顿的边界就到纪念公园那里，而且上面也被认为石头太多，地形太过凹凸不平，没有办法开发。艾利森想象，她现在走的路就是白人还未定居之前印第安人走过的路。她相信自己是唯一一个来过这里的人，她对这里的树木充满了一种强烈的归属感。她爱这些树，每个季节她都来观察它们。她知道春天在哪里找到第一枝杨梅，即使那时地面还覆盖着大片的雪；她也知道，当雪融化的时候，在那些背阴的安静角落，紫罗兰正静静绽放；她知道在哪里找到杓兰；还有夏天的时候，在树林里的一片空地上，长满了毛茛和棕眼苏珊。在一个秘密的地方，她有一块石头，她可以坐在上面看罗宾，只需扫一眼树，她就能判断出第一场霜冻是什么时候来的。她可以优雅地在林间静静地移动，她从不远离它们。她想象着世界其他地方的女孩感受到的，跟她在这里感受到的一样，安全，自信，了解周围的环境，并融入其中。

艾利森穿过树林，走到一片空地，夏花已经凋零，只有黄花挺着高挑坚强的腰杆。空地上铺满了黄花，她从中穿过的时候，它们环绕着她，就好像她在齐腰深的金色中跋涉。她定定地站了一会儿，忽然带着一种纯粹的喜悦之感，将双臂伸向周围的世界。她抬头看着天，那是小阳春独有的深蓝色，像一个巨大的杯子，倒置在她一个人的上方。空地周围树林里的枫树，一片火红、金黄，格外抢眼。轻柔的暖风浮动的枫叶，艾利森幻想着这些树在说："你好，艾利森，你好，艾利森。"她欢笑着，在某个自我意识薄弱的珍贵时刻，她展开双臂呼喊道："你好，哦，你好，一切美丽的事物！"

她跑到空地的边上坐下来，靠在一根很粗的树干上，回头看着满地的黄花。渐渐地，一种自己是世上唯一人类的奇妙感觉充满了她的内心。一切都是她的，没有人能够破坏，没有人可以使此刻的宁静，真实，美丽少一分一毫。她一动不动地坐了很久，让快乐之感进驻到她舒服的、暖暖的胃部。站起来后，她又开始穿越丛林，她触摸着树木和灌木，就像是在抚摸老朋友的手。最后，她回到了有路之尽头牌子的地方。她眺望着整个镇子，喜悦之感在她体内慢慢消失。她在远离镇子的地方打着转，再次面对树林，试图重获那种温暖美好的感觉，但是再也没有了。她感到沉重，就好像一下子胖了两百磅；她感到疲惫，就好像跑了好几个小时。她转身开始下山，下到一半的时候，举起一直握在手中的棍子，投向路边的树林。

艾利森走得很快，她对路程没有概念，直到走到纪念公园下面，进入镇子。一群男生朝她走来，大约四五个，笑着，并无恶意地互相推搡着。艾利森的最后一丝快乐消失了。她认识这些男生，他们和她是一个学校的。他们朝她走来，穿着蓝色的毛衫，大口吃着苹果，汁水沿着下巴流下来，他们的声音在十月的午后显得格外吵闹和粗野。艾利森穿过街道，企图避开他们，但是她看到他们注意到她了，她开始紧张，重拾了对周围世界的恐惧。

"喂，艾利森。"其中一个男生喊道。

看到艾利森没有回应，继续走路，他开始模仿她，他僵硬地站着，嗅着空气中的味道。

"嘿，艾利森。"另外一个男生用假音尖声喊道，他把她名字的每个音节都拖得很长，听起来就像，"嘿，艾一哈一莉森森森!"

她没有说话，继续走，放在夹克衫口袋里的手攥得紧紧的。

"艾一哈一莉森森森！艾一哈一莉森森森!"

她盲目地向前看，凭直觉判断下一条街就是回家的路，很快她就可以拐弯，远离他们了。

"艾利森，笨利森，罗圈腿艾利森!"

"嘿，肥妞!"

艾利森拐进山毛榉街，一路跑回家。

第四章

艾利森·麦肯齐冠了他爸爸的名，在她三岁的时候，爸爸就去世了，她对爸爸不存在有意识的记忆。从她记事以来，她就和妈妈康斯坦丝·斯坦迪什（Constance Standish）在一起，住在外婆过去的房子里。艾利森和妈妈几乎没有共同点，妈妈太成熟太现实，没法理解她敏感的、爱做梦的女儿，艾利森太年轻，满脑子希望和幻想，无法理解自己的妈妈。

康斯坦丝是一个美丽的女人，她一直对自己的精明感到骄傲。十九岁的时候，她就看到了佩顿的局限性，不顾寡母的反对，跑去纽约，想着遇到一个有钱有势的男人，为他工作，最后嫁给他。她成了艾利森·麦肯齐——一个英俊、温柔的苏格兰人的秘书。麦肯齐拥有一家卖进口织物的商店，做得很成功。不到三周他就和康斯坦丝成了情人，第二年就有了孩子。康斯坦丝想都没想就以她爸爸的名字给孩子取了名。艾利森·麦肯齐和康斯坦丝·斯坦迪什一直没有结婚，因为麦肯齐已经结婚并且有两个孩子，用麦肯齐的话说，在“北面，在斯卡斯戴尔”，他说这几个词的时候就好像在说“北面，在北极”。但是康斯坦丝从未忘记艾利森的老婆和孩子就在附近，这让她感到痛苦和恐惧。

“你对我们是怎么打算的？”她问他。

“就维持现状吧，我觉得，”他回答，“要想不遗臭万年的话，我们能做得似乎不多。”

康斯坦丝记得她长大的地方，知道被人闲言碎语是一件很不舒服的事。

“我想也是。”她同意道。

但是从那一刻起，她就开始为自己和未出世的孩子做打算。她通过自己的妈妈在佩顿传播关于自己体面生活的虚假事实。据镇上的人所知，伊丽莎白·斯坦迪什（Elizabeth Standish）是去纽约参加她女儿康斯坦丝的一个小型家庭婚礼。但事实却是，她是去陪伴刚生完孩子出院的女儿。几年后，对康斯坦丝来说，用一滴墨水，将女儿出生证明上年份的最后一个数字改一下，就变成一件很轻易的事。慢慢地，对于写明要来拜访她的信，她一概不回，康斯坦丝切断了和少女时代朋友的联系。很快，她就被佩顿遗忘了，只有在街上碰到她妈妈伊丽莎白的时候，她之前的朋友才会记起她。

“康妮[①]过得怎么样？”他们会问，“孩子呢？”

“挺好的，一切都好。”可怜的伊丽莎白回答道，特别怕她不小心露出一切其实都不好的破绽。

从艾利森出生那天起，伊丽莎白就生活在恐惧中，她担心自己演得不够好，迟早会被人发现艾利森的出生证是改过

---

① 康妮（Connie）是康斯坦丝（Constance）的变体。

的，或者被哪个眼尖的人发现，她的孙女要比康斯坦丝说的大一岁。她最最怕的还是自己，有时候做噩梦，她会听到佩顿人的声音。

“这就是伊丽莎白·斯坦迪什，她的女儿在纽约和一个男人厮混在一起。”

“你用什么样的方式带孩子，决定了他们长大后会成为什么样的人。”

“康斯坦丝有一个小女儿。”

“可怜的小野种。”

“野种。”

“婊子康斯坦丝和她的肮脏的小野种。”

伊丽莎白死后，她在山毛榉街的小别墅被康斯坦丝空置着，以便日后艾利森·麦肯齐厌倦她之后，她可以回佩顿。但是艾利森并没有抛弃她和她的孩子，他是一个好男人，有他的方式，有强烈的责任感。他供养着自己的两个家庭，直到去世，甚至是去世之后。康斯坦丝不知道也不关心艾利森老婆的境遇怎么样，她的情人通过一位谨慎的律师给她留了一大笔钱，对她来说就足够了。拿着这些钱，加上艾利森生前自己攒的钱，她回到了佩顿，安顿在她妈妈留下的房子里。她没有为他的情人掉一滴泪，因为她从未爱过他。

回到佩顿后不久，康斯坦丝就在榆树街开了一间小小的服装店，安心照顾自己和女儿。没有人怀疑康斯坦丝是不是真的是死去的艾利森的妻子，她在客厅的壁炉台上放了一张很大的、裱有相框的艾利森的照片，镇上的人都对她同情不已。

“太遗憾了，”人们说，“而且他还那么年轻。”

“对一个女人来说太不容易了，特别是还要拉扯孩子。”

“她工作很辛苦，康妮[①]·麦肯齐，她的店每天都开到晚上六点。”

三十三岁的康斯坦丝美丽依旧，她金色的头发依然光滑亮泽，脸上也没有任何岁月的痕迹。

“像她那样漂亮的女人，”镇上的男人们说，“她会再嫁的。”

“也许她还沉浸在丧夫之痛中呢，”女人们说，“有些女人一辈子都在为亡夫哀悼。”

事实是康斯坦丝喜欢一个人的生活。她告诉自己，首先她从未性欲高涨，她和艾利森在一起只是因为寂寞。她默默地重复着，一遍又一遍。跟女儿艾利森生活在一起已经完全令她满意了，她所想要的就是这些，没必要有男人，他们不可靠已经算好的了，男人就是麻烦的制造者。至于爱，她很清楚不爱一个人是悲惨的，让自己去爱一个人又能有多糟的后果呢？不，康斯坦丝经常告诉自己，她最好还是维持现状，做自己擅长的事，看着艾利森长大。稍有忧虑不安的时候，她就立马告诉自己那不是性，只是有一点消化不良。

旺角服饰店的生意很好，或许是因为它是镇上唯一一家这样的店，也或许是因为康斯坦丝对时尚有一定的天分。不管是哪种原因，镇上的女人几乎都从她那里买衣服，大家一致认为康妮·麦肯齐的东西跟曼彻斯特或者怀特河商店里卖的东西一样好，而且也没有比那里贵，那何不在当地买，而要去那些地方呢？

晚上六点一刻，康斯坦丝沿着山毛榉街往回走。她穿了一件漂亮的黑色套装，套装是在波士顿一家挺贵的店里买的，

---

① 康妮是康斯坦丝的昵称。

戴了一顶小巧的黑色帽子，看起来像在走 T 台，这让女儿艾利森隐约不舒服，但是康斯坦丝经常回答说，这样有助于生意。回家的路上，康斯坦丝想着艾利森的爸爸，她很少想他，因为会令她不舒服。她知道总有一天她得告诉艾利森她真正的身世。很多次她都在想为什么一定要告诉艾利森，但是她从未找到一个合理的答案。

从自己口中听到，总比从外人那里知道好，她常常这样想。

但是这也不是答案，因为没有人发现真相，而且以后被发现的概率也非常小。

不管怎样，康斯坦丝想着，某一天要告诉艾利森。

她推开房门走进客厅，艾利森在客厅里。

“哈罗，亲爱的。”康斯坦丝说。

“哈罗，妈妈。”

艾利森坐在软椅上看书，腿在扶手上摆动。

“看的什么书?”康斯坦丝问，站在镜子前小心地摘掉帽子。

“就是本幼稚的童话书，”艾利森防备地回答，“我喜欢隔一阵子就把它们读一遍，这本是《睡美人》。”

“很好啊，宝贝。”康斯坦丝含糊地说。她无法理解一个十二岁的女生怎么会总是把自己埋在书里，其他同龄的女孩子都是经常逛商店，打量着，叫嚷着要买橱窗里漂亮的裙子和内衣，店里几乎每天都会上新。

“我觉得我们应该想想吃什么。”康斯坦丝说。

“我半小时前在炉子里放了两个土豆。”艾利森说着，把书放到旁边。

母女两人一起走进厨房，准备康斯坦丝所说的“正餐”。

艾利森意识到她妈妈是镇上唯一一个这么说的人。在外面，艾利森很小心地说“晚饭”。其他的，她还说“去教堂”，从来不说“礼拜”；衣服要说“漂亮”，从不说“时髦”。类似的，不同术语这样的小事情，总是让艾利森觉得尴尬，以致晚上躺在床上的时候都在想，她羞愧地打着滚，脸在黑暗中变得绯红，她恨她妈妈的与众不同，和把她变得与众不同。

“求你了，妈妈。”当她妈妈的话使她恼怒到极点的时候，她会哭着说。

但是对康斯坦丝来说，在纽约的生活已经让她习惯了纽约人洋气的说话方式。她会说：“但是亲爱的，这的确是一条时髦的小裙子！”或者“但是艾利森，一天中主要的一顿饭就是常常被叫作正餐！”

那天晚上九点，艾利森穿着睡衣准备上床，她把书放在客厅的壁炉台上，目光落在爸爸的照片上，她定定地站着，端详着爸爸冲她微笑的黝黑的脸。爸爸的头发，她注意到，在前额尤其高，这让他看起来精神饱满。他的眼睛大大的，黑暗且深邃。

“他很帅，是不是？”她轻轻地问。

“谁，宝贝？”康斯坦丝的眼睛从账簿抬起来问。

“我爸爸。”艾利森回答。

“哦，”康斯坦丝说，“是，宝贝，他很帅。”

艾利森依然看着照片。“他看起来就像个王子。”她说。

“你说什么，宝贝？”

“没什么，妈妈，晚安。”

“晚安，宝贝。”

艾利森躺在自己有四根帷柱的宽大的床上，盯着天花板，外面的街灯在黑暗的房间里投下怪异的影子。

就像一个王子，她想着，喉咙一阵紧。

有一瞬间她在想，要是死去的是她的妈妈，活着的是她的爸爸，那么她的生活又会是怎样。这样想的时候，艾利森咬住床单边，为自己不忠的想法感到羞愧。

“爸爸，爸爸。”她一遍一遍念叨这个对她来说陌生的词，它没有激起她脑中任何一根神经。

她想着楼下壁炉台上的照片。

我的王子，她对自己说，瞬间，她脑中爸爸的影子好像活过来了，有了气息，并且对着她微笑。

艾利森睡着了。

第五章

栗树街是和榆树街平行的一条街，位于距离主干道一个街区远的南边。它被认为是佩顿最“豪华”的一条街，这里住着佩顿的精英。

在栗树街的最西边是莱斯利·哈灵顿富丽堂皇的红砖房。哈灵顿是坎伯兰工厂的主人，一个非常富有的人，同时也是国民中央银行董事会的一员和佩顿校董会的主席。哈灵顿的房子隐藏在高大的树木和宽阔的草坪间，是镇上最大的房子。

栗树街的东边是马修·斯温医生的房子，一栋白色的，装饰着细长柱子的房子。镇上大部分人都认为它具有南方房屋的风格。医生的妻子去世多年，人们都在奇怪为什么医生还要坚持留着他的大房子，对于人们的疑惑，医生或多或少也知道一点。

“一个人住太大了，”镇上的人说，“我敢打赌，医生住在里面就像玻璃球放在锡杯里。”

“医生的房子没有哈灵顿的那么大。”

“是没有，但是他和哈灵顿的情况不同，哈灵顿有一个儿子，将来肯定会娶老婆，所以老婆死后，他才一直留着房子，是给他儿子的。”

“我想应该是这样，医生没有孩子真是太遗憾了，老婆一走，没有孩子，他肯定很孤独。”

斯温医生家往下的同一侧，住着查尔斯·帕特里奇(Charles Partridge)，他是镇上很有名的律师，人们都叫他老查理。老查理有一栋坚固的，维多利亚式的房子，房子被粉刷成深红色底，白色边。帕特里奇和他的妻子玛丽昂（Marion）住在里面，他们没有孩子。

“挺滑稽的，不是吗?”镇上的人说，“有些家有好几个孩子，挤在一个狭小的房子里，栗树街上最大的房子却是镇上最空的房子。”

“哎，你知道人们怎么说吗，富人生财，穷人生娃。”

“说得很有理啊。”

栗树街上还住着德克斯特·汉弗莱（Dexter Humphrey)，国民中央银行的行长；莱顿·菲尔布鲁克（Leighton Philbrook)，拥有一个锯木厂和一大片硬木林；杰瑞德·克拉克（Jared Clarke)，在州北部地区拥有一整条饲料供应链和粮店，同时也是行政委员会的主席；赛斯·布斯威尔，《佩顿时报》的老板。

“赛斯是镇上唯一一个不用为生活而工作的人，”人们说道，“他只需要放好打印机，随心所欲地写东西，永远都不用为钱发愁。”

人们说的是事实，赛斯是已故的乔治·布斯威尔(George Buswell）的独子。乔治是一个精明的地主，最后当上了州长。他死后留给儿子赛斯一笔可观的财产。

“乔治·布斯威尔真是个冷酷无情的人啊。”镇上记得他的人评论道。

“没错。冷酷无情，狡猾如狐。”

住在栗树街的人把自己看作佩顿的脊梁骨。他们的家族历史悠久，在佩顿还是一片荒野，方圆几里除了塞缪尔·佩顿的城堡，没有任何建筑的时候，他们的祖先就在这里。他们为佩顿创造就业岗位，修建医院，解决法律纠纷，主导着人们的思想，为佩顿出资花钱。这些人比任何人都了解佩顿和生活在这里的人。

“栗树街的力量比康河的力量大。”皮特·德雷克（Peter Drake）说。他在双重障碍下，在佩顿从事法律工作。他很年轻，而且不是在佩顿出生的。

第六章

星期五晚上，栗树街的大佬们聚集在赛斯家赌博。通常所有人都会来，但在这个周五，只有四个人坐在赛斯的餐桌旁：查尔斯·帕特里奇，莱斯利·哈灵顿，马修·斯温以及赛斯·布斯威尔。

“今晚人少啊。”哈灵顿评论道，心里想着人少赌注就玩得小。

“对啊，”赛斯说，“德克斯特有亲戚要接待，杰瑞德要去怀特河，莱顿打电话说在曼彻斯特有生意。”

“我敢打赌是去找女人了，”医生说，“菲尔布鲁克是怎么没有染上淋病，活到现在的，我确定我不知道。”

帕特里奇笑道：“也许是根据你说的来操作的，医生。”

“好了，我们还是打牌吧。”哈灵顿急切地说着开始洗牌。他的双手十分白皙。

“等不及要赢我们的钱了是吗，莱斯利？”赛斯问。他非常讨厌哈灵顿。

“对啊。”哈灵顿同意道。他非常清楚赛斯是怎么看他的，此刻他却笑着看着赛斯的脸。

知道有人虽然恨他，却还是要忍受他，让莱斯利·哈灵顿觉得刺激。对哈灵顿来说，这就是他成功的证据，而且每次这样的时刻，他都会觉得一种强烈的，可以尽情挥洒权力的感觉油然心生。镇上的人都知道，任何提案，要是哈灵顿没有先投票的话，就没有任何把握通过。在很多不同的场合，他吆喝上伐木场的工人，跟他们说：“同志们，如果我们能投票反对今年新建小学的话，我会觉得非常开心的，我觉得非常开心的话，我就想下周给这个店里所有人百分之五的奖金。”哈里顿对此一点也不觉得羞耻。赛斯·布斯威尔，尽管血管里流淌着十字军的血液，在哈灵顿面前就像一个拖欠按揭的农民，无计可施。

“发牌。”帕特里奇说道。牌局开始。

四个人静静地打了一个小时的牌，只有续杯的时候赛斯才起来。赛斯打得很烂，因为他没有把心思放在牌上，而是不断地在脑海里斟酌着，怎么在他的客人间挑起一个敏感的话题。最后他发觉机智和外交都不管用，于是下一把赢牌的时候他开口了。

“我最近在想，”他说，“遍及镇上的柏油纸棚屋让我觉得我们应该考虑推行分区法了。”

当下没人说话。帕特里奇，对他来说这已经是一个老掉牙的话题了，他喝了一小口，大声叹气。

“又来，赛斯？”帕特里奇问。

“对，又来。”赛斯回答。“几年来我都试图让你们明白，现在我觉得是时候了，我要写一系列的文章，配上图，刊在下周的报纸上。”

“现在，赛斯，”哈灵顿温和地说，“如果是我的话，我不会这么着急，毕竟你所说的那些住在棚屋里的人跟我们一样都在纳税，佩顿损失不起任何一个纳税人。”

“天哪，莱斯利，”斯温医生说，“你一定是人老变得温和了，才满嘴胡言。他们是在纳税，可是他们的财产评估得很低，他们纳的税简直微不足道。他们住在自己的小破房里，生一堆孩子。是我们在为他们孩子的教育掏钱，是我们在掏钱铺路，是我们在时不时地买新的消防器材。一个棚屋十年纳的税都不够他小孩上一年的学。”

“你很清楚医生说的是对的，莱斯利。”赛斯说。

“没有棚屋的话，”哈灵顿说，“他们现在占的地就会闲置，到时候你们还能收多少税？不仅如此，你不可能不对所有人增税，只对这些人增税。要重新规划棚户区的话，就得重新规划整个镇，到时候所有人都会跳脚。同志们，不行，虽然我也不愿意花钱教育一个伐木工的孩子，但是我还是要说，别管棚户区了。”

“天啊！”斯温医生吼道，完全忘记他和赛斯私下达成的协议，发起火来。“这不只是税收的问题，这些地方明显有碍观瞻。这些地方就是污水池，跟下水道一样肮脏，跟非洲的沼泽一样有害健康。我上周去一个棚屋出诊，没有厕所，没有粪池，没有自来水，八个人挤在一间屋子里，没有制冷设备。这些孩子活到上学的年纪就是个奇迹。”

“所以，这才是你屁股上的疮，是不是？”哈灵顿笑道，“困扰你和赛斯的当然不是税收，你们是担心哪个肮脏的小毛孩光着脚跑出门，得了感冒。”

“你个蠢人，莱斯利，”斯温医生骂道，“我没有在想感冒，我在想伤寒和小儿麻痹。要是有一个患者在棚户区转悠，那么离全镇人感染也就不远了。”

“你在说什么？”哈灵顿问，“以前也从没发生过这样的情况，医生你怎么像个管家婆，赛斯也是。”

赛斯满脸怒容，但是在他开口之前，帕特里奇以迅雷不及掩耳之势插了进来。

“你们计划怎么把那些人赶出棚户区，万一他们拒绝接受你们所谓的分区法怎么办，赛斯？”

“我觉得他们中的大部分不会离开的，”赛斯说，“大部分人完全有能力改善他们的房子，他们可以用喝酒的钱装厕所、粪池、自来水。”

“你打算怎么做，赛斯？”哈灵顿笑着问，“把佩顿变成警察州？”

“我同意医生的说法，”赛斯说，“你就是个蠢人，莱斯利。”

哈灵顿脸一沉。“也许是吧，”他说，“但是我说，当你们开始告诉一个人他应该做这个，做那个的时候，你们几乎侵犯到了一个公民的权利。”

“啊，老天。”赛斯抱怨道。

“随便你们骂我是蠢货好了，”哈灵顿大义凛然地说，“但是你们没法让我给一个规定别人应该住什么样的房子的法案投票。”

赛斯和斯温医生对哈灵顿这些伪善的话一个字都不信。但是他们开口之前，帕特里奇，这个天生的和平主义者，拿起牌开始洗。

“我们是来玩牌的，”他说，“玩牌。”

柏油纸棚屋的话题没有再被提起。十一点半的时候，其中一个人提议打最后一把就散。斯温医生发牌。

“开牌。”哈灵顿说，把牌靠近胸口，皱着眉盯着牌。

“加。”赛斯说，他把牌依次叠放，握在一只手里。

帕特里奇和斯温医生退出，哈灵顿加注。

“再加。”赛斯向桌子中间推了更多的钱。

“好，”哈灵顿烦躁地说，“继续加。”

斯温医生厌恶地发现哈灵顿开始冒汗。

贪婪的混蛋，医生想。看着他的钱，担心着一手可怜的五和十。

“加。”赛斯冷冷地说。

“该死的。”哈灵顿咒骂道，“好，我跟。”

“满堂红。”赛斯轻轻说，在桌上扇形摆开自己的方片同花。

哈灵顿手里最大的是一张K，他脸都紫了。

“见鬼，”哈灵顿说，“一晚上就这把牌还行，结果还是没成，你赢了，布斯威尔。”

“对，”赛斯看着哈灵顿说，“通常最后我都会赢。”

哈灵顿直勾勾地看着赛斯的眼睛。“比起一个可怜的失败者，我更痛恨一个可怜的胜利者。”

“拿个镜子照照你的嘴脸，就像我经常说的。”赛斯龇着牙笑，“你经常说什么，莱斯利?”

帕特里奇站起来，舒展了一下身体。“同志们，不早了，我要回了。”

哈灵顿没有理会帕特里奇。“握有好牌的人才赢，赛斯，这就是我经常说的。查理，等一下，我和你一起走。”

帕特里奇和哈灵顿走后，斯温医生同情地拍了一下赛斯的胳膊。

“太遗憾了，老兄，”他说，“但是我觉得你应该等一段时间，在发表任何棚屋的文章之前，和杰瑞德和莱顿谈谈。”

“等什么?”赛斯生气地质问道，“我已经等了几年了，这次还要等什么，医生? 伤寒吗? 小儿麻痹吗? 掏你的钱，站你的队。”

“我知道，我知道，”斯温医生说，“不管怎样，你最好等一下，你要教人们新的思维方式，这需要很长时间，有时甚至是一个很缓慢的过程，如果仓促行事的话，他们就会像莱斯利今晚这样，站起来反抗，告诉你这些棚屋已经在镇上很多年了，从来没有引起任何的传染病。”

“见鬼，医生，我不知道，也许一场传染病能解决所有问题，也许佩顿没有这些人存在的话会更好。”

“没有什么比生命更珍贵，赛斯，”医生没好气地说，“即使是住在棚屋里的人。”

“拜托，”赛斯的幽默感又回来了，“你至少可以把它们称为营地，或者夏居所!”

“郊区!”斯温医生呼喊道。“老天问：‘棚屋主先生，你住在哪里?’答：‘我住在郊区，每天通勤到佩顿。’”

两人都笑了。“走前再喝一杯吧。”赛斯说。

“是的，长官。”斯温医生同意道，“我们甚至可以给这些地方取名字。松苑、光明山或者彼威，怎么样?”

“还有枫叶亭、榆树岭。”赛斯补充道。

半小时后他离开赛斯家，回家前他和往常一样散夜步。但是这一点也不好笑，赛斯医生想着。

离开栗树街后他往南走，出镇不到半英里，就经过了一个棚屋，微弱的灯光从一扇小小的窗户透出来，烟囱里一股青烟袅袅升起。斯温医生停在土路中间，看着这个小小的黑色柏油纸房子，房子里住着卢卡斯·克罗斯（Lucas Cross），他的妻子内莉（Nellie）和他们的三个孩子。斯温医生曾进去过他们家，知道里面只有一间房，他们吃、睡、住都在那一间房里。

冬天一定比地狱还冷，医生想，觉得这是他对克罗斯一家的房子说得最好听的一句话了。

正当他往回走的时候，一阵尖叫声划破夜空。

“天啊！”医生大叫，同时往棚屋方向跑去，脑子里播放各种事故场景，埋怨自己没有常常带着医疗包，他跑到门口，听到卢卡斯的声音。

“该死的狗娘养的，”卢卡斯喝醉大吼着，“你把它放哪了？”

屋内一阵碰撞声，不是有人跌倒，就是被推倒撞到椅子。

“我告诉你了，”传来内莉的哭喊声，“没有了，都被你喝完了。”

“你个撒谎的贱人，”卢卡斯吼着，“你藏起来了，告诉我在哪，不然我把你皮扒下来。”

内莉再次发出尖锐刺耳的叫声。医生转身离开房门，觉得胃部有点不适。

我猜想，不成文法中关于少管闲事这条挺对的，但是有时候我就是不信。

他朝着栗树街走，但是没走几步，就绊了一下脚，差点跌倒。地上蜷缩着一个小小的身影。

“天哪，”他轻轻说，俯下身抓住一个女孩的胳膊，“你半夜在这里干什么？”

女孩挣脱他，“你又在这里做什么，医生？”她闷声问道，“没有人请你看病啊。”

借着棚屋里微弱的灯光，医生勉强认出女孩。

“哦，”他说，“这不是赛琳娜嘛，我之前在镇上看到你和麦肯齐家的小女孩在一起，是你吧？”

“是我，”赛琳娜说，“艾利森是我最好的朋友。听着，医生，不要跟艾利森说今晚你看到的一切，可以吗？她不会明白这些事的。”

“不会的，”斯温医生说，“我不会跟任何人提一个字。你是这里年纪最大的孩子，是不是？”

“不是，我哥哥保罗是最大的。”

“保罗现在在哪里？”医生问，“为什么他不阻止你爸爸？”

“他去镇上看他女朋友了。”赛琳娜回答，“而且你在说什么呀？爸爸喝醉打人的时候没人挡得住。”

她停止讲话，轻吹了一声口哨，一个小男孩从树后面跑出来。

“爸爸撒酒疯的时候我就跑出来，”赛琳娜说，“我把乔伊也带出来，这样爸爸就不会打他了。”

乔伊不到七岁，长得又小又瘦。他站在姐姐身后，怯生生地瞄着医生。医生心生怒火。

“我来阻止。”他说着再次走向棚屋。

赛琳娜立刻跑到他前面，拿手挡在医生胸前。

“你想死吗？”她激动地小声说，“没人叫你来，医生，你还是赶紧回栗树街吧。”

连续的哭声从屋内传出，但是尖叫声已经停止了，卢卡斯也安静了。

“不管怎样都结束了，”赛琳娜说，“你现在进去的话，只会让爸爸再度发飙，你还是走吧，医生。”

医生犹豫了一会，向赛琳娜抬了一下帽子。

“好吧，赛琳娜，”他说，“我走了，晚安。”

“晚安，医生。”

他刚回到路上，赛琳娜就跑过来抓住他的袖子。

“医生，”她说，“不管怎样，我和乔伊都要谢谢你，你能来真的很好。”

就像茶话会结束后跟客人道别的小姐，医生想着，你能来真好。

“没关系，赛琳娜，”医生说，“任何时候有需要，告诉我。”

他注意到乔伊虽然躲在赛琳娜后面，但从头到尾都没说一句话。

第七章

卢卡斯·克罗斯跟他爸爸、爷爷一样，一辈子都住在佩顿，他不知道他的祖先最开始是从哪里来的，他也没在纠结这件事，因为他根本就没想过。如果被问起的话，他会认为这是个愚蠢的问题，耸一下肩，回答：“我们一直都生活在这里。”

卢卡斯是个临时的伐木工，这在新英格兰北部很常见。专业的伐木工人对森林充满敬意，知道祖先们乱砍滥伐，将森林夷为平地，丝毫没有考虑到环境保护，人工种植，所以他们对森林充满耐心，放弃了祖先粗放的方式。像卢卡斯这样的人把森林看作一种不稳定的安全，如果生活推你一把，森林就像是救生垫一样可以依靠。如果其他都失败了，急着用钱的话，伐木永远可行。专业的伐木工对卢卡斯这样的人只有轻蔑，而且分配给他的都是二等的工作：在伐木场卸木头。在新英格兰北部，卢卡斯被称作伐木工，但是如果在美国其他地方，他也许就会被叫作流动雇农或者乡巴佬，或者穷苦的白人。像他这样的人，数量还很庞大，他们没有固定的工作，和邋遢的老婆生了一堆孩子，一家人住在一个摇摇欲坠，单坡的临时凑合的小棚屋里。

在义务教育时代，新英格兰北部的伐木工几乎没上过学，很多情况下他的雇主被迫必须支付给他现金，因为开支票的话，他不会签名。伐木工所知道的都是凭直觉、通过听，或者很少的情况下，通过观察。大部分时间他用廉价的葡萄酒或劣质威士忌把自己灌醉。他住在摇摇欲坠、用木头搭建的房子里，房子外面盖着柏油纸，而不是隔板，房子里没有自来水和下水道。他喝醉后就打老婆，虐待孩子。他觉得他的一个长处就能掩盖所有的过错，他在挣钱养家，付账单。欠债对卢卡斯这样的人来说是唯一的过错。面对这样的情况，很多办法和习惯都无法解决佩顿棚户区的问题。

“他们还好，”新英格兰人常常这样说，尤其是从城里来的游客，“他们付着自己的账单，纳着税，管好他们自己的事，他们没有造成任何危害。”

在那些摆脱伐木工家庭悲惨生活，成为善良的社会工作者的人中间，这样的态度也很明显。如果小孩因为感冒或者营养不良死掉的话，是不幸的，但是绝不会像是捅了蚂蜂窝。州政府对现状很满意，因为他们从来没有号召对棚户区的居民提供物质援助，尽管他们的存在就像移动的溃疡，生在新英格兰北部。

卢卡斯和其他伐木工不同的是，若有一单生意，如果用酒或者大把的钱诱惑的话，他就会干。他是一个娴熟的木匠和家具工。

“从来没见过这样的东西。”卢卡斯被说服给帕特里奇夫人做完橱柜不久后，查尔斯·帕特里奇这样说。“卢卡斯进来，没醉，但是喝了一点。他有一把折叠尺，在我看来就像两美元的手表一样精确。他坐下来，看了一眼我们厨房的墙，然后开始量，嘴里边讲着粗话。过了一会儿，他开始锯，开始策划。下一件我知道的事就是他做完了，如果要我说的话，佩顿所有家里的橱柜都没有比我家这个更好看的了。”

橱柜是用多节松木做的，完美地装在帕特里奇厨房窗户之间的空间里。它们就像缎子一样闪着光泽。

几年的时间里，栗树街上许多的室内细工活都是卢卡斯在做，不是他做的那些也都是他爸爸做的。

“克罗斯父子是非常优秀的家具工。”镇上的人评论道。

“他们没醉的时候。”人们修正道。

“他下次再做木工活的话，我老婆想让卢卡斯在客厅里做一个自助餐台。”

“他们这些棚户区的人都一样，两天工作，三天喝酒，再工作，再喝酒。”

“但是他们还不错，我没看到他们做任何坏事，他们也在付账单。”

赛斯·布斯威尔的情绪难得冷静，“我不知道我们的伐木工为什么喝酒？有人猜测是因为他们没有那样的想象力去虚构一些需要逃避的幻象。我很好奇他们在想什么，毫无疑问他们有他们的希望和梦想，就像我们所有人一样，但是事实却是他们就靠酒精、性和食物生活，按照这个顺序。”

“注意你的言论，老朋友，”斯温医生说，“你这样说的时候，暴露出旧式的达特茅斯教育。”

“不好意思。”赛斯郑重地说，恢复到佩顿的方言中，他有意识地践行着这样的伪善。省掉词中 r's，放弃 g's，或许不诚实，但是尽管这样他爸爸还是赚了很多钱，也因此赢了很多选票。

“也许我们的伐木工就像无害的船员，”赛斯说，“有点像被驯化的动物。”

“除了卢卡斯·克罗斯，”斯温医生说，“他是个刻薄的人，他身上，他眼周有些东西惹到我，他长得像豺狗。”

“卢卡斯还好啊，医生，”赛斯轻松地说，“你幻视了。”

“希望如此吧，”医生说，“但恐怕不是。”

第八章

赛琳娜躺在自己的折叠床上，白天的时候床就推向靠厨房那边的墙上。她十三岁，按年龄来讲已经发育得很好，臀部已有曲线，透过短而破旧的衣服，胸部隐约可见。赛琳娜的很多衣服都是镇上有钱人家的孩子穿过的衣服，经公理会教堂热衷慈善的女士们的手，传到她这里。赛琳娜有一头乌黑的自然卷长发，温柔美丽；她的眼睛同样乌黑并且有一点丹凤；她的嘴唇红润厚实，牙齿整齐亮白；她的皮肤十分光洁，略带蜂蜜色，看起来就好像晒出来的，但是从不会在新英格兰寒冷漫长的冬天褪成灰黄色。

“戴上一副金耳环，”桑顿老师说，“她就会和大家眼中的吉卜赛女孩一模一样。”

贫穷和不幸让赛琳娜变得聪慧，十三岁的她将无望看成宿敌，就像死亡一样执着和不可避免。

有时候，看着自己的妈妈内莉，她想，我要出去，我绝不要变成她这样。

内莉又矮又胖，太多的土豆和面包导致她不健康的肥胖。稀疏的头发凌乱地绑成一个结。她的脖子有些脏。一双从来没有洗净的手，粗糙，长满茧子，破损不齐，积满污垢。

我要出去，赛琳娜想，我绝不让我自己成为这副模样。

但是绝望总抓着她的胳膊肘，推她一下说："哦，是吗？你怎么出去？你能去哪，你出去之后谁会收留你？"

如果卢卡斯出去，或者在家但是没醉，赛琳娜会乐观想，不管怎样，我要想办法，我要出去。

但是大部分时候就像今晚这样，赛琳娜躺在折叠床上，听着墙的另一边哥哥保罗的鼾声和同样睡在折叠床上，弟弟乔伊嘶哑的呼吸声。但是这些声音都无法盖过屋子另一边双人床上传来的声音。赛琳娜静静地躺在床上，听卢卡斯和内莉做爱。通常卢卡斯不说话，他发出咕哝声，赛琳娜觉得就像一头拱土觅食的野猪。他的呼吸声就像一艘汽船，冒着蒸气，穿过宽广的康河。内莉没有发出任何声音。赛琳娜听着，咬着下嘴唇想，老天啊，快点结束吧。卢卡斯咕哝喘息的声音更大了，双人床老旧的弹簧大声作响，越来越快，越来越快。最后，像屠刀下的牛犊发出长而尖的一声，结束了。赛琳娜把头埋进带有霉味，没有任何枕套的枕头里，默默地哭泣。

我要出去，她发疯似的想，我要从这个肮脏的地方出去。

她的宿敌——绝望，都不用费力回答，只需要站在那里。

第九章

艾利森从来没有进去过赛琳娜家，她都习惯沿着土路，走到她家，在她家门前的空地上等，直到赛琳娜出来。好几次艾利森都在想，为什么赛琳娜或者她的家人从来都不邀请她进去，她没敢问过赛琳娜。有一次她问她妈妈，但是康斯坦丝坚持说是因为赛琳娜对自己的家感到羞愧，所以艾利森再也没和她妈妈讨论过这个问题。艾利森不是很明白，赛琳娜很完美而且很有自信，觉得羞愧的应该只有她艾利森。但是，从来没有人邀请她进去依然是件很奇怪的事。大多数情况下，只要赛琳娜看到艾利森，她就会立马从房子里出来，但是有几次她是从房子边上卢卡斯养羊的圈里出来，只要她从羊圈里出来，赛琳娜都会大喊："等一下，艾利森，我洗一下脚。"可是她从来没请艾利森跟她进去。通常，赛琳娜的弟弟乔伊会跟在她身后，但是这个星期六下午，赛琳娜一个人从房子里出来。

“哈罗，赛琳娜。”艾利森热情地打招呼，已经忘记了昨天下午不合群的情绪。

“嗨，丫头。”赛琳娜用古怪的低沉声音问，“我们今天做什么?”艾利森觉得她的声音特别吸引人。

赛琳娜是反问。周六下午她们通常在街上慢悠悠地晃，透过商店的窗户，看着里面的东西，想象她们已经长大，嫁给了名人。她们研究佩顿商店里每一件商品，为自己，家里和孩子仔细挑选。

“盖博（Gable）夫人，那套西装小克拉克（Clark）穿一定很帅气。”她们互相说着。然后若无其事地接道，“自从和鲍威尔（Powell）离婚后，我好像对衣服提不起太多兴趣了。”

她们一起用艾利森从她妈妈那里求来的钱，买假的首饰、电影杂志、圣代。有时候赛琳娜给当地家庭主妇干点零活也会赚一点小钱，她们就会去Ioka影院看电影，之后她们会去普雷斯科特药店的冷饮台，吃烤西红柿加生菜的三明治，喝可乐。然后，她们不再假装自己是电影明星的老婆，而是当地的全职阔太太，孩子在普雷斯科特店外的婴儿车里安静熟睡，她们出来散步，喝个茶。艾利森拿了一根吸管，撕成两半，就像拿的是烟一样，继续她认为的成年人的对话。

“比恩（Beane）先生决定开电影院的时候，”她说，“他没有足够的资金，所以他跟一个叫凯利（Kelley）的爱尔兰人借了钱，这就是为什么电影院叫Ioka，意思是我的一切都归功于凯利[①]。”

知道镇上这些小的轶事，经过自己的渲染不断地讲这些

---

① IOKA＝I owe Kelly all，直译为“我的一切都归功于凯利。”

事，让艾利森很有满足感。当她优雅地把假想的西红柿皮从舌头上拿掉的时候，赛琳娜总是听得如痴如醉，从不吝惜“哦”或者“我的天”或者气喘吁吁，怀疑的“不”这样的感叹词。

“哦，我的天啊，比恩先生最后把钱还给凯利先生了吗？”赛琳娜问。

“哦，当然。”艾利森回答。然后，停顿了一会，想到一个更好的答案，“不，等一下，他没有，他始终没有把钱还给凯利先生，他和那些钱上升了①。”

赛琳娜从成人的角色里跳出来太久了，生气地问道：“上升是什么意思？”她总是觉得艾利森用她从来没听过的词，是在暗箭伤人，而且她常常觉得那些词是艾利森边讲故事，边自己造的。

“哦，你知道的，”艾利森说，“潜逃，就是逃跑。对，比恩先生带着所有的钱跑了，凯利先生再也没拿回自己的钱。”

“艾利森·麦肯齐，这是你编的！”赛琳娜抗议道。成年人的对话游戏被彻底抛在脑后。“我昨天还在榆树街看到埃莫斯·比恩（Amos Beane），整个故事都是你编造的！”

“是，”艾利森笑着承认，“是我编的。”

“逃走，”普雷斯科特夫人从冷饮台后面严厉地说，“他从没逃走。流言就是这样开始的，小姑娘。骇人的谎言，繁殖，分裂，再繁殖，再分裂。”

“是的，夫人。”艾利森温顺地说。

“流言就像变形虫，”普雷斯科特夫人说，“繁殖，分裂，繁殖。”

---

① 艾利森错将 absconded 潜逃，读成了 ascended 上升。

艾利森和赛琳娜一阵傻笑，三明治吃了一半，就跑出去。她们挽着彼此，在人行道上放肆地笑，普雷斯科特夫人从厚玻璃窗后面不满地看着她们。

漫长的周六午后结束的时候，两个人会去艾利森家，度过一段美妙的时间，她们给彼此化妆，化妆品是给那些提供免费试用品的公司发杂志优惠券换来的。

“我觉得这个蓝莓色，搭配你的唇色，非常完美，赛琳娜。”

赛琳娜撅着厚厚的康科特葡萄似的嘴唇说：“这款东方二号，你用会很漂亮，丫头，这颜色很好看。”

艾利森仔细解读着转身看她的赛琳娜的表情，她看起来就像一个苍白的印第安人。艾利森说：“你真的这么觉得吗？不是随口说说？”

“当然不是，它会凸显你的眼睛。”

康斯坦丝回家之前游戏必须结束，因为她会用尖刻的言语说，年轻女孩化妆会显得廉价，然后艾利森就会觉得她闪耀着光芒的，美好的周六下午渐渐消失，然后整个晚上都会情绪低落。

周六的时候，赛琳娜通常会留下来吃晚饭。康斯坦丝会简单地做一些类似华夫饼、香肠摊鸡蛋之类的。对赛琳娜来说，这些是她从来没听过的、奢侈的东西、美好的东西，值得幻想的东西。她非常喜欢艾利森家客厅里的糖槭树和擦光印花布。她经常疑惑，有时甚至气愤，有这样的家，这么漂亮的金发妈妈，还有自己粉白色相间的卧室，艾利森有什么好困扰，好不开心的。

通常两个人的周六下午就是这样度过的。但是今天，些许的烦躁和故意作对的冲动，让艾利森对“我们今天做什么?”这个问题迟疑了，通常这个答案都是千篇一律的。

艾利森说：“哦，我不知道，我们就走走吧。”

“走去哪里?”赛琳娜实际地问，“不能漫无目的地走啊，我们去你妈妈的店里吧。”

赛琳娜很喜欢去艾利森妈妈的服装店。有时候康斯坦丝会允许她看挂在白色软衣架上的那些漂亮的发着光的裙子。

“不要。”艾利森坚决地说。除了她妈妈店以外的任何地方，她都愿意去。“你总是做一成不变的事，我们去个别的地方吧。”

“好吧，那么去哪?”赛琳娜暴躁地问。

“我知道一个地方，”艾利森迫不及待地说，“我知道这个世界上最棒的地方，但是是一个秘密基地，所以你绝对不可以告诉任何人我带你去那里，保证?”

赛琳娜笑了。“这个地方在哪?”她问，“你要带我去塞缪尔·佩顿的城堡吗?”

“哦，不是！我永远都不会去那的，我会害怕的，你呢?”

“不会，”赛琳娜斩钉截铁地说，“我不怕，死人是不会伤人的，活人才值得警惕。”

“好吧，不管怎样，我带你去的不是城堡。走吧，我带你去看。”

“好吧，”赛琳娜说，“但是如果是一个很蠢的地方，我会立马掉头去镇上。我帮帕特里奇夫人熨衣服赚了一美元十五美分，普雷斯科特的影院装了新的荧幕，而且有新电影上映。”

“哦，走啦。”艾利森不耐烦地说。

两个女生手挽手走着，艾利森带着赛琳娜穿过镇子，走到了纪念公园。她兴奋不已，就像圣诞前夕，她为别人准备了特别的礼物一样，同时也感到和一个要好的朋友分享一些珍贵东西的特殊快乐。

“泰德·卡特在那边，”艾利森低声说。尽管泰德在公园的另一头走，不可能听到她讲话，“假装你没看到他。”

“为什么？”赛琳娜大声问，“泰德人挺好的，我为什么要假装没看到他？”

“因为他喜欢你。”艾利森生气地低声说。

“你疯了。”

“我没有。你不会想和泰德·卡特有任何关系的，赛琳娜，他家很糟。我听我妈妈有一次跟佩吉夫人聊起泰德的妈妈和爸爸，佩吉夫人说卡特夫人就是一个婊子①！”

“你是说婊子？”赛琳娜问。

“嘘，”艾利森低声说，“他会听见的，我不知道佩吉夫人是什么意思，但是我妈妈听到的时候脸都红了，所以肯定是不好的东西，比如说小偷，或者杀人犯！”

“在某点上或许吧。”赛琳娜慢吞吞地说着，开始笑。“嗨，泰德。”泰德几乎走到了和她们并排的位置。“你在这里做什么？”

“和你们一样，”泰德咧嘴笑道，“随便走走。”

“好吧，那跟我们一起走吧。”赛琳娜说，完全不顾艾利森拿肘顶她的肋骨。

“不行，”泰德说，“我要回去，去杂货店给我妈妈买东西。”

“好吧，你没办法的话就算了。”赛琳娜说。

“我们走吧。”艾利森说。

---

① 艾利森错将 whore 婊子读成了 hoor。

“拜，泰德。”赛琳娜说。

“拜，”泰德说，“拜，艾利森。”

艾利森和赛琳娜继续往前走，穿过公园。泰德往镇上走，当他走出公园就要走到街上时，泰德转过身来。

“嘿，赛琳娜。”他喊道。

女孩们转身看他，泰德挥着手。

“我们会再见面的，赛琳娜。”泰德喊。

“当然！”赛琳娜挥手喊回去。

泰德离开公园，走上街，消失在视线里。

“看到没！”艾利森气呼呼地说，“你看到了吧！我告诉过你，他喜欢你。”

赛琳娜停下来看着艾利森，死死地看了很长时间。

“那又怎样?”她最终说道。

下午过得并不愉快，这么久以来她们第一次出现意见分歧。

哪里出问题了，艾利森想，她想不通，面对这么美丽的大地，有人会无动于衷。

我不知道她在烦恼什么，赛琳娜想，想象不到有人不把去镇上看作是一件兴奋的事。镇上的每一步都有新的喜悦。但是，艾利森还有许多怪异的想法，赛琳娜想，比如说她想一个人待着，比如她为死去的爸爸悲伤。

毕竟，赛琳娜推理，自己的亲生爸爸也死了，就没有人看见她像艾利森那样对着一张愚蠢的照片哀伤。赛琳娜完全没有印象自己的爸爸长什么样，她出生前两个月的时候，爸爸就在伐木的时候出事故死了，妈妈内莉也没有照片给她看。卢卡斯是赛琳娜唯一知道的爸爸，他老婆生他儿子的时候死了，之后他娶了内莉，那个时候赛琳娜才六周大。保罗不是赛琳娜的亲兄弟，乔伊才是，赛琳娜想。不用想也知道，如果艾利森是我的话，肯定会不停地讲她继兄和继父以及类似的事。我不知道一直以来她在烦恼什么。

艾利森怀疑赛琳娜是不是到了康斯坦丝描述的"为男孩痴狂"的阶段，她的确很着急去镇上，或许她期待在某家店遇到泰德·卡特吧，艾利森想着，皱了一下眉。她开始向漫长倾斜的山路爬去，赛琳娜在她身后。

路之尽头没有一样东西让赛琳娜喜欢，当她们爬到山顶的时候，赛琳娜毫不含糊地表达着自己的想法。

"这只是一个陡坡。"当艾利森指着写有字的木板时，赛琳娜说。"那里为什么就不能有标记了，如果没有的话，有人可能会跌落摔死。"

艾利森差点要哭出来了，她觉得好像被人冤枉，扇了一巴掌。就像你给某人一件貂皮大衣，或者钻石手链，或者类似的特别的东西，对方却说："哦，这些东西我多得用不过来。"

"它们就只是些树。"几分钟后赛琳娜评论道，断然拒绝跟艾利森穿过树林。"我为什么要穿过一片老林子呢？棚户区周围有很多树，我每天都看到很多树。"

"你太刻薄了，赛琳娜，"艾利森哭着说，"你又吝啬又可恶！这是一个特别的秘密基地，除了我没人来过这里，我带你来，只是因为觉得你是我特别的朋友。"

"哦，不要像个小孩子一样，"赛琳娜生气地说，"你说除了你没人来过这里是什么意思？从我记事以来，就有男生晚上开车带女生来这里。"

"你骗人！"艾利森吼道。

"我没有，"赛琳娜愤怒地回敬道，"随便问个人，他就会告诉你。”

“这不是真的，”艾利森说，“怎么会有人晚上来这里呢，来做什么？晚上在树林里没法走的。”

赛琳娜耸了耸肩，“算了，丫头，”她冷冷地说，“别生我气，走吧，我们去镇上。”

“你已经说了一百遍了，”艾利森生气地说，“好，我们去镇上。”

康斯坦丝不是很认同艾利森跟赛琳娜做朋友。她尝试过一两次，半心半意地阻止，但是几次下班回家都看见艾利森哭着说，不让她和赛琳娜玩，她没有任何朋友了，康斯坦丝就妥协了。她没办法满意地回答艾利森关于赛琳娜的问题。

“我从来没说过我不喜欢赛琳娜，”她辩白道，“只是——”说到这儿她总会停下来找合适的词语。

“只是什么，妈妈?”艾利森会提示她。

康斯坦丝只能耸一下肩，没办法指出赛琳娜哪里妨碍到她了。

“镇上有这么多好孩子。”她有一次说。但是被艾利森的眼神和话打断了。

“你为什么觉得赛琳娜不好呢?”

“我没说她不好。”康斯坦丝辩解，然后无助地耸耸肩说，“算了。”

所以艾利森和赛琳娜的友谊一直持续着，充实而令人满意，直到这个周六下午，当两人想要不同的东西，而对方又无法理解的时候。

她们一起从榆树街的一边走到另一边，从窗外看着店里的商品，但是却没法玩那个曾令她们开心不已的游戏。

“我们去你妈妈的店里吧。”赛琳娜说。

但是艾利森拒绝了，觉得不能在她最喜欢的地方度过这样一个美好的下午，像被欺骗了。

“如果你那么想去的话，就自己去吧。”艾利森说。她知道没有她，赛琳娜是不会去的。

最后，她们逛了五分十分店的每一个柜台，用指尖触摸假的珍珠串，渴望地看着一排又一排的化妆品，听音像柜台传来的流行歌曲。她们坐在商店的冷饮台，每人吃了一个黏黏的超大香蕉船。艾利森觉得心情慢慢好了。

“如果你想去的话，我们现在就去我妈妈的店吧。”她提议。

“没关系，我们去你家吧。”

“别，我知道你想去店里，我没关系的，真的，我不介意。”

“你没必要因为我而去。”

“但是我想去，赛琳娜，真的。”

“好吧，如果你真的想去的话。”

她们把纸巾揉成小小的圆球，扔到吃完的圣代盘子里。两人忽然又和好如初了。

看到她们进来，康斯坦丝从针织品柜台后面跟她们挥手。

“这边新上了一些派对礼服，”她喊道，“那边，第二个架子上。”

赛琳娜看了一眼，好像被催眠了一样，走到可移动支架那边，上面挂着闪闪发光的衣服，好像有一百多条裙子，每一条都比上一条漂亮。赛琳娜入神地看着，热切地想摸一摸这些衣服。

艾利森站在窗户前，看着榆树街上的人流。总是这样，赛琳娜看店里的每一件商品，而她似乎要站好几个小时。

康斯坦丝接待完顾客，走到赛琳娜跟前，想要拿一条新裙子给艾利森看，但是她看到赛琳娜脸上呆滞的表情时，突然停住了。赛琳娜嘴唇分开，嘴巴半张，眼睛里写满了憧憬。康斯坦丝感到一阵强烈的怜悯之情，她可以理解一个女孩子看到漂亮裙子的反应。艾利森只有在看书的时候才会出现这种表情。

“给，”康斯坦丝忽然大声对赛琳娜说，连她自己也吃了一惊，“这个是你的号，喜欢的话试试吧。”

她拿出一条白色的，下摆固定的裙子。看着赛琳娜感激的表情，她竟然泛起泪光。

“真的吗，麦肯齐夫人?”赛琳娜低声说，“我真的可以摸它吗?”

“哦，不摸的话你要怎么试呢。”康斯坦丝简短地回了一句，希望掩饰她颤抖的声音。

几分钟后，赛琳娜穿着白色的裙子从更衣室走出来，光彩照人。艾利森屏住呼吸。

“啊，赛琳娜!”她喊道，“你看起来美呆了，就像童话里的公主!”

不，她不是，康斯坦丝想，忽然明白赛琳娜哪里困扰到她了。

她看起来像一个女人，康斯坦丝想，虽然十三岁，长得却像高级妓女，充满肉欲的美。

那天晚上，赛琳娜走在回家的土路上，回想着的却是康斯坦丝做的，沾了蜂蜜和枫糖浆的煎饼，以及加了真正奶油的咖啡，她觉得暖暖的。脑海中依旧清晰可见麦肯齐家漂亮的客厅，大椅子，还有纯铁锻造的杂志架，上面摆满了《美国之家》《淑女之家》。赛琳娜嫌弃地想着艾利森，为一张照片悲伤，还低声说："是不是很帅，这是我爸爸。"

"他已经死了，而你过得很好，丫头。"赛琳娜很想跟艾利森说，但是她没有这样做，因为麦肯齐夫人也许会不喜欢，这个世界上赛琳娜最不想做的事就是冒犯艾利森的妈妈。

我要出去，赛琳娜想着走到了家门前的空地。总有一天，我要出去，出去的时候，我要一直穿漂亮的衣服，用温柔的声音说话，就像麦肯齐夫人那样。

赛琳娜睡下后，她想着艾利森家壁炉里的火，康斯坦丝的头发在火光的照耀下，闪着光。至于泰德·卡特，她一丁点也不愿想。尽管此时，泰德在床上想象着赛琳娜的脸和她对他说"跟我们一起走时"微笑的样子。

要是神经质的艾利森没有跟她在一起的话，泰德想着，翻了个身，我肯定同意了，给妈妈买的东西可以等的。

"赛琳娜，"他在自己黑暗的房屋里大声念着她的名字，"赛琳娜。"他念着，感受这个词在舌尖的味道。

他的心脏奇怪地跳动了一下，让他感受到一种既恐惧又期待、类似痛的感觉。

第十章

马修·斯温医生高个头，大骨架，有一头浓密的银发。头发是医生最显著的特征，他用一种低调的方式自豪着这件事。他小心梳理，每天早上都要仔细检查，确保没有黄色的杂发。

“一个人有权利对一件事有虚荣心。”他为自己辩解。为他看房子的伊泽贝尔·克罗斯比（Isobel Crosby）说，医生有资本可以自命不凡是一件挺好的事，他当然完全不在乎他其他地方长什么样。他的西装总需要熨。他有一个糟糕的习惯就是在卧室里吃东西。最令伊泽贝尔生气的是，房间里到处都是医生的咖啡杯。

“把喝了一半的杯子拿到厨房又不是一件累人的活，”她经常抱怨，“拿一个小小的杯子又不会撕裂你的肌肉。”

“如果我没有做过比随便乱放咖啡杯更糟糕的事，伊泽贝尔，你应该庆幸。”医生回应道。

“不仅仅是杯子，”伊泽贝尔说，“你的衣服脱哪扔哪，房间里到处都是雪茄的烟灰，你的鞋看起来总像刚刚风尘仆仆从谁家的农场回来一样。”

“知足吧，伊索贝尔，”医生说，“难道你想给哪个老色鬼看房子？至少我没有总是把手放在你的裙子上，也许那才是困扰你的事吧。”

“最重要的是，”伊索贝尔说，她认识医生太久了，以至于完全不会对他的任何话感到震惊，“你既毒舌又思想邪恶。”

“哦，快去洗椅子罩吧。”医生生气地说。

佩顿的每个人都喜欢斯温医生。他有一双温暖的蓝眼睛，用他最反感的词来形容就是“闪闪发亮”。他的心肠在镇上也是出了名的好。马修·斯温是一种快速消失的物种，镇上的全科医生。他很讨厌“专科医生”这个词。

“对，我是专科医生，”有一次他对着一个有名的检查眼耳鼻喉科的人咆哮道，“我专看有病的人，你是做什么的？”

六十岁的时候，不管春夏秋冬，白昼黑夜，医生仍然会出诊，而且他有个习惯就是每一个他接生的小孩过生日的时候，他都会送去一张生日贺卡。

“你就是个彻头彻尾多愁善感的人，”赛斯经常取笑他，“生日贺卡，就你能做得出来！”

“多愁善感个鬼，”医生善意地回应道，“每天停下来回想自己做过的事，让我有一种持续的成就感。”

“工作，工作，工作，”赛斯说，“这是你最喜欢说的词。我觉得你是想不断地强调我的懒惰而让我患上自卑综合征。有一天你会因为你的工作，工作，工作，心脏病发作挂掉的，就像电影里那些帅气的银发医生。”

“胡扯，”医生说，“心脏病发作太稀松平常了，哪天让我得个讨厌的溃疡。”

“我又想了一下，”赛斯说，“应该是医院那些曾被你挑逗的护士，给你头上一计重击，让你挂掉的。”

佩顿的医院麻雀虽小，五脏俱全，这也是斯温医生骄傲和欢喜的。他有效地管理着医院，并且像对自己年轻的爱人一样温柔地崇拜着它。让医生时刻感到满意的还有，周围镇上的人也会来这来看病，而不是去那些更大的医院。医院是佩顿的，但是所有人都称它为“斯温医生的医院”。医院的培训学校虽小但很优秀，在这里接受护理培训的女孩们都自称“斯温女郎”。

马修·斯温人品好，正直，是一个热爱生活且充满人文关怀的人。如果非要挑毛病的话，就是他的粗心大意，以及些许的毒舌，但是镇上的人都原谅他，因为马修·斯温是一个好医生，而且如果他粗暴地讲一件事情的话，通常他讲的都是事实。他的幽默有时候很花哨，大部分时候很下流，但是从无恶意，这一点人们也原谅他，因为医生可以自己笑得最久最大声。每个人都爱斯温医生，有可能除了查尔斯·帕特里奇的夫人玛丽昂。她讨厌他的唯一理由就是，医生拒绝说对她创作的画印象深刻。

“在医生面前显摆自己是没有用的，”镇上的人说，“如果你非要这么干的话，他肯定会拿针扎你！”

但是玛丽昂不能也不愿相信这点。她乐此不疲地让斯温医生注意到她，就像她觉得镇上所有人都注意到她一样，但是医生没有，所以她经常用“那个难对付的人”代指他。

玛丽昂是个中等身材的女人，赛斯每次看到玛丽昂，映射在他脑海里的所有东西都是中等的。

“没有一样显著的。”赛斯对自己说，觉得这个词形容玛丽昂真是太贴切了，浅咖啡色的头发，中不溜的个头，平庸的头脑。

她的闺名是玛丽昂·索尔特马什（Marion Saltmarsh）。爸爸是贫穷的浸信会牧师，妈妈看起来总是很疲倦。她有一个兄弟——约翰，在很小的时候就决定要追随爸爸的脚步，二十一岁的时候被任命为牧师。约翰的志向就是将宗教带到地球上任何一个蛮荒的角落，所以接受圣职后他就离开美国去传教。同一时期，玛丽昂以平庸的成绩完成学业，和父母一起住在牧师住宅，救济穷人和有困难的人，同时每周三下午去当地的医院卷绷带。

晚年的时候，查尔斯自己说他和玛丽昂的相遇是一个意外，一时柔弱娶了她。律师资格考试通过的那个夏天，他去一个海滨小镇休了一个长长的假，玛丽昂一家人就住在镇上。查尔斯是公理会的教友，某个周天他去参加了玛丽昂爸爸浸信会教堂的礼拜，更多的是出于好奇，而非寻求宗教慰藉。在那里，他看到了唱诗班的玛丽昂，她意气昂扬，陶醉的表情闪着光芒。查尔斯屏住呼吸，觉得那个女孩看起来就像是天使。在这一点上他一叶障目了，玛丽昂的脸上并没有闪耀着欣喜或者狂喜的光芒，她泡热水澡或者吃到特别喜欢的东西都是这副表情。音乐只能给玛丽昂带来感官上的影响，让她不大不小的脸瞬间被喜悦点亮，产生片刻的非凡之感。

查尔斯·帕特里奇年轻又容易受到感染，过去多年的学习也或许削弱了他的抵抗力，他开始追求玛丽昂。八月，在他第一次在唱诗班看到她唱歌后的五个星期后，他们结婚了。九月一号他们回到了查尔斯在佩顿的家，查尔斯在当地做起了律师。

随着年纪越来越大，查尔斯有时会想，如果在学生时期有钱光顾那些被同学津津乐道的妓院的话，他还会那么仓促结婚吗？他觉得不会。

查尔斯很轻易就在事业上取得了成功。年复一年，他存了钱，在栗树街购了房。玛丽昂在俱乐部和慈善上也表现得很积极。她喜欢她舒适惬意的生活，不必为孩子和钱发愁。每次拿现在的生活和童年时代的生活比，她都沾沾自喜，虽然感到愧疚，但那也只是一瞬间而且很容易就被忘记了。

玛丽昂喜欢各种东西，她周围摆满了各种小摆设和奇怪的家具。打开她的棉织品储存柜，看到一叠一叠额外的床单，毛巾，让她有一种出乎意料的惊喜感。一件东西的大小，用途，质量对玛丽昂来说都是次要的，最重要的是她的占有欲。

婚后不久，玛丽昂就背弃浸信会改投公理会，因为后者的教堂被认为是佩顿最好的教堂。玛丽昂非常喜欢成立某种委员会，她自己当主席，为教会发展教友。她讨厌归属于某个机构，即使是宗教机构，因为这些机构允许不良分子加入，她对这些自己眼里的下等人有很多黑暗的想法。

“那个麦肯齐太太，”她对自己的丈夫说，“不要告诉我像这样的一个年轻的寡妇会像表面上那么好，别告诉我她没有偷偷和别人厮混，别告诉我她没有留意镇上的每个男人。”

“亲爱的，”查尔斯不耐烦地说，“我不会再试图告诉你任何事了。”

但当玛丽昂把同样的话说给马修·斯温时，医生就会用直勾勾的眼神和咆哮修理她，“你说这个到底什么意思，玛丽昂？”

“就是，毕竟，马特，那样一个年轻的寡妇一个人住——”

“嘿，查理，玛丽昂觉得康妮·麦肯齐一个人住挺可怜的，你收拾收拾搬过去住一阵子怎么样？”

“哦，那个马特·斯温真是太难相处了，查理，太难相处了。”

“听我说，玛丽昂，”查尔斯回应道，“马特是一个好人，他没有想要伤害谁，他是一个医术高明的医生。”

玛丽昂过了四十岁后，发展出一点症状，让她十分担心和恐惧。她去看斯温医生，他给她做了个全面的检查，告诉她她非常健康。

“听着，玛丽昂，这没什么好担心的，我可以给你打几针，让你觉得相对舒服一些，除此之外，我无能为力，这是更年期症状，没人治得了。”

“更年期！”玛丽昂喊道，“马特，你疯了吧，我年轻着呢。”

“你多少岁了？”

“三十六。”

“骗子，玛丽昂，你已经过四十了。”

玛丽昂回到家，对丈夫大发雷霆。她告诉他，不管是不是朋友，是不是一辈子的朋友，马修·斯温再也不许踏进她家半步。之后，她去怀特河一位医生那里，医生按照胃功能虚弱给她治疗。

“搞什么，马特，”赛斯看到玛丽昂在街上看到医生时假装不认识，“你不想被万众爱戴，是吧？”

“我不会在意的，”医生说，“别人会吗？你会吗？”

“不会。”赛斯回答。

第十一章

秋老虎在佩顿停留了整整六天，然后忽然就走了，就跟来时一样。树上生气勃勃的叶子被寒风和雨水打蔫，落到地上，像是眼泪，在哭泣着往昔。人行道和路上的叶子很快就变了颜色，变成褐色，湿塌塌躺在地上，没有生命，一个令人沮丧的提醒，提醒冬天已经到来。

艾利森去路之尽头的次数越来越少了，每次去的时候，她都紧紧地裹着雨衣，站在那里瑟瑟发抖，她现在没办法看清镇上的景象，所有的事物都笼罩在一层薄薄的灰蒙蒙的雾中，山也不再是热情洋溢的，美丽的紫色，而是一片黑色，矗立在地平线上。她的树林里的树也不再张开手臂呼喊："你好，艾利森，你好!"它们扛着疲惫的脑袋，叹气道："回家去吧，艾利森，回家去吧。"

这是一个悲伤的季节，艾利森想，一个死亡和腐朽的季节，万物都在忧伤地等待着，屈服在雪的淫威下，让它覆盖逝去夏天的裸露身躯。

但是让艾利森感到重压的不是冬天，她不知道是什么。她似乎充满了烦躁和隐约的不安，任何东西都无法抚慰。她开始在放学后坐在客厅的壁炉前，手里拿本书。有时她会忘记读书，漫不经心地坐着，盯着炉底的火焰。有时候她吸收掉读的每一字，充满一种永远都得不到满足的渴望，想要读更多。她在顶楼发现一箱旧书，其中有两本薄薄的莫泊桑的短篇。她读了一遍又一遍，很多读不懂，读懂的让她流泪。她一点也不同情哈莉特小姐，但是看到两个年纪大了的人，为了买钻石项链，工作那么久，那么辛苦，艾利森的心都碎了。艾利森读书没有固定类型，她从莫泊桑读到詹姆斯·希尔顿，都不带哆嗦。她读完《万世师表》①，在自己黑洞洞的房间里哭了一个小时，脑海中回荡着故事结尾处的那句话——“奇普斯死的前一天晚上，我跟他说了再见。”艾利森开始思考上帝和死亡。

为什么像奇普斯先生和卖火柴的小女孩，还有他爸爸那么好的人，会和坏人一样死掉。上帝真的像每周末公理会教堂里，站在小讲坛上的菲茨杰拉德牧师描述的那样吗？他真的那么好，充满仁慈怜悯，爱每一个人，听取每一个人的祷告？

“上帝会听每一句话，”菲茨杰拉德牧师说，“每一句传到上帝那里的祷告，他都听得到。”

但是，艾利森想，如果上帝真的那么好又那么有能力的话，为什么有时候，他好像没听到呢？

---

① 本社所出版的同系列书“奥斯卡经典文库”之《奥斯卡经典短篇集Ⅱ》，里面收录了此短篇小说。——编者注

对于这个问题，菲茨杰拉德牧师的答案和其他所有问题的答案一样，一开始听起来有道理，但是只要艾利森停下来想一想，她就会提出另一个问题，有时候牧师的回答完全没有道理，空洞且相互矛盾。

“他聆听每一个词。”菲茨杰拉德牧师向她保证。但是艾利森默默问道，如果他真的听得到，为什么他总是不回答？

“有时候，”牧师说，“上帝会拒绝我们，就像地球上一个慈爱的爸爸，拒绝他的孩子，但是是为了他好，所以我们万能的主有时候必须要拒绝我们，但是他总会做最有利于我们的事。”

那么，艾利森想，为什么还要祈祷呢？如果上帝会做他认为最好的，为什么还要麻烦地请求？如果你祈祷，上帝觉得应该同意，他就会同意，如果你不祈祷你还是会收到他想让你收到的。祈祷，艾利森想，是一件极其不公平，甚至不光彩的事，优势都被一边占尽。

她还比较小的时候，艾利森祈祷着，祈祷着她爸爸能够后回到她身边，但是她的祈祷没有得到任何回应。那时她想不通，慈爱的上帝，只要有需要，可以随时显神迹的上帝，怎么会忍心看一个小女孩没有爸爸。现在她十二岁，仍觉得没有道理，不公平。

艾利森抬头看着十月灰蒙蒙的天，想着是不是有可能那里根本就没有上帝，就像根本就没有公主和精灵。

她在街上漫步，一副在寻找什么的表情，当她突然停下，问自己在找什么的时候，她感到一阵空虚的失落感。她做着模糊的、半成型的、易碎的梦，每天都在不耐烦地等待着第二天的到来。

“我希望赶快到六月份，”她告诉妈妈，“我就可以从小学毕业了。”

“不要希望时间走快，艾利森，”康斯坦丝说，“它比实际走得快多了，要不了多久，你就会回想这些你人生中最美好的时光。”

但是艾利森不相信她。

“不要催时间，艾利森。”康斯坦丝重复道，注视着客厅墙上的镜子，寻找眼角的细纹。“你下个月就十三岁了。”她说着，惊叹道，真的吗？十三岁？这么快？实际上是十四岁，我差点忘了。“我们给你办个愉快的小型生日派对吧。”她说。

“哦，求你了妈妈，”艾利森抗议道，“生日派对太幼稚了！”

几天后艾利森说：“也许派对会不错。”康斯坦丝翻眼看向天空，怀疑她是否也经历过像这样从来都不知道自己想要什么的阶段。

如果有，她酸酸地想，难怪我可怜的妈妈会死得那么早！

她对艾利森说：“好的，宝贝，你负责邀请你的小伙伴，其他的事都交给我。”

如果她妈妈指的小伙伴是她班上的同学的话，艾利森就会尖叫，说她根本就不想要什么生日派对。她妈妈似乎没有意识到艾利森再过两周就十三岁了，临近杂志上所说的青春期。艾利森发着这几个音，她读到过，却从来没听人说过，就像“青少年”这个词一样，对她来说，这个词含有所有神奇的含义，就像听人说“进修道院”一样。

艾利森注意到了自己身体的变化，也注意到其他人身上相同的变化。身高和体重，都几近定型了，不会比倾斜的颧骨有什么更大的改变空间。赛琳娜，她注意到，已经有一段时间和小女生不一样了，因为她已经开始穿胸罩，艾利森确信自己很长一段时间都用不到这块布。她把自己锁在浴室里，挑剔地审视着自己的身体。她的腰似乎更细了，她的乳房确实开始发育了，虽然非常不明显，她的腿还是又瘦又长。

像一只蜘蛛，她不满地想，迅速穿上浴袍。

她发现男生现在也不一样了。罗德尼·哈灵顿嘴唇上面有轻微的阴影，他炫耀说他就要每天去克莱门特（Clement）的理发店刮胡子了，就像他爸爸那样。艾利森哆嗦了一下，她想到毛发会长满身体，就觉得讨厌。赛琳娜腋窝下已经长了，她每个月刮一次。

“月经和大姨妈，我一次性都搞定。”赛琳娜说。

艾利森赞许地点着头，“好主意。”她用哲人的语气说道。

但是在她看来，“月经”只会发生在其他女生身上，她决定自己绝不容忍这种事发生在自己身上。

赛琳娜听后笑了。“这件事你无能为力的，”她说，“你会像所有人一样来的。”

但是艾利森不相信赛琳娜。她写信给一家公司，该公司免费发放名为《怎样告诉你的女儿》的小册子。公司用一个普通的包装把册子寄给了她，艾利森仔细地读着。

呸，研读完小册子后，艾利森轻蔑地想，我会成为世界上唯一一个不来大姨妈的人，我将会被写入所有的医学书里。

她把月经想成一只展开翅膀的硕大的黑蝙蝠，但当十三岁生日的早晨发现根本就不是那么回事时，她觉得失望，恶心，恐惧万分。

但是她哭泣的原因却是，最终，她没有成为她希望成为的那个特别的人。

第十二章

康斯坦丝为艾利森的生日派对准备好冰淇淋、蛋糕、水果混合饮料以及各种各样的硬糖。在三十个孩子晚上七点半冲进她家前，她回到自己的房间。

我的老天！一想都觉得恐惧，听三十个人的声音差不多同时释放出来，三十双脚同时震颤她客厅的地板，同时还播放叫什么《花样年华》的唱片，歌手被艾利森恭敬地称为葛兰·米勒（Glenn Miller）。

我的天！康斯坦丝想着，这个世界上显然还有头脑理智的人选择当老师。

她默默地同情了一下艾尔西·桑顿老师，以及跟她一样的人，每周五天，天天都要忍受超过三十个孩子。

我的天！康斯坦丝想着，不停地高呼老天。

她拿起一本书，试着把她的脑袋和客厅传来的吵闹声隔绝。但是九点半的时候，一切都变得异常安静，可以清楚地听到葛兰・米勒的歌声，康斯坦丝开始猜测孩子们在做什么。她关掉卧室的灯，轻轻地走到通向客厅的前厅。

艾利森的小伙伴们在玩邮政局①。当下，康斯坦丝惊讶得脸都僵了。

这个年纪？她惊呆了，这么小？我最好马上进去阻止，如果传出去的话，镇上的所有妈妈都会来找我的。

但是一只手抓着门框，一只脚踏上门槛的时候，她犹豫了。或许这个年代十三四岁的孩子在派对上都玩这种游戏，如果她冲进客厅的话，艾利森会不会，用她女儿的话说，尴尬死？

康斯坦丝站在黑漆漆的客厅外，努力回想自己是几岁开始玩接吻游戏的，她断定自己至少是在十五岁才开始玩的。她那怕羞的，内向的女儿艾利森真的在十三岁就玩这种游戏吗？

艾利森从出生到现在，康斯坦丝第一次觉得担心，这样的担心随时都会戳一个做了她们称为"一时糊涂"的错事的女人的神经。

女儿艾利森和一个男人躺在床上的画面闪过她脑际，康斯坦丝用颤抖的手扶着墙，稳住自己。

哦，她会受伤的！康斯坦丝首先想到这个。

然后，哦，她会有麻烦的！

最后，也是最糟糕的，她会被人指指点点的！

我为她做了这么多！康斯坦丝想着，涨红了脸，她既愤怒又自怜。我为她做了这么多，她竟然像个小瘪三，在我眼皮底下做这种事，让一个满脸疙瘩的男生摸她，亲她。我辛辛苦苦赚钱，好吃好喝把她养大！

---

① 在派对上男女生玩的一种接吻游戏。

恐惧和愤怒填满了她，她没有意识到这种情感是因为死去的艾利森·麦肯齐和一个叫康斯坦丝·斯坦迪奇的女孩，而把它导向她的女儿。

我要立刻解救她，她想，把手从墙上拿下来。

在她跨过门槛之前，一个声音传来，让她瞬间放松，竟然开始颤抖。

艾利森没玩游戏，她在边上叫号。

有一小会儿，康斯坦丝甚至无法移动，慢慢地，恐惧消失了，但仍然觉得无力，她差点吃吃笑出声来。

未被亲吻的女邮递员，她想，我应该要更小心一点，差点就做了蠢事。

想到这，她能够走路了，她悄悄回到卧室，把灯打开，躺在椅子上，拿起之前放下的书，但是还没开始读出版页上的第一句话，她又开始担心。

我总不能一直这样。总有一天艾利森会不甘心于只叫号，她会想要加入游戏。很快我就要告诉她做女生是多么危险的一件事，我要提醒她小心，她现在十三岁了，不是十四岁。我要告诉她，她比她想的要大一岁，然后我要告诉她为什么，我要告诉她关于她爸爸的事，以及她真的没有任何权利叫自己麦肯齐。

这些思绪不断地敲击着她的太阳穴，康斯坦丝把手指的第一节放在齿间，使劲咬下去。

派对上玩接吻游戏的时候，艾利森一直扮演邮递员，是她自己选的。事实是，如果不让她当的话，她就彻底拒绝玩游戏，说反正她也该走了，然后在任何人抗议之前溜走。当赛琳娜说这毕竟是艾利森的生日，在自己的生日派对上当邮递员是不对的时候，艾利森说："反正我就是不愿意在黑暗中踉踉跄跄，让任何男生亲我！如果我不能叫号的话，我就不玩了。”

赛琳娜耸了耸肩。只要她可以玩，她才不在乎谁叫号。

伴随着凄婉幽咽的葛兰·米勒乐队的抒情歌《爱和月光》，艾利森叫道：“十号的信。”

赛琳娜在黑暗中试探着走到前厅。罗德尼·哈灵顿摸索着寻找她，摸到她的时候，他抱住她，亲吻了她的嘴唇，然后回到客厅。同时艾利森叫道：“十五号的信。”泰德·卡特走到前厅，他抓住赛琳娜的肩膀，亲亲地吻了一下，但当赛琳娜意识到对方是谁时，她贴近他，在他耳边轻声说：“给我一个真正的吻，泰德。”

“我真的吻了。”泰德低声说。

“不是，笨蛋，我是说像这样。”赛琳娜说着把他的头拉近。

当她放开他的时候，泰德喘着气，觉得他耳根都红了。赛琳娜从喉咙深处发出一阵笑声，泰德一把抓住她。

“你是说像这样吗？”他问道，狠狠地亲吻了下去，他觉得她的牙齿在刮擦着自己的牙齿。

“嘿！”罗德尼在客厅喊道，“干吗呢？给别人留点机会。”

赛琳娜回到客厅的时候大家都笑了。

“四号的信。”艾利森叫道，游戏继续进行着。

十点半的时候，两三个女生说十一点前她们必须回家，这个时候有人打开了灯。

“还没打艾利森的屁股呢！①”一个女孩喊道，所有人都

---

① 在一些国家，人们会敲打过生日的小寿星。几岁生日就打几下，最后再加一下，也是最重的一下。那里的人认为生日（给孩子）一巴掌会令霉运远离。

开始笑着涌向艾利森。

“对啊，”所有人同意道，“打十三下外加长大的一巴掌。”

“该领你的巴掌了，艾利森!”

“我已经长大了，不用打了，”艾利森说，“谁要敢打试试。”

她和其他人一起笑，紧跟着有人说话。

“好的，”罗德尼说，“她长大了不用打，伙伴们，散开，长大了就可以亲了。”

艾利森来不及逃跑和躲闪，就被罗德尼拉过去，把嘴巴贴在她嘴巴上。他紧紧地抱住艾利森，以致她都可以感觉到他大衣的扣子戳到她。他的脸是潮湿的，混合着薰衣草香皂的味道和汗的味道。他的身体倾斜压着她，所以她想她可以透过层层的衣服感觉到他皮肤的湿热。

“哦!”艾利森喘着气，他放开她的时候，她脸色绯红，“哦，你怎么敢!”

她用手背用力擦着嘴巴，使出浑身力气踢罗德尼的小腿。

罗德尼笑着，“小心哦，”他警告道，“否则我会给长大的那巴掌了。”

“你太可恶了，罗德尼·哈灵顿。”艾利森说，然后哭着跑了出去。

每个人都有些忐忑地笑着，但是他们早就习惯了艾利森的阴晴不定，所以并没有真的不自在。

“走吧，伙伴们，”赛琳娜说，“派对结束了。”

她带头来到餐厅，康斯坦丝在那里放了挂物架和衣架。所有人拿了自己的大衣，向大门移动。

“再见，艾利森。”他们朝楼上喊道。

“拜，艾利森，生日快乐，派对很棒。”

“再见，艾利森，谢谢你邀请我。”

艾利森躺在自己房间里，没有开灯，眼泪都快要冷却她滚烫的脸了。

“可恶，”她低声怒说，“可恶，可恶，可恶!”

想到罗德尼潮湿的嘴巴，柔软厚重的嘴唇压在她嘴巴上，她的胃开始抽动。

“可恶，”她大声喊，“可恶，他毁了我的派对。”

第十三章

过完生日的那个周末下午，艾利森去赛琳娜家找她。她站在空地前面，闷闷不乐地踢着结实的地面。终于，赛琳娜家的大门开了，乔伊朝她跑来。

“赛琳娜在屋里，”乔伊说，“她马上就出来，我带你去羊圈，我家下小羊羔了。”

乔伊很瘦，一头乱发，穿着褪色的工装裤和破旧的短衬衫。他光着脚踩在十一月的地面上，像往常一样，流着鼻涕。乔伊已经习惯这种艰苦了，他不停地吸着鼻子，时不时用大臂擦一下流下来的鼻涕，以至于他的鼻子总是红红地裂开。光看着乔伊就让艾利森觉得冷。她跟着他来到羊圈，注意到乔伊脚后跟上沾着一层灰色的污垢。

“哦——”当她弯下腰看着这些毛茸茸的小动物，艾利森开心地小声感叹。乔伊自豪地跟它们玩耍。“哦，它们太可爱了，乔伊，它们是你的吗?”

“不是，”乔伊说，“和大的一样，都是爸爸的。”

“他会让你留着它们玩吗？”

“不会，他会把它们养大，就像其他的一样，然后宰了，卖羊排、羊腿等。”

艾利森面无血色。“哦，太可怕了！”她说，“如果你问他的话，他会不会就同意让你留着这些小羊？或许你可以自己把它们养大，然后可以卖羊毛。”

“你疯了吗？”乔伊问，语气一点都不戏谑，很严肃，就好像他真的很想知道。“这儿的人养羊不是为了卖羊毛，是为了卖羊肉。如果不是从它们身上剁的，你以为你妈妈的羊排是从哪买的？”

艾利森默默接受了，她想着康斯坦丝有时会买羊排，做得嫩嫩的，盘子边上还点缀着荷兰芹。

“你不冷吗，乔伊？”她问，换了一个话题。

她缩在自己暖和的大衣里，手指伸进柔软的羊毛里。

“不冷，我已经习惯了，”乔伊说着，擦了一下他的鼻涕，“我的脚很坚实。”

但同时，他打了个哆嗦。艾利森看到他胳膊上的鸡皮疙瘩，她突然有种难为情的冲动，把乔伊拽过来，贴紧她，把他藏在自己大衣下面，用她的身体温暖他的身体。

“赛琳娜在干什么？”她问，眼睛看向别的地方。

“我猜是在给爸爸煮咖啡，你来之前他刚刚从林子里回来。”

“哦？你妈妈不在家吗？”

“不在，今天周六，周六她要去哈灵顿家给地板上蜡。”

“哦，对，我忘了。”艾利森说，“我想我要去前面等赛琳娜了。”

“我们去后面吧，”乔伊说，“我给你看我的蜥蜴。”

“好吧。”

他们走出羊圈，在乔伊的带领下来到房子的后面。

“我把它放在窗台上的一个盒子里，”乔伊说，“这儿，站在这个大箱子上你就能看到盒子里面了，我在盒子上打了几个孔，这样它就能呼吸了。”

艾利森站在乔伊倒放的木箱子上，从盒子上的孔往里瞄。她抬了一下眼，正好看到赛琳娜家的厨房。

原来棚屋里面长这样，艾利森着迷地想。她看到杂乱的折叠床和下陷的双人床，还有没洗的盘子，从房子的这头到房子的那头都是。她看到角落里有一个垃圾桶，应该是好久都没有倒过了。旁边的地上有个之前装过西红柿和菜豆的空桶。卢卡斯坐在桌边，桌子上铺的条纹油布又旧又脏，上面的图案都已经看不清了。赛琳娜正用一柄长勺从桶里往咖啡壶添水。艾利森想到镇上被赛琳娜妈妈打扫得一尘不染的房子，她还记得在好几个人家里吃到赛琳娜妈妈做的饭。

“你都长成一个大姑娘了，都能给你爸爸煮咖啡了。”卢卡斯说。

艾利森隔着薄薄的墙壁，能清楚地听见每一个词，就好像她和他们共处一室。她知道她应该从箱子上下来，不再偷听，但是她被卢卡斯脸上的某种东西抓住了，一种狡猾的、邪恶的东西，让她一动不动地定在那里，就像恐怖片会让一个受惊吓的小孩定定地坐在他的座位上，尽管他很害怕。

卢卡斯·克罗斯块头很大，胸部像一个桶，方形的头给人一种不安感，稀稀拉拉的头发油油地搭在脑袋上，他笑的时候，整个额头都在不可思议地扭曲。

“对，”卢卡斯说，“大姑娘了，你几岁了？”

“十四岁，爸爸。”赛琳娜回答。

“好，大姑娘了。”

“是蜥蜴对吧?”乔伊问。艾利森对他的宠物如此着迷令他非常开心。

“是的。”艾利森说。乔伊笑了，弯腰去捡石头。

他把石头扔向空地远处的松树林，然后弯下腰接着捡。

卢卡斯从桌边站起来，走到水槽边的架子旁。艾利森不明白克罗斯一家要水槽做什么，他们既没有自来水也没有下水道。卢卡斯从架子上拿起一个瓶子，艾利森看他把瓶子送到嘴边，褐色的液体不断地流向卢卡斯的喉咙，他不停地咽，直到瓶子里的液体一滴不剩。然后他用手背抹了抹嘴，把瓶子丢到一个远处的角落。

“我们有垃圾桶的，爸爸，”赛琳娜不满地说，“没必要把东西扔得到处都是。”

“好了，好了，好了，”卢卡斯说，“趾高气扬的小姐，你是从你那梅干脸小伙伴艾利森·麦肯齐那儿学的这些花哨想法吗?”

“不是，爸爸，”赛琳娜辩解道，“我只是觉得既然垃圾桶就在你旁边，为什么要把垃圾扔到地上呢，况且把垃圾拿出去埋了也不是多困难的事啊。”

卢卡斯抓住赛琳娜的胳膊，“你，听着，”他咆哮道，“不要试图告诉你老子该做什么。”

赛琳娜一动不动地站着，低头看抓着她胳膊的手，她乌黑的吉卜赛眼睛好像变得越来越黑暗，慢慢眯住。

“把你的手拿开，爸爸。”她最终说道，声音轻得艾利森几乎听不到。

卢卡斯一巴掌朝赛琳娜的半边脑袋扇下去，震耳欲聋。

赛琳娜摇摇晃晃走了一半，重重地倒在地上。此时，窗户外面的艾利森紧紧地抓着窗户不让自己从箱子上掉下来。

“哦，乔伊，”她激动地小声说，“我们应该怎么办?”

但是乔伊早跑去树林边，忙着用松果丢一只松鼠。

艾利森知道她不应该再看下去了，但是她就是不能动，她从来没见过别人打人，她觉得害怕极了。

赛琳娜从地上爬起来，挥起仍握在手里的咖啡壶朝卢卡斯的脑袋径直扔过去。

“哦，不要，不要，赛琳娜，”艾利森压着声说，“他会杀了你的。”她奇怪赛琳娜怎么不抬头看窗户，她觉得她是尖声喊出那几个词的。

咖啡壶飞过卢卡斯的头，撞到他身后的墙。

“你个小贱人，”他吼着，“你个该死的小贱人，让我来好好教训教训你。”

他一把抓住赛琳娜，另一只手扇向她的脸。他硕大的手，来回不停地扇。赛琳娜用尽浑身力气反抗，她踢打着，试图靠近卢卡斯咬他。

“你个王八蛋!”她喊叫着。

“爱说脏话的小贱人，”卢卡斯咒骂着，“就跟你妈一样，看我怎么像教训她那样教训你！不要做这种不知死活的事，要不是我，你早就饿死了，就跟你妈一样，我对你视如己出，给你吃，供你住。”

左一右，左一右，每说一个词，他巨大的手就重重地扇过去。

最后赛琳娜终于从他那里挣脱，她收回拳头，用最大的力气击向卢卡斯的嘴。卢卡斯愤怒地吼叫，他擦掉流到下巴的血，愣愣地看着手指上的血迹，他含糊不清地咒骂，脸色非常糟糕，呈淤紫色。艾利森歇斯底里地等着他的下一个举动。

“你个狗娘养的，”卢卡斯发狂怒吼，“你个该死的小荡妇！”

他抓住赛琳娜，但是当赛琳娜猛扭挣脱时，她衬衣的前襟被整个扯掉，一头握在卢卡斯手里。赛琳娜往后退着，她裸露的乳房，在电灯泡耀眼的灯光下颤动，她的肩膀上仍滑稽地盖着褪色的棉布衬衣的袖子。

为什么她的乳头是褐色的，艾利森傻傻地想，她没有穿胸罩，她没骗我。

卢卡斯放下手，盯着赛琳娜。慢慢地，他开始走向她，赛琳娜以同样的速度往后退，她一直退，直到半边屁股碰到黑色的水槽，她的眼睛一刻也没有离开卢卡斯的脸。

“哦，是的，”卢卡斯说，“真的是长成大姑娘了，宝贝。”

慢慢地，他举起两只肮脏的手，他笑着，笑容怪诞，前额跟着移动。

伴随着撕扯布料的声音，赛琳娜的尖叫声划破了静止的空气，紧跟着艾利森身后发出另一声尖叫，是乔伊，他疯了一样朝大门跑去，差点在门口跌倒，他不停地尖叫。

“你把手放在赛琳娜身上试试！如果你把手放在赛琳娜身上，我就杀了你！”

乔伊挡在姐姐前面，就像马唰地挥动尾巴一样，卢卡斯一把把乔伊挥到一边，乔伊倒在地上。卢卡斯接着说：“是的，长成大姑娘了，是不是，宝贝。”

艾利森从木箱上摔下来，坐在冰冷的地上。她全身都是汗，整个世界都仿佛在她头顶和周围打转，她用力喘息着，抵抗从四面八方朝她汹涌而来的黑暗，但最终却屈服于夺喉而出的呕吐。

第十四章

如今已是冬季，佩顿冻结在低沉灰暗的天空下，天空没有一丝阳光。尽管没有下雪，孩子们仍然穿上了雪衣，匆匆地往学校走，期盼着赶紧走到枫树街尽头那舒适且有蒸汽取暖的教学楼里。法院大楼门前的木椅孤零零的，夏天坐在它们上面的老头们早跑去塔特尔（Tuttle）的杂货店，围坐在火炉周围。每个人都等着下雪，尽管感恩节之前就已有预报，但直到一月的第一个礼拜，地上仍然光秃秃的一片。

“下点雪的话就不会这么冷了。”塔特尔店里的一个老头说。

“今天看起来的确会下点。”

“不会的，太冷了，雪下不下来。”

“胡说。”克莱顿·弗雷泽说。他点上烟斗，盯着斗里看，直到对它的光泽心满意足。“西伯利亚一直下雪，气温降到零下六十度，绝不是冷得不下雪。”

“那是有区别的，这儿又不是西伯利亚，佩顿就是太冷了，下不了雪。”

“不是。”克莱顿争辩道。

“那些家伙还在地下室吗?”坚信不会下雪的老头换了个话题问，他拒绝再和克莱顿讨论下雪这个问题。

这在佩顿是一个很大的话题，从圣诞节前夕就开始讨论。大家对这个话题都已经熟悉的用不着问“谁”或者“什么地下室”。

十二月一日的时候，肯尼·斯特恩斯、卢卡斯·克罗斯，还有其他五个人一起钻进肯尼的地下室，肯尼在里面存了十二桶苹果酒，都是他初秋的时候酿的。他们抬了几箱啤酒，拎了白酒，能拎多少拎多少，之后就一直待在地下室里。他们从里面给门上扣了两个结实的连接螺栓，到目前为止没有人成功地穿越障碍进到里面。

“我昨天看到一个学生抱着一袋子吃的往那个方向走去，”其中一个老头说，他把脚搭在塔特尔温暖的炉子上，“我问他在做什么，他告诉我说肯尼让他买吃的。”

“那小孩是怎么进去地下室的?”

“没进去，他告诉我肯尼从地下室的窗户把钱给他，他也是从窗户里把吃的送进去的。”

“小孩看到什么了没?”

“没有，他说肯尼在里面给窗户上挂了窗帘，没人看得见，给钱和拿吃的时候都只是打开一个小缝。”

“你觉得他们几个为什么跑到地下室里，一直待着不出来?”

“不知道，有人说肯尼发誓只要金妮再让他逮到跑出去一次，他就会来一场所有人都没见过的大醉，估计是这个原因。”

“估计是吧，他们已经在下面待了六个星期了。”

“不知道他们的酒喝完了没，十二桶苹果酒不会喝很久的，况且他们是七个人在喝。”

“不知道，有人说有一天很晚的时候，在怀特河看到卢卡斯，烂醉如泥，胡子有一英尺长，或许他是趁着晚上溜去怀特河，搞更多的酒。”

“六周，天哪！我赌一个镍币他们连啤酒都没了，更别提苹果酒了。”

“不明白为什么巴克·麦克拉肯（Buck McCracken）竟然没阻止。”

“估计是因为警长觉得丢人，他自己的兄弟就和肯尼他们一起在地下室里。”

“希望老天让我变成地下室墙上的一只苍蝇，里面的场景肯定会让人毛骨悚然。”

“你觉得他们会冻死。”

“没有，金妮告诉我，肯尼有一个老旧的富兰克林炉子在下面，在他和他的酒友下去之前，他就准备了木柴。金妮说因为她不能下去拿木柴给上面的炉子生火，她只能搬出去。”

大家笑了。“估计金妮不需要木火来保暖！”

“不知道金妮是靠什么度过这些寒冷的夜晚的，她的男朋友都跑到地下室去，她肯定寂寞坏了。”

“不是金妮，”克莱顿·弗雷泽说，“绝对不是。”

几个人窃笑，“你怎么知道，克莱顿？你填补了他们几个的空位吗？”

在克莱顿回答之前，几个学生结伴走进来，老头们安静了。学生们围着塔特尔一分钱糖果的柜台，炉边的老头们默默地抽着烟，等着。孩子们都花掉钱，其中一个单独来的男孩买了一条面包，老头们窸窸窣窣地准备接着聊。

“那不是佩奇家的小孩吗，买面包那个?”

“对，从来没见过这么苍白清瘦的脸，不知道怎么回事。他比大部分小孩穿得都好，他妈妈生活也很舒适，但是那个小孩看起来就像个挨饿的孤儿。”

“是因为年纪的关系，”克莱顿说，“成长的烦恼。”

“也许吧，他去年长得很快，或许是这个原因让他看起来面无血色。”

“不是，”克莱顿反对，“不是那个原因，他只是长了一副死鱼皮肤，就跟他妈妈一样，他爸爸的脸也从来都不红润。”

“可怜的老奥克利·佩奇（Oakleigh Page），估计他还是躺在棺材里比较好，活着的话还得看这些女人不停地为他争风吃醋。”

“对啊，”老头们同意道，“搞得男人没法活了。”

“哦，我不知道，”克莱顿说，“我觉得奥克利·佩奇是自找的。”

“不会有人给自己找麻烦的。”

“奥克利就是自作孽。”克莱顿争辩道。

争论开始了，挑起话题后，奥克利·佩奇就被忘在脑后。老头们开始细数镇上谁是自找麻烦，谁不是。克莱顿的老眼闪着光，这是他每天生活的一部分，因为他持不同意见而挑起热烈的讨论。克莱顿把椅子往后仰，踩在后面的椅子腿上保持平衡。他重新点燃烟斗，脑中闪现出一个希望，他希望斯温医生有更多的时间来这里。一个人完全不用费力气就可以让医生跳脚，但是激怒塔特尔店里的人有时候需要很长时间。

“你们说的都没有区别，”克莱顿说，“就是有人求着麻烦来找他，比如奥克利·佩奇。”

小诺曼匆匆地走下榆树街，拐进火车站街。经过火车站街和榆树街转角处的房子时，他眼睛一直盯着地上。那栋房子里住着他的两个同父异母的姐姐，卡罗琳（Caroline）和夏洛特（Charlotte）。诺曼的妈妈告诉他，这两个女人很恶毒，看到的时候应该像看到疯狗一样避开。诺曼一直很困扰他怎么会有两个这么老的姐姐，即使是同父异母，她们真的很老，都可以当他妈了。

佩奇家的女孩，镇上的人都这么叫她们。她们远远超过四十岁，两个人骨架都很大，皮肤又厚又白，头发也是白色的，两人都未出嫁。诺曼经过房子的时候，前屋窗户上的窗帘抖了一下，但是看不到任何手或者人。

“伊芙琳（Evelyn）的儿子过来了。”卡罗琳说。

夏洛特走到窗前，看到诺曼匆匆走过。

“小杂种。”夏洛特恶狠狠地说。

“不，”卡罗琳叹了口气，“最遗憾的就是这个，他要是杂种就好了。”

“照我说他会一直是个杂种，”夏洛特骂道，“婊子养的杂种。”

两个姐姐咬这几个字音的时候，干脆利落得就像在咀嚼芹菜。但是如果同样的字眼出现在书上，该书就会被禁，但是教堂也不能拿她们怎样，因为她们有义愤填膺的理由。

诺曼走出视线后，卡罗琳放下窗帘。

“你会以为爸爸离开她后，伊芙琳可能会体面地离开佩顿？”

“哼，”夏洛特说，“告诉我那个婊子知道体面是什么。”

经过他两个姐姐房子的时候，小诺曼气都不敢大喘气地不停往前走。在他走到家这个庇护所之前，他还要经过赫斯特·古德尔（Hester Goodale）小姐的房子，他恐惧赫斯特小姐就跟恐惧他两个姐姐一样多。每次在街上碰到他的两个姐姐，她们总是用一副死人脸，就好像他完全不存在。但是赫斯特小姐漆黑的眼睛就好像要穿透他一样，看进他的灵魂和深藏的所有罪恶。

诺曼匆匆地赶着，因为今天是周五下午，差不多四点的样子，每周五四点整的时候赫斯特小姐就会出来去镇上。尽管诺曼走在赫斯特小姐会走的街的对面，他仍然很害怕，因为他知道，赫斯特小姐的眼睛可以看到几里之外以及角落里的任何东西，她在街对面看他跟面对面看他一样深邃。诺曼想跑回家，但是脸红气喘地回家的话，他妈妈肯定会觉得他又生病了，然后让他上床躺着，她也许还会给他灌肠，每次灌肠诺曼都会有一种苦乐参半的愉快感，但是之后他就得在床上躺着。

今天他觉得灌肠划不来，因为接下来他会有几个小时是一个人，所有他逼自己走路。突然，他看到前面有一个身影，他认出那是艾利森·麦肯齐，他开始喊。

“艾利森，嘿，艾利森，等我一下！”

艾利森转过来等他。

“嗨，诺曼，”诺曼走过来后，她打招呼，“你要回家吗？”

“对。”诺曼答道，“但是你在这里做什么？这不是你回家的方向啊？”

“我就是随便走走。”艾利森说。

“那我跟你一起走吧，”诺曼说，“我讨厌一个人走。”

“为什么？”艾利森问，“没什么好害怕的呀。”她仔细看着旁边的诺曼。“你总是怕东怕西的，诺曼。”她调侃地说。

诺曼身体纤细，轮廓精致，精心凿刻过似的嘴巴很容易就颤抖。一双大大的褐色眼睛时常噙着泪。诺曼的睫毛又长又黑，就像女生的，艾利森想着。她可以清楚地透过他轻薄的皮肤看到他太阳穴上的血管。诺曼长得真好看，艾利森想，但是不是人们说的那种好看的帅，他的好看是女孩子的那种好看。他的声音也像女生的，又柔又尖。学校的男生都叫他娘娘腔，诺曼并没有跟他们吵。他很怯懦，他自己也承认，很容易被吓到，这个他自己也知道。他会无缘无故地哭，一哭就停不下来。

“我敢打赌他肯定还尿床。”罗德尼·哈灵顿之前这样说。

“还有别的可怕的，”诺曼对艾利森说，“我怕的是赫斯特小姐。”

艾利森笑了：“赫斯特小姐又不会伤害你。”

“她可能会，”诺曼颤抖着，“你知道她很古怪的，我听许多人讲过，你永远都不知道一个古怪的人会做什么。”

诺曼和艾利森此刻正不偏不斜地站在赫斯特的家对面。

“这房子有种不祥的感觉。”艾利森若有所思地说，开始天马行空的想象。

诺曼以前从来没有害怕过赫斯特的房子，艾利森话音刚落，他的恐惧就被触发。他看到的不再是一栋科德角风格的小房子，而是一栋封闭的房子，房子的窗户像半睁半闭的眼睛回头瞪着他。诺曼开始发抖。

“对的，”艾利森重复道，“它看起来确实有种不祥的感觉。”

“我们跑吧。”诺曼建议道，把妈妈、灌肠，所有的事都抛到脑后，因为赫斯特小姐的房子在他看来突然要长出胳膊，包围他们，然后把他们从前门扔进那个褐色木瓦的屋子。

艾利森假装没听见他讲话。“她每天在里面干什么？”

“我怎么知道？”诺曼问，“我猜是打扫房间，做饭，照顾她的猫。我们跑吧，艾利森。”

“除非她不古怪，”艾利森说，“如果她是一个古怪的人的话，就不会每天做日常的琐事。也许她站在炉子边，将蛇和青蛙切成碎片，然后丢进一个很大的黑色的罐里。”

“做什么？”诺曼用颤抖的声音问。

“做女巫酿啊，笨蛋。”艾利森生气地说，“女巫酿，”她用一种怪异的语调说道，“给人诅咒和施法。”

“瞎说。”诺曼努力控制着自己的声音。

“你怎么知道？”艾利森问，“你问过别人吗？”

“当然没有，怎么会问这种问题！”

“你不是常常去赫斯特小姐隔壁的卡德（Card）先生和夫人家吗？我记得你说卡德夫人说她家的猫如果生小猫咪的话，就会给你一只。”

“我是说过，因为她确实答应过我，”诺曼说，“但是我绝不会去问卡德夫人赫斯特小姐每天在干什么。卡德夫人不像我认识的某些人一样多管闲事，而且她怎么能看到赫斯特小姐在干什么？她们两家的房子之间有又高又厚的树篱，所有人都没法看到赫斯特小姐屋内的景象。”

“或许她可以听到什么，”艾利森压低声音说，“女巫搅动女巫酿的时候偶尔会唱歌，我们去卡德夫人家，问问她有没有听到过赫斯特小姐家传来怪异的声音。”

“她来了。”诺曼惊呼道，试图躲到艾利森背后。

赫斯特·古德尔小姐从前门出来，仔细地拧着锁，确保门锁好后走出大门。她穿了一件黑色的外套，戴一顶五十年前很流行的黑色帽子，牵着一只公猫。猫静静地走着，既没有转来转去，也没有试图解脱拴在它脖子上的绳子，绳子的另一头在赫斯特小姐手上，绕了好几圈。

“你怎么回事，诺曼？”赫斯特小姐刚一走出视线，艾利森就烦躁地问，“她只是一个不会有任何伤害的老女人。”

“她不是，她是个怪人，我听到杰瑞德·克拉克也这样说，他告诉我妈妈的。”

“呸，”艾利森轻蔑地说，“如果我像你一样住在这条街上的话，我会偷偷地在附近查探，搞清楚赫斯特小姐一个人的时候在干什么。如果有怪人，或者巫婆，或者类似的，就应该用这种办法。”

“我害怕，”诺曼毫不掩饰地承认，“我会害怕的，比去塞缪尔·佩顿的城堡都害怕。”

“好吧，我不怕，赫斯特小姐有什么吓人的，城堡才恐怖呢，有鬼魂出没。”

“至少没有古怪的人住在城堡里。”

“是没有。”艾利森说。

他们走到了诺曼家，站在房子前面的人行道上，诺曼的妈妈伊芙琳出来了。

“天哪，诺曼，”伊芙琳喊道，“不要大冷天站在外面，你想生病吗？马上进屋！哦，你好啊，艾利森宝贝，你要不要进来和诺曼一起喝杯热巧克力呢？”

“不用了，谢谢佩奇夫人，我要回家了。”

艾利森和诺曼一起走到门前。

“佩奇夫人，赫斯特小姐真的是疯子吗？”她问。

伊芙琳双唇紧闭。“有人这么说。”她回答道，“进屋来，诺曼。”

艾利森沿着火车站街往下走，沿原路返回。现在只有她一个人，她走到赫斯特小姐房子的那边，站在大门前看着这个小小的地方。

是的，她想，看起来的确有种不祥之感。如果爱伦坡（Edgar Allan Poe）先生还活着的话，我肯定他会根据赫斯特小姐和她的房子编一个很精彩的故事。

她继续往前走，但是没走几步，一个绝伦的大胆想法使她停在了人行道中间。

这个想法既让她兴奋，又让她后背发凉，下一秒又浑身发烫。

我可以，我确信我可以写出跟爱伦坡先生一样好的故事。我可以编一个真正恐怖的故事，就像《厄榭府的陷落》，我可以让赫斯特小姐成为一个巫婆。

艾利森一路跑回家，到家的时候故事的前面几行已经在脑中成形。

“这栋房子坐落在佩顿的火车站街，”她会这样写，“它是一栋木瓦屋顶的科德角风格房子，它在那条街上很显眼，因为它就坐落在一个绿底白边的科德角房子旁，房子的主人是卡德先生和卡德夫人。卡德先生是一个高大英俊的男人，他不是本地人，是从波士顿或者类似那样的地方来的，他在市中心开了一家印刷店。赫斯特小姐一个人住在她的褐色房子里，只有她的猫做伴，她是个要多古怪有多古怪的人。”

艾利森那天晚上就写下了这些句子。她把自己锁在卧室里，在蓝白线的笔记本上写下这些，写完之后，她坐下来盯着本子看了好久，想不出接下来要写什么。一种新的对爱伦坡和其他作家的敬畏之情油然升起。

也许当个作家一点都不容易，她想，也许我要非常努力才行。

她拿起铅笔在她写的句子间写下大大的不耐烦的 x's，然后翻到新的一页。她和空空如也的白纸大眼瞪小眼，然后开始咬左手大拇指的指甲。

我写不出来赫斯特小姐是因为我不了解她，艾利森想，我必须要编一个我认识的人的故事。

她当时还不知道，但是她已经迈出了事业的第一步。

第十五章

杰瑞德·克拉克本可以告诉艾利森关于赫斯特·古德尔小姐的一切，因为他有理由牢记她。杰瑞德出生的时候，赫斯特小姐就住在佩顿，但是直到他长大，发达，成为行政委员会的主席，他才有机会跟赫斯特小姐面对面碰到。赫斯特小姐象征着杰瑞德的第一个失败，他非常痛恨她。只要聊起赫斯特小姐，他总会告诉你他去赫斯特小姐家的故事，他讲的时候，当然也是选有利于自己的讲，但是他从来都无法摆脱一种感觉，就是当人们笑的时候，他们是在嘲笑他，而不是跟着他一起笑。

他是和他行政委员会的同僚本·戴维斯（Ben Davis）和乔治·卡斯威尔（George Caswell）一起去赫斯特小姐家的，去跟她说镇上下水道的事情。他敲了她家的门，然后退到后面紧张地等待，扭着手里的帽子，直到她来开门。

“我们是来说下水道的事情的。”相互打完招呼后，杰瑞德对赫斯特小姐说。

“进来吧，先生们。”她说。

走进赫斯特小姐家的前厅给了杰瑞德一个一百八十度大转弯，他后来是这样说的，她家收拾得极为整洁，家具是马尾毛的，小地毯光亮如新。房子有一种等待的感觉，就好像随时欢迎客人的光临。杰瑞德想起赫斯特小姐曾经有一个恋人。

当然，他当时只是一个小小的放高利贷的人，但是他记得镇上的人们讨论这件事。赫斯特小姐的小情人以前周天下午总会开一辆锃亮的维多利亚停在赫斯特小姐家门前。

“很不错的一个小伙子，”杰瑞德的妈妈说，“赫斯特应该要考虑结婚了，她不会再变年轻了。”

“不管年不年轻，”杰瑞德的爸爸说，“她仍然是一个很漂亮的女人。”

“过不了多久她就会瘦成皮包骨的，”杰瑞德的妈妈说，不予理会她的丈夫，“她的路还长，要好好照顾好自己。”

全镇的人都等着赫斯特·古德尔结婚。她年轻的情人拜访她都超过六个月了。杰瑞德的爸爸说他不明白是什么在拖着他。

“他条件挺优越的。”杰瑞德的爸爸用了这个词来形容他。在佩顿，任何有稳定工作，没有欠债的人都就可以用这个词形容。“赫斯特已经从悲伤中走出来了，她妈妈去世都一年半了。”

“哦，或许她还要再确定看看，”杰瑞德的妈妈说，“虽然他是一个很优秀的年轻人，可是他不是本地人，在婚姻问题上，人都很谨慎的，我打赌她会在六月之前嫁给他。”

但是一个周天的下午，年轻人再来找赫斯特小姐的时候，是她父亲开的门。他们交谈了几句，没人知道他们到底说了什么，从此之后古德尔先生就将年轻人拒之门外。年轻人跳上他的维多利亚，驾车远去。第二天他辞掉了在杰瑞德爸爸饲料和粮食店的工作，离开了佩顿。从此再也没有人看见过他。

几个月后，古德尔先生去世，赫斯特小姐就一个人住在火车站街的小屋里。打那之后，人们就几乎看不到赫斯特小姐，她把自己封闭起来，用爸爸留下来的一点钱小心翼翼地过着生活。后来，她养了一只猫，几年的时间里她逐渐变成了镇上的一个传奇。

“赫斯特小姐的心是破碎的，”镇上的人说，“她就是在熬着等死。”

杰瑞德妈妈的推断成真了，原本苗条的赫斯特小姐变得骨瘦如柴，她的皮肤似乎都没办法包住她嶙峋的骨头，她的眼睛就像把煤球凝固进一张白纸里，她的手已经不能用纤细形容，纯粹变成了爪子，她的头发也稀疏到几乎无法盖住她的头部。

杰瑞德·克拉克四下看着赫斯特小姐的前厅，然后看着赫斯特小姐，他怀疑之前怎么会有人爱上眼前这个女人。他尴尬地挪了挪脚，清了清喉咙。赫斯特小姐没有请他们坐下。

“具体是什么事呢，杰瑞德？”她问。

“是关于下水管的事，赫斯特小姐，”杰瑞德说，“你肯定知道让每个人都同意铺设下水管道是一件多么难的事，但是现在都结束了，上次镇委会的时候我们已经投票通过了。”

“这些跟我有什么关系？”赫斯特小姐问。

“是这样的，我们要在街道下面埋设主管道，”杰瑞德说，“镇上会掏钱，但是每个人都同意为自家门前的那节管道买单。”

“你刚刚不是说镇上会掏钱吗?”赫斯特小姐说。

杰瑞德沉着地笑道，“镇上会掏钱铺设管道，费用均摊。”

“我是不是应该理解为，杰瑞德，你在让我为铺在公共街道下面的管子掏钱?”赫斯特小姐质问道。

杰瑞德绞尽脑汁想找到一个变通的回答。他开始冒汗，并且开始痛恨这个女人让他的工作变得更难开展。

“下水管道会给你和全镇的人都带来方便的，赫斯特小姐，”他说，“有了街道上的管道，你就可以在你家里也埋上下水。”

“我这房子里要下水管道做什么?”赫斯特小姐问。

杰瑞德脸都涨红了，他努力试图寻找一个温和的方式告诉赫斯特小姐，火车站街只有她家的厕所在外面，这样是不行的。

“但是赫斯特小姐——”他开口然后又停住了，不知道该怎么讲下去。

“但是什么，杰瑞德?”赫斯特小姐问，她的语气丝毫没有鼓励到杰瑞德开口。

“好吧，是这样的——”杰瑞德开口道，“我的意思是——嗯，是这样的——”

乔治·卡斯威尔，毫不客气地接了杰瑞德的话。“是这样的，赫斯特，”卡斯威尔说，“我们不想在镇上看到室外厕所了，在棚户区可以，但是在镇中心就有碍观瞻了。”

没有人说话，气氛异常尴尬。最后赫斯特小姐开口了，“日安，先生们。”然后引导客人走向前门。

“但是赫斯特小姐。”杰瑞德说，但他并没能说下去。

“午安，杰瑞德。”赫斯特小姐说着，重重地关上门。

“古德尔一家真是让大家吃了不少闭门羹。”本·戴维斯说，然后开始和乔治·卡斯威尔一起大笑。

但是杰瑞德没有笑，他很愤怒。后来，他被迫在新成立的卫生文员会召开的会议上承认，他没能成功地说服赫斯特小姐掏钱铺设下水管道。

“她本来就有理由不掏钱，”其中一个委员说，“我们没有分区法规定任何人都得做任何事。”

“或许她没有钱。”另一个委员说。

“她有点钱的。”德克斯特·汉弗莱，银行的行长说。

“她是个疯子，”杰瑞德生气地喊道，“这就是原因，她就是个彻头彻尾的疯子。”

“估计火车站街的地价要下降了，”汉弗莱可惜地说，“因为赫斯特的厕所在后院就跟鼻子长在你脸上一样平常。真遗憾你没有说服她，杰瑞德。”

“我已经做了我所能做的一切，”杰瑞德吼道，“她太疯狂了，就跟疯子一样。”

“赫斯特隔壁家的房子在出售，”汉弗莱说，“没有人会买它了。”

“哦，老天爷。”杰瑞德愤怒地说。

新的下水管道铺到了火车站街，镇上承担了赫斯特小姐家门前的管道费用，最后也有人买了赫斯特小姐隔壁的房子。

镇上的印刷商去世后，他的家人把店卖给了一个叫阿尔伯特·卡德（Albert Card）的年轻人，他是从波士顿来的印刷工。卡德夫妇买下了赫斯特小姐家隔壁的房子。

“很不错的一对年轻夫妇。”镇上的人这样评论卡德一家。

“是啊，年轻人很能干。”

卡德夫妇加入了公理会以及松山格兰其分会。

“卡德真是个不错的年轻人，”杰瑞德说，“找到兴趣，就和老婆投身其中，努力工作。镇上需要更多像他们这样的人，社区真正的财富。”

“我说，住在我隔壁的丑老太婆是谁?”买下房子的某一天，阿尔伯特·卡德忽然问了一句。

“那个，”杰瑞德撅了一下嘴，“是赫斯特·古德尔小姐，她非常古怪。”

“这个还用得着你说？我不怎么看到她，我们两家房子之间的树篱太茂盛了，但是我听见她在后院漫步。不只是她，我还听到她那该死的猫的声音。我听到它在那边咪咪地叫，有时候像是叫人起死回生。她确实古怪。”

“你肯定还听到赫斯特小姐的声音，”杰瑞德刻薄地说，“她一遍一遍地往外面的厕所跑。”

“这个，反正我是听到她的猫。”

“那只雄猫和赫斯特小姐如影随形。哦，古怪的还有，除了每周去买吃的，她从来都不出门，也从来没有人拜访她。我敢说自从我和本还有乔治上次去她家说下水管的事情外，没有人进到过她房子里。我给你讲个事，已经过去好久了，在我们还没有给镇上铺下水管道之前，我被选出来去见赫斯特小姐，告诉她关于要为自己门前管道买单的事。我硬着头皮走上她的门廊，敲她家的门。‘希望你能给你家门前的管道掏钱，爽快点，我不废话，给我写张支票，我就消失。’但是她开始又哭又叫又闹，所以当时我告诉本和乔治她疯了，我们最好还是赶紧走，让这个可怜的老女人一个人待着。”

后来，阿尔伯特把这个故事讲给他老婆听，他老婆说：“这真是一个汇集古怪之人的镇子，前有塞缪尔·佩顿，现在又有赫斯特·古德尔。”

第十六章

诺曼·佩奇坐在厨房的桌旁，他妈妈在给他倒热巧克力。

“今天过得好吗，宝贝？”她问。

“挺好的。”诺曼心不在焉地说，他在想艾利森和赫斯特小姐。

“跟我讲讲，宝贝。”

“没什么好讲的，就跟每天一样，我们学了一点代数，桑顿老师说高中时候用得到。”

“哦？你喜欢桑顿老师吗，宝贝？”

“就还行吧，她不像其他老师那么凶。”

“你怎么会和艾利森·麦肯齐一起走的，诺曼？”

“刚好在街上碰到她，她就和我一起走了。”

“但是她在火车站街做什么？她住在山毛榉街。”

诺曼每天最讨厌的就是这个，每天下午他都要坐下来喝热巧克力，或者牛奶，或者果汁，这些大部分时候他都不想喝，然后他妈妈还要不断地拷问当天跟他玩的孩子的情况。

“我不知道艾利森在这边干吗，”他生气地说，“我过来的时候她恰巧就在火车站街。”

“你喜欢艾利森吗，宝贝？”

“她还行吧。”

“那你就是喜欢她喽！”

“我没说。”

“你说了。”

“我没有，我只是说我觉得她还可以。”

“这是一码事。你像喜欢桑顿老师那么喜欢她吗？”

“我也从来没说过我喜欢桑顿老师！”

“哦，诺曼！你什么语气！”

佩奇夫人无力地坐到她的摇椅上开始哭。诺曼感到愧疚和内疚，跑到她面前。

“哦，妈妈，我不是有意的，真的，我不是，我很抱歉。”

“没关系，宝贝，你也是情不自禁，你血管里还是留着你爸爸的血。”

“不是，不是的！”

“是的，宝贝，是的。你和你爸爸还有卡罗琳和夏洛特有很多相似之处。”

“我没有。”

诺曼眼睛里含着泪水，他控制不住自己喉咙的肌肉，不停地呜咽。

“我跟他们不像。”他哭喊着。

“是的，你像，宝贝，你像。啊，或许我死之后，你可以搬去跟你的两个姐姐一起住，那样你也许会开心一点。”

“不要这样说，妈妈，你不会死的。”

“是的，我会的，诺曼，不久后的某一天我就会死，你就要去和卡罗琳和夏洛特一起住了。哦，我亲爱的儿子，即使是到了天堂，看到你和那两个邪恶的坏女人在一起，我也会哭泣的。”

“不！哦，不，不，不！”

“哦，是的，宝贝，我不久就要死了，或许你会过得更好。”

“你不会死的，你不会。你死了我怎么办？”

“哦，你会有卡罗琳和夏洛特的，还有桑顿老师和艾利森，没有妈妈你仍然会生活下去的。”

诺曼瘫坐在她妈妈脚边的地上，他歇斯底里地大哭，用两只手拽着妈妈的裙边，但是他妈妈没有低头看他。

“不，我过不下去，我也会死的，我只爱你，妈妈，我不爱其他任何人。”

“你确定吗，诺曼，你不爱其他任何人？”

“不，不，不，没有其他人，妈妈，只有你。”

“你不喜欢桑顿老师和小艾利森了吗，宝贝？”

“不，不，我恨她们！除了你，我恨世界上所有的人。”

“你爱妈妈吗，诺曼？”

诺曼痛苦地抽泣，同时开始可怜地打嗝。

“哦，是的，妈妈，我只爱你，我爱你胜过爱上帝。告诉我你不会离开我的。”

佩奇夫人久久地抚摸靠在她膝盖上的儿子的头。

“我永远都不会离开你的，诺曼，”她最后说，“永远都不，我当然不会死的。”

第十七章

肯尼·斯特恩斯躺在地下室的地上，抬起头仔细地看着周围，他几乎辨不出同样躺在地上的几个人影，他在想这些人是谁。

“看起来有一堆人在地下室。”肯尼大声说。

“你是谁?”他问，不灵活地用脚趾戳了一下睡在地上的一个人。“你是谁?”

卢卡斯·克罗斯咕哝着，转过身来。“去死。”他说。

“你什么意思，在我的地下室让我去死?”肯尼质问，“这是我的地下室，不是吗?”

“去死。”卢卡斯依然吐出这两个字。

肯尼靠着背后的水泥墙，往上挪，最终站起来了，拄着墙。

“没有人在肯尼·斯特恩斯自己的地下室里让他去死。”他粗暴地说。

另外两个躺在地上的人动了动，肯尼镇定地看着他们。

“多了几个狗娘养的在别人的地盘，叫人家去死。”他说。

他朝刚刚动了一下的那个人的方向移动。

“喂，你，”肯尼喊，“你在我的地下室做什么？”

亨利·麦克拉肯（Henry McCracken）几乎是跳起来的，被肯尼听起来很官方的声音吓了一跳。亨利刚刚在做梦，梦里他听到了警长的声音，是他的兄弟巴克，他像往常一样俯视着他，准备好为一些事吼他。亨利盯着肯尼看。

“天哪，你刚刚给了我一个三百六十度大转弯，”他责备地说，“我还以为站在那儿的是老巴克。”

肯尼嗤笑了一下。“那么，看来不是!”他愤怒地说，“在我的地下室里不会有警长告诉我的朋友要做什么。”

“做得好，肯尼，”亨利打着哈欠说，“你和我，我们来喝一点，然后去睡觉。”

“你是我的朋友，亨利·麦克拉肯，”肯尼说，“我唯一的真正的朋友。”

他悲伤地四下看着。“在整个地下室里我再也没有别的朋友，你知道的，亨利，没有一个。”

肯尼突然伸出拇指指向睡着的卢卡斯。

“看到他了没？”他问，“看到那个醉鬼了没，不到两分钟前告诉我让我去死，就在这，我的地下室里。你怎么看？”

“不好。”亨利回答，点着头，同意这不好。“世上的事就是这样的，你以为你有了一个朋友，结果他就告诉你让你去死，太令人难过了。不知道卢卡斯有没有摆脱纠缠他的虫子。”

“不知道，”肯尼说，“如果它们仍然在这里的话，我们应该会见到一些。它们是灰色的，还有绿色的，爬满了墙，卢卡斯是这么说的。”

“他肯定摆脱它们了。”亨利说，害怕地看着水泥墙。“没看到一只。”

“好事，”肯尼假装虔诚地说，“我无法容忍虫子，从来都不，我不想有该死的虫子爬满我的地下室。”

“我以为你要去拿酒。”亨利说。

“对的，我去找一瓶，这里肯定能找到一瓶的。”

肯尼开始在地下室的地板上四下搜寻。他的眼睛缓缓地从一个点移到另一个点，眼神却没有落在任何一个可能被误认为是一整瓶酒的东西上。最后使了吃奶的劲，他从支撑他的墙上移开，开始摇摇晃晃地拖着脚在地下室四周找。他捡起一个瓶子又一个瓶子，难过地看着每一个空空的瓶底。

“这帮混蛋都给喝完了，”他告诉亨利，“他们干的。”

他慢慢地挪到富兰克林炉子旁边，往黑洞洞的炉内看去，然后大叹一口气，把手伸进去，仔细地搜寻。

“没有，亨利，”他说着，几乎要哭了，“这帮混蛋都喝完了。”

忽然亨利兴奋地喊：“肯尼！看那些酒桶，看它们，靠墙排开，就跟市集上一排排的女孩一样漂亮。”

肯尼回头看他的十二个苹果酒桶，一种熟悉的味道汹涌而来，苹果的味道，木柴的烟味。他又看到了苹果汁一股一股流向他的桶。

“天啊，是的，”他说，几乎是快步走到酒桶旁，“我像黑鬼一样辛辛苦苦把它们装满，怎么会没注意到呢?”

他把手放在第一个酒桶的龙头上，亨利手脚并用朝他的方向爬去。

“天哪，肯尼，在龙头下面放个东西，别让酒流到地上。”

肯尼捡起一个空的威士忌瓶子，盛在龙头下面，什么也没有。

“你相信吗?”他问亨利，“这些混蛋喝干了整桶苹果酒。”

“试试下一个。”

“好了，把瓶子盛在龙头下面。”

肯定开了每一个酒桶的龙头，亨利满怀期待地将瓶子放在每一个龙头下面，所有的酒桶都试完之后，瓶子里没有一滴苹果酒。

“如果这些混蛋没有喝得一滴不剩的话，我就是一坨又脏又臭的马粪!”肯尼叫喊，怒无可忍。

他把每一个酒桶都翻倒，让它们面对他们的方向，酒桶在地上滚，在水泥地上发出嘎吱嘎吱的声音。他用力地，恶狠狠地踢每一个酒桶，边踢边骂脏话，直到筋疲力尽，直到亨利开始哭。

“没用的，肯尼。”亨利流着眼泪，“就是没有苹果酒了，这样一点都没用的。”他擦了一把眼泪，用衬衣袖子擤了鼻涕。“好了，肯尼，踢是没用的，我们把卢卡斯弄醒吧，这是唯一的办法，让卢卡斯再去一趟怀特河。”

亨利爬向卢卡斯，爬到他身边后开始用脚后跟踢他。

“醒醒，死猪，”亨利喊，“起来，抬屁股，你该去怀特河了。我说，起来!”

卢卡斯不满地往前移了移，避开踢他后背和屁股的脚后跟。

“去死。”他咕哝。

亨利继续踢，肯尼也过来帮忙。

“起来，你个醉鬼，”亨利叫喊，“起来，你个喝苹果酒的猪!”

"去死。"卢卡斯咕哝。

"听到了吧?"肯尼尖声问,"我告诉你什么?在别人的地盘,叫人家去死。"

"这是一种侮辱,是侮辱。"亨利同情道,"再使点儿劲踢他,肯尼。"

最后卢卡斯开始哼哼,转身躺在地上,试图把眼睛聚焦在天花板的梁上。

"你们怎么了,"卢卡斯抱怨,"想要把人的内脏都踢爆吗?"

"我们没酒了,"亨利说,"你需要再去一趟怀特河了。"

"怎么可能,"卢卡斯说,"少废话,赶紧给我一瓶。"

"一滴都没了,"亨利愤怒地吼道,"你没听到我说的话吗?你该去怀特河了,没有酒喝了,起来。"

"好吧。"卢卡斯叹了口气,试图坐起来。"哦,天啊。"

他的最后两声叹息,更像祈求而不是诅咒,他面朝天倒在地上。

"哦,老天,"他呻吟道,"它们回来了。"

他开始哭,用长满老茧的灰手捂住眼睛。

"哪里?"肯尼问,"它们在哪里,卢卡斯?"

卢卡斯拿下一只手,用食指指向对面的墙。

"就在你旁边,你后面,到处都是。哦,天哪!"

肯尼盯着墙看。"我什么也没看到,"他颤抖地说,"我什么也没看到。"

"它们就在那,"卢卡斯啜泣着,"灰色的和绿色的。几百万只在那里爬!"

他分开两个指头露出一个小缝,从里面看。

"小心!"他尖叫着拍打自己的大腿。"小心!它们朝我们爬过来了！”

“我什么也没看到。”肯尼叫道。

“你个混账疯子，”卢卡斯喊叫，“你喝醉了，醉得眼睛都瞎了，所以才看不到。你醉得一塌糊涂。小心！”

卢卡斯转身趴下，用手护着脑袋，但是几乎同时，他跳起来跑到地下室的一角，蹲下来，喘着气。

“它们在下面，”他恐惧地哭泣，“就在我下面，等着我躺下，它们就可以饱餐一顿。”

肯尼和亨利弯腰检查卢卡斯刚刚躺过的地方。

“这儿什么也没有，”他们一致同意，“什么也没有。”

“醉鬼！”卢卡斯尖叫道，“你们两个都是醉瞎了！”

其他睡着的四个人被卢卡斯的尖叫声吵醒了，他们用呆滞，不解的眼神环顾四周。

“酒在哪？”其中一个人问道。

“小心！”卢卡斯喊，“低头！”

“该死的酒在哪里？”

“没有酒了。”亨利喊，被突然的混乱激怒了。

“我什么也没看到，”肯尼说，“没有任何东西。”

“酒他妈的在哪里？”

“没了。”

“没有任何东西。”

“它们身上覆盖着一层黏液，绿色的黏液。”

“我去弄酒，”亨利说，“我自己去，让卢卡斯去死。给我点钱。”

亨利的手触到兜底，他找遍了衣服上所有可能隐藏的地方，但是什么也没找到。

“我没有钱了。”他跟肯尼说。

“我有点儿，亨利。”肯尼说着，在他的兜里搜寻。

“永远都有钱给我的朋友亨利·麦克拉肯。”但是找了几分钟后，他说，“看来我跟你一样，身上一分钱都没了。”

“也许他有。”亨利说，指着语无伦次的卢卡斯。

亨利和肯尼一起走到卢卡斯跟前，开始搜，但是他的口袋也是空的。于是刚刚醒来的几个人开始搜自己的口袋，但是一无所获，他们又开始搜还在睡的两个人的口袋。

“得搞点喝的，”肯尼说，“快点，有钱的都掏出来，没喝的了。”

每个人搜完自己后就开始互相搜。

“你有，”几个人互相控告，“你藏起来了，快点，找出来，人人为我，我为人人，把钱都拿出来。”

最后，他们凑了六分钱。

“得了，天啊，”亨利说，“我自己去怀特河，卢卡斯去死，我自己去。”

他站起来，靠着墙蹒跚前行。“是的，伙计们，你们可以指望我了，我现在就出发。”

他小心地将六分钱放进口袋里。

“我去搞点威士忌，再拿几箱啤酒，”他对肯尼说，“够我们喝到明天。”

“小心！”卢卡斯尖叫，“哦，天啊！”

“该死的酒在哪里？”

“来吧，亨利，我托你一把，你从窗户出去。”

“我买三箱啤酒，这样比较好。”

“最好每人一箱。”肯尼建议道。

“把它们从窗户里撵出去，”卢卡斯命令道，“快点！”

亨利走后，所有人都在等他回来，除了卢卡斯。卢卡斯仍然在墙角蹲着啜泣，时不时从手指缝里偷看。每次他把手从眼睛上拿开就尖叫，“小心!”然后马上捂上眼睛。

“亨利怎么去这么久?”其中一个说。

“也许在怀特河待一会，把自己灌醉。”另一个说。

“如果有什么事是我厌恶的话，那就是狗娘养的吃独食的。”

和其他人坐得比较分开的一个人开始往地下室最里面移动，这个人是安格斯·布罗姆利（Angus Bromley）。他隐约记得自己在较低的椽子上藏了一瓶。他慢慢地远离大家，所有人都没注意到他，他们仍然在讨论亨利的变化无常，他离开已经八分钟了。

“亨利是个贪婪的王八蛋。”

“也许在怀特河纵情享乐呢。”

“会见哪个婊子，就是他会干的事，用我们的钱跟她快活。”

“哦，天哪!”卢卡斯呻吟，“哦，天啊，帮帮我!”

“王八蛋麦克拉肯，出去买醉。”

“他们全家人都酗酒，过去的每一个麦克拉肯都是醉鬼。”

“用我们的钱。”

安格斯·布罗姆利成功地到达横梁底下藏酒的地方。凝视着头上的宽椽子，他慢慢地踮起脚，手小心地在头顶的横梁上滑动，最后握住了一夸脱酒的瓶颈，他小心翼翼地将瓶子拿到眼前。

“漂亮。”他喃喃地说，抚摸着瓶肩，就好像它是散发着香水味的女人。“漂亮，漂亮。”

他立刻坐在地上，猴急地弄掉瓶盖，完全不顾瓶盖滚过地面，举起瓶嘴往自己嘴里送。

肯尼听到瓶盖掉在地上的声音，嗖地转过头，看见安格斯在喝酒。

“快看!”肯尼朝其他人喊，“安格斯有瓶酒!”

所有人都看向安格斯，安格斯抹了一下嘴，迅速将瓶子藏在衬衣下面。

“你疯了，肯尼，”他说着，一副讨好的笑容，“你喝醉了，肯尼，醉了看到一些东西，我没有酒啊。”

“混蛋!”肯尼喊道。

他冲向安格斯，对方对这一突击完全没有准备。安格斯被打倒在地。肯尼眼疾手快成功拿到酒，他把酒握在手里，残暴地踢着安格斯的头，安格斯呻吟着再也没有动弹。几分钟后，他开始打鼾。

“贪婪的混蛋。”肯尼嘟哝着转向其他人。“谁要喝?”他喊道。

所有人都挣扎着站起来，甚至是卢卡斯也拿下一只手看肯尼。

“在座的都可以拿去喝一口。”肯尼说着立刻将瓶子送到自己嘴边。

所有人像饥饿的野兽，愤怒叫嚷，眼神狡诈，慢慢向肯尼移动，围住他，等他喝完。

肯尼笑着说：“谁够爷们从我这里拿走。”然后抬起脚摇摇摆摆地顶第一个攻击他的人。

肯尼有一个优势就是，他的背后是地下室巨大的烟囱，他可以靠在那里，其他人就没什么东西可以用来保持平衡，但是那一刻他们根本就没有平衡。十分钟后一切都结束了，四个人的鼾声在地下室此起彼伏，盖过了卢卡斯的哀诉声。

“混蛋，”肯尼沾沾自喜，“在别人的地盘，还叫人家去死，我想我要给他们展示一下，让他们都去死。”他靠近卢卡斯。“你是我唯一的朋友，卢卡斯，”他说，“这个世界上唯一真正的朋友，喝一口。”

他抓着酒瓶，放在卢卡斯嘴边，卢卡斯饥渴地吞咽。

“够了。”肯尼说，把瓶子拿开。几周来不间断地喝酒，已经让卢卡斯被酒精浸透，他昏倒在地上。

肯尼坐下来，靠着墙，喝了大大的一口。瞬间，眼前天旋地转，他被带到一个愉快的时刻，他带金妮去博览会，然后坐了摩天轮。他眯着眼看着博览会明亮的灯光，听到汽笛风琴的声音。

“再来一次。”他说，摩天轮听话地再次开始转动。

肯尼又喝了一口。经过佩顿史上最长时间的一次狂欢，六周后，肯尼的地下室遍布呕吐物和排泄物，恶臭透过楼上的地板散发出来。金妮·斯特恩斯早已搬去住在河边的朋友那里。但是对此刻的肯尼来讲，他的地下室就是一个狂欢和享乐的美妙地方。

“再来一次。”他喊着，想永远都待在摩天轮上。“抓着我的手，金妮，别害怕。”

肯尼看着自己熟睡的朋友，看到了金妮的笑脸。

“走喽!”他喊着去拉金妮的手。

但是突然，她不见了，肯尼一个人在摩天轮上。

“停!”他叫喊着，“停！停！她掉出去了！快停下这该死的东西。”

但是摩天轮越转越快，音乐突然变得诡异，本来愉快的调子变成小调。

“金妮!”他喊着，“金妮！你去哪里了?”

他摇摇晃晃疯了似的四下寻找。博览会上的灯光在他周围疯狂地摇摆，倾斜，摇摆，刺得他睁不开眼。

“金妮！”他在摩天轮顶端尖叫。

然后他看到她了，她跟一个满脸笑意，油光满面的男人手挽手走着，那个陌生的男人穿着城里的衣服，他抬头看着肯尼被困在摩天轮里，大笑起来。

“混蛋！”肯尼大喊，“回来，回到我身边来，金妮！”

但是金妮也在笑。她扭头，向上看着肯尼，她红唇微张，露出牙齿，牙齿整齐洁白。她笑着，笑着。

“贱人！”肯尼喊，“你个肮脏的婊子！”

金妮笑得更厉害了，她耸了一下肩，抬头看着身边的男人。肯尼可以看见她涂了甲油的手抓着男人深色的衣袖，他可以感觉到她的胸部和大腿透过裙子碰触着那个男人的身体。

“我要杀了你，”他站在摩天轮上尖叫，“我要杀了你们两个！”

但是金妮和陌生男人走开了，依然笑着，就好像没有听到肯尼的威胁。他们慢慢地走着，金妮手往上移，指尖贴在男人的脸上。肯尼丢掉手里的酒瓶，试图从摩天轮下来，他猫着腰朝地下室的台阶冲刺，跑到最上面的时候，他重重地摔在门上，门纹丝不动。

“我被锁在里面了，”他喊着，痴痴地用手掰着门上的嵌板，“我被困在这该死的摩天轮上面了！”他的手碰到那两个结实的连接螺栓，却没有辨别出来。“让我出去！”他朝操作摩天轮的那个男的喊道，“让我出去，混蛋！”

但是那个人丝毫没有停下摩天轮，他抬头朝肯尼笑，他的头像一个骷髅，黄黄的牙齿在黑暗中发着模糊的光。

肯尼跑下台阶，抡起几周前放在柴堆旁边的斧头。他转向咧着嘴笑的，操作摩天轮的人。

“我要砍出一条路来，你个混蛋!”他叫喊着。

他冲上台阶，开始砍眼前的门。

“我要杀了你们两个。”他朝金妮和陌生人叫喊。两个人停下了，站在那里看他。金妮的笑容不见了，取而代之的是满脸的恐惧，她嘴巴下垂。肯尼满心欢喜。

“让我先逮住你，贱人，”他喊着，“逮着你，把你漂亮的脸蛋劈成渣。”

斧头再一次砍进门里，这一次肯尼需要费力地将它拔出，再挥。最终他拔出来了，他将它举过头顶，瞄准摩天轮厢的底部，一个非常大的弧度甩过去。

忽然他的脚开始流血，他站在那里呆呆地看着，血像喷泉一样从切砍下来的皮鞋喷涌而出。他周围红红的一片全是血，自己在血泊中快要溺死。肯尼·斯特恩斯倒向前面，从摩天轮倒向下面的人群，金妮的笑声在他耳边回荡。

第十八章

是马修·斯温医生发现的亨利·麦克拉肯。斯温医生从乡下出完诊走在回家的路上，忽然发现路边的沟渠里有什么东西，他立马把车停到车站，下去一探究竟。在汽车前灯的微光下，他看到一个人影，一动不动，面朝下趴在泥里。此人正是亨利，昏迷不醒，肮脏不堪，额头一道深深的伤口，血流不止。根据医生后来的叙述，这个人是亨利，仍有气息但是臭气熏天。医生看了一下，把他扶起来扛到肩上，扛到车跟前，安顿在车后座上。他一路开到佩顿医院，把亨利交给两个护士，护士除去亨利的衣服，给他擦洗。每一寸肮脏不堪的身体，都让她们抱怨自己的命运是何等悲惨，竟要忍受此番恶臭。

"振作一点，姑娘们，"斯温医生说。他已经缝完了亨利头部的伤口，"让他睡上几个小时，醒来后你们一定会爱上他，想方设法找机会服侍他。"

两个护士盯着亨利口水直流的嘴巴，胡子拉碴的脸，再加上额头上整洁的绑带，整个一副浪荡汉的模样，她们冲彼此摇了摇头。

“你真讨厌，医生。”叫玛丽·凯莉（Mary Kelley）的护士说。她的评论从来都没有新意。

“不，我没有，”医生说，“他才是。”

玛丽朝医生离开的背影做了个鬼脸。

“赶紧回家睡觉，医生，”她朝他喊道，“不要再捡来这样的人了。”

“别开玩笑了，玛丽，”医生说，“你爱他们，欲火中烧呢，晚安！”

玛丽摇了摇头，“这个医生，”她跟另外一个护士露西·艾斯沃斯（Lucy Ellsworth）说，“他从来都口无遮拦，我认识他一辈子了，却还是没有习惯。我在这里培训的时候，医生还没有揶揄够之前，我就差点泄气放弃。”

“他还是拿这个人取笑你吗？”露西问。

露西应该说是对佩顿还不熟悉，还没有机会了解镇上的传奇和轶事。六个月前露西的丈夫在坎伯兰工厂找了份工作，露西是那个时候来到佩顿的。她的丈夫约翰·艾斯沃斯（John Ellsworth）经常换工作，从来都对自己的命运感到不满，永远都希望找到一份更好的工作。露西和约翰结婚的时候已经是一名注册护士，她总是说这是一件好事，因为她从此就要赚钱养两个人，还有之后出生的女儿。露西经常说如果不是为了女儿凯西（Kathy），她会离开约翰的。但是毕竟孩子需要她的爸爸，而且约翰纵使有错，他对女儿还是很好的。现在的女人也不能要求太多，不是吗？凯西十三岁，上八年级。有时候露西说，等孩子再大一点，懂事的时候，她就和孩子离开辗转不定的约翰。

“医生会拿任何事取笑任何人，”玛丽说，“他对你还稍好点，因为你是新来的，但是等到他习惯你的时候，你就会见识到我说的了。”

“培训的时候到底发生了什么，让你差点离开?”露西问。

“哦，和这个亨利没什么关系。”玛丽说着，悲伤地抚平了亨利腿上的被单。亨利的腿很细。“是之前一个高大的黑人，那个人出了严重的车祸，因为这里离事发点最近，他们就把他送来这里。我生平第一次那么近距离地看到黑人，医生用了几乎一整个晚上给那个人做手术，然后我们把他安顿在病房，和其他病人住在一起，只不过其他病人都是白人。每天早上医生从病房出来的时候都会低声跟我说：‘玛丽，你看那个黑人。’每天我都问他为什么。我当时对工作非常认真，想要马上学到所有东西。‘算了，’医生会说，‘睁大你的眼睛，那个人和其他你见到的人都不一样。’医生爱所有人，不管是黑皮肤还是白皮肤，如果有绿皮肤的话，他都一视同仁。‘你说的不同是什么意思?’我问医生。‘因为他的皮肤太黑了吗?’‘不是。’医生说。我那时就应该反应过来他在搞恶作剧，但是我是刚来培训的，我以为医院这种地方是不会有胡闹的，而且我还没有习惯医生的捉弄。”

“‘不是，玛丽，’医生说，‘不是他的肤色。我太惊讶了，像你这么聪明的女孩。’我当时都快哭了，我觉得我是不是漏掉了课上应该学到的什么东西，我感到糟糕极了。‘你什么意思?’我问他。医生靠过来在我耳边低语。‘玛丽，’他说，‘你难道不知道黑人的屁也是黑色的吗?’我当时非常恼火。‘很棒的言论，’我对医生说，‘从把我带到这个世界的人的嘴里说出来真的很棒。’我知道，不管任何时候，我对所有的医生都应该尊敬，甚至是斯温医生，但是我火大极了，顾不了那么多。医生没有笑，他只是有点吃惊地看着我。‘没开玩笑，玛丽，’他说，‘我不会骗你的，你这么好的女孩，我怎么会骗呢。我只是想让你知道这件事，万一你以后还要看护黑人呢。’我多蠢啊，竟然相信他了。那就是医生的把戏，他可以用这个世界上最一本正经的表情讲出最十足的谎言，还可以让任何人相信任何事。我看着那个人，他甚至都不能打嗝，更不用说其他事了，即使我不在他身边，我也知道。我看护了他几天，终于有一天早上，医生从病房出来，我在走廊上，他朝我走来。‘好了，’他说，‘我告诉过你什么？’‘你在说什么？’我问他。他吃惊地看着我，‘为什么，玛丽，你没有看到吗？’‘看到什么？’我问他。‘好了，快点。’他说着，把我牵到病房里，那里当然什么都没有。医生环顾四周，满脸的无辜和疑惑。然后他说：‘嗯，奇怪，肯定是从窗户里跑出去了。’‘什么？’我兴奋地问他。‘烟。’他说。我当下就崩溃了，在想他是不是在说我们几个受训的护士经常把房间弄得满是油烟。‘什么烟？’“我问他。‘从黑人那里冒出来的，’他说。‘我发誓，我一分钟前就在那，那个黑人放了个屁，整个房间都是黑烟！’”

露西笑得太大声以至于吵到了睡觉的亨利，他动了一下。玛丽将手指放到嘴唇上。

“嘘。”她说，“反正我是没看出那个故事有什么好笑的，我觉得那么捉弄一个小姑娘真是太残忍了。”

她烦躁地叹了口气，关掉亨利房间的灯，露西冲向大厅，嘴上捂着手帕来掩盖她的笑声。

第十九章

马修·斯温医生慢慢地将车开到肯尼·斯特恩斯家，看看是否如自己所想，还有更多的人从地下室出来后倒在地上。他看到肯尼地下室的窗户开着，黑色的窗帘在冬日的寒风中摆振。他把车开到路边停下来。

天啊，窗户这么开着，他们谁如果睡过去的话，玛丽手上将会有一医院的醉汉。

他下了车，慢慢走向窗户，想要瞅一眼，确保没事。如果所有人都醉倒的话，就由他把窗户关上。

听起来挺高尚的，他自己承认。但是事情的真相却是，他很想看一下地下室里是什么情况，他纳闷他们怎么打发时间的。他弯下腰朝窗内看。他在想，他问自己，他们是怎么在这恶臭里待了六个星期的？

“我的老天啊！”医生大呼一声。

肯尼躺在地下室的台阶下面，昏迷在血泊里。

“他死了，肯定是的，”斯温医生说，“如果见过谁是流血而死的话，那个人就是眼前的肯尼·斯特恩斯了。”

他迅速站起来，跑到隔壁家去打电话叫救护车。

几分钟后，肯尼家前面的街道上挤满了人，以至于救护车过来的时候，司机和助手跟人群抗争出一条通道，才通向地下室。镇上的电话铃此起彼伏，已经睡下的人，或者在炉边看书的人，都冒着严寒赶过来加入到人群里，围观医生把醉汉们从肯尼的地下室拖出来。

“监狱里也是这样的，”几分钟后斯温医生跟赛斯·布斯威尔说，“有人称它为小道消息，但是对我来说就像一对触角，没人承认说过一句话，但是事情发生的那一刻，所有人好像都知道了。”

他走向那些经常冒着严寒往返于塔特尔杂货店的老头。

“看在老天的份上，”医生咆哮道，“离开这!”

抬担架的两个人轻轻地将担架放到救护车里。人群里炸开了锅。

“可怜的肯尼。”

“他死了吗?”

“天哪，看看那血流的!”

“我听说是用剃须刀割的喉。”

“酒瓶碎片割的腕。”

“他们打群架用刀互捅的，当然都喝醉了。”

救护车一共跑了四趟，第一趟拉的是肯尼，最后一趟拉的是卢卡斯。

赛琳娜站在人群外围，紧紧地握着弟弟乔伊的手。卢卡斯从地下室被拉出来的时候，他尖叫着，咒骂着，和自己臆想出来的虫子搏斗。她感觉到乔伊在扭动，试图把头埋在她裙子的下摆。救护车司机和助手拽着卢卡斯的颈背和胳膊，拖着他穿过肯尼门前的草坪。

“那是卢卡斯·克罗斯！”人群中有人喊道。

“看他啊，烂醉如泥！”

“他得了震颤性谵妄！”①

卢卡斯尖叫着：“让我走！小心！”

人们看着这滑稽的场面。他脚跟抓地，挺直身体，反抗拽着他的人。

“小心！”卢卡斯喊，试图将脸藏到救护车人员的白大褂下面。

“没事的，卢卡斯，”斯温医生安抚道，“你会没事的，跟这些小伙子走，你就会没事的。”

卢卡斯看着医生，就好像从来没见过他一样。“小心！不要让它们抓到我，它们会活活吞了我的！”

乔伊开始哭，但是赛琳娜没有，她看着卢卡斯，眼神凶险仇恨。

---

① 一般情况下震颤性谵妄在断酒或减量后 24 小时至 72 小时时发生。病人一旦发生震颤性谵妄，首先出现意识障碍和不同程度的定向力障碍，具有昼轻夜重的特点，四肢粗大震颤。另外可出现植物神经系统功能紊乱症状，如发热、多汗、瞳孔散大、心动过速等。认知障碍可见大量生动逼真的幻觉，多为幻视或幻听，如命令性幻听，耳边听见有人让其砸东西、打人等。幻视多看到生动的小动物，如蚂蚁、青蛙、小虫子、蛇、老鼠等在床上、地上爬，或看到墙上、房顶有马、鹿、汽车等在跑。受幻觉的影响，病人常常表现行为紊乱，有的钻到床底下捉看到的小动物，有的把衣服脱掉使劲抖动以祛除粘在衣服上的小虫子，若看到恐怖的东西，常东躲西藏，甚至跳墙、跳楼造成骨折或死亡，或突然冲动伤人、毁物；另外还可出现被害妄想、关系妄想，但发生率相对较低。

可悲的懒汉，她想，肮脏的混蛋，醉鬼，我希望你去死。

“当心！”人群里有人喊，“他跑开了！”

卢卡斯成功地挣脱了其中一个抓着他的人，正疯狂地摆脱另外一个。他朝抓着他的那个人的裤裆踢去，那人松手后，卢卡斯开始绕着大圈跑，拍打着胳膊和大腿，同时又努力捂上脸。

“小心！”他朝人群喊，“它们都裹着黏液！”

人们大笑着，赛琳娜默默地发出嘶嘶声。

“我希望你死，我希望你倒地死掉，畜生。”

乔伊藏着脸哭泣着。

查理·帕特里奇等着，等到卢卡斯径直跑到他前面，他用一个荒诞的熊抱抓住惊恐的卢卡斯。

“来，卢卡斯，”斯温医生温柔地说，“跟我来。你会没事的。”

最终他们将卢卡斯弄进救护车，关上门，但是人们依旧可以听到卢卡斯的声音。

“小心！”“小心！”

救护车开走了，赛琳娜摇了摇乔伊，“走吧，宝贝，我们去告诉妈妈我们最终看到了他。”

姐弟俩离开人群，很多人回头看着他们离去。

“那不是克罗斯家的孩子嘛。”

“真丢人，有老婆有孩子的。”

“不知道他老婆怎么承受。”

“我为他的孩子感到遗憾。”

“你可以搬去棚屋住啊。”

闭嘴，赛琳娜想喊。闭嘴，我不需要你们令人作呕的怜悯，闭嘴。

她昂首挺胸，就好像是自己一个人在走，眼睛盯着前方。她朝榆树街走去，手里牵着弟弟乔伊。

“我跟你一起走。”她身后一个声音说道。

她迅速转过来。“我不需要你，泰德·卡特。”她无情地说，把伤心和愤怒都朝泰德所在的人群释放出来。“回到道路的右边去，你们这些人费了那么大的劲才到那里，别现在跑到棚户区来了。”

泰德抓住她的胳膊，他的指头感受到的是她的僵硬和坚定。

赛琳娜把他推开。“我不需要你，”她说，“我不需要任何人，把你讨厌的怜悯施舍给那些需要的人，滚开。”

一种天生的聪明让泰德此时保持沉默，他走到乔伊的那一边，牵起乔伊的手，她和赛琳娜把乔伊夹在中间，各牵着他的一只手。乔伊几乎感受到了温暖和安慰。

“好了，赛琳娜，”乔伊说，“我们回家吧。”

三个人沿着佩顿空荡荡的大街向下走，脚踩在人行道上发出清脆响亮的声音。他们一路都没有说话，走到沥青道路的尽头，走上土路，走到赛琳娜家前面的空地上。乔伊挣脱了他们。

“我要去告诉妈妈。”他说着冲进房子。

赛琳娜和泰德站在一起，仍然没有说话，呆呆地站在路的中间。然后泰德两个胳膊环住赛琳娜，将她拉近。他没有亲吻她，也没有触碰她，就只是抱着她。最后赛琳娜开始哭，她无声地哭，一动也不动，只有从她炽热黏湿的脸庞才能看出她在哭泣。

“我爱你，赛琳娜。”泰德在她耳边低语。

她一直哭，直到浑身疼痛，她将全部重心放在泰德身上靠着他，如果他动一下，她就会瘫倒。他牵着她往路边走，她像一个傻子或者梦游者一样跟着他，漠然，困顿。泰德让她坐在地上，然后在她旁边坐下来，抱着她，让她的脸紧贴到他外套里，他用冰凉的手指抚摸着她的头发。

“我爱你，赛琳娜。”

他解开自己的厚外套，靠近赛琳娜，这样衣服的一半就能够盖到赛琳娜。他把手伸到她薄薄的破夹克下面，试图温暖她。

“我爱你，赛琳娜。”

“嗯。”她喃喃地说。这既不是问题也不是惊叹，而是同意。

“我想让你做我女朋友。”

“嗯。”

“永远。”

“嗯。”

“我上完高中我们就结婚，就只是四年多一点。”

“嗯。”

“我会成为一名律师，就像老查理。”

“嗯。”

“但是我去上大学之前我们就结婚。”

“嗯。”

他们静静地坐了很久。赛琳娜家一小束光透出来，树林里漫延的黑暗笼罩着他们。赛琳娜软软地靠着泰德，就像一个布娃娃。他吻她的时候，她的嘴唇软软的，既没有抵抗也没有顺从。对于他的抚摸，她既没有退缩也没有靠近。她就在那里，温顺不语。

“我爱你，赛琳娜。”

“嗯。”

下雪了。寒冷被安静厚重的雪片无声地阻断，一会儿工夫，地上就白茫茫一片。

第二十章

艾利森静静地躺着，聆听着冬的声音。雪花飘落在她卧室小小的窗户上，发出的细小声音，就像糖撒在热咖啡上。它安静地慢慢堆积着，那么美，看着它的时候很难想到危险。记忆里大树的枝被大雪压断；猎人被大雪掩埋冻死；谁家的小狗在雪地里走丢，掉进比它身长还深的雪堆里，窒息而死的故事，就像疼痛一样很容易就被遗忘了。艾利森听着松软的雪落在窗户上，想到的都是美好。她努力不去听风的声音，持续有力的风声让她害怕。冬天吹到新英格兰的风不是疾风狂风，而是像有生命一样，不停地用力呼吸，呼出的空气像死神一样冰冷。艾利森把头埋在床单下面，担心春天永远都不会来。

二月的第二个星期，冬天还要停留很长一段时间，但是艾利森感觉春天到来的时候她的生活就会奇迹地好转。她被一种隐约的不安烦扰着，但是她不知道自己为什么不安。

她会生气地说："一切都不是从前的样子了。"

这些天来，她看到赛琳娜的机会越来越少了，因为赛琳娜不是跟泰德在一起，就是忙着找各种各样的工作去做。

"我在存钱，"星期六下午，艾利森提议看电影的时候，赛琳娜这么说，"我要存钱买你妈妈店里那条白色的裙子，毕业的时候我要穿它，泰德邀请我参加春季舞会，你要去吗?"

"当然不去。"艾利森立马回答道，她想要让赛琳娜觉得，她是自己不想去，而不是没人邀请她去。

"泰德和我肯定会去的。"赛琳娜说。

"泰德，泰德，泰德!"艾利森生气地说，"你能说的只有泰德了吗?"

"是。"赛琳娜简单地回了一句。

"我觉得很恶心，这就是我的想法。"艾利森说。

但是她开始对穿着上心了，康斯坦丝也不用一直念她洗头发。她偷偷去了五分十分店，买了一个填有橡胶垫的胸罩。康斯坦丝评论女儿在很快长开，变好看的时候，艾利森白了她一眼。

"毕竟，妈妈，"她说，"你知道，我不会再变小了。"

"是的，宝贝，我知道，"康斯坦丝说，掩饰着自己的笑容。

艾利森生气地耸了耸肩，她觉得她妈妈好像每天都在变蠢，她在错误的时间讲错误的事真是一绝。

"为什么再也没看到赛琳娜·克罗斯来?"二月快结束的时候康斯坦丝问。

艾利森几乎要喊出来赛琳娜已经没来家里好多好多周了，如果康斯坦丝直到现在才意识到的话，那她真的是又瞎又蠢。

"我猜我只是长得比赛琳娜快。"她告诉她妈妈。

但是当初失去赛琳娜的时候感觉是很糟的，艾利森想她会孤独死，好几个周六下午她都在自己房里哭，她没有一个人去逛商店。后来，她和刚来佩顿没多久的凯西·艾斯沃斯(Kathy Ellsworth)变得要好，她已经不想赛琳娜了。凯西喜欢读书、散步，她还画画，正是最后这点促使艾利森告诉凯西她之前试着写的故事。

“我相信你会理解的，凯西，”艾利森说，“我是说，毕竟我们都是艺术家。”

凯西个头很小，人很安静。艾利森总是觉得如果有人要打凯西的话，凯西的骨头会破碎散架的。她常常太安静，以至于艾利森有时候会忘记她在那里。

“你喜欢男生吗?”艾利森问凯西。

“喜欢。”凯西回答。艾利森被吓到了。

“我是说，你真的喜欢他们吗?”

“是，我喜欢，”凯西说，“等我长大，我就会结婚，买一座房子，生很多孩子。”

“唔，我不会!”艾利森说，“我要成为一个优秀的作家，非常优秀的那种，我永远都不结婚，我就是讨厌男生!”

那个冬天烦扰艾利森的另一个问题就是男生。她经常晚上醒着躺在床上，有种从未有过的奇特感觉。她想用手揉搓整个身体，做的时候她总是想到十三岁生日以及罗德尼亲她的样子。之后她不是感到浑身敏感燥热，就是觉得冷得发抖。她试着想象其他男生亲吻她，但是闭上眼睛眼前游走的总是罗德尼的脸，她几乎希望可以再次感受他的嘴唇。她将手平平地放在下腹，然后慢慢地滑向她刚刚发育起来的乳房。她用指尖揉搓乳头直到它们变硬。这个时候她两腿之间的某个地方会奇怪地一紧，这让她很困惑，但是不知怎地又让她很愉快。有一天晚上，她开始设想如果放在她乳房上的是罗德尼的手，会是什么感觉，她的脸开始发烫。

“我就是讨厌男生。”她跟凯西说。但是她开始在镜子面前练习风骚的表情，在学校的时候，她也总能发现罗德尼就坐在她旁边。

“有男生亲过你吗?”她问凯西。

“嗯，有，”凯西平静地说，“我喜欢其中的几个。”

“你没有!”艾利森大喊。

“是的，我有。”凯西说，艾利森发现如果她说的有一丝丝是真的，凯西就不会撒谎或者装圆滑。“是的，”凯西重复道，“我非常喜欢，一个男孩甚至还勾引了我。”

“哦，我的天!”艾利森说，“他是怎么弄的?”

“哦，你知道，就是，他亲我的时候把舌头伸进我嘴里。”

“哦。”艾利森回应。

那个冬天凯西和艾利森彻底改变了她们的读书习惯。她们泡在图书馆里寻找那些“色名昭著”的书，然后大声读给对方听。

“真希望我的胸部像大理石那般洁白细腻，”凯西合上书怅然地说，“我的上面青筋依稀可见。我想我要画一幅画，一个有大理石乳房的女子。”

“凯西特别好，”艾利森跟康斯坦丝说，“她特有天赋，有想象力，什么都好。”

老天啊，康斯坦丝想，先是棚户区人的女儿，现在又是流动磨坊工人的女儿，艾利森的品位真是全在嘴上!

这些日子康斯坦丝没有太多时间陪女儿。她买下了她隔壁的那家店，正忙着扩充店面。她进了一批男人的袜子，衬衣以及小孩子的衣服。三月一日之前她还雇了赛琳娜放学后来给她做兼职，雇了赛琳娜的妈妈内莉每周三天来给她打扫房间。正是在这段时间艾利森发现内莉的一个新习惯——低声自言自语。

“混蛋，他们所有人，”她嘀咕着，恶狠狠地敲打门框，“个个都是。”

艾利森想起那天站在箱子上看到克罗斯家厨房发生的事情。

“酒和女人，女人和酒。”内莉喃喃自语。艾利森开始哆嗦，她想起赛琳娜的尖叫声撕破十一月下午的寒冷。她从没鼓起勇气把那个故事告诉任何人，她也没有跟赛琳娜提起她看到的。但是不久后，她看到一本书的书皮上，一个奴隶女孩，手腕被绑着，悬在头上，腰以上没穿衣服，一个野蛮的男人用鞭子抽打她，看起来很残忍。她觉得卢卡斯那天脑子里的画面就是这样的。卢卡斯一定是随时随地在打内莉，直到她精神失常。

“混蛋。”内莉念叨着，“哦，你好，艾利森，进来坐，我给你讲个故事。”

“不用，”艾利森立马回绝，“不用了，谢谢。”

这是一个飘着雪的寒冷的午后，内莉在艾利森家的厨房熨衣服，艾利森在炉边的摇椅上坐着。

“很久以前，”艾利森说，“在遥远的大洋彼岸，住着一位美丽的公主——”

内莉熨着衣服，她小小的眼睛闪着光，她松弛的嘴巴半张。从那以后，只要艾利森在屋子里，内莉总会笑着说，“给我讲个故事吧”。每一个故事都要不一样，因为内莉能立刻听出来。“不要，不要讲这个，你已经讲过这个了。”

“内莉自己看起来跟猪一样，”康斯坦丝说，“但是她把房间打扫得锃亮锃亮。”

三月的一个早晨，内莉来到康斯坦丝家，她还没有去上班。

“估计你没听说过费斯（Firth）先生吧？”她问。

内莉有个烦人的习惯，就是废话多，她现在就开始胡扯了。

“他倒地了，”她告诉康斯坦丝和艾利森，“他在车道上铲雪，滑倒，死了。我就知道他总有一天会毙命的。混蛋，跟他们一样，混蛋。”

“拜托，内莉！”康斯坦丝告诫道，“说话小心点儿。”

艾伯纳·费斯是佩顿学校的校长，那天早上倒地后心脏病发作而死。

“真遗憾啊。”康斯坦丝心不在焉地说。

“你确定吗，克罗斯夫人？”艾利森问。

“当然，这个悲惨的世界少了一个混蛋。”

在学校，艾尔西·桑顿老师脸上擦了粉，眼睛却没什么色彩。她要求每个学生第二天带一角钱来给已故的费斯校长买花。

“这个时候换校长我们可要吃苦了。”莱斯利·哈灵顿说，他是校董会的主席。“该死，为什么不等到春天再心脏病发作呢。”

罗伯塔·卡特（Roberta Carter），泰德的妈妈，同样也是校董会的成员说：“不要说对上帝不敬的话，莱斯利。”

“别装蒜了，博比（Bobby）①。”哈灵顿回道。

---

① 博比（Bobby），女子名，等于芭芭拉（Barbara），罗伯塔（Roberta）。

西奥多·雅诺斯基（Theodore Janowski）是磨坊工人，第三个校董会成员，不耐烦地朝莱斯利和卡特夫人点头。雅诺斯基本来是来充实校董会的，让它看起来真正代表佩顿所有人。但是两年的任期里，他从未表决过任何事。莱斯利决定，让卡特夫人争论一会，然后他们两个人就宣布应该怎么做，偶尔他们会转向雅诺斯基问："你不同意吗，雅诺斯基先生？"

"同意。"雅诺斯基的回答从来都是这两个字。

"那我们就去波士顿和那里的教师机构进行接触，"哈灵顿决定说，"他们应该能找出一个合适的人选。现在，我想我们都应该掏腰包给艾伯纳买个花圈了。诅咒他的灵魂。"

将近四月，没有任何回暖的迹象。波士顿的教室机构给出了一个可以胜任佩顿校长的人选，托马斯·马克里斯（Tomas Makris），纽约人。

"马克里斯！"莱斯利吼道，"什么破名字！"

"我觉得是希腊人。"卡特夫人说。

"我不知道，哈灵顿先生。"雅诺斯基说。

"他的条件非常优秀，"卡特夫人说，"但是我觉得他有点不稳定，看他给出的上次离职的原因——'去匹兹堡炼钢厂工作，因为他们给的钱更多。'不是吧，莱斯利，我觉得我们不需要这样的人。"

"该死的希腊人，还是个轧钢厂的工人，这个波士顿的教室机构一定是一群怪人搞的。"

西奥多·雅诺斯基一句话也没有说，但是第一次，他强烈地想给莱斯利嘴上一拳。

"艾尔西·桑顿怎么样，"卡特夫人建议，"她教了那么久的书，对学校内外都了解得很透彻。"

“她太老了，”哈灵顿反对道，“她几乎要准备退休了，而且校长这种职务不是女人能干的。”

“那这样看来，”卡特夫人不悦地说，“要不就这个马克里斯，要不就没人。”

“哎呀，别着急。”哈灵顿说。

校董会一直拖到四月中旬。有一天他们收到州教育厅发来的短函，告知一个学校没有校长是不行的，佩顿学校的校董会应立即选出一个校长。事实是艾伯特生前还带了三门英语课，英语是所有年级的必修课，他死后课就一直停着。在州教育厅看来，应立刻找到代替的老师。同一天晚上，莱斯利打对方付款的长途电话给匹兹堡的托马斯·马克里斯。

“你愿意接听将由您付款的，来自莱斯利·哈灵顿先生的电话吗?”话务员问。

“我才不愿意呢。”马克里斯用洪亮的声音回答。“谁是莱斯利·哈灵顿?”

“请稍等。”话务员说。

当她把马克里斯的话转给莱斯利时，他吼回去，说自己是佩顿学校校董会的主席，如果马克里斯有兴趣去那边工作的话，他最好赶紧接付费电话。不幸的是，哈灵顿讲话的时候，话务员没有挂断，所以在她更加委婉地转告哈灵顿的话给马克里斯之前，那头就自己先吼起来了。

“我告诉你，哈灵顿，”他对着电话吼，“如果你连长途话费都付不起的话，你也雇不起我。”然后将电话猛扣回原地。

两分钟后，他的电话响了，话务员告诉他是哈灵顿先生从佩顿打来的，已付费。

“是吗?”马克里斯问。

“听着，马克里斯先生，”莱斯利说，“我们来理智地讨论一下这个问题。”

“反正你付钱，”马克里斯说，“说吧。”

第二天全镇都在轰传莱斯利去请一个希腊人来当学习校长的事。

“希腊人？”人们怀疑地问，“啊，我们有一群波兰人和加拿大人在工厂工作还不够吗？还要让希腊人也进来？”

“天哪！”玛丽昂·帕特里奇说，“我不知道罗伯塔·卡特是怎么想的，过不了多久你们就会在榆树街看到二十四小时营业的水果店！”

“他是镇上唯一的希腊人对我来说已经是福音了，”科里·海德（Corey Hyde）说，他在镇上开了一家最大的餐厅，“你知道人们说希腊人遇到希腊人会发生什么事情吗？他们互看一眼，然后开了一家餐厅！”

“当时也不好好想想，莱斯利，”杰瑞德·克拉克说，“雇一个希腊人，天哪，你脑子进水了吗？”

“我脑子没进水，”莱斯利生气地说，“他是我们所能找到唯一一个条件还不错的人，他是哥伦比亚大学的硕士，不管怎样，他挺好的。”

事后，以后的以后莱斯利都没有承认，他是逼不得已请的马克里斯，也没有讲他几乎是求着马克里斯来佩顿的，他也没法跟自己解释他为什么这么做。

“你付我多少钱？”马克里斯问。当莱斯利告诉他后，听到的是，“开什么玩笑，留着你寒酸的工作吧。”

莱斯利将价码提高到了每年四百美元，同时承担去佩顿的交通费用。马克里斯要求三室一厅的公寓，蒸汽供暖，邻居要好，还有一份合约，不是一年，是三年。

“董事会一定会对此百分百满意的，我非常确信。”但是挂了电话后他开始冒汗，可笑的是他觉得自己很虚弱，很软弱。

让我来修好你的马车，独立希腊马克里斯先生，哈灵顿心里嘀咕着。但也生平第一次觉得害怕，他说不上为什么。

“不管有没有资历，”杰瑞德说，“你这次真的干了件得罪人的事，莱斯利。”

除了马修·斯温医生和艾尔西·桑顿，镇上的所有人都同意杰瑞德的观点。

“为了孩子们，找个年轻点的来当校长把，”斯温医生说，“让他们可以振作一点。”

哥大的硕士，桑顿老师想着，一个年轻的受过良好教育，无所畏惧的人。她在心里迅速给史密斯学院的校长递了句话，我会让你看到的，桑顿觉得斗志昂扬，你会看到的！

对塔特尔杂货店的老头们来说，学校从来都不是他们感兴趣的话题，但是现在他们滔滔不绝地谈论着新校长。

“你是说一个从纽约来的新校长？”

“嗯，一个纽约来的希腊人。”

“真想不到啊！”

“不对啊，镇上那么多资深的老师，为什么把这么好的差事交给一个外乡来的希腊人。”

“哦，我不知道，”克莱顿·弗雷泽说，“见见新面孔也是好的。”

艾利森特意跑到妈妈的店里告诉她即将上任的新校长。

“马克里斯？”康斯坦丝问，“好奇怪的名字啊，他从哪里来的？”

“纽约。”艾利森回答。

康斯坦丝心跳加速，胸口疼痛。

“纽约?”她又问了一遍。

“其他同学都是这么说的。”

康斯坦丝让自己忙着挂新到的裙子，艾利森没有注意到妈妈忽然变得很紧张。她自己也紧张地没注意到任何事，因为她来的真正原因不是来传播新校长的消息。

“我想要一条新裙子。”她忽然说。

“哦?”康斯坦丝吃了一惊，“你有什么具体的想法吗?”

“派对穿的裙子，”艾利森说，“我下个月有个约会，要去春季舞会。”

“约会!”康斯坦丝难以置信，她放下手里拿的两条裙子，“和谁?”

“罗德尼·哈灵顿，”艾利森镇定地回答，“他今天下午邀请我的。”

她一点也不平静，她在想生日那天晚上，因为自己不愿接受生日巴掌，被罗德尼强吻的画面。

第二十一章

几天后，托马斯·马克里斯乘火车来到佩顿，他一个人从火车上下来，在月台停下来，把四周看了个遍。他习惯将一个新的环境深深定格在脑海中，这样就永远都不会抹掉或者忘记。他静静地站着，手上沉重的箱子拉着他手臂的肌肉，他发觉实在没什么可看可听的。晚上七点过一点，但感觉却像半夜或者凌晨四点点。火车站什么也没有，除了蜿蜒的铁轨和远方火车穿过康河发出的长长的鸣笛声。天真的很冷。

都已经是四月了，马克里斯想，他的肩膀在外套下面不舒服地耸了耸，真他娘的冷。他的正前方就是火车站，一个破破烂烂的木制建筑，屋顶严重倾斜，而且非常薄，哥特式的窗户让它有一种废弃教堂的感觉。在火车站大楼的最前边，前门的最左边，用蓝白色的漆写着佩顿住宅，人口 3675。

3675，马克里斯想着，推开火车站窄小的门，听起来像一件便宜的西装的价格。

楼内，几个灯泡发着昏暗的光，灯泡被吊在几个固定装置上，很明显是之前的燃气体探测报警器装置。一排排金橡木长凳，是可取的木头当中最丑的，凳子上没有人。粉刷粗糙的棕色墙壁的边缘也是同一种黄木。地面是黑白相间的大理石。一面墙里嵌着一个铁笼子，里面是一个笔直瘦瘦的男人，鼻子好像被捏了一把定型了一样，一副金属框眼镜，衣服上打的蝶形直勾勾地盯着马克里斯。

“我在哪里可以寄存行李?”马克里斯指着脚下的两个包问。

“隔壁的房间。”笼子里的人回答。

“谢谢。”马克里斯穿过一个窄窄的拱门来到另一间房，相对小，却是大厅的翻版，金橡树，大理石，燃气体探测报警器改装的电灯装置，多了两个小门，清晰地标识着——“男人”、“女人”。其中一面墙上紧靠着一排灰白色的金属寄存柜，在马克里斯看来，它们已经很友好了，它们是佩顿火车站唯一一个和他此生见过的东西有一丝相似的东西。

“啊，”他咕哝道，“好怀念中央车站啊。”然后弯下腰将他的行李塞进一个柜子里。他付了十美分的押金，拿了钥匙，发现他是唯一一个用柜子的人。

忙碌的镇子啊，他思忖着，走回大厅。他的脚步擦在干净的大理石地面上发出令人心烦的声音。

莱斯利·哈灵顿告知马克里斯一下火车就打他家电话，但是马克里斯绕过了火车站无人问津的电话亭。他想先自己看看佩顿，想透过自己的眼睛，而不是借助任何人的眼睛，看看这个地方。而且接到长途电话那天，马克里斯就觉得哈灵顿傲慢自大，过分强调自己的重要性，因此觉得他肯定是个讨厌的家伙。

“嘿，老头。”马克里斯对笼子里的人说。

“我的名字是罗兹（Rhodes）。”老头说。

“罗兹先生，你能告诉我怎么从这里到镇上吗？外面怎么可怜得连个出租车都没有。”

“如果我不能就奇怪了。”

“如果你不能什么？”

“告诉你怎么到镇上，我在这里生活六年多了。”

“有点意思。”

“你是马克里斯先生吧？”

“是我。”

“你不要打电话给莱斯利·哈灵顿吗？”

“一会再打，我想先喝杯咖啡。这附近就没有一辆出租车吗？”

“没有。”

马克里斯忍住没笑。看样子他之前听说的，关于这些沉闷的新英格兰人的传言是真的。笼子里的老头给人感觉啜了几年的柠檬。当然“酸”不是那个自称来自波士顿的匹兹堡秘书的特点之一，但是她说自己是波士顿东面的爱尔兰人，并不能完全代表新英格兰。

“那么你介意告诉我怎么从这里走到镇上吗，罗兹先生？”马克里斯问。

“当然不。”马克里斯注意到他发这三个字的时候是连读的[①]。“只要从前面出去，绕过火车站街，再走两个街区，你就会到榆树街了。”

“榆树街？那是主街道吗？”

---

① not at all 连读 notatall。

“是的。”

“我怎么觉得新英格兰所有小镇的主街都叫‘主街’呢。”

“也许吧，”罗兹生气地说这句话的时候，倍感自豪，“其他小镇的主街确实都叫主街，但是在佩顿，我们的主街叫榆树街。”

这个话题结束，马克里斯想。下一个问题，“佩顿住宅听起来是个奇怪的名字，”他说，“怎么会有人选这个名字？”

罗兹将手撤回，开始关铁笼后面的木板窗。

“我要下班了，马克里斯先生，”他说，“如果你想喝到咖啡的话，我建议你也上路吧，海德的餐厅半小时后打烊。”

“谢谢。”马克里斯对着突然关上的木板窗说，他已经看不见罗兹了。

友好的混蛋，他想，他离开火车站开始沿着写着火车站的街往上走。

托马斯·马克里斯的块头惊人，他每走一步，肌肉都好像在震颤。在他之前匹兹堡的炼钢厂，一个迷恋他的秘书告诉他，他是彩色版的钢铁工人。他袖子卷到胳膊肘，上下臂形成两块强壮的结。他工服的扣子总感觉要收不住胸部的肌肉而崩掉。他身高六尺四寸，净重两百一十二磅。说他像干什么的都行，就是不像老师。事实上，匹兹堡的秘书跟他讲，如果他穿上深蓝色西装，白衬衣，系上深色领带，他看起来像钢铁工人假扮的校长，不会赢得新英格兰人的信任。

托马斯·马克里斯是一个英俊的男人，黝黑的皮肤，乌黑的头发，性感迷人。不管是男人还是女人都会称赞他的长相而不是智慧，这当然是一个误解，因为马克里斯像数学家一样善于分析，像哲学家一样充满好奇。正是出于好奇心，他放弃老师的职业去匹兹堡炼钢厂工作了一年。他在那一年学到的经济学、劳动、资本的知识比他读十年书学到的多得多。他今年三十六岁，按照匹兹堡秘书的说法，他毫不遗憾从来没有在一份工作上干到功成名就。他很坦率，完全不会什么交际手段，用他在纽约东部下面一点的地方学到的语言来讲，他暴躁的脾气正在趋向缓和。

马克里斯在火车站街上走着，再走半个街区就到榆树街了，这时帕克·罗兹（Parker Rhodes）开着一辆老轿车经过他身边。帕克从驾驶员这边的车窗直直地看着佩顿的新校长。

混蛋，马克里斯想，真是个友好的混蛋啊，用你那破车载我一下能怎样。

然后他笑了，思忖着为什么罗兹对该镇名字的话题那么敏感。他要四下打探一下，看看是不是这个破地方的所有人都用同样的方式回答他的问题。他走到了榆树街的拐角，停下来环视四周。拐角有一栋白色圆顶的房子，呆板的蕾丝窗帘。透过里面的灯光，他看到两个女人的坐在一张桌子旁，中间明显是一个棋盘。那两个女人长得很大个儿，胸部下垂，满头白发。马克里斯觉得她们看起来像在同一所女校工作了一辈子。

她们是谁呢？他看着她们自问，然后自答，也许是镇上的两个女同性恋。

他不情愿地离开白房子，向西走向榆树街，走过三个街区后，他来到一个很小，但是很干净，灯光明亮的餐厅，优雅的霓虹亮着“海德的餐厅”。马克里斯推开门走进去，除了最里面的柜台后面坐着的一个老头，和听到门响从厨房走出来的另一个男人，餐厅里空无一人。

“晚上好，先生。”科里·海德（Corey Hyde）打招呼。

“晚上好，”马克里斯说，“请来杯咖啡，再加一个派，随便什么馅的。”

“苹果的行吗，先生?”

“随便什么的都行。”

“我们还有南瓜的。”

“苹果的就行。”

“应该还有一个樱桃的。”

“苹果的，”马克里斯说，“就可以。”

“你是马克里斯先生对吧?”

“是的。”

“很高兴见到你，马克里斯先生，我叫海德，科里·海德。”

“你好吗?”

“向来很好，”科里·海德说，“我会一直好下去的，只要没有人再开另一家餐厅。”

“呃，现在能上我的咖啡吗?”

“当然，当然，马克里斯先生。”

最里面柜台的那个老头用勺子小口喝着咖啡，偷偷摸摸地看着马克里斯。马克里斯想那老头是不是乡下白痴。

“咖啡来了，马克里斯先生，”海德说，“还有佩顿最好吃的苹果派。”

“谢谢。”

马克里斯将糖搅拌到咖啡里面，尝了一口派，非常好吃。

“佩顿住宅，”他对科里·海德说，“是我听过最奇怪的镇名，是以谁命名的?”

“哦，我不清楚，”科里说，手里拿着一块布在洁净的柜台上无谓地打着圈，“很多镇的名字都很搞笑啊，比如说巴吞鲁日，路易斯安那。我的一个孩子中学修了法语课，告诉我巴吞鲁日的意思是红色的棍子，一个镇起这样的名字不是很糟吗？红色的棍子，路易斯安那，还有得梅因，爱荷华，这些名字听着怎么样？多古怪。”

“你说的不错，”马克里斯说，“但是佩顿是以谁命名的，或者是以什么命名的？”

“内战前，有个人在上面建了一座城堡，那个人叫塞缪尔·佩顿。”科里不情愿地说。

“城堡！”马克里斯惊呼。

“对的，一座货真价实的城堡，每一根棍子，每一块石头都是从英国运过来的。”

“那这个佩顿是谁？”马克里斯问，“被流放的公爵？”

“不是，”科里说，“只是一个钱多得花不完的人。不好意思，马克里斯先生，我厨房还有事要忙。”

柜台尽头的老头轻声笑了。“事实是，马克里斯先生，”克莱顿·弗雷泽大声说，“这个镇是以一个该死的黑鬼命名的，这就是科里苦恼不愿多讲的原因。他有些敏感，就是不想痛痛快快地讲出来。”

正当托马斯·马克里斯边喝着咖啡，享受着苹果派，边跟克莱顿·弗雷泽聊着天的时候，帕克·罗兹回到了他位于月桂街的家。他停好老轿车，走进屋子，顾不上脱掉大衣，摘掉帽子，就径直走向电话。

“你好，”对方一接电话，他立马开口，“是你吗，莱斯利？他到这了，莱斯利。七点下的火车，寄存了他的行李，步行去了镇上。他现在在海德的餐厅。什么？不行，他得等到明天早上才能从火车站拿到他的行李。什么？哦，该死，他没有问我，这就是为什么。他没问我他什么时候可以取行李，他只想知道哪里可以存行李，所以我就告诉他了。你说什么，莱斯利？没有，我没有告诉他五年前装上那些柜子以来，就没人用过。什么？该死，因为他没有问我啊。嗯，是的，莱斯利，很黑，块头很大。哦，他有半个谷仓那么巨大。对，在海德那边，说他想喝个咖啡。”

如果托马斯·马克里斯听到这段谈话的话，他一定会注意到罗兹最后几个词也是连读的①。但是此刻，马克里斯正在盯着走进餐厅的高个子，银发男人。

“我的天!”马克里斯默默惊叹，这个人简直就是种植者宾治（Planter's Punch）的活体广告，这个地方怎么会出现一个该死的肯塔基上校呢!

“晚上好，医生。”科里·海德听到门响，从厨房探出脑袋。马克里斯边看边想，觉得那人更像一只疲惫的乌龟从龟壳里伸出脑袋。

“晚上好，科里。”那个男人一开口，马克里斯就知道他不是什么叛逃的肯塔基上校，是本地人。

“欢迎来到佩顿，马克里斯先生，”白头发的人说，“很高兴你能来我们这里，我是斯温，马修·斯温。”

“晚上好，医生，”克莱顿·弗雷泽说，“我正在跟马克里斯先生讲我们镇的传说呢。”

“有没有让你有跳上下一班火车离开的冲动呢，马克里斯先生?”医生问。

“没有，先生。”马克里斯回答，心里想着，至少这个鬼地方有一张脸看起来像人。

“我希望你在这儿过得愉快，”医生说，“如果愿意的话，你安顿下来后，我可以带你到镇上转一转。”

---

① a cup of coffee 连读 kupakawfee。

“谢谢，先生，我非常乐意。”马克里斯说。

“莱斯利·哈灵顿来了。”克莱顿·弗雷泽说。

透过玻璃门可以很清晰地从室内看到餐厅外的人影。医生回过头去看。

“是莱斯利，没错，”他说，“来接你回家的，马克里斯先生。”

哈灵顿大步迈进餐厅，脸上的笑容像模制的冰淇淋放上去的。

“啊，马克里斯先生，”他高兴地喊，同时伸出手，“非常欢迎你来到佩顿。”

马克里斯心想，天哪，他更糟，比我担心的更糟。

“你好，哈灵顿先生，”马克里斯问候道，勉强碰了一下哈灵顿伸过来的手，“最近有没有打长途电话呀？”

哈灵顿脸上的笑容逐渐消融，然后整个消失，但是他及时救了场。

“哈，哈，哈，”他干笑几声，“没有，马克里斯先生，最近没有太多时间打电话，我都忙着给我们的新校长找公寓呢。”

“我相信你一定找到了合适的。”马克里斯回道。

“当然，当然，是找到了。那么，动身吧，我开车载你过去。”

“我喝完咖啡马上就走。”马克里斯说。

“行，行。”哈灵顿说。“哦，你好，马特。你好，克莱顿。”

“喝咖啡吗，哈灵顿先生？”科里·海德问。

“不用，谢谢。”哈灵顿回答。

马克里斯喝完咖啡，一周人都小心地说了晚安，然后他就和哈灵顿离开了餐厅。他们前脚一走，斯温医生后脚就开始笑。

“天啊，”他大声说，“我用我香甜的小屁股打赌，莱斯利这次是遇到对手了！”

“来了一个莱斯利不敢呼来唤去的老师。”克莱顿·弗雷泽评论道。

科里·海德不确定地笑了笑。他还欠着银行的钱呢，莱斯利·哈灵顿正好是受托人。

“纺织生意肯定做得风生水起吧。”马克里斯说着，打开哈灵顿新买的帕克的车门。

“解释不了，”哈灵顿说，“解释不了。”对于自己忽然开始重复所说的话，哈里顿愤怒地晃动了一下自己。

马克里斯正准备上车，一个女人朝他们走来，借着街角的灯光，马克里斯迅速地瞥了一眼，看到一个穿深色大衣的金发女人。

“那个人是谁?”他问道。

莱斯利·哈灵顿朝黑暗中望了一眼。人影走近一点的时候，他笑了。

“那是康斯坦丝·麦肯齐，”他说，“也许你们两个有很多相似的地方，她之前也住在纽约，很不错的一个女人，长得又漂亮，是个寡妇。”

“介绍给我。”马克里斯说着挺起身板。

“行，行，很乐意。哦，康妮！”

“怎么了，莱斯利?”

马克里斯听到一个低沉沙哑的声音，他抑制住想要整理领带的冲动。

“康妮，”哈灵顿说，“我想让你见见我们的新校长，马克里斯先生，康斯坦丝·麦肯齐。”

康斯坦丝伸出手，他握着的时候，她瞪大双眼看着他。

“你好。”她最终说道。托马斯·马克里斯很疑惑，因为她的声音里透着一种突然的释然。

“很高兴认识你，麦肯齐夫人。”马克里斯说。心里想的却是：很高兴认识你，宝贝儿，我想要了解你更多，比如说在床上，你的金发铺开在枕头上。

自从那晚康斯坦丝·麦肯齐被介绍给托马斯·马克里斯后，康斯坦丝家里就多了一种新的紧张气氛。康斯坦丝在家的时候一直尽量有耐心，尽最大的努力去了解她的女儿艾利森，艾利森现在完全没有理由地既暴躁又倔强。这种新习惯并不局限于家里，在店里也同样明显。令她感到沮丧的是，她发现自己有一点可憎，这点她之前从来都没有意识到。更糟糕的是，把埋藏多年的想法讲出来让她有一种痛苦的满足感。

“你屁股周围肉太多，已经穿不了十八号了，”四月底的一个下午，她对夏洛特·佩奇说，“你最好开始考虑女士的二十四号半。”

“为什么，康斯坦丝!”夏洛特震惊地问，“从我开始在你这买衣服，我就一直穿十八号，我不知道你在想什么!”

“你一直穿十八号，只是因为只要你试过的衣服，我都把尺码标签撕掉，然后换上十八号。”康斯坦丝直言不讳地讲道。“这个是二十四号半的，你大概可以穿上，不过告诉你实话吧，我还是怀疑你能不能穿上。”

“很好!”夏洛特·佩奇拿起她的伞和手套。“太好了!”

康斯坦丝对着重重的摔门声皱眉蹙眼，夏洛特已经用行动代替言语表达了，“再见！我不会再来了!”她疲惫地拨了拨头发，走到店里后面的小房间，她在里面放了一个电火盆和一个冰箱。她给自己做了一瓶苏打水，迅速喝下。她开始发抖。

我不会比你更知道我在想什么，夏洛特，她想着。

一开始，她告诉自己这是她初次见过托马斯·马克里斯，确认她之前从未见过这个人时，获得的巨大解脱。自己是多么滑稽啊！

纽约有八百万人，她想着，笑得发颤，我竟然担心一个找到佩顿来的人！

但是初次碰面之后，放轻松，心放宽之后，康斯坦丝开始受失眠和消化不良的折磨。她在街上看到过托马斯·马克里斯两次，两次她都跑开，避免和他打照面。事后，她给自己的行为想不出一个合理的解释。也许当艾利森第一次告诉她新来的校长是从纽约来的时候，她比自己想的要忧心得多，所以她现在承受的是可怕的焦虑带来的副作用。

她明白，如果托马斯·马克里斯是某个刚好认识艾利森·麦肯齐和他在斯卡斯代尔家人的人的话，那就太令人痛苦了。但是既然他不是，就很难解释为什么新来的校长一直萦绕在她脑海。

任何人，她跟自己宣称，对那么大块头的一个人都会印象深刻的，再加上他那令人讨厌的英俊的脸庞和挑逗的笑容。

但是不管她跟自己说什么，托马斯·马克里斯的形象还是一如既往地停留在她脑海里。

一天深夜，艾利森被屋子里轻微移动的声音吵醒。她静静地躺着，游离在半睡半醒之间，听到浴室的水流声。

只可能是妈妈，她沉沉地想。

小孩子的适应能力，让她毫无异议地接受妈妈这些天的烦躁不安。

艾利森转了个身，看到床头的夜光闹钟闪着光。她睁大眼睛，闹钟变得清晰，两点钟。艾利森忽然完全醒了，这种神奇的能力似乎在随着童年的结束而消失。她坐起来，胳膊环着膝盖。外面下着雨，已经这样下了好几天了。艾利森房间白色的窗帘在风中扭动着，她久久地盯着它们，她注意到风带来的每一个动作都优雅无比，她的窗帘跟疾风中大树的枝丫一样无形，它们下降，摇摆，转动，每一个动作都是流动着的。

我希望，艾利森想，我可以随风起舞。

艾利森悄悄地下床，打开闹钟旁边的灯，然后走到衣柜前，里面挂着她春季舞会的裙子。她触摸着巨大的薄纱裙摆，指尖游走在柔软光滑的裙子上身，这是她的第一条拖地长裙，也因此是她成人礼派对的裙子。她把裙子从衣架上拿下来，托着她，向前伸，吹进房间的风试图抓住这浅蓝色的布料，裙子轻轻地鼓起来。

它自己在跳舞，她想，让裙子紧贴自己的身体，她踩着小舞步在房间里转着圈，她努力让自己的脖子放松，这样头就可以优雅地来回转动，只有从衣柜的镜子里看到自己的时候，她才会停下来。她看着自己穿着睡衣的坚实的身体，注意她的头发是怎样散落在肩膀上的，健康，柔软，纯棕色的头发。

如果我的体型能更好就好了，她难过地想，把裙子放下来。如果我非常瘦，非常高的话，我就可以像蓝铃草一样在风中飘舞，那时所以人都会说我是全世界最棒的舞者。如果我能像妈妈一样有一头金发，或者像爸爸一样一头黑发就好了，我就是不想要这讨厌的混色！

她的棉布睡衣上面印着五彩的马戏团舞者，衣服呈宽大的圆柱形，小小的圆领，裤腿很宽，腰部有松紧带。艾利森厌恶地看着自己。

一个十三岁的女生穿这个真是太幼稚了！她愤恨地想，我看起来就像个小孩子。

她的指头烦躁地拽着睡衣的扣子，笨拙地想要急切摆脱凸显她孩子气的衣服。她裙子上半身的丝绸贴在皮肤上凉凉的，很光滑，像布满了肥皂泡。蓝色的布料反射到她的眼睛里，裙摆的薄纱搔她的腿，很不舒服。艾利森恐慌地发现她的第一件长大的裙子丝毫没有让她看起来成熟一些。

如果他觉得我不漂亮怎么办，她禁不住想，如果他看到我的时候就开始后悔邀请了我怎么办。

她跑到衣柜，从抽屉里拿出橡胶填充的胸罩。她把它放在身前，裙子上面，在镜子里仔细看着自己，几乎有点害怕把裙子脱下，穿上内衣，因为如果胸罩不能让她显得成熟的话，那就没有任何方法可以尝试了。最后，背对着镜子，她把裙子的上身拉低，穿上内衣，再把裙子拉上来。她立刻转了一圈，想要自己捕捉会给罗德尼·哈灵顿留下什么样的印象，这是她第一次穿成这样。镜子告诉她，这样非常讨喜和令人满意。裙子的上半身华丽地隆起，被胸罩绷得紧紧的，如此一来，她的腰看起来细了很多，臀部也更有线条。

艾利森向前微弓，期待她裙子的前面够松，够低，这样任何人从这个角度看她的话，都可以看到她的乳沟。前几天下午，她和凯西·埃尔斯沃斯刚读完一本书，书中的男主人公因为透过银色礼服上部看到了心爱的女人的乳房，而大汗淋漓。

艾利森叹了口气。她的裙子把她包裹得严严实实的，即使裙子没有，胸罩也是完全包裹着她。

但是，她想，她看了一眼自己的侧身，从这个角度，我看起来很成熟，你不能面面俱到嘛。

“天哪，艾利森，都快凌晨三点了，脱掉裙子，去睡觉!”

艾利森当下被吓了一大跳，感觉像有人给她胃上一拳。忽然，她意识到，是太冷了，她打了个哆嗦。不知道为什么，她忽然开始好奇将手指伸到笼子里的时候，金丝雀是怎么想的。

“你开门前至少应该先敲门。”她生气地说。

康斯坦丝没有意识到她刚刚打破了一个私密的梦，用同样的口气回道。

“不要那么无礼，艾利森，”她说，“脱掉你的裙子。”

“不管我说什么，都是鲁莽，”艾利森气急败坏地说，“但是不管你说什么，就总是有礼貌的。”

“把那个愚蠢的橡胶胸罩给我，”康斯坦丝无视艾利森的反抗，“你穿着它就像一个充了气的气球。”

艾利森眼泪唰唰地下来，任由她的新裙子掉在地上。

“我就不能有点隐私吗，”她哭着说，“即使在我自己的房间也不行吗!”

康斯坦丝捡起裙子，挂起来。“给我，”她命令道，把手伸出去要艾利森的胸罩。

“你真刻薄，”艾利森哭喊，“你又刻薄，又讨厌，又残忍！不管我要什么，你都要试图毁掉它。”

“闭嘴，去睡觉。”康斯坦丝冷冷地说完，关掉了灯。

艾利森的啜泣声伴随着她走到大厅，进到自己房间。康斯坦丝点了根烟。她最近抽烟抽得厉害，又常常对艾利森做出不公的举止。几个月来康斯坦丝任艾利森觉得自己的妈妈是好糊弄的，只要机会出现，她都可以摆出一个撩人的姿态。

我从一开始就应该制止，她想。即便是在家里做这种事，我也应该让她知道没有人会被假乳房骗太久的。

康斯坦丝深深地叹了口气，吐了一口烟。

“是这该死的季节让我们相处得这么难。”她想。令她吃惊的是，她从来都没有跟自己大声讲过话，而且很少骂脏话。

是这雨让一切都变得这么压抑沉闷，她默默地修正。

那一年，把一切都怪罪给季节很容易。春天来晚了，又在补偿失去的时间。她带着龙卷风，匆匆地，匆匆地，匆匆地赶来。艾利森觉得就像一只白兔赶着去疯帽子①的茶话会。春天带着暴雨来临，融化了康河的冰，康河汹涌着，咆哮着，泛滥着。她洗掉了大地和树上的积雪，她毫不留情地连续拍打着土地，直到厚重的白霜给她让路，融化成混沌的状态，向她屈服。那年的春一点都不温柔，很难想象她曾近是一个充满嫩芽和娇弱的小花的季节。她暴躁，扭转，拍打，沉醉于把大地从冬天手里夺过来的残暴比赛中。只有当她赢了的时候，她才会安静下来，充满笑意，就像一个发完脾气的淘气鬼。

等春天终于放松，坐下来的时候，五月已经过去一半了，她得意地展开自己的绿裙子。农民们在花园里种植，同时留意着变幻无常的春姑娘，免得她又随时暴躁起来。等春终于平静下来的时候，日子开始过得缓慢，像交响乐的乐章流畅地循环。这个时候只有康斯坦丝心神不安，即便动荡不安的四月已经过去，日历上显示着五月的来临，一个充满阳光和默默生长的时节，康斯坦丝仍像洪水期一样无法平静。她没

---

① 《爱丽丝梦游仙境》中的人物。

有意识到自己身上的症状就像青春期的痛苦与躁动，她也不承认自己内心不满的渴望是对性的渴望。她抱怨生活外在的东西，她的女儿，扩大生意带来的越来越重的担子，以及为这两样付出的持续不断的努力。

“这足够让一个基督教科学派成员厌烦!”一天她在店里卸货的时候，生气地说。

“你刚说什么，麦肯齐夫人?”赛琳娜从柜台后面问道。她在整理孩子的内衣。

“哦，见鬼去吧。”康斯坦丝生气地说。

赛琳娜没有再开口。看到麦肯齐夫人近几周都不开心让她很烦恼，不是因为她的不开心总表现在说话刻薄上，而是她的刻薄来得没有任何征兆，这让她待在店里很难受。只要赛琳娜感觉到麦肯齐夫人要变脸了，她就努力转去客户那里，心里默默地希望客户不会要求见康斯坦丝。但是对赛琳娜来讲最糟的是，麦肯齐夫人爆发完之后的行为。她总是会道歉，然后努力弥补。她这样的时候脸上总带着不确定的，颤抖的微笑，这让赛琳娜很想拍康斯坦丝的肩膀，跟她讲一切都会好的。当麦肯齐夫人觉得抱歉的时候，她的样子很像乔伊惹赛琳娜生气，然后想要弥补她一样。乔伊这样的时候，赛琳娜已经很难受了，看到麦肯齐夫人这样，赛琳娜很想哭。这种情绪衡量着赛琳娜对康斯坦丝·麦肯齐的热爱，赛琳娜可以无视任何人，就是不能眼睁睁看着康斯坦丝和乔伊忍受悔恨的折磨而无动于衷。

康斯坦丝在柜台上放了一张发票，然后转向赛琳娜。

“对不起，亲爱的，”她笑着说，“我不应该那样对你说话。”

哦，不要这样，赛琳娜想。请不要露出这样的表情。

“没关系，麦肯齐夫人，”她说，“我想我们都有身体不舒服的时候。”

“我有点消化不良，”康斯坦丝说，“但是我不应该把不愉快撒到你身上。”

“没关系，”赛琳娜说，“你可以回家躺一会，反正也快关门了，我自己可以撑到六点。”

“当然不行，”康斯坦丝说，“我几分钟就好了，我——”她的话被门开的声音打断了。

托马斯·马克里斯几乎可以填满店前面的整个空间。他无视五月的天气，穿着一件风衣，看起来充满了力量和权力，这让康斯坦丝感到恐惧。她愚蠢地想到了瓷器商店里公牛脸上的微笑，但是当下她并没有觉得搞笑。这样的情况下，她只能栩栩如生地想象一切破碎的混乱场景。

“我想买几双袜子。”马克里斯说。他为了能再次见到康斯坦丝，设计了买东西的借口。

起初，他期待着能在街上遇见她，但是瞄了她两次，发现她要不就是穿过街，要不就是为了躲他走到其他大楼里，于是他决定到一个她没法避免跟他说话的地方来见她。

“袜子，”看到康斯坦丝没有说话，他又重复了一遍，“如果有的话，要纯色的，十二号半的。”

“赛琳娜！”康斯坦丝尖声叫道，“赛琳娜，招待一下这位先生。”她没有再看马克里斯，逃到了后面的小房间。

马克里斯定定地站着，看着她走到后面，乌黑的眼睛眯了一下，陷入猜测。

“我不明白她为什么害怕？”他问自己，“她确实是害怕的表情。”

“可以帮你吗，先生？”赛琳娜问。

马克里斯脑子里假想着各种的可能性，压根就没有听到赛琳娜的声音。或许她有超感，能知道我在想什么。也许她不像其他女人，乐意知道男人们觉得她外表迷人。但是如果是这样的话，她表现出来的为什么不是厌恶，或者任何表情，而是害怕？

“是要买袜子吗，先生？”赛琳娜问。

“嗯。”马克里斯心不在焉地回了一个字，然后走出商店。

赛琳娜走到前窗看着这个高大魁梧的人走向榆树街。他有点同情马克里斯先生，他不是镇上唯一一个，时不时想方设法地想爬到康斯坦丝床上去的人。赛琳娜觉得所有男人都把离了婚了女人，或者寡妇作为猎物。康斯坦丝名声在外，已经占了一席之地。最近尤其明显，自从康斯坦丝开始卖男装，男客流就一直很稳定，甚至莱斯利·哈灵顿都来了好几次，即便所有人都知道他的衣服都是从纽约买的。最令这些男人感到受挫的是，康斯坦丝似乎没有意识到他们在试图讨好她。赛琳娜很乐意看到镇上大部分男人奋力拼搏着想要和镇上最美的女人有个开场白。麦肯齐夫人好像从来没有意识到男人是人，这让赛琳娜很开心。康斯坦丝从后面出来，第一次马克里斯先生看她的时候，她不仅意识到，还被吓到。

“他买了什么东西吗？”康斯坦丝问。

“没有，”赛琳娜转向她，“我想他是没找到他想要的。”

现在艾利森和赛琳娜已经不是好朋友了，康斯坦丝却对赛琳娜发展出一种深深的喜爱。她觉得她很聪明，工作能力也很不错。但是有时候她和赛琳娜讨论成人的话题，就会被惊到，因为赛琳娜可以给出同样级别的答案。

“你觉得他怎么样？”她问赛琳娜。

“我觉得他是我见过最帅的男人，”赛琳娜说，“比斯温医生年轻的时候还帅，比任何电影里的人都帅。”

你认为他觉得我迷人吗？

这个问题已经在舌尖上打转了，轻率之下，她差点就大声问出来。赛琳娜期待地等着她接话。

他觉不觉得跟我有什么关系？康斯坦丝质问自己。

“我这周就可以买我的裙子了，”赛琳娜填补了尴尬的停顿，“我已经存够了钱，所以这周五我就可以买舞会的裙子了。”

“如果你想的话，今天就拿去吧，”康斯坦丝说，“几周前我就告诉过你，赛琳娜，你不用等到有钱的时候，你可以随时都把裙子拿回家。”

“还是不了，”赛琳娜说，“我不想欠钱买裙子，而且我家里也没有地方放。”

她想要康斯坦丝那个柜子，里面挂的都是付过定金的衣服，她那件白色的裙子就挂在里面，标签上清晰地写着，“赛琳娜·克罗斯，尚欠余额五美元九十五美分。”

“你会是舞会上最漂亮的女孩，”康斯坦丝笑着说，“你也会是唯一一个穿白色裙子的，其他女孩都会穿各种颜色。”

“我只希望泰德认为我是那里最漂亮的，”赛琳娜说着，笑了。“我以前从来没去过舞会。去一个你从来没去过的地方，一切都是新鲜的，这种感觉很好。所有的都是新的，感觉、衣服、你，几乎所有。”

“你觉得他多大？”康斯坦丝问。

“三十五，”赛琳娜说，“莱斯利·哈灵顿告诉泰德妈妈的。”

第二十二章

赛琳娜一直跪在折叠床前面的地上，往后坐在脚后跟上。胃不舒服让她脸上冒汗，看起来很虚弱，她把手拄在地上保持平衡。

“不见了。”她说。

“什么，赛琳娜？”她弟弟问，“什么不见了？”

赛琳娜等着痛苦稍微平息一点，站起身来。

“我的钱，”她说，“不见了，乔伊，有人拿了我的钱。”

“不，”乔伊说，“不可能，赛琳娜，你肯定没看清楚。”

赛琳娜掀起薄薄的床垫丢出去。

“看！”她问，“你看到了吗？”

床上没有赛琳娜装钱的白色信封的踪影，她和乔伊把破旧的毯子抖开，也没有掉出来。信封里装着十张一美元的钱，是赛琳娜在康斯坦丝店里工作十个下午挣来的。

“不见了，”赛琳娜重复地说，“爸爸拿走了。”

虽然她的声音很小，却透着恐怖，乔伊长这么大第一次觉得害怕姐姐。

“爸爸不会偷的，”乔伊抗辩道，“他酗酒、打架、打人，但是他不偷。”

就像没听到一样，赛琳娜说：“舞会就在明天晚上，我要待在家里了。”

床下的盒子里，赛琳娜小心翼翼地把买来搭配裙子的小配件包裹在餐巾纸里，一双丝袜，一双黑色的山羊皮鞋，还有一套白色内衣。

“我想要过的唯一一条裙子，”她说，“爸爸把钱拿走了，我本来是要用剩下的钱去艾比的美发店洗个头，去普利斯科特那里买瓶香水，爸爸把钱拿走了。”

“别再说了！”乔伊喊道，“爸爸不会拿的，只是你把它藏到其他地方，自己忘记了，我们会找到的，还记不记得上次保罗的钱不见，他以为是爸爸拿的，结果第二天发现他把钱藏在好的裤子里。”

有那么一瞬间赛琳娜振作了，因为哥哥保罗上次的确是无理地指控他们的爸爸偷了他的钱。那天晚上他们打得很凶，第二天保罗找到他的钱后，他就离开佩顿去北部干活去了。问题是赛琳娜同一天的早上还看到了她装钱的白色信封，她把它从床垫底下拿出来，数了数里面的钱，然后藏回原位。

“他拿的，”内莉·克罗斯说，“你爸爸拿走的，我看见他拿了。”

内莉坐在破烂的双人床边上，盯着从拖鞋里露出来的脚趾头。内莉说话的时候，赛琳娜和乔伊都惊呆了，因为近几个月来，他们的妈妈发展了一种新的才能，就是自动把自己从各种情况中清除出去。她似乎把自己融进背景里，以至于很长一段时间以来，她的孩子和丈夫都忘记和她共处一室。

“他今天早上拿的，”内莉说，“我看到他了。他从赛琳娜的床底下拿的，我看到他拿了，混蛋。”

赛琳娜懊恼地攥紧拳头。“那你为什么不阻止他?”赛琳娜问，心里知道她的问题很不合理。“你可以告诉她那个钱是我的。”

内莉像没有听见她女儿说话一样。“混蛋，”她说，“他们所有人。”

这个时候大门开了，卢卡斯·克罗斯站在那里笑着，有点晃。

“谁是混蛋?”他问。

“你，”赛琳娜毫不犹豫地脱口而出，“不光是一个平庸的混蛋，还是一个愚蠢的混蛋。你住院，看到到处都是虫子，所有人都以为你疯了，你就没有从中吸取半点教训。看到肯尼·斯特恩斯差点失血死掉，就连斯温医生也担心他活不成，你就没有半点感觉。你仍旧和蠢肯尼瞎晃，随时都是喝醉的状态。现在你又偷钱，把剩下的给我，爸爸。”

卢卡斯看着她伸开的手。

“你说什么呢，宝贝?”他无辜地问。

“你知道我在说什么，爸爸，你从我床下面偷的信封，我想要回来。”

“注意你跟你爸爸讲的话，赛琳娜，卢卡斯·克罗斯从没有偷过任何人的钱。上一个指控我的人是你哥哥保罗，结果他败得很难看，所以小心你说的话。”

“那我床底下的信封能去哪?里面有十张一美元的信封?”

“你是说这个?”卢卡斯问，拿起一个皱皱巴巴，脏兮兮的信封。

赛琳娜急躁地跳着去夺，但是卢卡斯笑着把它举到了头顶。

“给我。”她说。

“等一下，”卢卡斯用令人恼火的语气慢吞吞地说，“就等一分钟，宝贝，如果某人在工作的话，她似乎应该交伙食费，对的，赛琳娜，因为你一直瞒着你爸爸在干活。”

“那是我的，”赛琳娜说，“我工作挣的，我挣的，把它给我。”

卢卡斯走过去坐到餐桌旁的椅子上。

“自从你哥哥走了，我就很不容易，”卢卡斯用夸张的哭腔说，“看来你可以拉你爸爸一把，像你这么大的女儿，可以帮你爸爸。”

“你上次干完伐木的活赚了很多钱，”赛琳娜说，“你不应该全花在喝酒上，你不能喝光我的钱，爸爸。我每天放学后去工作才赚的那些钱，我想要回来。”

“花钱打扮自己给泰德看真丢脸，”卢卡斯说，“依我看，就是浪费钱。卡特一家人就是窝囊废，一直都是。她妈妈比妓女好不到哪去，他爸爸给她拉皮条已经二十年了。”

“卡特一家和我的钱没有任何关系。”赛琳娜喊道。她冲向她爸爸，试图从他手中扯走信封，但是他迅速地从椅子上转过去，赛琳娜差点跌倒。卢卡斯看着笑了。

“依我看，”他说，“如果一个女儿大到可以这么跟她爸爸讲话，大到可以跟妓女和皮条客的儿子出去跳舞，就应该大到可以从她爸爸手里拿到她想要的东西，就跟从小孩手里拿糖一样简单，如果她方法正确的话。”

赛琳娜久久地看着她爸爸。只一瞬间她的眼神发出祈求的信号，然后就认清了现实。卢卡斯怪诞地笑着，他额头动的时候，赛琳娜注意到上面的汗珠闪着光。

“据我所知，”他说，“如果泰德·卡特想试图得到他想得到的，你不介意和他摔跤。我现在就向你下战书，宝贝，你可以通过和我摔跤拿到你想要的。”

赛琳娜眼神没有离开他的爸爸，她跟乔伊说话。

“去外面，乔伊。”她说。

乔伊看着他的姐姐。“但是外面已经黑了，”他抗议道，“而且很冷。”

“去外面，乔伊，去外面待着，我叫你再进来。”

她没有再说话，直到听到乔伊从背后关上门。她开口：“我不会靠近你的，爸爸，把钱给我吧。”

“过来拿啊，”卢卡斯吼叫着，“你尽管过来，从我这里把它拿走。”

内莉盯着从拖鞋里露出的脚趾。“混蛋，”她轻轻说，“混蛋，他们都是。”

尽管内莉说得很小声，卢卡斯表现得好像他才意识到她在房间里。他先看看自己的老婆，然后看着赛琳娜，赛琳娜的眼睛里充满了恨意。

“给，”看了一眼内莉，他说，“拿走你的臭钱。”

他把皱巴巴的信封扔向赛琳娜，信封落在赛琳娜的脚下。

“混蛋，”内莉重复着，“他们都是，酒和女人，女人和酒。”

第二十三章

罗德尼·哈灵顿穿了一件白夹克，乌黑的卷发用水弄得平整光滑，他坐在麦肯齐客厅的椅子边上。康斯坦丝让他坐在那边，她上楼去看艾利森有没有准备好。罗德尼愁容满面地看着地上的绳条毯。

什么，他问自己，究竟是什么驱使他邀请艾利森·麦肯齐去年度最大的舞会？尤其是，这次是他第一次被允许参加的舞会。贝蒂·安德森（Betty Anderson）热情地期待着，就等着他一句邀请的话，但是他却邀请了艾利森·麦肯齐。邀一个家境好的女孩，他爸爸批示，然后看罗德尼去哪里。坐在麦肯齐家客厅椅子的边上，等竹竿似的艾利森，他本可以和贝蒂一起很开心的，真该死。

罗德尼觉得自己的脸在变红，他偷偷地环顾着空荡荡的房子。他不想回想和贝蒂·安德森在路之尽头的树林里度过的下午，除非他确定现在只有他一个人。他一个人的时候，总是禁不住想。

那个贝蒂！罗德尼想，任记忆攻占他。她真有两下子，她和她那天给他展示的都不孩子气，她说起话来也不像孩子，看起来也不像。天啊，她真有两下子。不管她爸爸是不是磨坊工人，她都有两下子！

罗德尼闭上眼睛，觉得他的呼吸随着对贝蒂的记忆变得急促。

不，他摇了一下，不能在这里。我要等到晚上回家的时候再想。

他环视着麦肯齐的客厅，思绪再一次侵蚀他。

他本可以和贝蒂在舞会上度过一段美好的时光，但是现在却要在这里等艾利森。如果这还不够糟的话，贝蒂因为没有收到他的邀请正跟他生气呢。也不能怪贝蒂啊，毕竟，当一个女孩跟你分享完一个秘密，她有权利期待你邀请她去年度最盛大的舞会。他只希望她也在舞会上。也许他会有机会跟她说话，看看她是否还在生气。该死，如果他努力的话，本应该可以说服他爸爸不要讨厌贝蒂。现在却要面对竹竿艾利森，总是瞪着一双牛眼看他。而且他爸爸也说要找个家境好的女孩。

蠢！罗德尼骂自己。太蠢了！

他能听见大厅楼梯上的震动，所以他猜想艾利森应该是终于下来了。他只希望她看起来得体，不要在跳舞的时候瞪着眼看他，一些人可能会看到。他不能承受贝蒂听到别人取笑他和艾利森，或者任何其他女生。

“艾利森来了，罗德尼。”康斯坦丝说。

罗德尼站起来。“嗨，艾利森。”

“嗨。”

“额，我爸爸在外面的车上。”

“哦，好。”

“你有外套或者什么吗？”

“我有这个，晚礼服大衣。”

“好，那我们走吧。”

“好。”

“晚安，麦肯齐夫人。”

“晚安，妈妈。”

“晚安——”康斯坦丝及时刹住，她差点说“孩子们”。“晚安，艾利森，”她说，“晚安，罗德尼。玩得开心。”

他们刚一出门，康斯坦丝就疲惫地躺倒在椅子上。这一周真的太辛苦了，艾利森不停地在令人难以忍受的片刻躁动和令人混乱的长久恐慌之间切换。舞会那天早上醒来发现下巴上的一个粉刺，她就哭着要求康斯坦丝立刻打电话给罗德尼，说艾利森病了，那天晚上不能出去了。康斯坦丝点了根烟，看着壁炉台上的相框里的照片。

“咳，艾利森，”她大声说，“最终还是只有我们两个人。”

你的私生女，沐浴完，卷完头发，喷完香水，修完指甲，穿好裙子，去跳舞了。只剩我跟你，等着她从人生第一个正式的约会归来。

康斯坦丝被自己的怨恨和自怜吓到，也让她在震惊中认识到她最近的痛苦和怨恨的，不仅仅是十四年前艾利森·麦肯齐加在她身上的。最近几周她深切地怨恨着自己被孤零零地丢下，应对一个正在长大的女孩。当她愤怒地跟自己理论的时候，她把所有的责任都推到她死去的爱人身上。艾利森的罪行是，在康斯坦丝眼里那就是罪行，他曾声称要爱她。既然这样，他第一个想到的应该是保护她，而不是和她上床。

在康斯坦丝看来，到最后他也没想过保护她，结果就是康斯坦丝让艾利森·麦肯齐变成自己的一种习惯。她知道自己没有爱过他，如果有的话，他们的关系绝不是之前的样子。爱，对康斯坦丝来讲，和婚姻是同义词，而婚姻是建立在共同的品味和兴趣之上，同时需要两个人有相似的背景和观念，所有的这一切都和一种叫“爱”的情绪搅在一起，而性压根就没有掺杂进去。所以，康斯坦丝推论，她肯定不爱艾利森·麦肯齐。康斯坦丝的眼睛再次盯着相片，她在想，最终她该怎样把一切的事情解释给他的女儿。门铃声打断了她的思绪，径直冲到她脑海。康斯坦丝又叹了口气，比之前的更深，揉了揉脖颈疼的地方。是艾利森，她想，应该是激动得忘了拿手帕了。

康斯坦丝打开门，托马斯·马克里斯站在台阶上。片刻间她无法移动或者开口说话，被惊奇，但更多的是被一种不真实感所笼罩。

“晚上好，”汤姆[①]打破沉寂，“因为你总是在街上，甚至在你的店里躲开我，我想我还是正式地来拜访一下。”

康斯坦丝没有回答，继续站着，一只手握着里面的门把手，另一只手倚在门框上，汤姆继续对话的口吻。

“我知道，”他说，“这不是谈话的事情，我应该等你拜访我之后，再来拜访你，但是我担心你永远都不会来表达你的睦邻友好，麦肯齐夫人。”他继续讲，从外面轻轻推了推门。“我已经在街角站了半个多小时，等你的女儿和她的舞伴离开，我的脚现在真的很累，能让我进去吗?”

“哦，请进，”康斯坦丝最终说道，她说话时候的呼吸声，

---

① 汤姆（Tom）是托马斯（Tomas）的昵称。

自己的耳朵都能感受到，“当然，请进。”

她背对着门站着，汤姆从她身边走进大厅。

“把你的外套给我吧，马克里斯先生。”她说。

汤姆脱下外套，抱在胳膊上，他走到康斯坦丝站的地方，他站得太近，以至于康斯坦丝要抬起头来看他，她抬头看他的时候，他温柔地对着她笑。

“不要害怕，”他说，“我不会伤害你的，我要在镇上待很久的，不着急。”

第二十四章

佩顿中学的体育馆用粉色和绿色的绉纸装饰着，螺旋状的彩花从天花板和墙上垂下来。球筐和篮板上也小心翼翼地包裹着。几个富有想象力的高年级学生不忍看到耷拉着的篮网，就聪明地在里面插满了各种颜色的迎春花。其他人，只要看到可以绑线的地方，就在那边绑一个气球。管弦乐队前面的墙上，赫然贴着几个用铝箔纸剪的大字。

“欢迎来到佩顿中学一年一度的春季舞会”

装饰委员会的高年级学生，松了口气，满意地看着自己辛勤劳动的成果。他们深信不疑地互相说着，从来没有哪一届的体育馆像今年舞会的体育馆一样装扮得这么美。从新中学建成以来，每年的春季舞会就成了佩顿的一项传统，是高中毕业班的同学为秋季即将踏入中学的小学生策划的欢迎会。对不同的人来说，它代表着不同的意义。对大部分八年级的女生来说，这意味着她们第一次正式和男生真正的约会；对大部分男生来说，意味着九点前必须回家的规定可以正式往后延了；对艾尔西·桑顿老师来说，意味着穿上黑色丝裙，当监护人①；对于她那年教的学生来讲，这似乎是一个新的认识。她可以察觉到他们对异性初次萌动的兴趣，她知道这种兴趣预示着不久之后的搜索和发现。

他们当中的一些人已经完成了搜索和发现。桑顿老师想。

她看着赛琳娜·克罗斯和泰德·卡特漫步在舞池里，头紧紧地靠在一起。尽管她不相信故事里写的少年时代相恋的两个人长大后结婚，然后从此幸福地生活在一起，她发觉自己希望这样的事能发生在泰德和赛琳娜身上。但看着艾利森·麦肯齐和罗德尼·哈灵顿的时候，她不这么想。看到艾利森和罗德尼在一起，对她来说就像心脏被人击了一下。桑顿老师不自觉地举了一下手，然后迅速放下了，她希望没人注意到。

哦，要小心，亲爱的，她心里想着，你一定要非常小心，不然会受伤的。

桑顿老师看到贝蒂·安德森，她穿了一身非常略显成熟的红裙子，此刻正看着艾利森和罗德尼。贝蒂是和一个高中男生一起来的，那个男生是出了名的快车手和酒鬼。但是整个晚上贝蒂的眼睛都在罗德尼身上。直到十点，罗德尼才鼓起勇气去找贝蒂。艾利森去洗手间的时候，他朝贝蒂走去。艾利森回来的时候发现他在和贝蒂跳舞。艾利森走到监护人坐的直靠背椅那边，在桑顿老师旁边坐下来，但是她的眼睛盯着罗德尼和贝蒂。

“不要在意，亲爱的，”桑顿老师想说。“不要把你的梦系

---

① 在交际场中监护少女的年长女伴。

在那个男生身上，因为他只会让梦和你一起破碎。”

“你很漂亮，艾利森。”她说。

“谢谢，桑顿老师。”艾利森回应道，她不知道回复“你也很漂亮，桑顿老师”合不合适。如果她那么说的话，就是撒谎，因为桑顿老师不能更丑了，黑色绝对不适合她。还有，为什么罗德尼和贝蒂待那么久？

艾利森头一直抬着，脸上挂着笑容，但是即使是一曲完了，另一曲开始，罗德尼也没有来叫她。她笑着跟赛琳娜招手，还有凯西，她是和中学的一个男生一起来的，他接吻的时候嘴巴是张开的。她对小诺曼·佩奇感到一阵小小的同情，他一个人靠墙站着，低头看着自己的脚。艾利森知道，诺曼是被他妈妈带来舞会的，然后他妈妈把他丢在这里，自己去公理会教堂参加妇女捐助会的会议，十一点的时候才会来。诺曼抬头的时候，艾利森对他笑了笑，晃了晃手。她的胃开始搅动，她不知道她还能坚持多久，不让自己吐出来。贝蒂的手指放在罗德尼的脖子上，他半闭着眼低头看着她。

他为什么要这样对我？她难受地想。我比贝蒂看起来好看啊，那件俗气的红裙子让她看起来很廉价，她还涂了睫毛膏。她有一对和年龄很不相符的巨乳，凯西说那是真的，我不相信。我希望桑顿老师不要在椅子上动来动去的了。这一组还有最后一支舞了，我最好站起来，因为几分钟后罗德尼就会过来找我。我确信那条裙子是贝蒂姐姐的，她姐姐得罪了怀特河的一个男人。赛琳娜穿那条白裙子，看起来漂亮极了，她看起来好成熟，至少有二十岁，泰德也是。光看他们，你就知道他们在恋爱。所有人都在看我，我是唯一一个坐板凳的女生，罗德尼走了！

艾利森的眼睛在舞池里随意打着转，她的心脏开始剧烈跳动。她刚好看到门口一道红影闪过，她知道罗德尼把她一个人丢在这里，和贝蒂走了。

如果他不回来怎么办？她想。如果我要一个人回家怎么办？所有人都知道我和他一起来的，所有人都在笑我！

桑顿老师冰凉的手弄得她胳膊肘很疼。

“天哪，艾利森，”桑顿老师笑着说，“你神游到哪里去了，诺曼邀请了你两次，你都没有回答他。”

艾利森的眼里噙满了泪，她看不到诺曼，她的脸很疼。只有当她站起来和诺曼跳舞的时候，她才意识到她仍然端着笑容。从怀特河请的管弦乐队奏着华尔兹，诺曼笨拙地搂着她。

如果他说一个字，艾利森绝望地想，如果他说一个字，我就会吐，在所有人面前。

“我看到罗德尼和贝蒂出去了，”诺曼说，“所以我想我可以请你跳支舞，你在桑顿老师旁边已经坐了太长时间了。”

艾利森没有在所有人面前吐。“谢谢你，诺曼，”她说，“很高兴你请我跳舞。”

“我不知道罗德尼是怎么回事，”诺曼继续说，“你比那个又肥又成熟的贝蒂·安德森漂亮多了。”

哦，老天，艾利森祈求，让他闭嘴吧。

“贝蒂是和约翰·皮尔斯伯里（John Pillsbury）一起来的。他喝酒，还带女生坐他的车。有一次他被警察拦下了，因为超速和酒驾，警察告诉了他爸爸。你喜欢罗德尼吗？”

我爱他！艾利森在心里尖叫。我爱他，他却在伤我的心。

“不，”艾利森回答，“不怎么喜欢，他只是和我一起来的。”

诺曼生疏地带着她转圈。“都一样，”他说，“他把你留在这儿和桑顿老师坐在一起，自己和贝蒂离开，真卑鄙。”

求你了，老天，求你了，艾利森心里呼唤着。

但是乐队继续演奏着，诺曼抓着她的手黏黏的。艾利森想着童话故事里穿红鞋子的女孩。电灯耀眼的光笼罩着她，她觉得太阳穴在跳动。

外面，贝蒂·安德森牵着罗德尼的手，穿过漆黑的中学停车场。约翰·皮尔斯伯里的车就停在离其他车不远的树底下。贝蒂和罗德尼来到车前，她打开后门钻了进去。

“快点。”她轻声说，罗德尼跟在她后面爬进去。

她快速按下四个门的按钮，把他们锁在里面，然后躺倒在后座上，开始笑。

“嗒嗒，”她说，“就像豌豆荚的豆子一样舒服。”

“来吧，贝蒂，”罗德尼小声说，“来吧。”

“不行，”她任性地说，“我不，我还在生你气呢。”

“哦，好了，贝蒂，不要这样，亲我。”

“不，”贝蒂仰起头说，“去找竹竿艾利森·麦肯齐亲你，她才是你带去舞会的人。”

“不要生气了，贝蒂，”罗德尼央求道，“我也没办法啊，我也不想的，但是我爸爸非要让我那么做的。”

“你宁愿跟和我一起吗？”贝蒂用稍微缓和的语气问。

“我宁愿吗？”罗德尼低语。这不是一个答案。

贝蒂把头靠在他肩膀上，一根指头在他的衣领上上下游走。

“都一样，”她说，“我觉得你邀请艾利森去舞会太讨厌了。”

“噢，好了，贝蒂，不要这样，亲我一小下。”

贝蒂抬起头，罗德尼迅速将嘴巴压在她嘴上。她的吻跟世界上任何人的都不一样，罗德尼想。她不只是在用嘴唇亲吻，还用她的牙齿和舌头，她的喉咙一直发出声音，她的指甲抠进他的肩膀里。

“哦，宝贝，宝贝。”罗德尼低语着。在贝蒂的舌头再次进入他嘴巴之前，这是他唯一能说的。

他亲吻她的时候，她的整个身体都在扭动，当他的手探到她胸部的时候，她像受伤一样呻吟着。她在座位上扭动，直到躺下来，腿和脚离开他的身体。罗德尼把身体贴合近她的身体，嘴巴始终没有离开她的嘴。

“起来了吗，罗德尼？”她喘着气，身体在他的身体下面起伏。“硬起来了吗？”

“哦，是的，”他低声说，几乎没办法说话。“哦，是的。”

贝蒂二话不说弯起膝盖，将罗德尼顶开，按了门上的锁，跑到车外。

“去找艾利森·麦肯齐戳进去，”她朝他尖声喊叫，“去找你带去舞会的那个女孩，去找她解决。”

还没等罗德尼喘过气来，她已经奔走在回体育馆的路上。他试图从车里出来去追她，但是他的腿就像填满了锯木屑，他只能紧紧抓着打开的车门，喘着气骂。

“贱人，”他嘶哑地骂着，用他爸爸最喜欢用的一个词，“该死的贱人！”

他紧紧地抓着车门，无助地作呕，汗从脸上滴下来。

“贱人！”他骂着，但是丝毫没有帮到他。

最后，他站起来，用手帕擦了擦脸，在兜里搜寻梳子。他仍然得回到体育馆去，去找他该死的艾利森·麦肯齐。他爸爸十一点会开车过来，得看到他和她在一起等。

“哦，该死的贱人，”朝着空气低声骂着贝蒂，“讨厌的、该死的、淫荡的婊子养的！”

他从脑子里搜寻着新的骂人的话，但是他一个也想不到。他开始梳头，几乎要哭了。

从诺曼的肩膀后面，艾利森看到贝蒂·安德森回到体育馆，一个人。

天啊，她想，也许他一个人回家了！我怎么办？

“贝蒂进来了，”诺曼说，“奇怪，罗德尼去哪了？”

“他也许在卫生间。”艾利森控制不住抖动的声音说。“诺曼，我们不能坐下吗，我的脚好疼。”

还有我的头，我的胃，艾利森想着，还有胳膊、腿、脖颈。

她看到罗德尼从门里进来的时候是十一点一刻。她重重地舒了一口气，甚至都不生气了。他回来了，没有让她一个人回家，挽救了她的颜面。他看起来很不舒服，他的脸很红，肿肿的。

“你差不多可以走了吗？”他问艾利森。

“随时都可以。”她若无其事地回答。

“我爸爸在外边，所以我们还是走吧。”

“也无妨。”

“我去拿你的外套。”

“好。”

“你想再跳一支吗？”

“不了，不了，谢谢，我整晚都在跳，脚都快要掉了。”

“那好，我去拿你的外套。”

就要这样，艾尔西·桑顿想，艾利森很勇敢。

“晚安，桑顿老师，我很开心。”

“晚安，亲爱的。”桑顿老师说。

第二十五章

对桑顿老师来说，六月二十号是一年中最痛苦的一天，这天是毕业日，各种不舒服的情绪夹杂在一起，快乐、遗憾，以及放松后特别的疲惫感。毕业典礼结束后，她一个人坐在空荡荡的礼堂，人群已经散去，她一个人享受着片刻的时光。一会儿，肯尼·斯特恩斯就会进来，提着拖把和桶，开始打扫。但是这几分钟一切都是静止的，桑顿老师疲惫地看着周围。

草草搭建的木长凳，一排排，像足球场的露天座位，依然摆在空无一人的舞台上。不久之前，它们还隐藏在三十二个穿白裙子的女生和四十个穿深色裤子的男生组成的小学和中学毕业班当中，但是现在他们都离去了，唯一显示他们存在过的证据，是一只落下的白手套和三个皱皱的节目单。从镀金纸板上剪下的几个长长的字母，钉在凳子后面的黑丝绒幕布上："前进！1937 级"。晚上某个时候 1937 的 9 被拉松了，所以它就歪着脑袋挂在那里，对比之前无比严肃地钉它的时候，现在看起来很滑稽。

也许，桑顿老师辩白，整个晚上的演出在外人看来都很滑稽。当然，佩顿中学的乐队心里痒痒，试图表演像《威风凛凛进行曲》一样虚夸的作品也有喜剧的一面。

是的，桑顿老师想象着，有很多人，尤其是史密斯学院的院长，他肯定会觉得这些事情很好笑。

但是桑顿老师并没有被逗乐。七十二个孩子，有四十个她带了一整年。他们集体起立唱“歌颂美丽的母校，把这首歌献给培养我们的地方”的时候，桑顿老师被有人称作“多愁善感”的情绪填满。其他人，年轻人，没有那么圆滑的那代人，也许会把这种情绪定义为“肉麻”。毕业，对桑顿老师来讲，是一个伤感的时刻，也是一个快乐的时刻，但是最主要的是，它是一个转变的时刻。毕业那天晚上，转变对桑顿老师来说，不仅仅意味着简单地从一个学校转到另一个学校，她把它看作是一个时期的结束。那天晚上，太多她的学生不再是孩子了，他们看起来那么成熟，和坐在礼堂前排凳子上的一点都不像。他们中的很多人只有眼前的那个暑假可以享受最后的童年。秋天到来时，他们就会成为中学生，那时他们已经将自己看作成年人。她听罗德尼·哈灵顿说他要去新汉普顿，说得好像他要去的是达特茅斯，而不是去预科学校。她也听好几个女生抱怨父母不让她们去男女混合的夏令营。

一切都太快了，桑顿老师想，意识到她没有在想什么新的东西。整个晚上她似乎都充满了陈词滥调，每次毕业的时候她的样子，她在脑子里不断地构造着各种词，像“他们人生最美好的几年”，“青春浪费在年少时真是太遗憾了”。

肯尼·斯特恩斯无精打采地走进礼堂，他提的两个桶叮当响。桑顿老师站起来，把她的手套拿起来。

“晚上好，肯尼。”她说。

“晚上好，桑顿老师，我还以为所有人都走了。”

“我正准备走呢。肯尼，今晚的礼堂看起来很漂亮，不是吗？”

“的确。我和其他人一起安置的椅子，支撑得不错，是不是？”

“很完美，肯尼。”

“我还给毕业班的钉了那几个字母，弄它们真的很费事，我弄好的时候，那个 9 并不是现在弯曲的样子。”

“不是，肯尼，是典礼过程中歪掉的。”

“哦，我要开始打扫了，今晚这些椅子得撤下来，我找了几个孩子一会儿来帮我。”

桑顿老师听出了言外之意。“晚安，肯尼。”她说。

“晚安，桑顿老师。”

外面，夜空很黑，没有月亮，桑顿老师想，即使有月亮也没有空间给它，因为所有的空间都给星星占据了。她抬头看着，深深地吸了一口六月清香的空气，沮丧瞬间消失了。秋天的时候就会有另一批学生，或许比上一届的有出息，值得教。

Peyton Place

卷二

第一章

从毕业的那天晚上到现在已经两年了，对艾莉森来说时间过得很快，中学的课业更重了，这也给了她小学时没有的精神压力。不知怎的，她也开始平静地接受自己和周围的世界。尽管她仍有间歇的害怕和不安，但这样的时候越来越少，而且也没有以前那么难受、痛苦。她同时还逐渐展现出一种新的，永不满足的好奇心。两年前，她还满足于书上的答案，但是现在，她试图从人身上寻找。她向她敢于接近的任何人问问题，这些人当中最称心的就是内莉·克罗斯。

“你怎么就嫁给卢卡斯了?”她有一天问内莉，“你总是在诅咒他，好像你很恨他一样，那你怎么会嫁给他?”

内莉正在擦黄铜烛台，她抬起头来，沉默了好久。在其他人看来，她似乎是没听到或者故意忽视那个问题，但是艾利森知道这两个原因都不是。只要内莉理解艾利森的问题，艾利森就已经学会耐心地面对内莉的含糊其辞。

“我不知道我怎么就嫁给他了，就像你说的，”内莉最终开口了，“嫁给卢卡斯不是我主动寻求的，它就像其他很多事一样，就那样发生了。”

“没有什么事，”艾利森断然地说，“是恰好就发生的，所有的事，所有的人都遵循因果法则。”

内莉笑了笑，将烛台放到麦肯齐客厅的壁炉台上。

“你说得很好，宝贝，”内莉说，“特别好，都是很大的词，听你说话，就像在听音乐。”

艾利森努力不露喜色，但是她感觉就像在学校，马克里斯老师给她作文给了A。内莉对艾莉森全心全意，绝对纯粹的欣赏，是她们友谊的基础，但是艾莉森从不承认，她说她“只是爱”内莉·克罗斯。

“现在想想看，”内莉说，“最有可能的原因大概是我有了赛琳娜，她那时候还很小，只有差不多六周大。我的第一任丈夫，柯蒂斯·张伯伦（Curtis Chamberlain）被一堆掉下来的木头砸死了，木头从卡车上滚落下来，科特（Curt）[①] 当场毙命，我抱着赛琳娜去了那里。赛琳娜刚出生没多久我就遇见了卢卡斯，他那会也是孤家寡人，她老婆生保罗的时候死了。那时我觉得嫁给卢卡斯挺好的，他一个人带着保罗，我一个人带着赛琳娜。不管是男人还是女人，一个人都是不行的，而且，我能做什么，我当时刚生完孩子，没法工作，卢卡斯又正好在追求我。”

内莉开始咯咯地笑，有那么一会，艾利森担心内莉会含糊其辞或者扯到别处去，她这些天经常这样。但是内莉止住了奇怪的笑声，继续开始讲。

---

① 科特（Curt）是柯蒂斯（Curtis）的昵称。

“我当时真傻，”她说，“我从油锅跳出来又一下掉到了地狱，卢卡斯总是喝酒，打人，勾搭女人，我的日子比从前更糟糕了。”

“但是你不爱他吗？”艾利森问，“就只是起初的时候。”

“我和卢卡斯结婚后没多久我就怀孕了，但是小产了，医生是这么说的。卢卡斯跑出去喝得烂醉，他说是因为我为柯蒂斯的死伤心导致的，但事实不是那样的。不管怎样，我还是在过家庭生活，后来就有了乔伊，卢卡斯似乎就没有再对柯蒂斯耿耿于怀了。有人说你必须爱一个人，才会为他生小孩。我不知道，也许正是你所说的爱让我留在卢卡斯身边这么多年。我可以离开他，反正我一直在工作，他一直在喝光大部分他挣的钱，所以并不会有什么影响。”

“但是你怎么能忍受和他待在一起呢？”艾利森问，“你怎么不逃跑呢？他打你，打你的孩子。”

“为什么，宝贝，打并不意味着什么。”内莉又开始咯咯笑，这一次她的眼神变模糊了。“是其他所有的事，酒和女人，甚至喝酒都没那么糟糕，只要她不找女人。我可以给你讲点故事，宝贝——”内莉合拢手臂，声调平和——“我可以给你讲故事，宝贝，跟你讲给我的都不一样。”

“那是什么样？”艾利森低声问，“告诉我是什么样的？”

“哦，他迟早会遭报应的，”内莉悄声配合艾利森的声音，“他会有报应的，狗娘养的，他们最终都会遭报应的，狗娘养的，他们所有人。”

艾利森叹了口气，站了起来。内莉开始低吟和骂人的时候，跟她讲正经是白费工夫。她那天接下来的时间都会那样，暗暗地咒骂，察觉不到问她的所有问题。面对内莉的这个毛病，康斯坦丝时常说要采取点办法，但是不知怎的，康斯坦丝从没有做过什么。至于内莉，不管她古不古怪，她都是佩顿最好的家务工。但是烦扰艾利森的，既不是内莉的含糊，也不是她的语言，而是内莉令人抓狂的含沙射影，就像渔人把带饵的线抛出去，就等着艾利森这条鱼上钩。过去，艾利森还会想方设法套那些含而未露的话，但是艾利森发现，试图让内莉吐出点什么，是白费工夫。

“你要给我讲什么，内莉?”艾利森会问，内莉则会抱着手臂笑。

“哦，我要给你讲的故事是，宝贝——”但是她从来都不讲下去，而艾利森也因为太小而无法怜悯一个无能的人，无法分担她的悲痛。她只是耸耸肩，生气地说：“好吧，你要是不想告诉我——”

“嗯，那好吧，如果你不想告诉我的话，”艾莉森这天说，“我要出去了，你自己待着吧。”

“嗨，嗨，嗨，”内莉说，“狗娘养的。”

艾利森不耐烦地叹了口气，离开了家。

两年来，佩顿一点也没变。榆树街上还是那些商店，还是那些人在经营。如果一个陌生人两年后来佩顿的话，他一定会觉得他昨天才刚刚来过这里。现在是七月，法院门前的椅子上坐满了老头，他们早已把这些椅子当成私有财产。陌生人也许会看着他们说：“为什么那些老头一直坐在那。”

艾利森沿着榆树街往下走。天气非常热，法院门前面坐的老头们睡眼惺忪地看着艾利森。

“那不是艾利森·麦肯齐嘛。”

“没错。最近长了点，是不是?”

“要赶上她妈妈，她还得长一会。”

老头们窃笑。镇上的人公认康斯坦丝·麦肯齐很健壮，每次康斯坦丝从法院前面走过，都会引来诸多评论。

“不管怎样，康斯坦丝·麦肯齐是个漂亮的女人，一直都是。”

“哦，我不知道，”克莱顿·弗雷泽说，“我觉得还好吧，我一直不怎么喜欢颧骨突出的女人。”

“老天啊，谁会看她的颧骨？”

“有些男人就会啊，”弗雷泽说，“除了胸和屁股，他们有时候也会盯着女人其他部位看。”

“是吗，克莱顿？举个例子出来。”

“托马斯·马克里斯。”克莱顿脱口而出。

老头们又笑了。

“天哪，当然！”他们说，“那个好色的希腊人除了康妮·麦肯齐的头脑什么都没注意到！”

“炎热的夜晚，他们两个除了文学和绘画什么都不谈。”

“为什么，那个又壮又黑的希腊人甚至从来没有注意到康妮·麦肯齐是个身材很好的金发美人！”

克莱顿·弗雷泽将破旧的毡帽拉低，遮住眼睛。

“你们说的都一样，”他说，“我拿我后半年的养老金打赌，托马斯·马克里斯肯定没有碰过康妮·麦肯齐一根指头。”

“我同意克莱顿说的，”一个假装严肃的老头说，“我也打赌汤姆没有用指头碰过康妮·麦肯齐，但是我不赌他没有用其他所有东西碰她！”

老头们哄笑着转头看艾利森消失在榆树街上。

纪念公园，连续六周的暴晒，地上的草已经变成了浅棕色，不均匀地分布着。空气中没有一丝风，枝繁叶茂的大树似乎已经麻痹了，树梢变成了土灰绿色，上面挤满了蝉，它们用十足的耐心等待着雨的降临。艾利森无精打采地走着，尽管穿着短裤和无袖衬衫，她仍然觉得像裹了棉被。沿着山路往上爬的时候，孤独沉沉地压着她。她的孤独不是人可以缓解的，因为她本可以和凯西·艾斯沃斯去梅多池塘游泳，但是她拒绝了。她只要想到一群年轻人在那边，扑腾，喊叫，嬉戏，她就开始排斥。同时她也想到了太阳照射到死气沉沉的水面，她告诉凯西，不，她不想去游泳。现在她觉得后悔，因为她往路之尽头爬的时候，七月火辣辣的太阳重压在她裸露的脑袋上。除了蝉的嗞嗞声和她的脚在石头地面的刮擦声，空气里没有任何声音，艾利森觉得自己是这个干燥，焦灼世界的唯一居民。当快要走到路之尽头的时候，她看到有个人一动不动地站在写有“路之尽头”板子的前面，她觉得自己像被电击了。

她走近的时候，那个人转过身来，不是因为听到什么声音，因为艾利森没发出任何声音，而是一种觉得自己不再是一个人的感觉。

“嗨，艾利森。”诺曼·佩奇说。

“嗨，诺曼。”

诺曼穿了一条卡其色的网球短裤，他的膝盖就跟他的肘部和颧骨一样，尖尖的。诺曼是佩顿唯一一个夏天穿短裤的男生，其他人都穿背带裤，只有穿泳裤的时候，他们才会露出腿。

“你来这儿做什么?”诺曼含糊地问了一句，就像他刚刚被吵醒。

“跟你一样，”艾利森有点不高兴，“找一个凉快点的地方，一个人待着。”

“从这看过去，康河好像是玻璃做的。”

艾利森靠着路之尽头的板子。

“它似乎没有任何流动的迹象。”她说。

“全镇没有一样东西是动的。”

“看起来就像一个玩具村庄，所有的一切都是纸板做的。”

“你来之前我就是这么想的，我在想世界上其他人都死了，我是唯一一个存活的。”

“为什么，我刚刚也是这么想的!”艾利森惊呼道，抬起头看他。

诺曼直直地看着前方，一缕乌黑的卷发汗津津地搭在前额。他太阳穴附近的皮肤几乎是半透明的，他精致的嘴唇微微张开，他眼睛半闭，睫毛在消瘦白皙的脸颊上投下微小的影子。

“我也是。”艾利森重复道。这次诺曼转过头看她了。

“我过去常想，”他说，“没有人和我的想法一样，但那不总是对的，是不是?”

“是。”艾利森回答。她低下头，他们的手在印有字的板子上靠得很近，看起来有一种朋友间的亲密。“嗯，那不总是对的，”艾利森说，“我过去也常常这样想，而且很困扰，我觉得我很怪异，和其他人不同。”

“以前我觉得我是镇上唯一来过这里的孩子，”诺曼说，“对我来说，这里是个秘密基地，我从来没有告诉过别人。”

“以前我也那么想，”艾利森说，“我永远都不会忘记那天有人告诉我，我不是唯一来过这里的人的场景，我当时既生气又不舒服，就好像抓到某人偷看我窗户。”

“震怒，”诺曼说，“是我某天下午看到罗德尼·哈灵顿和贝蒂·安德森来这里的心情，我一路哭着跑回家。”

“有一个地方，我敢打赌没人去过，包括你。”

“告诉我。”

“跟我来，我带你去。”

艾利森走在前面，诺曼跟在后面，他们穿过路边的树林，低矮的灌木枝划破了他们的腿，每走几里，他们就要停下来摘蓝莓。诺曼从兜里掏出一块干净的手帕，他将四个角打上结，弄成荷包状，然后把两人摘的蓝莓放进去。最后他们来到了树林深处的空地，金凤花和棕眼金光菊形成一片金底棕点的花海。艾利森和诺曼紧紧地站在一起，没有说话，吃着手帕里的蓝莓，空气里只有蝉叫的声音。过了很长时间，诺曼弯下腰摘了一束金凤花。

“抬起下巴，艾利森，”诺曼笑着说，“如果花在你的皮肤上投下金色，这说明你喜欢黄油，而且将会变胖。”

艾利森笑着仰起头，她浅棕色的马尾辫在背上蹭来蹭去，脖颈都是汗。

“好吧，诺曼，”她说，“让你看看我会不会变胖！”

他两个指头放在她下巴，弯下腰看金凤花有没有投下影子。

“没有，”他说，“我看没有，你应该不会变胖，艾利森。”

两个人笑了，诺曼的手仍然在她脸上。他们尽情地笑着，久久地凝望着彼此。诺曼移动手指，整只手都温柔地贴着艾利森的脸颊。

“蓝莓让你的嘴唇都变蓝色了。”他说。

“你的也是。”艾利森没有躲开诺曼抚摸着的手。

他亲吻她的时候，那么轻，他将另一只手拿起来捧着她的脸颊，手中的金凤花就像丝绒拂在他们脸上。

第二章

马修·斯温医生和赛斯·布斯威尔坐在赛斯《佩顿时报》的办公室里。医生拿自己的白草帽扇着，喝着赛斯的夏日特饮——杜松子酒加葡萄柚汁。

“就像人说的，”赛斯评论道，“阴凉底下九十九度，根本就没有阴凉。”

“老天啊，别讨论天气了，”医生说，“这个月几乎没人生病，我已经在谢天谢地了。”

“哪有人有力气生病，”赛斯说，“躺在你医院的橡胶床单上太热了。”

“天啊！”看到一辆车从榆树街奔驰而过，医生欠起半个身子，“别再说这个刺激我，不然我们就去收拾小哈灵顿，不要再让他开车上路。”

“就算你收拾他，也是莱斯利的错，蠢货，花了三千美元给个十六岁的毛小子买了辆敞篷车。”

“尤其是罗德尼·哈灵顿，”医生说，“那孩子的智商跟跳蚤一样，把他踢出新汉普顿或许是件好事。我觉得莱斯利把他留在镇上，放在自己眼皮底下，意义不大。”

“你不知道吗?”赛斯问，“莱斯利让普鲁克特接收他了，我不知道他是怎么把罗德尼弄进那个学校的，但是罗德尼秋天确实要去那了。”

“我觉得他在那也待不久，”医生评论道，“我上周看到他去怀特河，开着他的敞篷车，上面挤了一群孩子，都在喝酒。我告诉莱斯利的时候，他差点没把我的头咬下来，他叫我少管闲事，让孩子们放荡一下。十六岁就放荡，我记得我开始放荡不羁的时候比他们大多了。”

“我不喜欢那孩子，”赛斯说，“就跟不喜欢莱斯利一样。”两个人影从赛斯玻璃窗前经过。女孩抬起头，看着里面，伸出手挥了挥。男孩一门心思地看着女孩，没有抬头，他拿着一把金凤花，就好像忘记自己还握着它们一样。

“过去的是艾利森·麦肯齐和佩奇家的小子，”医生说，“我怀疑他妈妈知不知道他跑出来。”

“她今天下午去了怀特河，”赛斯说，“我离开的时候正好碰到她。”

“难怪诺曼和一个女孩走在街上，”医生说，“我猜伊芙琳是去怀特河找约翰·比克斯比（John Bixby）问诊，自从我告诉她，她除了自私和暴戾没什么毛病，她就再也没来找我诊治过。古怪啊。”停顿了一下，医生接着说：“仇恨总是通过不同的方式表现出来，看看佩奇家的女孩，跟耕牛一样健康，两个人都是，再看看伊芙琳，总时不时这疼就是那痒的。”

“但是看看仇恨对莱斯利·哈灵顿做了些什么，”赛斯说，

“他恨全世界，意欲打败全世界，他做到了。”

“我希望那个孩子可以趁早脱离她，”医生仍然在想诺曼·佩奇，“或许他给自己找个不错的女朋友的话，比如说艾利森·麦肯齐，就会遏制到伊芙琳对他的影响。”

“你比老太婆还糟糕，马特，”赛斯笑着说，“老太婆加媒婆。再喝一杯吧。”

“你就不觉得惭愧吗?”医生问，把杯子递出去，“成天无所事事地喝杜松子?”

“不觉得，”赛斯毫不犹豫地说，“一点都不。还有小诺曼·佩奇，他会有一个漫长快乐的一生，前提是伊芙琳不先把他活吞了。”

“我觉得他太瘦弱了，没法反抗伊芙琳，”医生说，“她对他的期望太多了——爱，崇拜，赡养，无条件的忠诚，甚至是性。”

“哦，好了，”赛斯说，“你热昏了吧，别告诉我伊芙琳·佩奇在和她儿子睡。”

“你的问题在于，赛斯，”医生假装严肃地说，“只要男人和女人睡在一起，你都把性扯上，不是所有的东西都和性有关。我之前遇过一个病例，一个小男孩严重脱水，是我见过最严重的情况，因为他服了太多不必要的灌肠剂。性，性别的性。”

“天哪，马特!”赛斯眼睛突出，摆出夸张的恐怖表情，“你觉得就那个把老奥克利（Oakleigh）送进棺材的? 灌肠剂?”

“不要跳跃式地下结论，”医生抗议道，“我没说我讲的故事跟伊芙琳和诺曼有关，而且，奥克利也不是死于灌肠剂，他是被卡罗琳、夏洛特还有伊芙琳的乱舌抽死的。”

“我不能再给你喝杜松子了，”赛斯说，“它让你变得太过阴郁，今天太热，不适合阴郁或者其他。”

“除了喝醉。”医生说着，站了起来，“不过这个时候，星期五下午四点，我可没打算把自己灌醉，我要走了。”

“那今晚见？”赛斯问。“今晚所有人都来，可以好好玩几把牌。”

“我会来的，”医生说，“别忘了把你的支票簿带上，我觉得我会走运。”

第三章

赛琳娜·克罗斯，站在旺角服饰店的窗前，看到马修·斯温医生经过。瞬间，她的心怦怦直跳，恐惧揪住她，并且蔓延到全身。她恐惧地看着那个高高，穿白西装的人，那个给她除了仁慈还是仁慈的人。

帮帮我，医生，她在心里默诵着，你得帮帮我。

“马特·斯温是我见过唯一一个把白西装穿成功的人，”康斯坦丝·麦肯齐站在她旁边说，“虽然看起来好像没熨，但是绝不会汗渍渍的。”

赛琳娜握着可乐瓶中间曲线的地方。

我再等一天，她想着，再等一天，如果什么都没发生的话，我就去找医生帮忙。我会跟他说，医生，你得帮我。

“赛琳娜?”

“嗯？怎么了，麦肯齐夫人?”

“你不舒服吗?”

“当然没有，麦肯齐夫人，我很好，只是太热了。”

“你脸色很苍白，不像你。”

“只是太热了，麦肯齐夫人，我没事。”

“今天过得可真慢啊，要不下午你就休息吧？”

“谢谢你，但是泰德六点会来找我。”

“那你去后面坐会吧，说实话，我从来没看到你的脸这么苍白过。”

“好的，我去坐一会儿，如果需要的话叫我。”

“我会的，亲爱的。”康斯坦丝说。听到她亲切的口吻，赛琳娜都要哭了。

赛琳娜想：如果你知道发生了什么事的话，你就不会这么温柔地跟我说话，你会让我从你眼前消失。哦，医生，帮帮我。如果泰德发现的话怎么办，或者他的家人，或者任何人？

赛琳娜从来不会因为佩顿的流言蜚语而烦恼。

“让他们说去吧，”她过去会这样说，“反正他们都还是会说。”

但是现在，发生了一件很可怕的事，她很害怕。她了解佩顿的人，知道他们的闲言碎语。

“那女孩有麻烦了。”

“她得罪了人。”

“她怀孕了。”

“荡妇，肮脏的小荡妇。”

“你就适合住棚屋。”

“如果不是因为泰德·卡特，赛琳娜就会挺起胸膛面对众人，可那又怎样？”她爱泰德。十六岁，赛琳娜有许多女人一辈子都不会有的成熟，她知道她的想法，她了解自己的内心，她爱泰德，也会一直爱下去。想象他看着她，心碎了一地，她承受不了。泰德有一种不知从哪里继承来的荣辱感和严格的自控能力。泰德抱着她说："我不会的，亲爱的，我不会伤害你的。"她不想的话，泰德会把自己从她身边抽出来，说，除了爱和尊重，他还有耐心。他们对此一笑置之。

"我们边远落后地区的女孩都很热血。"她曾经说。

"不会太长时间的，"泰德跟她说，"就两年，我们现在只有十六岁，我们还有一生，我上大学之前我们就结婚。"

"我爱你，我爱你，除了乔伊，这个世界我从没爱过任何人，但是我更爱你。"

"我想要你，宝贝，我好想要你！不要碰我，如果我让你有了的话怎么办？这是常有的事，不管多小心，都还是会发生。你知道镇上的人的，你知道他们怎么对待一个怀孕的少女。记得那个安德森家的女孩吗，贝蒂的姐姐？她必须得搬走，她甚至不能在镇上找到一份工作。"

哦，医生，赛琳娜祈求着。她觉得眩晕，于是将头夹在膝盖中间。哦，医生，帮我。

"赛琳娜？"

"怎么了，麦肯齐夫人？"

"你的电话。"

赛琳娜站起来，颤抖的手抚过脸颊和头发，然后跑去前面。

"你好？"

"哦，宝贝，"泰德·卡特说，"我恐怕六点不能去找你了，夏皮罗（Shapiro）夫人有三千只鸡要来，我得留下来帮她。"

"那好吧，泰德，"赛琳娜说，"麦肯齐夫人准我下午休息，既然你来不了，我就休息了。”

下午休息，下午休息，下午休息，我要去找医生。

赛琳娜的心里一直嘀咕着这几句话，几乎没听到泰德说晚一点会跟她碰面。他在电话里亲吻了她，她挂掉电话，站在那里，低头看着电话的黑和她手的白。

“麦肯齐夫人，”几分钟后她说，“我下午休息的话可以吗？”

“当然，亲爱的，回家休息吧，你看起来筋疲力尽。”

“谢谢你，”赛琳娜说，“我就是这么打算的，回家睡一觉。”

康斯坦丝看着赛琳娜走出视线，消失在榆树街。奇怪，她沉思着，赛琳娜不愿讲真心话。过去的两年里，她们变得几乎无话不谈。赛琳娜是唯一一个知道康斯坦丝打算嫁给托马斯·马克里斯的人。康斯坦丝一年前满心欢喜地告诉她。赛琳娜理解康斯坦丝，她知道她因为艾利森得多小心。赛琳娜甚至还给她出过主意。

“你等得越久，麦肯齐夫人，情况就会越糟，”赛琳娜说，“艾利森一直对她爸爸有很强烈的情感，明年她还是会有，之后也还是会有。我不认为等到她高中毕业，所有的事情就会迎刃而解。”

康斯坦丝叹着气。汤姆也觉得等艾利森高中毕业解决不了什么问题。她今天晚上跟他有约，她知道又会谈到这个话题，过去也一直都是。如果她能鼓起勇气告诉他自己和艾利森父亲的事，如果她能勇敢地告诉他一切就好了。但是她爱他，以一个三十五岁，从来没有全心全意爱过一个男人的女人爱着他，用她的身体，灵魂，还有恐惧。康斯坦丝将托马斯·马克里斯视为她所想要的和她从未得到的一切的化身，她怕失去他。让事情变得更困难的是，他也爱她。康斯坦丝害怕地告诉自己，他爱的是表面上的自己，一个寡妇，称职的母亲，在社区受到尊重的人。他会多爱一个当过别人情人，还愚蠢的为对方生下私生女的女人？康斯坦丝鄙视了自己六年，她没法相信一个男人知道真相后还会爱她。即使先不告诉汤姆事实，她也有很多不嫁给他的理由，所有的理由都跟荣誉、高贵、诚实有关。但事实的真相是，她已经厌倦了一个人扛着包袱，她要不惜一切找个人来分担。最重要的是，她想要和一个人在一起，从此再也不用小心翼翼，忧思恐惧地过日子了。康斯坦丝·麦肯齐，几乎跟两年前一样不快乐，她走到店后面的小房间，给自己弄了一大杯冰茶。

赛琳娜·克罗斯在午后的烈日下，匆匆地走着。当她来到栗树街，她觉得每个窗户上都有一双眼睛在盯着她，一眼就看穿她的秘密。

每一双眼睛都在说，有麻烦的女孩，遇到麻烦的女孩，不好的女孩，坏女孩，配不上泰德·卡特。

赛琳娜在石板路上匆匆地走，两个草坪洒水器缓慢地打着圈，弄湿了她。她跑上医生房子两根柱子中间的台阶，奋力地按门铃，医生来开门。

“天啊，赛琳娜，”医生看着她面无血色的脸，“太阳太毒了，赶紧进来。”

但是进到宽敞清凉的大房子里，赛琳娜牙齿开始打战，医生用敏锐的眼神看着她。

“来办公室吧。”他说。

一个来访的同事曾经说马修·斯温的办公室跟其他地方的比起来，不怎么像一个医生的办公室。这是事实，因为医生把之前客厅的一半拿来当办公场所，中间用折叠门隔开，另一半是检查室。办公室和检查室的地上铺的都是硬木地板，建房子的时候就铺了。仅次于医生的邋遢，地板是伊索贝尔·克罗斯比抱怨最多的地方。

“足够糟了，”伊索贝尔会说，“医生的各种病人都寻到这里来，他完全可以在镇上买一间办公室啊。硬木地板哎！想象一下，硬木地板不可以用湿拖布拖的！”

赛琳娜小心翼翼地坐在医生旁边的直背椅上。

“放松，赛琳娜，”医生说，“不管是什么事情，告诉我你都会好受一点。”

“我怀孕了。”赛琳娜说完迅速咬了一下嘴唇，她没想到就那样脱口而出。

“你怎么知道的?”医生问。

“我两个月半月没有来例假了。”赛琳娜回答，她将两只手扭到一起，因为她也没有想要说这个。

“去旁边的房间，”医生说，“我们看看什么情况。”

他冰冷的手放在她滚烫的皮肤上，她又开始在脑海里不断地祈祷。

帮帮我，医生，你得帮帮我。

“是谁的。”回到办公室后医生问。

这个就是最困难的部分，她之前在脑海里仔细地演练，希望可以用一种不让医生反感的方式说出来。

“我没有权利说。”赛琳娜说。

“胡说!”医生吼道，她知道自己失败了，“这是什么屁话？你不是世上，也不是镇上第一个未婚先孕的女孩，所以，现在告诉我是谁的，别再说那些愚蠢的话，小卡特的吗?”

“不是。”赛琳娜说。她头向前倾，乌黑的头发在两颊轻轻地晃动。

“别跟我撒谎!”医生喊道，“我看到那个男孩看你的眼神了，你为什么觉得他没有人性？好了，别跟我撒谎。”

“我没有撒谎。”赛琳娜说。下一秒她就失去控制开始对他吼：“我没有撒谎，如果是泰德的，我就会是世界上最开心的女孩，但是不是他的！医生，帮帮我，”她的声音越来越小，“医生，你之前告诉我，有需要的话，就可以来找你，你会帮我，现在我来了，医生，你得帮我，你得帮帮我。”

“你说帮你是什么意思，赛琳娜?”他问道，他的声音几乎跟她的一样轻柔，“我怎么帮你?”

“给我点东西，”她说，“可以把它打掉的。”

“我现在给不了任何可以帮你的东西，赛琳娜，告诉我谁该负责，那样我或许可以帮你，小孩出生后，你就可以结婚。”

赛琳娜嘴唇紧闭。“他已经结婚了。”她说。

“赛琳娜，”医生用尽量温柔的语气跟她说，“赛琳娜，我现在给不了任何东西可以让你把孩子流掉，唯一的办法就是堕胎，但这是违法的，我一生做了很多事，赛琳娜，但是我从来没犯过法，赛琳娜。”他向前倾，把她冰冷的手握在自己手里。“赛琳娜，告诉我这个男人是谁，我要看着他承担责任，他会照顾你，给孩子赡养费。我可以搞定这件事，没有人会知道，你可以先离开一阵子，把孩子生下来。不管是谁做的，都要承担责任，给你掏住院费，一直供养你到你回来。只要告诉我这个人是谁，赛琳娜，我就会尽我所能帮你。”

“是我爸爸，”赛琳娜抬起头，直直地看着马修·斯温的眼睛，“我的继父。”她说着把手从他手里抽出来。她向前倒在医生的硬木地板上，用拳头砸着地板。“是卢卡斯，”她尖叫着，“是卢卡斯，是卢卡斯。”

第四章

那天晚上早些时候，斯温医生打电话给赛斯，说他晚上没办法和栗树街的其他人一起打牌了。

“发生什么事了，马特?”赛斯问，“我们让你的运气过犹不及了？你有病人?”

“都不是，”医生回答，“但是医院有些事情需要解决，我今晚要过去。”

“希望不是审计部门的，”赛斯笑着说，“我听说州审计厅的那些人都挺混蛋的。”

“不是，赛斯，不是审计上的事，”医生说完，爽朗的笑容也绷紧了，“但是我还是要小心，否则联邦那边的人就要跟到我屁股后面了。”

“肯定是，马特，”赛斯笑道，“好吧，你不能来玩太遗憾了，我们明天见吧。”

“明天见，赛斯。”医生说完，轻轻挂了电话。

赛琳娜还在医生的家里，她躺在楼上漆黑的卧室里，额头上敷了一条冰毛巾。

“待在这，”医生之前跟她说，“就待在床上，等你感觉好点了，我们再商量看能做些什么。”

“什么都做不了。”赛琳娜说着，开始作呕，她呕得厉害，医生拿个盆子盛在下面。

“躺着不要说话，”他说，“我要到楼下去，就一会儿。”

来到客厅，马修·斯温径直走到餐具柜前，给自己倒了一大杯苏格兰威士忌。

杜松子，威士忌，小女生在楼上，我最好还是小心点，他啼笑皆非地想着。一不小心，我就会落下不复往昔，道德败落老醉鬼的名声。

他端着第二杯酒来到客厅，坐在壁炉前面织锦缎的沙发上。

你要怎么做，马修·斯温，他问自己。你已经嘴上功夫多少年了，现在你要怎么做，是该到把你花里胡哨的理论付诸实践的时候了？没有什么比生命更重要，是吗，马修？如果不是摧毁你一贯挂在嘴边的如此珍贵的东西，那你脑子想着要做的又是什么？

医生喝完了第二杯，他很诚恳地认识到，他现在内心的斗争，会从此在他生命里留下记号。他知道不管他做什么样的决定，他都会一直怀疑他是否做了对的选择。他确实没有违反过任何美国法律，除了每周和朋友们玩扑克，在一个严禁赌博的州，可能会被认为是违法。

现在不是特例了，马修，他提醒自己，在赛斯家玩扑克就是违反州法律的，所以你之前已经触犯过法律了。

不，不是在你的工作中，规定就是规定，你一直都在遵守，你当然不可以现在来违反，你都这把年纪了，就要这样结束了。规矩就是规矩。

但是规定中的例外呢？

你从事的事情里没有任何例外，医生，你报告梅毒患者，有枪伤的人来找你，你告诉警察，你不顾抗议将生病的人隔离开，没有例外，马修。

但是如果赛琳娜的孩子出生，会毁了她的一生的。

那不是你的问题，马修，去找警察，将卢卡斯绳之以法，但是不要管赛琳娜·克罗斯。

她才十六岁，她的美好人生才刚刚开始，这会毁了她的。

你可能会杀了她。

胡说，我在医院做，会消毒，做好预防措施。

你疯了吗？在医院？你疯到癫狂了吗？

我可以的，我可以做，没人会知道，我今晚就可以做。医院应该没有人，这个月正好没有生病的。

在医院？你疯了吗？你彻头彻尾疯了吗？

对，该死的，我是疯了！到底是谁的医院，谁建的那个该死的地方，谁悉心照料它，谁让它运转的，不是我是谁？

你什么意思，你的医院？医院是属于佩顿的，你必须倾尽所能为它服务，州法律是这么说的，联邦法律也是这么说的，多年前，也许你已不记得是多久前，你的誓词也是这么说的。你的医院，啊，你肯定是疯了。

马修·斯温将喝完的威士忌的杯子扔到壁炉床上，水晶玻璃发出响亮的破碎声，碎片转着圈飞溅出来。

“对，该死的，我就是疯了！”医生大声说。他迈着沉重的步伐走出客厅，朝二楼走去。

但是有个声音一直在默默追随着他。

你迷失了，马修·斯温，那个声音说，你迷失了。死亡、性病，有组织的宗教，按照这个顺序，啊，不要让我再听到你说话。你故意策划了今晚来惊动死神，而不是像你发誓的那样去保护生命。

“感觉好点了吗，赛琳娜?”医生踏进黑洞洞的卧室。

“哦，医生，”她看着医生，眼圈都是紫色的，“哦，医生，我希望我死掉。”

“起来吧，”他愉快地说，“我们会处理好所有的事，让你和之前无异。”

告诉你吧，他心里默默地说，我在保护生命，这个生命，赛琳娜·克罗斯已经活过的生命。

“听我说，赛琳娜，”斯温医生说，“仔细听我说你接下来要做的事情。”

一个小时后，康斯坦丝·麦肯齐坐在托马斯·马克里斯去年春天买的车里，他们开车经过医院，看到灯光从巨大的方形玻璃窗里透出来，她知道那是医院手术室的灯。

“一定发生什么事了，”她说，“手术室的灯是亮着的，我想知道是谁病了。”

“这就是我喜欢佩顿的其中一点，”汤姆笑着说，“一个人即使只是有胀气痛，都会有全镇的人在那边好奇是谁，为什么，什么时候，哪里，他要怎么办。”

康斯坦丝冲他做了个鬼脸，“一流的城市滑头。”

“占农民女儿的便宜。”他加了一句，握住她的手，亲吻着指尖。

康斯坦丝放松地坐在椅垫上，满意地舒了口气。她早上不用去开店门，因为赛琳娜说她会去，艾利森会和凯西过周末，此时她要和她爱的男人一起，去十八英里之外的一个镇上吃晚餐，远远地躲开邻居们一双双监视的眼睛。

“为什么开心地叹息?”汤姆问。

“我的心斟满了爱。”康斯坦丝说着头靠在他的肩膀上。

“要烟吗?”

“嗯。”

他先后点了两根烟，把一根递给她。在打火机瞬间的火光中，她看到了他的完美剑眉，古希腊式的鼻子，夹着烟的丰满却不松弛的嘴唇，线条彰显的下巴。

“加在一起，”她说，“就是古希腊硬币上的头像。”

“我喜欢你像个被迷得神魂颠倒的女人一样说话。”他说。

“我就是被迷得神魂颠倒。”她承认道。

和他在一起有一种在别的男人身边体会不到的自在感。这种自在感过了那么久才来，但却已经成为她的一部分，以至于她几乎忘记自己曾经是多么的惧怕他，一种病态的惧怕。

“是什么?”他问道，只要她在想他或者他们的时候，他总能知道，然后用这种特别的方式问。

“我在想，”她说，“从你第一次来我家到现在，已经两年过去了，就是艾利森春季舞会那晚。”

汤姆笑着，再次亲吻她的手指。“哦，那个啊，”他说，“好啦，别想它了，想想我们到餐厅的时候你想吃什么，今天是周五，他们有各色的鱼，你总要花上一个世纪才能做决定，我们快要到了。”

“好吧，”她说，“我把思想集中在黑线鳕、蛤蜊、龙虾上，看看会发生什么。”

她挽着他的胳膊，瞬间，之前跟他一起的另一个回忆又填满她的脑海。

应该是他第一次来她家的三个月后，因为那时是八月，艾利森去温尼珀索基湖参加夏令营。她记得那是个周天的晚上，非常热，她在看账簿。尽管家里所有的窗户都敞开着，却没有一丝风吹进来。门铃响的时候她吓了一跳，笔掉在账簿上，留下丑丑的墨迹。

“该死，”她咕哝着，将家居服的带子紧紧地系上，“真该死。”

她打开门，托马斯·马克里斯说：“嗨，我们去游泳吧。”

五月春季舞会后的几周时间里，他来找过她差不多六次，其中一次她跟他出去吃了晚饭。他某些地方让她觉得不自在，具体她也说不上来，她不想见到他。

“你胆子够大的！”她生气地说，“晚上十一点半按我的门铃，还提出这么疯狂愚蠢的建议！”

“如果你想大吵的话，”他毫不尴尬地说，“至少让我进去吧，不然你的邻居会怎么想？”

“天知道他们已经开始怎么想了，”她气急败坏地说，“你总是只要自己高兴就不请自来，闯进我家。”

“总是？”他怀疑地问，“三个月六次在佩顿就被视为‘总是’了吗？”

她忍不住笑了。“不是，我想不是，”她承认道，“只是你吓得我笔掉下来，墨迹弄到账簿上了。”

“我们不能有那个，”他说，“我的意思是账簿上有墨迹。”

她觉得自己逐渐变得不自然，他似乎也有同感，因为他说话很快。

“拿上你的泳衣，”他说，“我们去游泳。”

“你太疯狂了，”她告诉他，“首先，除了梅多池塘，这附近没有别的地方，而且那里总是挤满搂颈亲热的年轻人。”

“我们怎么会去搂搂抱抱的人去的地方，”他说，“外面有辆车，是我一直想买的，八公里外有个湖，我们去试试我未来的车。”

“马克里斯先生——”

“叫我汤姆。”他耐心地说。

“汤姆，”她说，“这么晚，我不想跟你去任何地方，我还有工作要做，很晚了，都过了十一点半了。”

“太不像话了，”汤姆打断她的话，他边摇头边发出啧啧声，“听着，你已经工作了一整天了，明天是周日，你不用早起，你女儿在夏令营，你也不用为了她一整天待在家里，除了你讨厌我的勇气，你找不到其他的借口，但是你不会说的，去拿你的泳衣，跟我走吧。”

令人惊奇的，两年后康斯坦丝靠着汤姆的肩膀想，不是他说的话，而是她竟然听从了他的话。

“好吧，”她被他的死缠烂打激怒，“好！”

她在卧室穿好泳衣，站在梳妆台前，看着镜子里的自己，瞬间，她停住了。

我在做什么？她问自己。

就想做点什么改变一下，她看着镜子里的脸回答。

她决绝地系好泳衣的带子，套上一条棉布裙子，穿上凉鞋，跑下楼，大厅里马克里斯在等她。

“你门锁了吗？”出去后，他问。

“这是另外一件在小镇生活需要学习的事，”她告诉他，“在佩顿，如果你锁门，人们会觉得你有什么事藏着掖着。”

“我了解了，”他说，“我本该意识到的，肯定是因为同样的原因，这里的人卧室灯亮的时候，都不拉窗帘。你觉得车怎么样？”

“不赖，”她说，“但是肯定不是新车，是不是？”

“雪弗兰，”他说，“就像好酒一样，也应该历久弥新。说实话，这是卖二手车的人告诉我的。”

他开车来到之前说过的八公里外的湖，那里没有一个人，是因为太晚了，还是汤姆后来说的他们神奇的好运气，康斯坦丝不知道，她只知道当汤姆关掉车灯，停下车，那里有种不可思议的黑暗和寂静。

“这么黑，我们怎么去到湖边?”她低声问。

“你在小声嘀咕什么呢?”他用正常的语调说，吓了康斯坦丝一跳，“我有手电筒。”

“哦。”康斯坦丝清了清喉咙，她在想，黑暗中停下车前几分钟的尴尬，是不是所有人都会有。

“走吧。”他拉住她的手引导她。

这是他第一次触碰到她，她的手，她的腕都感受到他握着的力度，并且传到她整个胳膊。他们在湖边脱掉套在泳衣上的衣服，一起下到湖里。此刻，康斯坦丝的眼睛已经适应了这里的黑暗，她几乎可以清楚地看到周围，她看到旁边托马斯·马克里斯魁梧裸露的上半身，以及他邪恶的表情，心里默默惊恐地叫了一声，潜入水中，从他身边游走。

哦，老天啊，她想，我为什么要来?我要怎么回家?我为什么不一开始就待在家里?

她一直游，直到筋疲力尽，她的身体因为恐惧和凉意发抖。当快游到岸边可以站起来的时候，她看到他已经在岸边等她。她从水里出来朝他走去，他没有动，也没有把手里的毛巾递给她。她紧张地摘掉泳帽，摇着头散开头发。

“天啊，”她不自然地笑着，“很冷，是不是?”

“解开你的泳衣，”他严厉地说，“我亲你的时候要感受到你的乳房贴着我。”

两年后，有一次在车上，坐在托马斯·马克里斯的旁边，康斯坦丝·麦肯齐不禁打起颤来，就像这个晚上一样。

“别想了，”汤姆温柔地说，“那一部分已经过去了，现在是我们，我们了解彼此。不要，宝贝。”看到她又抖了一下，他说，“别再想它了。”

他说话的时候，她像一尊雕像站在那里，一只手放在脖子后面打算打散头发。他没有再说话，但是看到她没动，他走到她前面，解开她泳衣的带子。他只用了一个动作，她上半身就一丝不挂。他一把将她拉近，甚至都没有看她，疯狂野蛮地亲吻着她，就像是希望用痛而不是用温柔来唤起她的回应。他双手的四个指头伸进她的头发，拇指按住她两边的下颌骨，所以她的头不能转来转去。她觉得自己的膝盖已经撑不住了，但是他仍然在狂吻她，手纠缠在她头发里抓着她，让她保持直立。当他终于抬起她青肿疼痛的嘴巴，把她抱起来，抱到车里，砰地关上车门，她仍裸着上身，瘫坐在前座上。他一路开到她家，没说一句话。他把她从车里抱出来，她发不出一个声音。他将她抱到客厅，放到擦光印花布的沙发上，客厅里灯火通明，窗帘敞开。

“灯，”她终于气喘吁吁地说道，“把灯关掉。”

关掉灯后，他走近她，冷冷地问：“哪个是你的房间？”

“大厅尽头的那个，”她牙齿打着颤说，“但是都不重要，因为你永远不会看到它里面的样子。从我家出去，别靠近我——”

他抱着她，在黑暗中艰难地爬着楼梯，到二楼的时候，他用脚踢开她的房门。

“我要报警抓你，”她结结巴巴地说，“我要报警，我要把你送去坐牢，入室，强奸——”

他把她放下来，让她站在床边，用手背印象深刻地扇了她一个耳光。

“不许再张口，”他轻轻地说，“闭上嘴巴。”

他俯身，扯掉她身上湿答答的泳衣泳裤。黑暗中，她听到他拉开拉链，脱掉泳裤的声音。

“现在，”他说，“现在。”

就像是一个醒不过来的噩梦，直到窗上的黑暗变得越来越淡，变成灰白色，她感到第一阵羞愧的愉悦感将她提起来，将她提起，提起，然后把她丢进无意识的状态。

重温这段记忆让康斯坦丝觉得沮丧，想起整个漫长的夜晚，她只歇斯底里地问过一个问题，让她觉得羞愧。

“门锁了吗?”她叫道。

汤姆大笑，嘴巴贴着她的乳房回答：“嗯，别担心，我锁了。”

现在看着他，他开着车疾驰，一路远离佩顿，康斯坦丝又开始琢磨起这个她还未认识的男人。

“什么?”他又读到了她的心。

“我在想，”她说，“两年过去了，我真的还没有完全了解你。”

汤姆笑着，将车拐到她们即将就餐的餐厅前的石子路上。他牵她下车的时候，抬起她的下巴，温柔地一吻。

“我爱你，”他说，“其他还有什么好知道的?”

康斯坦丝笑了，“其他的事都不重要。”她说。

再晚的时候，他们回到佩顿，她甚至都没有扫一眼灯光微弱的医院，直到汤姆把车停到她家门前，她看到阿尼塔·特塔斯（Anita Titus）在等她，她感受到一丝不安的灾难前的预兆。

“你的电话整个晚上都在响，”阿尼塔说，她住在康斯坦丝隔壁，跟康斯坦丝共用电话线路，“是医院打来的。”

“艾利森!”康斯坦丝叫道，“艾利森出事了。”

她从车里跑出来，跑到门前，都忘了拿自己的手套和钱包，留下汤姆应付阿尼塔。他久久地注视着阿妮塔的背影，她冲回自己家，去听康斯坦丝的电话。

天哪，他气愤地想着，我在这个该死的镇上还没有遇到十个，不需要花明年一年的时间来灌洗他们该死的灵魂的人。

他走进房间的时候，康斯坦丝已经在跟医院通电话了。

“哦，谢谢，谢谢，”她宽慰地说道，“哦，是的，谢谢你打电话给我。”

“怎么了?”他边问，点了两根烟。

“赛琳娜·克罗斯，”康斯坦丝说，“她今晚急性阑尾炎，斯温医生在给她做手术。她让医院打电话给我，说她早上不能帮我开店门了。很难想象，她在那个时刻还想着店里的事。”

第五章

玛丽·凯莉（Mary kaly）护士关上赛琳娜睡觉的门，悄悄地走出去，穿着白鞋的大脚看起来无法如此安静地走路。她走到一楼大厅的桌子边，坐下来，紧张地调整了一下她的帽子，挪了挪屁股，让自己更舒服地和直背椅贴合，同时叹了口气。她的腿刚刚隐藏到桌子下面，她就小心地将大腿伸开。夏天太热的时候，她的大腿内侧总是摩擦得红肿，这个时候似乎没有什么可以救她，不管是扑面粉，还是干玉米粉，还是锌氧化物软膏。她只能忍受，她的脾气变得越来越暴躁。现在，除了要值夜班，还要忍受七月湿热的天气和大腿的疼痛，就好像她每走一步，那里就燃起一把火。她从业以来第一次，被迫将自己的医德拿出来考验。玛丽一直是一个严肃的学生，她知道所有针对小说、动作片，还有学生护士宿舍里闲谈的道德准则。

“你会做什么?”熄灯后的漫长时间了，学生们都喜欢互相问，“如果你看到某个医生在手术室犯错，一个会导致病人死亡的错误”。

“我永远都不会说的，”她们向彼此保证，“毕竟人人都会犯错。如果是个木匠或者水管工犯错，没人会因此毁了他。医生也可以犯错，为什么他就该被吊销执照，被羞辱，被起诉?”

“护士永远都不会说的，”她们说，“她们每天都会看到失误，她们管好自己的嘴巴，这就是道德准则。”

玛丽·凯莉伸开腿坐在一楼大厅的桌子旁，盯着自己的手看，在佩顿医院昏暗的灯光下，她看到一双又大又方，赤裸的手。

它绝不会停在那里的，她脑海里回荡着医德高尚的声音。

“但是如果那不是一个失误呢?”她们互相问，“如果是医生喝醉了，或者是故意做的呢?”

“如果是你自己的妈妈得了绝症，饱受煎熬，医生为了把她从痛苦中解脱出来而杀了她呢?”

“假设医生有一个女儿，她的女儿怀了私生子，他在生产的时候将孩子弄死呢?”

“我绝对不会说的，”她们严肃地说，“你只要不告发医生，那就是道德。”

玛丽坐在凳子上动来动去，她将腿伸到桌子所能允许的最远范围。大道理都很好听，她想着。护士宿舍的闲谈听起来都很美丽动听，讲话是很廉价的东西，把你想让别人认为你相信的东西讲出来不费吹灰之力。玛丽·凯莉想是否可以将医德比作宽容的问题。说的时候你会说黑人和所有人一样好，黑人从来都不该受到歧视，如果你爱上一个黑人，你会骄傲地嫁给他。但是当你讲这些的时候，你会好奇如果真的有一个健壮英俊的黑人走过来约你出去，你会怎么做。嘴上说的时候，你会说如果你爱上一个新教徒，而他又拒绝为你改变他的宗教信仰，你还是会嫁给他，为他坚守信仰的勇气而爱他。你会不顾父母和教堂的反对嫁给他，你会理智地处理两个不同信仰的人组成的婚姻。你知道讲这些话的时候你是安全的，因为一百多年以来，佩顿还没有一个黑人，你也没有和非天主教徒的男生约过会。你说如果遇到一个不道德的医生，你知道该怎么做，但是，玛丽想着，将脸埋到手中，如果事情发生的时候，你真得会那么做吗？

有几分钟，她在考虑是不是可以直接去找奥布莱恩（O' Brien）神父，向他告解她今晚所参与的罪恶。她脑海里浮现出神父宽大，青色双下巴的脸，细长似刀的黑眼睛。如果她告诉他后，他拒绝为她解罪怎么办？万一他说："将医生绳之以法，只有这样我才能洗脱你灵魂的罪恶？"玛丽脑中又描绘出斯温医生的脸，他俊朗慈祥的脸，还有被她视为仅次于上帝的那双温柔慈祥的手。她真的没办法控制自己，因为医生根本就没有给她选择。

"准备给她做手术，"他指的是赛琳娜·克罗斯，"我要拔她的阑尾。"

玛丽的大腿很疼，很暴躁，她像往常一样被医生不专业的话语激怒了。只要可以，他从来都不用优雅的，难以理解的医学术语。她满心抗议。

不要助手吗？她问，不要麻醉师吗？另外一个护士？她一个人在几乎空荡荡的医院值夜班。如果那个时候恰好有三个病人在床上怎么办？把他们丢下无人照料，去帮助医生是不对的！现在是晚上，白天的秘书已经走了呢？如果有人打电话进来没人接呢？这样是不对的，她告诉医生，如果有紧急情况，而桌子边又没有值班。

“该死!”医生咆哮道，“闭嘴！按我说的做!”

医生吼的时候玛丽并不放在心上，这就是他的方式，一个好的护士从来都不干涉一个医生的方式，就像不会试图在手术室告诉他该做什么。但是后来赛琳娜昏迷在手术台上的时候，她还是试了。

“医生，”她轻声说，“医生，你在做什么?”

他直起身，看着她，蓝色的眼睛在口罩下闪着光，暴怒。

“我在切除她的阑尾，”他冷冷地说，“你明白吗，玛丽?我在切除一个急性的阑尾，如果等到明天早上的话，它就很容易破裂，你明白吗，玛丽?”

她低下眼睛，无法直视他的痛苦，尽管他试图用愤怒掩盖。后来，她猜想那也许是医生给她选择的方式。她本可以说不的，她不明白，她可以跑出手术室，立刻打电话给巴克·麦克拉肯警长，当然她没有。

“是的，医生，”她说，“我明白。”

“那就务必再也不要忘了，”他对她说，“务必，该死的。”

“是，医生。”她说。她在想为什么她一直觉得只有天主教徒反对堕胎，不应该啊，面前的医生是新教徒，眼里满是痛，手下却专业地做着陌生的手术。

至少，玛丽后来想，她猜想医生是一个新教徒。他不追随任何宗教，奥布莱恩神父总是引导她去相信只有新教徒背离出去，没有皈依任何教派。一个天主教徒，她告诉自己，绝对不会做这么震惊、恐怖、恶心的事。她像任何一个天主教女孩一样被震惊到、吓到、厌恶到。但是在一切背后，就像一条毒蛇在密林深处的草丛里滑行，留下一条罪恶的傲慢之线，医生选择了她，在所有的护士当中，露西·艾斯沃斯，吉拉蒂娜·邓巴（Geraldine Dunbar），或者人手紧张的时候，其他从怀特河过来帮忙的护士，他选择了玛丽·凯莉。他可以就让她在一楼值班，然后找其他人来，但是他选择了她，不管对与否，她心里某个黑暗的角落被快乐填充着。

在所有的罪行中，医生让她成了那个最严重罪行的帮凶，但是他不是一个骗子，也没有把她变成一个骗子。最终，当他做完手术，切掉赛琳娜的阑尾，它成为玛丽见过最漂亮，最健康的阑尾，医生把它拿掉了。

"这是我做过的最混乱的阑尾切除手术，"做完后他告诉玛丽，"清洗干净，玛丽，清洗得干干净净。"

也是她参与的最混乱的手术。当病人安静入睡的时候，她像一个老于此道的罪犯，感谢命运之神赐予她和医生非凡的好运。她照医生的嘱咐将手术室清理得干干净净，干干净净，就像医生说的，她小心翼翼，一丝不苟地处理好每件事。

玛丽·凯莉在椅子上扭曲地坐着。她将手伸到裙子底下，把裙子拖下来的部分塞到她汗湿，红肿的大腿间，放松下来。

好了，让布料吸掉一些潮气，这样会好一点。

电话响起的时候，她几乎是再次兴奋起来。

"哦，是的，麦肯齐夫人，"她对着听筒说，"是的，我给你打了几次电话，阿尼塔告诉我你出去了，所以我请她转告你，让你给过我回电话。哦，天啊，不是的，麦肯齐夫人，不是艾利森，是赛琳娜·克罗斯。急性阑尾炎。哦，是的，的确，快要破裂了。但是现在好了，正酣酣地睡呢。"

就在挂掉电话的那一瞬间，玛丽·凯莉才意识到，她在道德这个问题上已经迈出了无可挽回的一步。面对错误的信息，她做了自己的选择。她毅然地拿起前一天晚上开始读的侦探小说。她强迫自己将眼睛集中在书上，希望她的脑子可以吸收她的眼睛看到的东西。未来将会有很多这样的时刻——她无法读书，满脑子想着罪恶，上帝，奥布莱恩神父。

第六章

马修·斯温医生将车停在克罗斯家门前的土路上，然后快速走到他家门口，用两个拳头奋力捶打着克罗斯家并不结实的门，就好像是想为积聚体内的愤怒寻找一个发泄的出口。

“进来，天啊，”卢卡斯在里面大喊，“别把那该死的门砸下来。”

打开门，马修医生站在门口，一身白西装，看起来比他本身更加高大。卢卡斯坐在厨房的桌子边，只穿了一条油油的工装裤。他赤裸浓密的胸毛看起来像一个藏满虱子的地方，他的皮肤汗津津地发着亮。桌子上铺着单人跳棋，放着一瓶喝了一半酒的瓶子。卢卡斯抬头微笑地看着斯温医生，他的前额和嘴唇同时移动，但是眼睛还是原来的形状，充满疑惑。

“迷路了吗，医生?”他问，“这没人请你出诊。”

听着这些词，医生感觉自己的身体在冒汗，瞬间湿透他的全身，沿着两侧流下来。没有人请你啊，医生，这些词带出了赛琳娜的影像，在黑暗中蜷缩在外面，保护她的弟弟乔伊躲过眼前这个人的拳头。

“赛琳娜进医院了。”他抑制住自己的愤怒，用沙哑的声音说道。

“赛琳娜?”卢卡斯问，他发的是思琳娜（S’ lena），医生看出他已经喝了一整天的酒了，“你把赛琳娜弄到医院干什么，医生?”

“她怀孕了，”医生说，“今天下午流产了。”

一瞬间，卢卡斯的笑容开始消散。

“怀孕?”他问，“怀孕?”他重复着，试图让自己的声音听起来充满愤怒。“怀孕，嗯? 该死的小荡妇，我会修理她的，我会打得她记忆深刻。我告诉她总让那个卡特小子在她身边，她会有麻烦的，我告诉过她，但是她不听她爸爸的话。好吧，我来修理她，小荡妇。我修理完之后，她就会乖乖听话的。”

“你个可悲的畜生，”医生用颤抖的声音骂道，“你个可怜的，满嘴谎话的混蛋。”

“唔，停一下，医生，”卢卡斯说着，从桌边站起来，“没有人在卢卡斯的家里，叫卢卡斯混蛋，即使是像你这样卑鄙下流的医生。”

马修·斯温走到卢卡斯跟前，“你给我停一下，”他说，“你停一下，混蛋，赛琳娜怀的是你的孩子，你我都清楚。”

卢卡斯重重地坐到椅子上。“我可以拿出证据，卢卡斯，”医生继续说，他知道自己在撒谎，但他不在乎，“我可以证明那是你的孩子。”他重复道，用他高端的知识，以他以前从来没用过的方式说，来吓唬无知的卢卡斯。“我有足够的证据，”他告诉卢卡斯，“让你下半辈子都在监狱里过。”

汗从卢卡斯的脸上滴下来，汗臭味在热浪中散发出来。“我没有任何把柄在你手里，医生，”他断言道，“我从来没碰过她，一个指头都没动过她。”

“我握有很多你的把柄，卢卡斯，多得我都用不过来。为了保险起见，我这里有份东西要你签。我从医院出来之前写的，是一份供状，我要你把你的名字写到上面。如果你不照我说的做，巴克·麦克拉肯法院地下室的橡胶管或许能够让你招认。”

“我从来没有碰过她，”卢卡斯死咬，“我也不会在任何污蔑我的东西上签字。你有什么可以对付我的，医生？我从来没对你怎么样过，你跑到这里来欺负我是为什么？我做过什么对你有害的事吗？”

医生靠在桌子上，低头看着坐在椅子上的卢卡斯，愤怒地盯着自己交叉的胳膊。马修·斯温知道赛琳娜怀的是卢卡斯的孩子，他从来没有如此确信过一件事。确定本来已经是够了的，但是体内的一部分倔强推动着他。他知道卢卡斯几乎是犯了看不到界限的乱伦罪，知道这点本该足够了，单单知道，他就可以逼卢卡斯签下供认书，但是某种东西驱使着他，让他威逼卢卡斯，直到他亲口承认他是赛琳娜腹中胎儿的父亲。

“或许我不会去找巴克，”他轻轻地说，“不，我不会去找巴克的，我要在全镇敲响警钟，我会亲自去告诉镇上的每一个父亲，你做了什么，卢卡斯。我会告诉他们，有你在，他们的女儿是不安全的。那些父亲们会来追捕你，卢卡斯，就像追捕一头危险的野兽。但是他们不会射杀你。”他停顿了一下，看着前面的卢卡斯，“你知道我们镇用私刑多久了吗，卢卡斯？”

卢卡斯的眼睛狂乱地转动，想要逃脱在他耳边不停敲击的无情的声音。

“已经很久了，卢卡斯，肯定没有人记得是从什么时候开始的，但是对一个暴怒的人来说，他似乎总知道怎么用私刑，那些父亲们会知道怎么做的，卢卡斯，或许不会太好，或许不会让你一次毙命，但是过不了多久他们就会进入状态的。”

他等了一会，但是卢卡斯没有抬头，他一直坐着，盯着小臂凌乱的汗毛，汗味从皮肤散发出来，夹杂着恐惧的小肿块。医生转身似乎要走，但是还没走三步，卢卡斯的悲叹声就让他停了下来。

“求求你，医生，”卢卡斯说，“等一下。”

医生转过身看着他。

“是我做的，”他说，“我签，给我。”

这本应该够了，马修·斯温事先知道，加上最后口头和笔头的承认，对他来说本应该够了，但是还不够。他想用他的脚后跟踩扁他，踩扁，踩碎，贬低他，羞辱他，废了他。他看着自己超过三十年行医的荣耀在他面前翻倒，破裂成碎片；他看着玛丽·凯莉姣好的爱尔兰天主教徒的脸，因为愤世嫉俗意义上的罪行，而写满某种冷酷；他看着一团红色凝胶状的，赛琳娜未能出世的孩子，它有可能就会出生，可以活到正常人的年纪；他看着卢卡斯，他想要让他承受同样的痛，同样切身的，剧烈的痛，这样他的痛就会消散。但是自始至终，他都知道这是徒劳，卢卡斯不会感觉到痛苦，也不会感觉到羞愧和悔恨，因为在卢卡斯的字典里，他还没有犯过这种级别的罪，它不会被忽视，也不会被忘记。卢卡斯·克罗斯付自己的账单，管自己的事，他对其他人的要求也是这样。他开口前，马修·斯温知道他会先找借口，然后博同情，但是他忍不住一直要说，忍不住希望用刀在卢卡斯的伤口里搅动，但是他知道卢卡斯没有伤口。

“什么时候开始的，卢卡斯？”他用一种不属于自己的狡猾的声音问，“一共做过多少次，卢卡斯？”

卢卡斯看着他，眼里只有恐惧。“天啊，医生，”他看着眼前的这个人，他那蓝色愤怒的眼睛是他以前从未见过的，“天啊，医生，”他说，“你想从我这里得到什么？我都告诉你是我做的了，不是吗？”

“多久了，卢卡斯？”医生顽强地重复道，“一年？两年？五年？”

“两次，”卢卡斯低声说，“我喝醉了，医生，我不知道自己在做什么。”

自动地，医生的脑子里登记了卢卡斯的第一个借口：我喝醉了，我不知道我在做什么。对于卢卡斯这种人来说，这就是所有事情的标准，打人，偷东西，显然还有强奸儿童。

“第一次的时候她还是个处女，是不是，卢卡斯？”医生用同样狡猾的语气问，“是你捅破了你女儿的处女膜，是不是，卢卡斯，高大、勇敢、刚健的樵夫？”

“我喝醉了，”卢卡斯重复道，“真的，医生，我喝醉了，我不知道我在做什么。而且她不是我的孩子，她不是我亲生的，她是内莉的孩子。”

斯温医生揪住卢卡斯的一撮头发，用力拧，直到他的头忽然猛地弹回去。

“听着，畜生，”他愤怒地说，“这不是你在森林里搞砸的活儿，这也不是可以用喝醉这种牵强的理由来应付的事，我不想听。你每一分钟都知道自己在做什么。就一分钟，仅仅一分钟，停止你烂醉、堕落、猪一样的生活，承认你知道的。”

医生揪着卢卡斯的头发，他不断地喘着气。“是，”他说，“我知道，有一天我看见她，我看到她几乎已经发育成熟了，我也不知道我当时是什么附身了。”

医生松开卢卡斯的头发，拿出一块干净的手帕，仔细地擦拭他的手。第二个标准借口已经登场了：我不知道我是什么附身了。就好像卢卡斯这样的人希望马修·斯温这样的人去相信存在什么陌生的恶魔，潜伏在那里，准备好，热切渴望着入侵卢卡斯这样的人的精神和肉体。不良行为的第二个借口通常都趋向于伤感，半愧疚的语气，就好像诉说者期望聆听者加入他，一起琢磨到底他是什么附身了。我不知道我是什么附身了，但是不管怎样，都不是我做的。什么东西附到我身上了，我也没有办法。

哦，老天爷，马修·斯温祈求着，哦，老天爷，别让我杀了他。

“我不知道有几次，”卢卡斯含糊不清地说，“两次一或许三次，我半醉不醒，什么都不在意。”回想起淫欲，他的眼睛变得空洞。“她就像一只小野猫，赛琳娜，一直都是。我之前打她，打到她不再反抗。”

听卢卡斯说话，看他舔着干燥的嘴唇，斯温医生觉得嘴中有东西泛上来。

这不是真的，他想，这不会是真的，一个人可以一次又一次地强奸自己的孩子，之后还能回忆起那些时刻，仿佛那些是他美好的梦。这当然不是真的，我没法再相信了，就像没法相信基督受难是宣传噱头，或者他生命的目的就是死亡。这不是真的。

“她很漂亮，赛琳娜，”卢卡斯继续梦呓般地说，“她的那对乳房是我见过最漂亮的，两个褐色乳头一直是撅着的。第一次的时候，我把她绑起来，其实我用不着绑她，因为她本来就是昏迷的。她当然还是处女啊，天啊，她的处女膜太结实了，我后来疼了两个星期，疼得我几乎没法工作。”

没法让医生满意的理由已经用完了，卢卡斯开始博同情：疼得我几乎没法工作。卢卡斯用令人厌恶的声音哀诉，就好像期待医生同情他，怜悯他。指望斯温医生说，真遗憾啊，真是太遗憾了，卢卡斯，你第一次强奸完自己还是处女的继女，几乎两周都没法工作。

哦，天啊，医生想着，攥紧拳头，感觉到汗再一次从自己身上流下来。哦，天啊，不要让我杀了他。

“漂亮啊，赛琳娜。”卢卡斯说。

卢卡斯说完的时候，马修·斯温可以听到自己的呼吸声，升，降。医生压制住想要勒住卢卡斯的脖子，勒死他的欲望。房子里安静了很长时间。当意识到一个人身上的文明层是多么的薄时，医生需要很长一段时间才能让体内的厌恶和愤怒减弱。

当他平息一点，可以讲话的时候，医生说：“卢卡斯，我限你明天中午之前，滚出这里，滚出佩顿，我明天不想看到你。”

“什么意思，离开佩顿，医生?”卢卡斯惊恐地喊叫，被医生的仇恨吓到，他没有做过对不起他的事。“什么意思，离开佩顿，我没有地方可去，医生，这里就是我的家，一直都是，你让我去哪啊，医生?”

“直接下地狱，”医生说，“做不到的话，随便你想去什么地方，只要滚出佩顿。”

“但是我没有想去的地方，医生，”卢卡斯抱怨着，“我没有任何地方可去。”

“如果我明天再看到你，我就会让全镇的人追捕你。出去，待在外面，不要试图回来。下周，明天，甚至我死了，都不要回来，卢卡斯。因为我会把我讲的证据好好地放在一个安全的地方，如果你回来的话，大家会知道怎么做的。”

卢卡斯·克罗斯开始哭，他头杵在胳膊里，为自己遭受的不公和迫害哭泣。

“我对你做过什么啊，医生？”他哭喊着，“我从来没对你做过什么。我没有任何地方可去，我怎么离开佩顿？”

“为了躲你，赛琳娜无处可去，”医生说，“这样你够开心了吧，现在鞋穿在你脚上了，如果夹脚的话，那就太可惜了。我是认真的，卢卡斯，别让明天中午的太阳晒到你的脑袋。”

马修·斯温觉得自己好老，就像时光那么老，那么疲惫，他弯着腰走向卢卡斯家的门。卢卡斯的供状在他西装的口袋里有千斤重，卢卡斯的话刺着他的心。他身上压着疲惫，就好像他从来都不知道一样，他的嘴里充满着锈银的味道。

如果我能回家，他想，如果我能回到家，泡个热水澡，如果我能擦洗掉身上的污秽，走到客厅的餐具柜前，给自己倒杯酒，如果我能今晚睡下，明早醒来，发现佩顿就像昨天一样干净，漂亮。如果我能回家。

他开了一半的门，手还在把手上，就被身后高声的哭号声止住了。他转过身，被震惊到，但是其实转身之前他就知道他又毁了一个人。他的眼睛在灯泡光环另一端的昏暗里搜寻着，他看到一张破旧的双人床靠着后墙，内莉·克罗斯躺在床上，持续高声号哭，她的身体翻转，扭动，就好像她在经历生孩子时的痛苦。

第七章

泰德·卡特牙齿咬着舌头，费力地，再一次试着将白色薄纸的四个角平整地折到糖果盒的角上，他想要把它包起来。不管他重新包多少次，盒子的角总好像皱在一起，所以包装看起来很笨拙，就好像是个小孩子包的。泰德的妈妈已经看了他好几次了，但是她没有主动过来帮忙。不看她儿子的时候，她继续洗盘子，透过水池上面小小的窗户盯着外面看。泰德的爸爸坐在客厅里，频繁地翻抖着手里的报纸，但是他也没有说话。

自从两年前泰德开始跟赛琳娜·克罗斯约会，家里就有种不友好的紧张气氛，这种气氛并没有随着时间松弛。泰德的父母罗伯塔和哈蒙·卡特（Harmon Carter）面对赛琳娜的问题，并没有像大部分的父母面对恋爱中的子女那样，笑着容忍。幼稚的早恋，并不是一个可以轻易形容泰德对赛琳娜感情的词。

罗伯塔的手在满是泡沫的洗碗水里，发出哗哗的声音。她想到泰德身上没有任何幼稚的东西，这曾经让她很开心。泰德比其他孩子都早开口说话，早走路令她很高兴；他的老师们评价他多聪明，学得多快，多成熟的时候，也让她很开心；她六岁学会游泳，七岁学会滑雪，八岁打棒球，让她充满骄傲。她曾带着疑惑看着自己高大魁梧的儿子，因为她和哈蒙都很瘦小，生下泰德让她觉得很满意，她也知道她把泰德照顾得很好，他不光个头高，结实，还很健康。他没有蛀牙，他没有出过疹子，他的视力 20/20①。他善良，体贴，有礼貌，从不会高声说话，也很少发脾气。他对待任何任务都干劲十足，认真尽责，这在十六岁的孩子身上是很少看到的，甚至夏皮罗（Shapiro）先生，这个以难取悦著称的人，都赞赏泰德的毅力和勤勉。

"不错的孩子，"他告诉罗伯塔，"很好的一个孩子，这个年纪，工作起来已经像一个成年人了。"

听到那样的夸赞她很开心，直到想起泰德的成熟，她便开始从认为儿子对赛琳娜·克罗斯的爱是一时的幼稚之爱寻找安慰。

罗伯塔和哈蒙·卡特意识到赛琳娜的问题已经不再是一个问题，而是一个事实的时候，他们无法接受和放任。如果他们可以的话，家里的紧张气氛就会放松一点，他们生活中也会出现一种类似亲切的东西。他们想让他成为他从来都不曾成为过的孩子，情绪飘忽不定，轻易打破依赖。他们的儿子竟然和棚户区的女孩混在一起，在他们看来是一种失败。继父是酗酒的伐木工，母亲懒散邋遢、半疯癫。

---

① 相当于 1.0（5.0）。

“你在做什么，泰德？”罗伯塔问自己的儿子，尽管她和哈蒙都非常清楚他在做什么。

“给赛琳娜包糖果。”他回答。

“哦？”罗伯塔只用升调说了一个词，却成功地传递了尖酸的讽刺和嘲笑。

“哦？”她重复道，但是泰德没有多加评论。罗伯塔感到愤怒在她体内爬升，涨红了她的喉咙。

“我猜她还在医院吧。”她说，设法表明她对做阑尾切除这种简单的小手术，还在医院住超过一周的人的反感。

“是。”泰德说。

客厅里，哈蒙·卡特抖着报纸。

“这样，”罗伯塔说，“那她打算在医院待多久？可能有真正生病的人需要她占着的床位。”

“我想，等到斯温医生说她可以走的时候。”泰德简短地回答。

“西奥多（Theodore）[①]！”

“怎么了，爸爸？”

“跟你妈妈说话的时候记得要有礼貌。”

“我没有不礼貌，”泰德说，“我回答她的问题了。”

“是你的语气，泰德，”他妈妈说，“我没觉得我特别在意你的语气。”

“愚蠢，”哈蒙在客厅里说，“每天晚上跑出去见那个小荡妇。”

“赛琳娜不是荡妇，”泰德平静地说，“你知道的。”

哈蒙确实知道，但是泰德告诉他“他知道”激怒了他。

① 泰德（Ted）是西奥多（Theodore）的昵称。

“该死的，”他走出来站在客厅和厨房之间的通道，“我告诉你要有礼貌。回你房间，直到你学会怎么控制你的讲话。”

泰德包完糖果盒，没有回应他爸爸的话。

“你没听到你爸爸说话吗，泰德?”罗伯塔问，“他让你回房间，你的小朋友今晚见不到你能活下去的。”

泰德站起来，拉开裤子拉链，把衬衣塞到里面。他没有说话。

“你听到我说话了吗?”哈蒙吼道。

“是，爸爸，”泰德捡起包好的糖果盒，“我听到了。”

“然后呢?”哈蒙用极具强调和威胁的语气说，“然后呢?”他用力拽出这个词。

泰德打开通向后院的门。“晚安，爸爸，”他说，“晚安，妈妈。”

门轻轻地从他们儿子身后关上的几分钟，罗伯塔和哈蒙站在那里，看着对方。之后，罗伯塔把手从洗碗水里拿出来，没有擦干，就坐在厨房的椅子上开始哭。哈蒙把报纸扔到地上，一个手抱拳砸另一手的掌。

“无礼，”他说，“这就是他，如此无礼。”

“我们为他做了那么多，”罗伯塔哭着，重复着数不清的母亲说的话，“我们为他做了那么多，一切，优越的成长环境，漂亮的房子，一切。”

“未来的大学教育，”哈蒙接过冗长的陈述，“一个任何人都会迫不及待接受的机会。”

哈蒙初中毕业，上了两年高中，就辍学去坎伯兰工厂工作。对他来说，上大学的机会跟上耶稣受难的十字架是同等的。

“如果他是这个样子的话，我是不会为了把他送去大学，到工厂里累死累活的。”哈蒙说。

哈蒙·卡特没有在坎伯兰工厂里流血流汗，他是办公室的簿记员。他唯一一次大汗淋漓是那儿的一个年轻的秘书屈身趴到桌子前面问他问题的时候。哈蒙也不用担心泰德上大学的钱，钱在泰德出生前就存进国民中央银行了。事实上，在哈蒙娶罗伯塔之前，钱就存在里面了。

“他拥有一切。”罗伯塔哭着，在围裙上抹着她仍然潮湿的手。

从某种程度上说，这是真的。卡特夫妇还没在栗树街住的时候，他们认为一个工厂的簿记员和莱斯利·哈灵顿住在一条街上是在卖弄炫耀。但是他们住在一个相当不错的街区的一栋很好的房子里。他们住在枫树街，离学校两个街区，枫树街被认为是佩顿第二好的街。卡特的房子很大，设备齐全，冬不怕冷，夏不怕热，而且维持得很好，每三年就要粉刷一遍。肯尼·斯特恩斯悉心照料着周围的花园。除了泰特·卡特的父母提供给他的漂亮的房子，和其他同学比起来，他穿得好，用很贵的运动器材，他有上大学的承诺，还有安全感，因为他知道有资金可以让他在大学毕业后成立自己的律师事务所。作为这一切的回报，泰德·卡特的父母不求什么，只要求他全情的投入，无条件的忠诚和立刻的服从。

“我从来没跟他要过什么，”罗伯塔擤着鼻涕说，“他自己打工，之后坚持要把部分的工资给我当伙食费的时候，我甚至都没打算要。我从来没要求过他什么，除了不要和赛琳娜·克罗斯在一起，可是他都不肯。我们为他做了那么多。”

罗伯塔和哈蒙为泰德做的一切在泰德出生以前他们就为自己做了。很长一段时间，佩顿的人都对罗伯塔和哈蒙为自己的事情的传言震惊，甚至是现在，过了这么多年，仍然有人记得，有人谈论。

罗伯塔和哈蒙经历了漫长艰苦的历程才爬出工厂工人那个阶层。在枫树街买一栋房子是需要时间和代价的，银行存款、名牌车子、罗伯塔的裘皮大衣、哈蒙的纯金手表。有些工厂工人辛苦一辈子也只能得到罗伯塔和哈蒙三十岁之前得到东西当中的一小部分。

那时罗伯塔·卡特十七岁，她还叫博比·韦尔奇（Bobbie Welch)。哈蒙·卡特十八岁，已经构想出了他的宏伟计划。那时哈蒙在坎伯兰工厂的办公室当勤杂工，他十五岁辍学之后就在干那份工作。博比在杰罗尔德·昆比（Jerrold Quimby）医生那里做兼职的秘书兼清洁工。就在那年，年轻的马修·斯温医生在汉诺威的玛丽希区柯克医院实习。小斯温，当时都这么叫他，结束实习后，他本要去老昆比医生的诊所，因为那年老昆比医生已经七十四岁，非常需要一个更加年轻的人来帮他。

博比和哈蒙那时关系稳定，据了解，只要哈蒙从办公室勤杂员升职到办公室文员的时候，他们就结婚。约会之夜，两个年轻人不是出去散步就是坐在博比家门前的葡萄藤下，因为哈蒙付不起更昂贵的消遣。他们互相讨论工作，哈蒙经常笑老昆比医生什么事都依赖博比。有天晚上，哈蒙没有笑，因为那天晚上他构思出了他的宏伟计划。他跟博比全盘托出，事无巨细，免得他异端的勇气吓到博比。他先让她对他们隐约可见的黯淡前景感到不满。他尤其强调了资金匮乏这一恒定不变的事实，这将自始至终折磨他们，就像折磨他们父母和祖父母那样。

“赚钱是需要钱的。”他告诉她。

“最好的赚钱途径就是你的一个富亲戚去世，留给你一部分钱。”

“现挣现吃，一个接一个的账单，这就是一个办公室文员的家庭生活。”

“你这么漂亮，你应该拥有一切。皮草、珠宝、华丽的衣服，我给不了你这些东西，我现在的工作，永远不可能给得起你。”

最后，种子种下去了，并且开始发芽。博比白皙丰满，总对自己有一种母牛一样的知足常乐。她眼里的自己开始成为一个高挑、窈窕，需要皮草和游巴黎来带出她身上最好东西的女人。她的知足常乐被跳跃的不满——一种觉得自己被贫穷虐待了的感觉所取代。哈蒙开始展开他伟大计划的第二步。

“老昆比医生有很多钱。”他告诉她。

“老昆比医生的钱多到任何人都用不完。”

“老昆比医生已经老了，一个女人够聪明的话就会攀上他，不用等多久就会得到他的钱。”

“老昆比医生什么都依赖你，他需要你，如果你想嫁给他的话，我会等你的。”

起初，博比当然被震惊到了。她爱哈蒙，她说她一直会爱他的，不管富裕或者贫穷，不管疾病或是健康。哈蒙立马指出，要是她那么爱他的话，嫁给昆西医生，她对他伟大的爱也不会遗弃她，即便那该死的老糊涂再活个五年。过了一阵，博比看到了其中的合理性。随后，带医生去水槽喝水的计划就开始了。就像他们后来经常对彼此说的，那是一段漫长艰苦的历程。老昆比医生已经丧偶二十年了，他不在乎再长点，只要可以雇个人来照顾他。钩儿就在那里，博比在哈蒙德教导之下，牢牢地咬住它。她威胁要辞职；她拒绝给医生做饭；她任凭他的衣服脱在哪丢在哪；她在镇上散布谣言说他是一个可恶的老淫棍，一个无法为他工作的人。医生找不到替代博比来照顾他的人，疲倦之下屈从了。博比嫁给了老昆比医生，佩顿的人先是震惊，之后是大笑。镇上的人称医生年老糊涂了。老糊涂，没能充分了解情况，看到自己接二连三地被哈蒙·卡特戴绿帽子。年轻的斯温医生也走进了这个遗憾的事件中。博比依然在哈蒙德指导之下，拒绝让斯温医生进门。虽然，哈蒙向她指出，老昆比可能有很多钱，但是没有必要分给马修·斯温丝毫。年轻的医生气愤地从枫树街的大房子门前掉头，和父母回家了，他本希望那里可以成为他的第一家诊所。他熄灭栗树街家门前巨大的诊所招牌，从没有理由遗憾自己那么做。生病的人去找年轻的斯温医生的时候，人们笑得比以往都厉害了。最后，他们笑死了老昆比医生。和博比·韦尔奇结婚一周年纪念日的两周前，老昆比医生拿左轮手枪崩了自己的脑袋。

小小的佩顿因记性好和毒舌而臭名昭著，它当然没有放过博比·昆比和哈蒙·卡特。多年之后，投向他们的唇枪舌剑才开始缓和。人们投去的别称囊括了“妓女”、“皮条客”、“荡妇”、“诱女为娼者”。也是许多年之后，人们才忘记枫树街上的房子叫“昆比的家”，而叫它现在的名字“卡特的房子”。同样用了很多年，卡特夫人才成功地让佩顿的人叫她“罗伯塔”而不是轻佻的、在她看来听起来像卖淫女的“博比”。甚至现在，她都过了五十岁了，嫁给哈蒙也已经超过三十年了，并且孩子都十六岁了，仍然有人记得往事。正因为此，罗伯塔和哈蒙·卡特每次说为了儿子泰德，“他们做的一切”都没有人同情他们。因为那些老居民，那些有着悠长，悠长记忆的人，他们习惯把丑闻传给自己的子孙。佩顿为泰德·卡特喝彩，当他坚持放学和暑假的时候做兼职，佩顿认可了。

“小卡特不会用老昆比医生的钱的，”人们说，“不会像他的父母的。”

七月酷热的晚上，当人们注意到小泰德·卡特沿着榆树街往下走，胳膊底下夹着一盒糖果，飞快地朝医院走，去看她生病的心上人的时候，他们认可了，为他喝彩。

“小卡特是个好孩子，”镇上的人说，“希望他和赛琳娜·克罗斯相处得好，作为一个棚户区的女孩，她已经够好了。”

但是对罗伯塔和哈蒙来说，佩顿的爱是一种羞辱。看到卡特和一个棚户区的女孩交往，而他们又费了那么大的劲儿才从赛琳娜出生的环境里逃出来，有某种美和诗一般的报应在里面。

镇上的人称之为“报应”，罗伯塔和哈蒙卡特总算得到了报应。

第八章

泰德·卡特急匆匆地沿着榆树街往下走，终于到了宽阔，三车道的高速公路——406 公路，它是佩顿和怀特河之间的主要道路。佩顿医院就是这条高速路上，离镇中心一英里。泰德快速走着，一只胳膊底下夹着给赛琳娜的糖果盒，另一只胳膊随着步调前后摆动。两年间，他履行了十四岁时对自己在身高和体重的承诺，他现在高五尺九寸，体重近一百七十磅。尽管他的胸和肩和比他大一点的人一样宽，但是却给人一种精瘦的感觉。因为多年的体育运动和户外工作已经让他的体脂保持在最低的状态，让他的身体坚硬且肌肉发达。

泰德·卡特的身体是那种年长一点的人看了会满意的。情况不会太糟的，他们说，这个国家生育出这样的年轻人。一九三九年夏天，欧洲战争的私语已经传到了美国悲观主义者的耳朵里。那些相信世界大战无法避免的人，看着泰德就会觉得安慰。情况不会太糟的，他们说，只要我们有那样大块头，健康的小伙子们可以送到战场。因为泰德的身体完全没有松松垮垮，像很多十六岁的孩子那样看起来笨拙，所以他的身材是每个佩顿的青少年羡慕和妒忌的。正因为如此，再加上他出众的运动天赋，其他没有那么幸运的同龄人就原谅了他在学校优异的成绩。他的魅力、他轻而易举交到朋友的方式，还有他的礼貌，这一点使许多的妈妈都会念叨他们草率、经常失礼的儿子。

一切的幸运，加上他父母为他做的，泰德·卡特看起来本应是一个快乐、坦率、无忧无虑的年轻人，但是急速朝医院走的时候，他脸上没有任何孩子的表情。尽管晚饭前已经仔细刮过了，他的两颊和下巴还是略有阴影。他的眉毛之间有两个对角线。他皱了一下眉，不是因为想起之前和他父母的短暂插曲，让他感到心烦或者生气，而是因为他很困惑。沿着路走，他就是想不明白他的父母。自从他记事以来，他凡事都自己做决定。他的父母说为他的直觉决断力感到骄傲，他们也从来没有理由干涉他。就只是过去的两年里，他们开始挑毛病，开始责备。但是所有他们指责的事情都是他和赛琳娜在一起，其他事情还像往常一样。他想去给夏皮诺先生打工的时候，他们没有干涉。他们告诉他，如果他想去，就可以去干，尽管鸡场的活很累又很琐碎，加上夏皮诺先生又是犹太人，给他工作很难。他开始从周围找二手车要买的时候，他们没有试图干涉，他知道如果他找到一个他想要的，他们会同意他的选择。他想做的任何事，父母都没有异议，那为什么，他想知道，他们会如此不依不饶，如此刻薄、愚蠢地对赛琳娜？无疑，既然他们以前一直相信他的判断力，他们现在也应该相信。他们应该能认识到他不是一个蠢小孩，想要从女孩那里得到什么。他在计划他的法律事业，他的计划包括赛琳娜，待在佩顿，和老查理一起做律师，最后在他所选的领域取得成功。他的父母当然应该认识到像他那样的计划，是没有愚蠢存在的余地的。他已经和老查理·帕特里奇详细地讨论了他的希望，老查理没有挑出他的任何毛病。

"知道自己想要什么是一件很好的事，"查尔斯·帕特里奇说，"你尽管大胆地干，孩子，法学院毕业后，你就回佩顿来，那时我会需要一个聪明的年轻人来帮我做事的。"

"你比不上赛琳娜，"查尔斯·帕特里奇说，"不因长相，也不因脑子。你只管干，孩子，这个世界上知道自己想要什么是一件不错的事。"

既然泰德真心爱着赛琳娜·克罗斯，他也这样告诉他的父母，他们理应认识到他有够的理智和自制力不碰她，直到他们结婚。并不是说那不难，只是他的父母应该理解泰德的计划容不下愚蠢的错误。他很久之前就跟赛琳娜解释过这一切，她也明白其中的情理，那为什么，他不能说服他的父母呢，都已经尝试两年了。

卡特一家很少有争吵，今天晚上的咒骂和吼叫并不是常见，是一个很小的例外。他们都是理智地，理性地，持续地争论，但是结果总是泰德在栅栏的一边，他的父母在另一边。

太令人困惑了，泰德想，他沿着高速公路的砾石边走。他唯一能做的就是坚持他认为对的事，同时希望他的父母能够明白他的想法。这会不一样，他想，如果他们能拿出一个针对赛琳娜的合理论据，他愿意，就像他一直做的一样，听他们的理由。但是他们说不出任何反对的理由，除了她住在棚户区，她爸爸酗酒。泰德不明白这些有什么关系。他跟父母指出，他们年轻的时候也住在棚户区，比赛琳娜好不到哪去，他们也没有伤到毫厘。至于酗酒，老韦尔奇，罗伯塔的父亲曾是镇上最臭名昭著的醉鬼，但是也没有在泰德和他妈妈身上留下任何污点。他父母的最后一个论点就是，他和赛琳娜在一起人们肯定会议论的。不管怎样人们都会说的，泰德告诉他们。看看人们是怎么说他妈妈的第一任丈夫的。人们总是在说，他们会一直说下去。只要一个人努力工作，不偷，不搞大哪个女孩的肚子，人们说的话都不会伤害到他毫厘。泰德认真详细地指出，他听到的关于他父母和老昆比医生的故事。他这么做是想跟他们阐述，人们的言论是多么无关紧要的事。传言，他说，最终并没有伤害到他的父母，他们得到了他们想得到的一切。他的爸爸是工厂的主管簿记员，他们住在一个环境很好的街区，一所大而漂亮的房子里。他们看得到，不是吗，传言最终是何等的微不足道。

总是在这点上，卡特一家的辩论瓦解。泰德的父母不是双双陷入沉默，让家里的紧张气氛变成像雾一样显而易见，就是开始毫无条理地说蠢话。他就是不明白，他们这样说，他太年轻了，他还没有认识到。

泰德·卡特走进佩顿医院，昂首，面带微笑。无疑，他意识到了，他意识到自己是如此爱赛琳娜·克罗斯，以至于想到生命里没有她就像想到死亡。

赛琳娜坐在椅子上，斯温医生给她找了一个单人间。她穿着一条亮红色的裙子，那是手术第二天康斯坦丝·麦肯齐给她买的。她乌黑的秀发梳得松松散散，搭在肩膀上。泰德走进病房看到她的时候，心都提起来了。她和手术前一样光彩照人。她第一次，在手术后漫长的一周里，像以前的赛琳娜，从来没有一天不舒服。她的嘴唇又恢复了血色，眼睛又恢复了光芒。泰德弯下腰，轻轻地吻她。

“要给我一个真正的吻。”她抬头笑着跟他说。他照做了。

“我想你应该完全恢复了，”他说，“能像这样亲吻的女孩，不会有问题的。”

赛琳娜想，她这么开心是不对的，但是她控制不住。她的房间里摆满了花，是她都说不上来是自己朋友的人送的。麦肯齐夫人每天都来看她，艾利森也来过，还有艾尔西·桑顿老师，她带了一本书，还有叫非洲紫罗兰的花。帕特里奇夫妇带来了一束巨大正式的玫瑰花，赛琳娜非常诧异，因为她已经两年没去玛丽昂的家里了，以前她周二的时候都去她家熨衣服。但是，最好的，让她的快乐迸发和维持的，还是那天早上斯温医生带给她的消息——卢卡斯走了。一个星期前，卢卡斯在夜里离开了佩顿，他再也不会回来了。赛琳娜觉得她卸下了背负多年的石头。医生告诉她后，她那天的确猛拉了好几回肩膀，她相信她可以感觉到轻松，过去她不知道自己有可能感觉得到。

如果开心是错误，赛琳娜想，那她愿意以后的人生都错下去。泰德讲话的时候，她可以闭上眼睛，看到未来在她眼前铺开，像缎带一样光滑，像夏日广阔的康河一样平静。她认真地回想了其他，令人厌恶的前一周，她料想到的恐怖和羞耻之感。所有她感到的是一种势不可挡，感激不尽的释放和放松。她决定实际一点，再也不去想它了，就像一个人想起很久以前，小时候的伤口。结束了，她甚至都找不到疤痕，除非她用力去找。

“哦，泰德，”她的眼睛闪着光，“我明天就可以回家了。”

“我想要买之前看过的那辆福特，”泰德说，“我明天就去买，然后华丽地接你回家。”

“他们要价多少？”赛琳娜问。

泰德告诉她价格。他们开始讨论花一大笔钱在一辆二手车上是不是合理。他们意识到，他们这样说的时候，像一对年老已婚的夫妇，这给他们一种任何东西都给不了的温暖。他们十指紧扣，裁定假如修车厂的老板金克斯（Jinks）答应来年再买会给他们一个好价钱的话，买那辆福特还算合算。

九点的时候，泰德亲吻赛琳娜，道晚安，嘴上吹着无声的口哨走出医院。走到离镇上一半的时候，他的开心幸福之感已经无法控制，他大喊一声，不在乎有人听到，觉得他是疯子。他一路跑向榆树街。

“晚上好，牧师。”他跟枫树街拐角遇到的人打招呼。

“哦!”那个人说，“哦，泰德，你吓了我一跳，你好吗?”

“非常好，牧师。”泰德回答完，等着牧师的下一个问题。就像往常一样，问题来了。

“哦，卡特，”菲茨杰拉德牧师说，“卡特，我上周天没在教堂看到你，这周天你会来吗?”

“是的，牧师。”泰德说。

奇怪，几分钟后泰德走到家的时候想。不管和谁说话，菲茨杰拉德牧师问的都是同一个问题。每周日，公理会教堂从里面到门口都塞满了人，但是每次菲茨杰拉德牧师遇到公理会教徒，他总会问同样的问题：下周天你会来吗?

泰德耸了一下肩，他想，这只是人的某一个怪癖。牧师问他的问题；法院门前的老头骂脏话；他的爸爸讨厌犹太人和棚户区的人。每个人都有某种怪癖，泰德想着走进家门。他的父母在客厅里坐着，父亲在看报纸，母亲在织毛衣，没有人说话。

第九章

菲茨杰拉德牧师抬头看着住宅二楼的窗户，然后走进门。楼上的灯甚是耀眼，这就意味着托马斯·马克里斯一定在家。

或许，牧师希望，他可以说服托马斯下来，在门廊里坐会儿，聊会儿天。

黑暗中，牧师站在一楼的大厅暗笑。两年前，他甚至不会拿一根十英尺长的杆子去靠近他，更别提请他下来聊天。莱斯利·哈灵顿提出要租牧师住宅上面的公寓时，牧师很是火大，他客气地拒绝了，但是莱斯利·哈灵顿却同样客气地坚持要租。在教会把公理会教堂旁边的房子买下来作为牧师住宅很久之前，二楼的公寓就已经在上面了。公寓是房子的第一任主人建来给成婚的儿子住的，但是教会买下它后，上面就一直空置着。牧师向莱斯利指出，他当然不能指望自己欣然接受有人住在他头上，打破他多年的隐私。但是哈灵顿觉得自己被拒绝后，就没办法好声好气地再跟牧师说下去了。

他身上就带着粗鄙特质。所以两年前，他告诉牧师，对方应该庆幸他头上还有屋顶遮盖，而这要归功于像他，莱斯利·哈灵顿这样，出手大方，常去做礼拜的人，正因为此，牧师才可能一直这样住着。

“我们一直对你不错，菲茨杰拉德，”哈灵顿说，“我们关照你，让你有房子，有供暖，有车，有薪水。你至少不要做让自己不愉快的事。我想要楼上的公寓给新来的校长，现在就要。”

好吧，菲茨杰拉德牧师想，这就是莱斯利·哈灵顿啊，正当手段得不到的，他就用不正当的威胁手段获得。莱斯利·哈灵顿的典型作风就是毫不含蓄地讲出他定期，慷慨地捐款给教堂这件事。一个依附于他人的牧师，面对如此战术，又有什么可抵抗的呢？他怎么告诉莱斯利·哈灵顿他害怕与任何人邻近，像楼上公寓这样。牧师理应用一生的时间去靠近其他人。如果他告诉哈灵顿，佩顿公理会最大的拥护者，他，菲茨杰拉德牧师，害怕有人靠近他，别人会怎么想？不，不会怎样，牧师跟自己讲，他双手紧握，双唇紧闭。他笑着拍拍莱斯利的肩膀，告诉他，他那么忙就不需要为这点小事操心。他，菲茨杰拉德牧师，会让内莉·克罗斯把楼上的公寓打扫干净，给马克里斯校长布置好，他三天后来镇上就可以住。

汤姆到的时候，牧师等到莱斯利·哈灵顿离开，才开始讲自己的立场。

“听我说，马克里斯先生，”他说，“楼上我不想看到吸烟，喝酒，也不想听到很吵的收音机的声音。”

汤姆笑了。“你在楼下待着，牧师，”他不悦地说，“我在楼上待着，这样你就不会知道我是不是夜夜喝得不省人事，我也不会知道你是不是在私下里崇拜偶像。”

菲茨杰拉德牧师喘着气。汤姆说的不是事实，但是非常接近，令人安慰。

“菲茨杰拉德?”两年前的那晚汤姆询问道，“爱尔兰人，是不是?”

“是。”

“奥兰治党员①?”

“不是。”

特别的对话就这样结束了。但是牧师却焦虑了好几个星期，琢磨汤姆到底在想什么。

弗朗西斯·约瑟夫·菲茨杰拉德（Francis Joseph Fitzgerald）出生在一个爱尔兰天主教家庭，在东波士顿一间租来的房子里长大。他二十岁左右的时候，说自己直到会识字的时候依然是个天主教徒，让他感到满足。那时他说，他发现天主教教义有太多的毛病，已经不能满足一个聪明又能干的人。他与神圣罗马教会断绝关系，成了一个新教徒。新教对他疑问的解答令他如此满意，他决定成为一名牧师。但并不容易，他发现新教的神学校并不是非常愿意接收一个叫菲茨杰拉德的，之前信奉天主教的爱尔兰人。但是最后他成功了，他不但被一所优秀的学校接收，还以班上第一名的成绩毕业。当他被任命为牧师，进入教会，他的老师们都对他寄予很高的期望，也给予了他很多美好的祝福。

现在寻味起来，弗朗西斯·约瑟夫·菲茨杰拉德已经记不起，确切是什么时候开始怀疑天主教的信仰，年轻的时候

---

① 创立于爱尔兰，维护新教徒信仰、新教王朝和新教法规的社会成员。

那么容易就摆脱了它的束缚。他知道是从他十二年前来佩顿开始，但是他记不起是哪个具体的时刻，新教开始变得远远不够。如果他能回忆起的话，他分析道，他就可以想起一个事件，如果他可以想起那个事件的话，他就可以知道不断折磨他的，没完没了的问题的原因。肯定是有一个事件，他确定，那时发生的一件很小的事，他没有注意到的事，在他脑中溃烂，扩展，最后成为溢满脓汁的流动的溃疡，那就是他患病的信仰。不断地搜索，令菲茨杰拉德的脑子非常疲倦，想要谈论的欲望令他的舌头疼痛不已，但是他当然不能够跟他的妻子讨论他的问题。玛格丽特·菲茨杰拉德（Margaret Fitzgerald）。闺名玛格丽特·邦克（Margaret Bunker），是怀特河公理会牧师的独女。她憎恶天主教，憎恨的激烈程度已经完全不像一个仁慈的基督徒会干出来的事。弗朗西斯·约瑟夫·菲茨杰拉德婚后不久发现了这一点，实际上，他们结婚后一周他就发现了，那时他们还在怀特山度蜜月。

"佩吉·菲茨杰拉德（Peggy Fitzgerald），"① 他笑着说，后来回忆起来那是他唯一一次尝试对她幽默，"佩吉·菲茨杰拉德，"他用爱尔兰人土腔说，"让我想起了我的母亲，一个戈尔韦郡（County Galway）的爱尔兰妮子。"

玛格丽特·邦克·菲茨杰拉德没有被逗乐。"你永远都忘不了，是不是?"她的口水飞溅，"你永远忘不了你是个爱尔兰人，一个从波士顿贫民窟出来的爱尔兰天主教黑人。不要再叫我佩吉，我的名字是玛格丽特，别忘了!"

他惊呆了。"我母亲的名字就是玛格丽特，"他辩护道，已经完全没有了土腔，"我父亲经常叫她佩吉。"

---

① 玛格丽特（Margaret）是佩吉（Peggy）的昵称。

“你母亲，”她的语气像是菲茨杰拉德的母亲听起来像个狼人，“你母亲!”

所以，当然，当菲茨杰拉德开始迷惘，开始被将自己的想法吓到的时候，他不能通过找自己的妻子讨论来获得安慰。他继续着自己的工作，煎熬地问自己问题，然后再自己找寻问题的答案，直到托马斯·马克里斯搬来二楼的公寓。

菲茨杰拉德牧师爬上二楼的楼梯，小心翼翼地避开每一块松动的板子，以免吵醒楼下后面卧室正打着轻鼾的玛格丽特。玛格丽特不喜欢汤姆，她说他太吵，太自以为是，太黑，太高大，太不尊重公理会。但她不喜欢他的真正原因是她无法恐吓他。她的那些策略，用在她丈夫身上，就会让他逆来顺受，毫无怨言，但是用在汤姆身上，他只会嘲笑她。

汤姆在客厅的安乐椅上四肢伸展躺着，除了一条运动短裤，他什么也没穿。他手里拿着一个磨砂高玻璃杯。

“过来坐。”牧师敲门进来后，他说。

“我想你可能想下楼去门廊坐会儿。”菲茨杰拉德害羞地说。赤身裸体总是让他害羞，他说话的时候把眼睛从汤姆身上移开。

“我们不能去门廊里说话，”汤姆说，“会把你太太吵醒的，她惬意的鼾声正在最后的时刻。坐下来喝一杯吧，反正这儿跟外面一样凉爽。”

“谢谢，”菲茨杰拉德坐了下来，“但是我不喝酒。”

“什么?”汤姆问道，“不喝酒的爱尔兰人？从来没听过。”

菲茨杰拉德局促地笑了笑。汤姆根本就不会小声轻声说话，菲茨杰拉德担心他会把玛格丽特吵醒。她憎恨任何人提到她丈夫是爱尔兰人。如果她听到汤姆说，她毫无疑问会跑上来把菲茨杰拉德提溜下去睡觉。

“好吧，”他说，“我喝一杯，就一小杯。”

汤姆走到小厨房，端了一杯跟自己杯子一样高一样满的。

“给，”他说，“这对你有好处。”

菲茨杰拉德令汤姆着迷，牧师所处的环境，他自身，在战争时期都是典型。经常，汤姆看着菲茨杰拉德，纳闷他是怎么活了这么久，没有逃跑，没有精神崩溃而逃避。他跟康妮·麦肯齐问过牧师的事情，但是她不认为菲茨杰拉德有什么地方彻底有问题。他还好啦，她说。或许不像其他牧师那么有天赋，但是个好人，正直，忠诚。但是当汤姆看着菲茨杰拉德的时候，他对人性当中强大的，毁灭性的趋势感到吃惊，它将一个人推到了痛苦的极致，以便维持他制造出来给全世界看的那个形象。

还很年轻的时候，汤姆就认识到这个世界有两种人：那些制造和维持乏味昂贵外壳的人，和那些不这样做的人。这样做的人，整日活在惶恐之中，唯恐他们自己做的壳破裂开，藏在其中的弱点暴露出来。那些不这样做的人，要不粉身碎骨，要不变得更加坚韧。想了太多，汤姆可以光着脚将人类的灵魂放在一个简单，并不复杂的水平。有些人可以不穿鞋子走路，结果就是他们的双脚变得坚韧粗糙。而有些人没有迈出一步不踩到碎瓶渣的。但是大部分人，汤姆面带微笑地想，像莱斯利·哈灵顿，菲茨杰拉德，康妮·麦肯齐，开始的时候绝对不会想到脱掉他们的鞋子。莱斯利·哈灵顿扮演的是精明成功的商人，隐藏起他平庸的脑袋，害怕折磨着他的无能；康斯坦丝·麦肯齐用冰美人体面的华服掩盖了热情，渴求爱的本性；还有这里的弗朗西斯·约瑟夫·菲茨杰拉德，扮成不喝酒的公理会牧师，但他实际渴望的却是束紧的白衬衣，爱尔兰牧师每天的教会酒。汤姆极其想一拳打穿哈灵顿的假面具；彻底摧毁康斯坦丝对保护的需求，但是对菲茨杰拉德，他只有同情。

为什么这个可怜虫不丢掉自己所拥有的，汤姆想，然后以最快的速度跑到最近的牧师那里去告解？

“上周日没看到你来教堂，”菲茨杰拉德说，“恐怕我的布道对你是白费力气，马克里斯先生，你不可能被皈依的。”

菲茨杰拉德很自豪他可以让他和汤姆的宗教话题维持在与人无关的，知性的层面。

“当然，”菲茨杰拉德继续道，“我们新教在让大众走进教堂这件事上没什么优势，我们没有天主教用来威胁教徒的鞭子。如果一个天主教徒错过弥撒，那是犯罪，伤到的只不过是自己，但是如果一个新教徒不来教堂，我们所能做的仅仅是希望下个礼拜能看到他。”

“这只是其中一个角度，”汤姆说，“另外，我也看不起以任何理由鞭打任何人的宗教。”

菲茨杰拉德被震惊到。“哦，”他说，摇了摇头，“我觉得你的推理有问题，马克里斯先生，我真的觉得。实际上，强有力地控制群众，正是我最赞同我们天主教朋友的一点。”

菲茨杰拉德经常声称他只对罗马天主教教义的一点赞同，但是汤姆知道，天亮之前他会说出一堆他赞同的点，范围从节育到拒不埋葬自杀身亡者于神圣之地。

汤姆深恶痛绝地想，任何一种宗教，到底有多少价值，当它把一个人，把菲茨杰拉德变成这样。

在某个地方，菲茨杰拉德失去了自己对生活更大的追求。他掉进了一个人为的矛盾混乱中，现在他和自己的理智搏斗，想要再一次寻回它。他跟汤姆列举了所有关于侍奉上帝的清规戒律，他认真地指出天主教和新教宗教规定的不同之处。

“现在我问你，马克里斯先生，如果新教拒绝宣布节育不合法，我们的教会还有什么希望变得强大呢？我恐怕天主教就在施行，看看每个礼拜去圣约瑟夫教堂的孩子，是去我那里的两倍。你必须握有大量的——趁他们还小——为了长久的成效。”

汤姆想：给我一个孩子，到他七岁，他就会一辈子跟着我。法西斯说这话的时候，他们是误人子弟，他们是绑匪，但是教会说这话的时候，就被认为是把一个孩子放到正道儿上。

“听着，牧师，”牧师停下的时候，汤姆说，“为什么你这么在意，搞出那么多仪式上的不同，规矩的不同？这很可笑，不是吗？如果我把你和奥布莱恩神父都叫到这儿来，试图讨论有多少天使能够在针尖上跳舞，你们肯定觉得我疯了，是不是，就像愚蠢地争辩给小孩子施洗的时候，应该全都浸下去，还是就在头上弹几滴水就可以了？或者是争论星期五吃肉够不构成犯罪？”

菲茨杰拉德面无血色，听到奥布莱尔神父几个字，他就没再听汤姆讲的话。

他们肯定是一伙的，菲茨杰拉德病态，疲惫的脑袋想，否则，马克里斯不会提他的名字的。

菲茨杰拉德突然站了起来，弄翻了喝剩的酒。在汤姆用那种表情，奥布莱恩神父的表情看他之前，他逃离了房间。一个表情，立刻就可以识别出罪人。

你背弃了你的信仰，那个表情说。你犯下了罪过，你违反了教义，你将接受审判。

"是你吗，弗兰（Fran）[1]？"玛格丽特的声音传来。

汤姆走到门口去听菲茨杰拉德的回答，但是没有声音响起。他只听到蜷缩在楼梯前面的人那里传来的喘息声。

① 弗兰西斯（Francis）的昵称。

第十章

第二天早上，汤姆离开公寓，没有看到菲茨杰拉德的影子。这很不寻常，因为这天是周六，每周六早上，他都可以看到牧师在房子一侧的小花园里辛勤劳动。汤姆站在门廊前，好奇地听着。镇上弥漫着夏日清晨的声音。某处割草机正被推着前进；更远一点的地方传来溜冰鞋和地面的刮擦声；还有非常细小的，大概是从火车站街那么远的地方传来的，有人练习钢琴半音音阶的回音；汤姆身后，从菲茨杰拉德牧师住所传来的，不均匀的打字机的咔嗒咔嗒声。汤姆想，这一切共同构成了一个非常正常的星期六早晨。但是菲茨杰拉德去哪了？缺失的那个声音是牧师在花园修剪花草的声音。汤姆耸了耸肩，一摇一晃地走下门前的台阶。没有任何事在烦扰他，如果牧师早上在剪长袍教皇的纸相，也不关汤姆的事。

任何时间，任何地点，汤姆可以而且会跑到某个管事的人那里说：“你们的牧师病了，他没有办法带领一群迷途的游魂，因为他自己也迷失了，他病了，需要帮助。”但是在佩顿，在七月阳光明媚的早晨，汤姆耸了耸肩，沿着榆树街往下走。他费了一番苦功才学会少管闲事的智慧。那是他来佩顿的第二年，他第一次参加镇委会，在会上他试图发表自己关于分区法的观点，他讲完的时候，一个人站起来，上下打量着他。

“你在佩顿的投票清单上吗，先生?”

那个人的腔调低沉犹豫，慢慢吞吞，尾音几乎消失，就好像他忘了汤姆的名字一样。

然后汤姆明白了。他明白毫无矫饰地批评，纠正错误，这些特权只属于年长的居民，而“年长的居民”在佩顿指的是那些祖父母在佩顿出生的人。汤姆对此大笑，但是他没有再试图指责或者纠正。他满足于观察，同时意识到他在第一次会议中交到了两个朋友，赛斯·布斯威尔和马修·斯温。

此刻他正经过《佩顿时报》所在的大楼，汤姆从临街的窗户朝赛斯的办公室看。赛斯坐在桌子旁，在他旁边客人坐的椅子上，坐着艾利森·麦肯齐。她穿着一条锃亮上浆的棉布裙子，戴着一双白手套。虽然纳闷，汤姆还是朝他们二人随意地挥了挥手，然后继续前往旺角服饰店。

应该很难，他想着，对很多纽约人以及极少数匹兹堡人来说，应该很难相信托马斯·马克里斯最终恋爱了。不光是恋爱了，而且毫无可能地被一个三十五岁的寡妇，十四岁孩子的妈持续吊着胃口，受到她的青睐。她在过去的两年多时间里，跟他睡过好几次。他想娶的是一个寡妇，但是还要等两年她才肯嫁给他。汤姆笑了，有的男人愿意等他们所选的女人一辈子，但是他从来都不是他们当中的一个；也有男人为了索取女人的身体等她们，直到他们结为合法夫妻，他也不属于他们中的一个。汤姆欢乐地承认了，用佩顿的俗语来讲，他已经被五花大绑，狼吞虎咽了。如果康妮·麦肯齐需要五十年来做决定的话，他愿意等五十年。

“这才是我。”他说着走进服饰店。

“什么?”康斯坦丝·麦肯齐笑着，放下手中的报纸，走过来问候他。

“被五花大绑，狼吞虎咽了。”汤姆说着，低头亲吻她的手腕内侧。

康斯坦丝用另一只手抚摸着他的后脑勺。

“光天化日在店里，感觉很好。”她低声对他说。

他可以做一些小动作，完全自然和真挚地诸如轻吻她的指尖，或者亲吻她的手腕内侧，避免看起来像计划好或者策划好的。有一次，他亲了她光溜溜的脚底，瞬间就激起她强烈的性欲。起初，她对他非传统的表达温柔的方式感到窘迫，因为它们让她想起非常女性化的小说中的恋爱场景。汤姆这种身形和性情的人做这样的事，好像很不协调。

“你的问题是，”他告诉她，“你所有男子气概的做爱想法都是从平装书或者好莱坞电影里得来的。”

她笑着走开，觉得自己被亲手腕这种动作牵动真的是太傻了。但是她现在没有笑。她的声音开始变得沙哑，尾随着自己指尖到达他后颈短而硬的头发。

“我也是。”她说。

“什么?”

“被五花大绑，狼吞虎咽了。”她说。

“好了，”他放开她，“不然我会忘记我是在一个营业日的早上，在旺角服饰店的女装部，商店，两个 p 一个 e[①]。我的

---

① shoppe.

咖啡在哪里?”

“已经煮好了,”她说,“我去拿。”

她端着杯子和浅盘出来,放到其中一个柜台上。汤姆去后面的房间拿咖啡壶。他们靠着柜台边喝咖啡,边吃炸面圈。

“我看到艾利森在赛斯的办公室,”汤姆说,“她在那做什么?”

“你不记得你几个月前跟她讲过什么吗?”康斯坦丝问,“你告诉她对作家来说,最好的起点就是报纸。她去赛斯那里找工作了。”

汤姆笑了。“好吧,”他说,“我跟艾利森讲的时候,脑子里并没有出现《佩顿时报》,但是对初学者来说也是不错的选择。就凭她能想到去找赛斯,她就比我有想象力。我希望她能说服赛斯,谋得一份差事。”

“我不希望,”康斯坦丝说,“给一个小镇的时报写社会记录不是我为艾利森设想的样子。”

“那你设想的是什么?”

“哦,”康斯坦丝含糊地说,“上大学,然后找一份体面的工作,然后嫁给一个成功的男人。”

“也许艾利森想要的不是这样,”汤姆说,“我觉得她在文字上有天赋,我坚信任何有天赋的人都应该竭尽全力发挥他的才能。”

“写某某先生和某某夫人去某某先生某某夫人家过周末这种东西并不需要太多的天赋。这类东西涵盖了赛斯报纸上所有的内容。”

“这只是一个开始,”汤姆说,“就像我之前说的,我跟艾利森建议报社工作的时候,脑中并没有想到赛斯的报纸,但是我认为它目前还是可以的。”

“我不应该担心，”康斯坦丝说，“她还剩两年高中，应该够她放弃靠写作为生的愚蠢想法了。”

汤姆笑了，克制住，没有告诉康斯坦丝，对他认识的几个人来说，靠写作为生绝不是什么愚蠢的想法。“今天周六，”他说，“晚上开车去曼彻斯特吃饭怎么样？”

“好啊，”康斯坦丝说，“但是我不能早走。要是赛琳娜身体好了，回来工作的话，我会非常开心的。”

“老师生活的乐趣，也是老师的老婆的生活乐趣的其中之一，就是每年漫长的暑假。如果我们结婚，你也不开店了，你可以和我去马杰特（Mudgett）的五金店，各种渔具可以让你大饱眼福，我或许会给你买个鱼竿和绕线轮。”

“走开啦，懒蛋，”康斯坦丝笑着说，“在你说服自己之前，你肯定会后悔的。”

“我六点来接你。”他说。

“好。”

她看着他走下榆树街，身材高大，穿着开领的运动衫和棕褐色的宽松裤子。她第一百万次想，让他当继父，艾利森会怎么想。她的思绪从那里转移到现在十六岁的艾利森，尽管她仍然相信她只有十五岁，在她的年龄，她本该更懂得道理，而不是去追逐疯癫的写作生涯。

在赛斯的办公室，艾利森的感觉远远不是疯癫的幻想。她紧张地摆弄着随身带来的公文包的拉链。脑中不断搜寻和无数次讨论之后，她和凯西·艾斯沃斯选出了六篇，二人称为“艾利森·麦肯齐最好的作品”的故事。艾利森把六个故事从包里拿出来，递给赛斯。

赛斯坐在椅子上，向后仰，手拽着下嘴唇开始读。艾利森故事中的人物很容易就看得出是镇上的人。赛斯拽着嘴唇掩饰着微笑。

天哪，他想，这些东西放在我的头版能引起轰动吗！

艾利森把赫斯特·古德尔小姐写成将死去爱人的骨头藏在地下室里的巫婆；她把佩奇家的女孩刻画成宗教狂热分子；把可怜的老克莱顿·弗雷泽描述成一个好色的恶魔；让莱斯利·哈灵顿成了结局悲惨的独裁者；但是马修·斯温却被描写成一个闪着光芒的，绝对好心肠，一生都致力于做好事的人；玛丽昂·帕特里奇的形象是一个上围丰满，暗地里险恶的俱乐部夫人；玛丽昂，根据艾利森写的，在偷偷吸鼻咽。

天啊！赛斯放下艾利森的最后一篇故事。他清了清喉咙，看着紧张等待着他决定的艾利森。

“你脑子里在想什么，艾利森？”他问。“你知道的，我雇了几个镇外的记者负责不同社区的新闻，本地的所有新闻都是我一个人在做。”

“我没想写社会相关的东西，”艾利森开始说，赛斯默默地松了一口气，“我在想也许我可以每周给你写个小故事，佩顿有很多东西可以写成故事。”

帮帮我的发行量吧，老天，赛斯想着，低头看着桌子上的故事。

“什么样的故事？”他问，“虚构的？”

“哦，不是的，”艾利森说，“是真实的，关于社区里的兴趣点之类的。”

“你有没有想过写历史类的专栏？”赛斯问，“呃，五十年前的榆树街，之类的。”

“没有，我没想过，”艾利森声音里带着激情，“但这是个不错的主意，我们可以命名为‘佩顿的历史和今日’，你可以把它放到头版的某一栏。”

没什么是这孩子不愿意谈的，赛斯默默地想。已经要放到头版了！

“我们可以尝试，”他慎重地说，“我们可以做几周，然后看看反响如何。”

“哦，布斯威尔先生！”艾利森跳了起来，“什么时候？我们什么时候开始？”

我受够了，赛斯想。“这周写点东西出来，”他说，“星期五我试试。”

“哦，谢谢，谢谢布斯威尔先生，我立马就开始写，我立刻回家开始构思。”

“等等，”赛斯说，“你不问我要付你多少钱吗？”

“付钱？”艾利森叫道，“你不用付钱给我，我无偿写作，就当是一种荣誉吧。”

“话不该这样说，艾利森，如果人们喜欢你写的东西，他们就愿意付钱。我每出版一篇你的文章就给你两美元。”

有几秒钟，赛斯担心艾利森哭出来，或者吐出来。因为她脸色苍白，然后变粉，然后变得比之前更白。

“哦，谢谢，”她上气不接下气地说，“谢谢你，布斯威尔先生。”

“还有，艾利森，”赛斯对着要走出她办公室门的艾利森说，“这周末太热，就不要写了，等到周一吧，说不定周一会下雨。”

艾利森跑出《佩顿时报》所在的大楼，撞到了托马斯·马克里斯。如果不是他抓住她的胳膊肘扶住她，她可能就摔倒了。

“我找到了一份工作，”她喊道，“我找到了一份写作的工作，马克里斯先生，会付我钱的，在报社。”

越过艾利森的头，汤姆望进赛斯的办公室。赛斯伏在艾利森的故事上，放肆地笑着。

“这样，”汤姆低头看着艾利森再次煞白的脸，“这是值得庆祝的，每个人的第一份工作都值得庆祝，去普利斯科特的店，我给你买可乐喝。”

他带着艾利森来到普利斯科特的药店，她的胳膊肘仍然在他的手里发着抖。她的脸渐渐有了血色，但是她喋喋不休，停不下来。

“是历史相关的东西，”她说，“还会付我钱，就像一个真正的作家。”

看着她兴奋地颤抖，汤姆忽然觉得自己好老。

“我马上就要开始写，今天下午就开始，”艾利森说，“但是我要等到明天，我答应诺曼今天下午和他去野餐。好不好笑，马克里斯先生？我刚刚才想起野餐的事。这工作太令我兴奋了，等我告诉诺曼，他会死的，诺曼也写作，你知道的，写诗。我得赶紧的，我答应诺曼要带午饭。是不是很疯狂？我刚刚才记起野餐的事。”

愚蠢，嗯？汤姆想起康斯坦丝的评价，如果一个青少年被写作赚钱激起的兴奋，让她忘记像和另一个青年人一起野餐这么浪漫的事，就很难再把它看成是一件愚蠢的事。

“谢谢你的可乐，马克里斯先生。”艾利森说着走了，锃亮的棉布裙子旋转着飘走。

汤姆在普利斯科特的冷饮台上放了十分钱。

该死，他想着，仍然觉得老，要等太久，我今天晚上要再跟她谈谈，再等两年太久了，太浪费时间了，我们不会再变得年轻了。

第十一章

艾利森跑上家门前的台阶，走进前厅，身后的纱门被啪地重重关上。

“内莉，”她喊道，“内莉，你在哪儿?”

没有人回答，但是艾利森听到屋子后面咔嗒咔嗒的声音，这就说明内莉正在厨房清理橱柜，这是每周六早上例行的事。艾利森没有再大声叫，她跑到楼上自己的房间，脱掉棉布裙子，换了一件利索的短裤和无袖衬衫，然后跑到厨房。

“内莉，”她大喊，“内莉，我找了份工作，写作的工作，可以赚钱的!”

内莉·克罗斯，跪在低矮的橱柜前，抬起头看她。

“哦，是吗?”她毫无兴趣地问。

“哦，内莉，”艾利森说，“今天又很糟糕吗?”

“就跟平常一样，”内莉郁郁寡欢地说，“如果血管里除了脓什么也没有，没有人会觉得愉快。”

内莉近来就是这样，但是和之前她的想法一样，都没有烦扰到艾利森，只是不一样了，艾利森平静地接受了。过去一周，内莉不再咒骂卢卡斯和其他男人，而是相信自己患了一种奇怪的病。

“是淋病，”她像哲人一样点着头告诉艾利森，“卢卡斯传染给我的，就是他逃走之前。”

卢卡斯·克罗斯，艾利森知道他一周前从佩顿消失，他的消失几天来引起了大家热烈的讨论。大家对他离开的一致意见就是：他总算走了。但令所有人惊奇的是，内莉不同意这种看法。她不再诅咒卢卡斯，而是维护他，称他是被社会的各种力量欺压，被狐朋狗友误入歧途，被得了病的女人勾引。

“我想你应该很开心可以摆脱他，”内莉告诉她卢卡斯不见之后，艾利森说，“如果很久之前就走的话，你会过得好一点的。”

“他是走了，只是他把淋病传给我了。他害怕我告发他，我不会告发卢卡斯的，即使是康科德卫生部的那些人把我切成碎片。我的血管里都是脓，那就是卢卡斯留给我的。他不是故意的，可怜的人。是哪个婊子传染给他的，他控制不了，他喝醉了，不知道自己是谁，就是这样。”

不断地，内莉血管里的脓硬成了肿块，非常疼，就是这样，艾利森在过去一周了解到了内莉称为“她糟糕的一天”。

“是的，”她回答艾利森的问题，“非常糟糕的一天，那些肿块充满了我的身体，我不知道怎么挨过这一天。”

“我非常抱歉，内莉，”艾利森说，急切地想把话题转回到自己身上，“但是你不对我的工作感到惊讶吗？”

“不，”内莉说，把干净的纸铺到橱柜的地上，“我总说你非常擅长编故事，我不惊讶。你想吃东西吗?”

“不想，我要打包午饭，诺曼和我要去野餐。”

“哼。”内莉说。

“什么?”艾利森严厉地问道。

“哼。”内莉重复了一声。

“你这是什么意思?”艾利森问，语气比之前更加严厉。

“我的意思是哼，我就是这个意思。”内莉回答。“佩奇家的人，哼。那个伊芙琳·佩奇，总是一副清高样。她嫁给了奥克利，因为他很老，他死后她就可以得到他的钱。但是，他骗了她，抛弃了她。他的女儿们让他离开她，他就立马抛弃了她，一贫如洗。伊芙琳·佩奇从来就没有什么好清高的，她的丈夫离开了他，就跟我丈夫离开我一样，除了奥克利没有理由，而卢卡斯有。”

“你不许再这样说，内莉·克罗斯!”艾利森说，“佩奇夫人是一个非常有风度的女士，如果诺曼的爸爸离开他，也不是她的原因。”

“有风度的女士，胡说!”内莉哼哼道，“母乳喂她儿子喂到四岁。那孩子的牙齿跟你现在脑子里的想法一样坚硬。非常有风度的伊芙琳·佩奇夫人仍然在给他喂奶，她享受给她儿子喂奶的每一分钟！老奥克利就没有诺曼四岁时那么坚硬的牙齿，难怪非常有风度的伊芙琳·佩奇不给那孩子断奶!”

艾利森的脸煞白，她的声音低沉暴躁。“你是个思想污秽的老女人，内莉·克罗斯，”她说，“你不光血管里有脓，你脑子里也有，它会让你癫狂。内莉，它会那样做。你会彻底的疯癫，就像赫斯特·古德尔小姐一样，你说话这么刻薄，你活该。”

“你妈妈辛苦工作培养你，”内莉大声说，“她养育你不是为了让你和一个四岁还啜奶头的小子出去。这是不对的，艾利森，你和佩奇家的小子出去是不对的。佩奇家的人都是废物、平庸、肮脏、怪异的废物，一直都是。”

“我再也不想和你说话了，你个疯女人，”艾利森说，“我不许你再跟我说诺曼或者他家人的一个字！”

她气愤地在厨房走动，煮鸡蛋的时候摔平底锅，从冰箱拿东西出来做三明治的时候，不断地摔冰箱门。做完后，她把所有的东西包好放到野餐的篮子里，跑出厨房，留下内莉去收拾。

内莉叹着气站起来，低头盯着胳膊弯曲出的血管，里面是块状的。她往前走了一步，停了下来，把手放到头上。她的手狂乱地在她细长稀疏的头发里搜寻，最后搜寻到了肿块，是块很大的肿块，鸡蛋那么大，像沸水一样震动。

疯癫，这个词像热油一样灼烧着内莉的意识。很快，她脑中的肿块就会崩裂，脓水充满她的脑袋，她就会疯掉，就像艾利森说的。

内莉坐在麦肯齐家厨房的地板上开始啜泣。

“卢卡斯，”她大声抽泣着，“卢卡斯，看看这里，看看你做了什么。”

艾利森和诺曼从后面推着自行车，因为骑车上山太热了。车子很重，因为车筐里放着野餐的篮子，里面有六瓶可乐，一条拼布棉床单，两套泳衣，四条毛巾，还有一本叫作《重要的英国诗人》的厚书。艾利森和诺曼喘着气推着车。七月的温度向上爬升，在通向佩顿的高速公路那里闪着微光。

“我们应该在梅多池塘停下来的。”诺曼说着，将他的太阳镜推回到鼻子上。

“我们无法靠近梅多的，”艾利森说着，从车把手上拿起一只手，向上拉汗湿的脖子上厚厚的头发，“镇上的每个小孩今天下午都会在梅多，我宁可待在家也不要去那儿。”

“不远了，”诺曼很懂地说，“河水弯曲的地方刚好在医院一公里之外，我们马上就要到那了。”

“不远了，”艾利森同意道，“我们好久之前就经过工厂了。”

经过夏日午后无穷无尽的路途之后，他们终于达到康河蜿蜒的地方。满怀感激地，他们将车子推到河边大树的阴凉下面，瘫软在铺满松树叶的柔软干燥的地上。

“我以为我们永远也到不了这儿了。”艾利森下嘴唇呼着气，吹起前额的一缕头发。

“我也以为，”诺曼说，“但是很值，方圆几公里再找不第三个人，听听这寂静。”

休息了一阵之后，他说：“我们把车推到远处的树林里去吧，这样从高速路上就看不到了，也就没有人知道我们在这里。”

“好。”艾利森说。上面不远处就有一个地方，树林离水比较远，那儿还有一个类似沙滩的地儿，路上看不到的。

他们来到艾利森描述的那个地方，把车靠着两棵树旁，然后开始往沙滩上拿东西。他们认真地铺好床单，把篮子，书和毛巾放到上面。

“我们先吃还是先游泳？”艾利森问。

“先游泳吧，”诺曼说，“等我穿上泳衣，把可乐拿到水下冰镇一会儿，现在是温的。”

“我们得到林子里去换衣服，”艾利森说，“没有别的地方。”

“你先去，我等你好了之后再去。”

两人都换上泳衣之后站在水边，脚在湿润的沙子上缓缓地来回滑动。他们都知道这个时候下水游泳很危险，河水湍急而且下面有很多凹凸不平的石头。

“我们要小心。”诺曼说。

“你先下。”

“我们一起下吧。”

慢慢地，小心翼翼地，他们下到水中，突然河水好像没那么危险了。他们拍打着游离岸边。

“太爽，太凉了，冰冰凉。”

“比梅多池塘好，那里天热的时候水是温的。”

“你还可以触到河底吗?”

“可以，你呢?”

“可以。我们已经游得够远了。”

“我不相信这个地方危险，也许除了春天。”

“我的脚刚刚刮到一块石头。”

“你可以漂浮吗?”

“可以，两年前宿营的时候学会的。”

他们一直泡着水里，直到感觉到冷。再站到岸上时，在阳光的反射下，五颜六色的水滴从他们身上滴下来。艾利森没有戴泳帽，所以开始擦她的头发。诺曼坐在床单上，检查自己被刮到的脚。太阳洋溢着笑脸，照射到他们冰冷的皮肤，温暖他们。艾利森坐在诺曼旁边。

“你要吃东西吗?”

“好啊，我去看看可乐有没有凉一点。”

“应该凉了，水那么冰。”

他们大口咀嚼着三明治，眯着眼看着对面的水，太阳像照镜子般倒影其中。

“我不知道为什么会这样，”诺曼说，“但是看着河对岸，想象佛蒙特就在那里总给我一种有趣的感觉。”

“感觉就像驾车穿过一个镇的边界线，”艾利森说，“前一分钟你还在佩顿，下一分钟你已经在另一个地方了。我总这么跟自己说，现在我在佩顿——现在我不在，这总让我觉得好笑，就只是坐着这里，看着佛蒙特。”

“还有鸡蛋三明治吗，还是只剩火腿的了？”

“我每种带了四个，如果你愿意的话，你可以拿我的，我很快要吃火腿的了。”

“我应该带点薯条的。”

“夏天吃薯条太油了。”

“我知道。”

“吃个泡菜。”

“你还想游吗？”

“等太阳晒烫了之后再说。”

“长大后你会结婚吗？”诺曼问。

“不会，但是我会有情事。”

“我们怎么处理这些蜡纸？不能把它们丢在这边。”

“放回篮子里，我们回去的时候我再扔。”

“那不是一个好主意，你知道的，”诺曼说，“我读到情事对失调症有帮助，而且有情事的人没有小孩。”

“你从哪里读到的？”

“我函购的一本关于性的书。”他说。

“我从来没读过一本纯粹讲性的书，你从哪里函购的？”

“纽约。我从一本杂志上看到的广告，花了一美元九十八美分。”

“你妈妈看到了吗？”

“我猜没有！我连着两周每天都去邮局等那本书邮寄过来。如果我妈妈知道我对这种事情感兴趣，她会杀了我的。”

“上面还说了什么?”艾利森问。

“哦，都是关于男人做爱的时候必须采取怎样的技巧才讨女人欢喜，而不至于让她们性冷淡。”

“什么是性冷淡?”

“女人不喜欢做爱。那本书上说很多女人都是这样的。性冷淡会导致婚姻失调。”

“有说要做什么吗?”艾利森问。

“哦，当然。”

“我们要读会儿书吗?”

“好啊，我可以读吗，还是你想读?”

“你读吧，挑斯文伯恩（Swinburne）的诗，我最喜欢他。”

诺曼大声读《重要的英国诗人》的时候，艾利森捡起吃剩的三明治，重新装进篮子里，然后转身，四肢伸展趴在床单上。诺曼用胳膊肘支撑着自己，戴上太阳镜，继续读。很快他们都睡着了。

醒来时，太阳已经褪去些许热力，四点钟了。两人的身上汗淋淋的，打着哈欠，决定再去游泳。在水中降温之后，他们肩并肩坐在棉布床单上。

“我感觉很舒服。”艾利森说，透过半闭的眼睛看着诺曼。

“我也是。”

他们将太阳温暖，河水浸凉，放松，吃饱的身体安放在棉床单上，眯着眼睛，看着七月湛蓝天空上云朵的图案。

“有一天，”艾利森说，“我要写一本非常著名的书，就像《风流世家》一样著名，然后我就会成为名人。”

“我不要，我要写短小精悍的诗歌，没有太多人知道我，但是有几个人会说我是天才少年。”

“我报纸的第一篇文章要写城堡。”

“你怎么写城堡？你从来都没去过那。”

“我编点东西。”

“你不可以编造历史性的文章，它需要的是事实，纯粹，真实的事实。”诺曼说。

“胡说，《风流世家》就是一本历史小说，我想你不会觉得那不是捏造的吧。”

“小说不一样，小说都是编造的故事。”

“诗歌也是。”

“你要在那个时候开始你的风流韵事吗？你写完一本著名的书，变成名人之后？”诺曼问。

“对，我每周都要有新的艳遇。”

“那样的话你会失调的。”

“我不在乎，男人们拼死地得到我的偏爱，但是我会非常苛求。”

“你就永远都不要小孩吗？”

“不，我不会有时间的。”艾利森回答。

“我跟你讲的那本书里说，女人身体的自然功能是孕育孩子。”诺曼说。

“书里还说什么了？”

“嗯，它用图片展示了女人的构造，女人的乳房以及如何产生乳汁，是怎样构造的让她能够怀九个月的小孩。”

“我不会花一美元九十八美分去了解那个，那些我十三岁的时候就都知道了。关于男人怎样跟女人做爱，书上说了什么？”

诺曼把胳膊举起来放在头后面，两腿交叉到一起。他开始说，就好像在跟一个对数学没有任何欲望的人解释代数上一个麻烦问题。

“嗯，”他开始说，“这本书上说所有女人身上都有一些固定的区域，被称为性爱区域。”

“所有女人的区域都是一样的吗?”艾利森问，口吻完全像她是一个在数学上很笨的学生，诺曼正在帮她解答问题。

“有一些是的，”诺曼说，“但不是所有的，比如，所有的女人在乳房和身体的眼周围都有兴奋点。”

“孔?”

“开口。”

“比如说什么?”

诺曼朝自己那边转了半个身子，拿自己小拇指的指尖在艾利森的耳朵周围游走，瞬间她的皮肤起了鸡皮疙瘩，她噌地一下坐起来。

“比如说这个。”诺曼说。

“我知道了。”艾利森说着，用右手蹭着左臂，重新躺回到诺曼旁边。

“嘴巴周围的区域，当然是最敏感的地方，”诺曼说，“除了一个地方，那就是女人的阴道。按照我的理解——”

诺曼继续讲着，但是艾利森已经没有再听。她还想让他的指头在她耳孔周围游走，她想让他吻她，就像之前周六他在路之尽头亲吻她那样。他继续用很酷，很学术的语气讲着，艾利森越听越气，越听越气。

“亲吻，对一个擅长做爱的男人来讲，当然是第一项，或者说第一项当中的其中一个前戏。”

“哦，闭嘴，”艾利森喊着跳起来，“说，说，说，你就只会说！”

诺曼震惊地抬头看着艾利森，“但是，艾利森，”他说，“是你问我的，不是吗？”

“我没让你把那该死的整本书都讲出来，一字一句，我有吗？”

“你没必要对我讲脏话，是不是？你问我了，我在告诉你，你完全没有理由讲脏话，不是吗？”

“哦，闭嘴，”艾利森说，“我认识的某些男生，”她开始撒谎，“不用跟女生解释他们是多棒的情人，他们会做给她看。”

“哪些男生？”诺曼问，艾利森停止了虚张声势。

“我没必要告诉你任何事，诺曼·佩奇，一件都没必要。”

他伸手抓住她的脚踝，“哪些男生？”他问。

艾利森坐了下来，诺曼坐了起来。“哦，别想了，”她说，“反正没一个你认识的。”

“告诉我，”他说，“我想知道你的这些很棒的情人都是谁。”

“我不会说的。”

“你说不出来，这就是原因，你一个都不认识，你是个骗子。”

艾利森猛转向他，扇了他一巴掌，“不许叫我骗子。”她喊叫着。

他抓住她的两个手腕，把她摁倒在床单上。“你是个骗子，”他直直地盯着她的脸，“你是个骗子。因为你扇了我，在你承认这点之前，我是不会让你起来的。”

艾利森立马屈服。“我编的，”她没有看他，“你是唯一一个亲过我的男生，除了罗德尼·哈灵顿，但是那是很久以前的事了，不算。对不起，我打了你。”

诺曼放开她的手腕，但是继续靠向她，他的手放到她身体两边的床单上。

“你想让我再亲你一次吗?”他问。

艾利森觉得自己脸红了。“嗯，”她说，“只不过我不喜欢你问我任何事，诺曼。”

他轻轻地吻了她。艾利森失望到想哭，因为那个吻完全不是她想象的样子。

“有点晚了，”诺曼说，“我们应该动身回去了。”

“我想是的。”艾利森回应道。

之后，他们骑着车，慢慢地沿着高速公路向佩顿前进。一辆顶部放下来的敞篷汽车从他们身边经过。

“找匹马吧!”罗德尼·哈灵顿的叫喊声从疾驰而过的汽车里传来。

“真是个潇洒的人。”诺曼说。

“我想是的。”艾利森说，但是她在想，愤恨地想，十三岁时罗德尼就比现在已经十五岁的诺曼更懂亲吻。

第十二章

从后视镜里瞟到艾利森·麦肯齐和诺曼·佩奇最后的影子，罗德尼·哈灵顿放声大笑。两个人竭尽全力地骑着自行车，估计还在担心错过晚饭。他们骑车而不是走路真是太遗憾了，如果他们走路的话，罗德尼还会提出载他们一程。让其他孩子坐自己的车令罗德尼感觉非常满足。没有人说什么，但是罗德尼知道，他们当中的每个人坐在他皮软垫的座椅上时，都幻想着能有一辆一模一样的车。罗德尼放肆大笑，同时琢磨着艾利森和诺曼在离家这么远的地方做什么。也许在树林有个私密的派对，想到这，罗德尼笑得更厉害了，以至于他差点把自己的新车开到沟里。

“感觉太爽了！”他肆意地向全世界宣布。他的车发出经典的嗒－嗒－嗒－嗒嗒，铛—铛的鸣笛声。

他为什么不能感觉良好？他问自己。他刚刚去工厂跟老头子讨了十美元，他有一辆很炫的车，他在去见贝蒂·安德森的路上，这种情况下谁不会感觉良好呢?

“不要把钱都花在一个地方，”莱斯利·哈灵顿告诉他儿子，并递给他十美元，毫不遮掩地冲他眨了一下眼睛，“他们没有谁值两美元以上。”

罗德尼和他爸爸一起笑。“我早就知道了。”他回应道。

他爸爸拍了一下他的背，让他走，告诉他玩得开心。

罗德尼沿着榆树街往下开，自娱自乐地笑着，以四十英里的速度行驶在限速二十英里的路上。在他看来，所有那些批评没娘孩子的烂人都是个笑话。他对妈妈连一个模糊的印象都没有。他所知道关于她的，仅仅就是父亲办公室里放着的一张模糊的照片。她苍白瘦弱，浓密的棕色头发高高盘起，嘴巴严肃紧绷。罗德尼怎么也无法想象她嫁给自己的父亲。他所知道的全部，他想知道的，仅仅是她的名字叫伊丽莎白，她三十岁生儿子的时候死了。罗德尼从来都没想过自己的妈妈，他和爸爸相处得很好，他们理解对方，有普拉特(Pratte)夫人做饭，当管家，他们在栗树街房子里的单身生活很顺利。那些书里描述的，关于没有妈妈的男孩子都是胡扯，胡扯。他作为其中的一个，极度感谢他不用忍受妈妈，不用听她一直叨叨。他听到太多人抱怨自己的妈妈，不得不感谢他的妈妈已经入土为安了。他对现状很满意，他和老头子，还有老普拉特，任何时候他和爸爸有需要，她都会在身边。

十六岁的罗德尼并没有和十四岁的自己有太大的差异。他长高了差不多一英寸，现在五尺八寸；他长胖了一点点，结果就是他看起来更像自己的爸爸了。除此之外，罗德尼没什么变化。他那过长的头发，仍然是黑色卷发；他厚重的嘴巴仍然显示出他缺乏管教和自律。佩顿有些人觉得，改变对罗德尼·哈灵顿来说已经太迟了，他会一如既往这个样子，一个富有的鳏夫放纵的独子。他们援引他被新汉普顿男校开除的事来证明自己的论断。新汉普顿试图教导罗德尼，但是经过两年的努力，最终却还是因为懒惰和违抗学校而把他开除。新汉普顿名声在外，过去做得很成功，其他学校教育不好的问题少年，在它那里都会改过自新，但是它却没有在罗德尼身上留下任何印记。显然，罗德尼离家在学校学到的唯一的东西就是，所有有钱人家的男孩子，在上预科之前就和女生发生过性行为。那些没发生过的，不是同性恋就是以后要当神职人员的人。罗德尼学得很快，到新汉普顿不到一年，他的口才就胜过了所有人。据罗德尼说，还不到十五岁的时候，他就已经在佩顿破了至少九个处女，有两次他还差点被跟他有染六个月之久的有夫之妇的丈夫毙掉。

罗德尼有一张性感讨喜的脸蛋，有钱再加上三寸不烂之舌，让他很容易被相信。他被新汉普开除后，在男人中间被认为是个响当当的人物。即使他爸爸也相信他，虽然他编给莱斯利的故事要弱很多，虚构了几个怀特河的女孩子作为他故事的女主角。罗德尼讲故事经常太成功，太有魅力，讲给太多不同的人听，以至于大部分时候他自己都相信了。事实上，他从来没有和任何人发生过性行为。有时真相折磨他的时候，他感觉好像有人无缘无故地给他脸上泼了一杯冰水。如果有机会开始，但不知道怎么完成那项运动的想法令他恐惧，影响着他，就像某个炎热的天，太阳躲到云后面，让他觉得发凉，给他另外那个欢腾的世界添加了沉闷沮丧的一面。真相最让他恐惧的不是可能发生的对他的羞辱，而是他失败的那个女孩可能会说什么。每次罗德尼只要想到，如果他的那些朋友发现他天花乱坠的那些故事全是编的，他实际上跟一个七岁的小孩一样没有经验，他们会说什么，他就恐惧地发凉。

在这条令人沮丧的路上，他一直在想，他将车拐进桉树街，这是一条狭窄，极速下降的街，工厂的工人就住在这个街区。他潇洒地将车停在安德森家门口，故作勇敢地鸣响了汽笛。果断地，他努力抖掉自己的恐惧，对罗德尼·哈灵顿来说，抖掉沮丧或者恐惧从来都不是一件难事。

有什么？他想，太阳从乌云背后走出来了。有什么？他有钱花，有车，置物箱还有一品脱裸麦威士忌。有什么？如果他能让贝蒂把裤子脱了，他就会知道怎么做。他已经听过足够多遍的描述了，不是吗？他自己也描述过足够多次了，不是吗？有什么？他不仅讲过，听过，他还读过书，看过图片，到底有什么好担心的？

贝蒂从她家门前一段很短的人行道溜达下来，她的屁股充分地抖动着，就像一周前她看过的一部音乐喜剧片里的王后。她朝罗德尼的车缓缓移动。

“哈啰，小孩。”她叫道。

她实际上比他小一年零十四天，但是她始终叫他小孩。今晚她穿了一条紧身的绿色短裤，还有一件黄色的三角背心。跟往常一样，只要罗德尼看着她，他就觉得自己的话卡在喉咙里，说不清楚。他唯一能解释的理由就是，这就好像他小时候，普拉特让他看她做布丁一样。前一分钟，平底锅里还有液体，细薄黏稠，你以为会一直这样，但是下一分钟，那个东西就变得浓厚，糖浆状，以至于普拉特需要拿个勺子搅进那一堆东西里。那就是他面对贝蒂的样子，像布丁。直到他看见她的时候，他的脑子都是清醒、冷静、流畅的，但是她靠到车门上，说“嗨，小孩”的那一分钟，他的言语就开始混浊，眼皮变重，他拼命给自己胸腔内那一团糖浆状的东西吸气。

“嗨。”他说。

“太热了，没办法打扮起来去哪里，”贝蒂说，“我就想兜个风，然后停在路边餐馆吃个东西。”

罗德尼穿着衬衫和西装外套，因为他计划带她去餐厅吃饭，然后两个人去什么地方跳舞。但是他毫无抱怨地屈服了。

“没问题。”他说。

二话不说，贝蒂打开车门，重重地坐在他旁边的座椅上。

“你为什么不把外套脱了？”她生气地要求道，“光看着你我就觉得热，浑身痒痒。”

罗德尼立马脱掉外套，放到后座上。在安德森家，两张阴沉疲惫的脸看着他发动车子，呼啸着驶离桉树街。罗德尼一转弯，贝蒂就冲他摇了摇指头，他把烟递给她。

“你昨晚为什么不能和我出去？”他问。

“我有其他事情要做。”贝蒂淡淡地回答，“怎么了？”

“我只是觉得奇怪，你一周只有一两次有时间和我出去，就这样。”

“听着，小孩，”她说，“我不需要跟你，或者类似的任何人解释我的时间，懂了吗？”

“不要生气，我只是好奇。”

“如果能让你觉得好受点的话，我昨晚去跳舞了。马蒂·雅诺斯基（Marty Janowski）带我去怀特河，我们去华龙吃饭，跳舞。还有什么问题吗？”

罗德尼知道他应该安静，但是他没办法到此为止。“之后你们干了什么？”他问。

“去银湖停车。”贝蒂毫不犹豫地回答，“怎么了？”

“只是好奇。玩得开心吗?”

“不瞒你说，是的，马蒂舞跳得特别好。”

“我不是那个意思。”

“那你是什么意思?”

“我的意思是，停完车后。”

“是，我做了，如果跟你有一毛钱的关系的话。”

“你做了什么?”罗德尼问。他不想听却又控制不住，不断地发问。

“哦，天啊，”贝蒂厌恶地说，“找个路边餐馆，行吗?我饿死了，我们工厂的工人习惯五点半吃晚饭，不像高级可耻的工厂主，八点的时候还有仆人伺候晚饭。”

“我在下个餐馆停，”罗德尼说，“听我说，贝蒂，我觉得你和马蒂·雅诺斯基在车里搂抱抚爱是不对的。”

“什么!”比起问题，这个词更像是表达愤怒。

“我觉得你和马蒂·雅诺斯基在车里搂抱抚爱是不对的，尤其是我问过你上千次，让你做我的女朋友。”

“掉头，带我回家，”贝蒂要求道，“立刻。”

罗德尼踩着油门，继续开。“我不会让你出去的，除非你答应我不会再和马蒂出去鬼混。”他固执地说。

“我没告诉你让我下车，”贝蒂气急败坏地讲，“我告诉你掉头，送我回家。”

“如果你不想和我去兜风，”罗德尼说，他讨厌自己喋喋不休，“我就把车停到这，你可以走回去。”

“好，”贝蒂说，“停车让我下去。我不会走很远的，我向你保证。第一辆帅哥开的车过来，我就会竖起大拇指。我爸爸不是开工厂的，我不在意搭一次该死的车，现在就让我下车。”

“哦，好了，贝蒂，”罗德尼央求道，“不要生气，我不会就这样让你在高速路上下车的。好了，别生气了。”

“我很生气，非常生气，你以为你是谁，告诉我我该跟谁出去，不该跟谁出去?”

“我没有任何意思，我只是那一分钟有点嫉妒，只是这样。我问过你几千次了，让你做我女朋友，想到你和其他男生在一起，会让我嫉妒，就是这样。”

“那就从这刻起收好你的嫉妒，”贝蒂命令道，“我不接受任何人的指令。况且，我为什么要做你的女朋友，跟你确定关系？明年秋天你去上学，就剩下我孤家寡人。对一个女孩来说，和某人做了一阵子的情侣，再回去，销路就很差。”

“我以为你喜欢我比喜欢其他人都多，”罗德尼说，“我喜欢你比喜欢其他女生多，所以我想和你确定关系。”

贝蒂的表情缓和了一些。“我确实喜欢你，小孩，”她说，“你不错啊。”

“那么然后呢?”

“我会考虑的。”

罗德尼拐进一家路边餐馆，后轮后面有碎石飞起。

“你愿意跟我去银湖停车吗?”他问。

“也许会，”她说，“如果你赶紧让我吃饭的话。我要一个双层芝士堡，一杯巧克力奶昔，外加一份薯条。”

罗德尼下了车。“你会吗?”他问。

“我说了也许会，不是吗?”贝蒂不耐烦地说，“你还想要什么，一份手写的协议?”

晚些时候，他们吃完饭，天已经完全黑了，罗德尼开着车在银湖兜圈子。贝蒂指给他一处好的停车位，他熄了火，关掉灯，潮湿的夜晚像一张黑色潮湿的毯子包裹着他们。

“天啊，太热了。”贝蒂抱怨道。

“置物箱里有酒，”罗德尼说，“我还在路边餐馆买了一些姜汁汽水，好好喝几杯能让你凉爽下来。”

借着仪表板的光，他熟练快速地将两种液体混合在一起，盛在纸杯里。它们喝起来温热含糊。

“咻！”贝蒂在车门下面吐了一嘴温热的烈饮，“天啊，什么劣质酒！”

“喝习惯就好了。”罗德尼评论道，忽然觉得自己饱经世故。如果有一件事是他知道的，那就是什么是好酒以及怎么喝。“再喝一小口，”他建议道，“它会在你身上蔓延。”

“让它见鬼去吧，”贝蒂说，“我要去游泳。”

“你带泳衣了吗？”

“你到底怎么回事？你就从来没有和女孩子裸泳过吗？”

“当然有啊，”罗德尼撒谎称，“几十次了，我只是问问你带泳衣了没。”

“没有，我没带泳衣，”贝蒂说道，“你要来吗？”

他还没解开衬衣扣子，贝蒂已经脱去短裤和背心，一丝不挂地朝湖边跑去。罗德尼来到湖边时，觉得太赤裸，还很愚蠢。贝蒂早已不知所踪，他慢慢地移到水中，水刚刚到腰时，贝蒂忽然从他旁边冒出来。她的头悄悄从水中浮现，给他背后啪啦一下，他倒向前面，起来的时候，贝蒂站在那里大声笑他。他试图抓住她，但是她游走了，嘲笑、咒骂着他。

“等我抓到你，”他朝她喊，“你迟早是要出来的，我就在这等着。”

“牙齿别打战，”她大喊，“不然我在黑暗中也能找到你。”

结果是，他没有抓到她。几分钟后，他的汽笛声在黑暗中响起来，他暴躁地往回走。

“我玩够了。”贝蒂在车里喊。

该死，罗德尼暴怒地咒骂。他计划抓到她，把她扔到沙滩上，摇她，感受她，触摸她。她全裸的时候，他从来没有靠近过她。但是现在，该死，她走了，抢先一步回到车上。她一定有猫一样的眼睛，能够在毫无月光的情况下找到路。他绊了好几下才终于分辨出前面他车子的身躯。

贝蒂在车里等着，他又绊了一下，差点跌倒。她一直等到他走到车的正前方，然后打开前灯。她的嘲笑声充满了夜空，罗德尼这才痛苦地意识到他的形象该是多么滑稽，他站在那里，像个受惊的动物，努力用手遮掩他的身体。

“你个贱人!”他大喊，但是她笑得太大声，根本就听不见他的声音。

他窘迫地走到车前，拽过自己的裤子，在心里默默地诅咒着她，她依然笑着。

“哦，罗德尼!”她喊叫着，又开始另一轮的抽风狂笑，“哦，罗德，这形象，可以做成明信片，寄给修女院长了!”

罗德尼钻进车里，身上只穿了裤子，他立刻发动引擎，汽车强劲的马达声咆哮着。贝蒂侧过来，关掉点火开关。

“怎么了，宝贝，”她温柔地问，指尖在他袒露的胸膛游走，“你生气了，宝贝?”

罗德尼猛地呼了一口气，“没有，”他说，“我想没有。”

“那就吻我，”她十分任性地说，“吻我，证明你没有生气。”

带着一种近乎呜咽的东西，罗德尼转向她。这是罗德尼永远都不懂贝蒂的地方。几个小时以来，她表现得好像最不想要的就是他的触摸，她可以让他觉得她甚至都不是特别喜欢他。但是他开始亲吻她时，她又开始从喉咙发生低低的呻吟声，扭曲身体面对他，好像他亲得还不够。这就是他每次见她所期待的时刻，它让一切其他的问题变得可以承受，从她拿其他男朋友嘲弄他，到假装不喜欢他、捉弄他。

“快，”她说，“去沙滩上，不要在这里。”

她在前面跑，他紧随其后，手里拿着车罩。他还没把车罩铺平在柔软的沙滩上，她已经躺了下来，向他张开手臂。

“哦，宝贝，宝贝，”他说，“我爱你，我是如此爱你。”

她急切地咬住他的下嘴唇。“哦，宝贝。”她边说，身体不停地扭动。“哦，宝贝，多爱我一点。”

他的指头摸索到了她三角背心的带子，不到半分钟，衣服就躺在了车罩旁边的沙子上。贝蒂把乳房向他挤过来的时候，她的背呈拱形顶着他的胳膊。这对罗德尼已不算新鲜，她经常让他这样做，但它每次都能让罗德尼兴奋到狂乱。她的乳头总是坚挺，令人兴奋，丰满紧实的乳房总是火热震颤。

“哦，宝贝，”她抽噎着，“哦，宝贝。”他的嘴巴和手覆盖着她。“用力，”她低声说，“用力一点，宝贝，咬我，弄疼我。”

“拜托，”罗德尼贴着她的皮肤咕哝着，“拜托，拜托。”

他的手摸到她胯部的V形地带，按压着。

“拜托，”他说，“拜托。”

就是在这个点，贝蒂通常都让他停下。她会把两只手都伸进他的头发里，然后把他拉开。但是此刻她没有拉开他。她的紧身短裤很轻易就滑落了，就好像是大了好几个尺码。罗德尼脱裤子时，她的身体也没有停止狂乱地扭动。

“快点，”她呻吟着，“快点，快点。”

有一瞬间，罗德尼恐慌了，之后，他就不在乎了，即使是她不得不帮他的时候。有半秒钟，他怀疑所有他读过的，听过的，讲过的，关于处女的故事都是错误的。贝蒂没有疼痛地尖叫，或者求他别再弄疼她了。她引导着他，完全没有笨手笨脚。她屁股快速扭动，非常熟练。她完全没有叫出来，她喉咙深处发出呻吟声，就像他亲她时候一样。她唯一发出的一个词就是“快点，快点，快点”。

之后，罗德尼没有注意到她做了什么，或者说了什么。他迷失在她的身体里，溺在她的身体里，脑子里什么也没想。几分钟后，他躺在她旁边的车罩上，颤抖。她的声音好似从遥远的地方飘来。

“聪明蛋儿，”她发出嘘声，“聪明的，对此了如指掌的家伙，太聪明了，都不太知道怎么戴安全套。送我回家，你个蠢货，快点！”

但是，不幸的是，罗德尼没有很快送她回家。或者说她的清洗液不够强力，或者按照罗德尼愿意相信的，命运女神跑出来搞破坏。五周后，八月的第三周，贝蒂以最糟的形象出现在他面前。

“我推迟了一个月。”

“什么意思？”

“意思是我怀孕了，聪明蛋儿。”

“但是你怎么这么快就知道？”罗德尼结结巴巴地说。

“我应该在湖边那次后一周左右来的，都过去五周了。”贝蒂说的时候没有任何声调。

“我们该怎么做？”

“我们结婚，这就是我们要做的。没有人可以让我怀孕，然后抛弃我，就像怀特河的那个畜生对我姐姐一样。”

“结婚！但是我爸爸会怎么说？”

“这就要交给你去搞清楚，聪明蛋儿，问他啊。”

第十三章

莱斯利·哈灵顿并不是一个常发愁的人，因为当他还是个小伙子的时候，他就发现担心是无利可图的。早年间，莱斯利就学会了可以对抗任何问题的最好的办法。只要问题跑出来，他都不会花上徒劳的几个小时，像松鼠一样在笼子里乱撞，而是坐下来，在纸上列上所有可能解决手头问题的方法。当他把所能想到的方法都列在纸上后，他就可以从中选择一个有效实际的解决办法。大部分情况下，那个方法对他都是有帮助的。这个办法从来就没有失败过，如果有的话，他就会立马放弃，寻找另一个方案，因为罗德尼·哈灵顿不能忍受被任何人、任何事置于某种境地。他从来没有好奇到思考为什么会这样，这仅仅是他性格的一个方面，他觉得这跟他颅骨长成什么形状一样自然。他忍受不了失败，就是这样。极少数情况下，如果他输掉，他就身体抱恙好几天，精神萎靡好几周。但是即使是这些糟糕的时刻也有用处。失败之后痛苦地醒来，让他有时间搞清楚为什么他没有赢，然后他会加强导致他失败的弱点。五十岁时，罗德尼·哈灵顿可以常常自豪地说，他从来没有被同一块石头绊倒过两次。

还是个小孩子的时候，少数情况下他的爸爸或者妈妈玩落托数卡牌戏或者老处女[①]赢了他的时候，他就会扑到地上愤怒地发脾气。他的父母很快就纠正了儿子扭曲的观念，纠正完之后，莱斯利和他们玩游戏的时候再也没输过。后来他发现差不多所有的事都是有可能赢的，只要你可以成功有效地欺骗到所有人。他刚刚学会怎样很好的用膝盖和肘部顶对手，而不让裁判抓到，他就成了学校篮球队的明星。在袖口和钢笔中空的那部分塞了四年的小抄，他最后成了他们班的毕业生代表。莱斯利·哈灵顿是他们班学生投票产生的最有可能成功的人，这不是嘲弄。莱斯利极有可能成功，因为他觉得他必须成功，而其他人只是喜欢享受成功的回报。对莱斯利·哈灵顿来说，成功不是那个在大部分他们班高智商的同学眼中有很多含义模糊的词。在他的脑海中，这个词是干净利落，轮廓鲜明，意思明确的。它就意味着钱，镇上最阔气的房子，最拉风的车子。但是最重要的是，它意味着，按照莱斯利的定义，就是“当老板”。他要当坎博兰工厂的老板成了预料中必然会发生的结果。工厂是他的祖父创建，父亲发展壮大的。工厂办公室的老板椅就是给第三代工厂主——莱斯利量身打造的。这当然是不够的，莱斯利真正想要的是掌控这个世界。虽然他明智地将自己局限在工厂，家，镇子，他从来没有失去他更大野心的抱负。

二十五岁的时候，莱斯利决定娶伊丽莎白·福勒（Eliza-

---

① 互相抽牌配对子纸牌游戏。

beth Fuller)，一个高个子，身材苗条的女孩。她有一种贵族的长相，这有时候可能是近亲繁殖的结果。莱斯利打算娶她那会，她已经和赛斯·布斯威尔订婚一年多了。莱斯利和伊丽莎白之间的障碍很多，值得每一个热衷竞赛而且自信会赢的人兴奋。莱斯利知道他会赢，他只需要看着伊丽莎白，甜美，年轻，像绿柳枝一样柔软，他就知道他会赢。挡在他前面的障碍包括她的家人、赛斯、赛斯的家人，还有他的家人。他们当中不会有一个人认为莱斯利娶伊丽莎白是明智之举，但是他把他们都打败了，他赢得了伊丽莎白。不到十年，他就杀死了她。八年的时间里，伊丽莎白·哈灵顿小产八次，每次都是怀孕的第三个月。每次过后，马修·斯温医生还有几个他拽着自己虚弱疲惫的妻子去看的波士顿专家都说，再有一次她就活不成了。他们说伊丽莎白不可能怀足月份的。他们中没有人意识到说了“不可能”这个词，使莱斯利对儿子和继承人的渴望变成了着魔。结婚的第九个年头，伊丽莎白再次怀孕，莱斯利从怀特河雇了一名医生两名护士。三个人搬进了哈灵顿的房子，让伊丽莎白躺在床上，九个月。九个月后，伊丽莎白产下一个黑头发，红脸蛋，九点五磅的男孩，听了儿子的第一声啼哭伊丽莎白就咽气了。其中一个护士还没来得及将小孩子擦干净，放到妈妈身边，她就离世了。当莱斯利第一次抱着儿子的时候，他的喜悦超过以往所有。此次他欲望之路上的障碍变成自己的妻子，完全没有让他觉得恐惧。

几年过去了，莱斯利依旧掌管着他的工厂和镇子，但是却没有管住自己的儿子。这同样也是他自己的选择，看到罗德尼身上折射出自己曾经的影子，让他很开心。

“那孩子有魄力，”莱斯利经常说，“完全没有遗传福勒的优柔寡断。”

这点上，莱斯利·哈灵顿大错特错了，因为罗德尼软弱到了一种境地，那种软弱是只有被保护的和被强大的外部力量包围着的人才有的。罗德尼从来都不必强大，因为力量一直环绕着他，随时准备保护他，保卫他。罗德尼也没有像他父亲那样对成功的强烈欲望。他是喜欢赢，但是到不了要为此战斗拼搏的地步，尤其是如果对手在体格上跟他不相上下的时候。十岁之前，罗德尼知道任何需要付出努力的，都没什么赢的意义，因为不费吹灰之力，他就可以从父亲那里赢到想要的一切。他仅仅需要张口要就好，然后把手伸出去，不管他要什么都会得手。但是罗德尼也不是个蠢货，他知道时不时地取悦一下他的父亲也是一种策略，尤其是他不用为此付出任何东西的时候。因此，年纪更小的时候，他的父亲让他跟有教养的孩子来往，罗德尼就照做。对他来说没什么区别，他可以到处称王。后来，他爸爸想让他去新汉普顿，罗德尼也心甘情愿地去了。反正只要是学校他都讨厌，所以无所谓去哪里。被开除的时候，他也没有害怕回家面对自己的父亲。

“我被开除了，爸爸。”他说。

“为什么？”

“太多酒，太多女人，我猜。”

“哦，天啊！”

莱斯利立马就去新汉普顿找校长，告诉他对于学校制止年轻人稍微纵情享乐的看法。

“我付钱给你，给他上几门文化课，”莱斯利大声说，“不用担心他课余时间做什么，这个我会担心。”

但是莱斯利·哈灵顿从来都不是一个会担心的人，担心既愚蠢又没有意义。他当然不担心自己的儿子，因为没有罗德尼可能钻进去的困境是莱斯利修补不好的。对于一个健康且充满活力的男孩子来说，捅出点娄子是再正常不过的事了。莱斯利经常说，他不会给一个不会时不时搞出点状况的男孩子五分钱的。他跟他儿子的关系很好。他是一个正常，健康，漂亮的男孩子。他和他儿子是朋友，好朋友。他们像好朋友一样尊重对方，他们之间的关系没有被父与子的那根线束缚着。

“围裙绳是女人的东西。”莱斯利经常告诉罗德尼。所有还很小的时候，罗德尼就学习在一个没有女人的房子里热爱自己的生活。

基于所有这些原因，罗德尼十六岁的时候，一点也不怕自己的父亲。当他问贝蒂・安德森，她觉得他爸爸对她怀孕会说什么的时候，不是害怕促使他，而是好奇。

贝蒂告诉他她怀孕的那晚，罗德尼离开贝蒂后立刻去找他的父亲。莱斯利坐在标着“书房”的房间里。这间房子从地板到天花板都是书架，摆满了漂亮的，皮面精装的成套的书。莱斯利的父亲是为了装饰的效果，莱斯利将书房和房子里的其他一起继承了下来。每周两次，普拉特用一个连接在吸尘器上的装置将书上的灰尘清掉。莱斯利坐在摆满书的那面墙前面的桌子旁边做拼图。

“嗨，爸爸。”罗德尼说。

“哈啰，罗德尼。”莱斯利说。

互相问候过之后的对话可能会让一个外人惊吓或者吃惊，但是对两位当事人来讲却丝毫不会。罗德尼一屁股坐到皮套椅上，把腿搭到宽宽的扶手上。莱斯利依然在弄拼图。

“桉树街有个女孩，她说我把她肚子搞大了。”

“谁?”

“贝蒂·安德森。”

“约翰·安德森（John Anderson）的女儿?”

“嗯，小女儿。”

“多久了?”

“她说一个月，但是我不明白她怎么那么快就确定。”

“有很多方法。”

“她想让我娶她。”

“你想怎样?”

“我不想娶。”

“好，我会处理的。你想喝一杯吗?”

“好。”

父子二人啜着威士忌和苏打水。父亲的酒只比儿子的烈一点点。两人聊棒球一直聊到十一点，然后罗德尼说他想洗澡睡觉了。

紧接着那个周一早晨，莱斯利·哈灵顿就派人去叫约翰·安德森，他是坎博兰工厂的一个织布机修理工。安德森走进莱斯利松木嵌板，全地毯覆盖的办公室，手里拿着帽子，站在莱斯利桌前，脚移来移去。

“你有一个女儿叫贝蒂，约翰?”

“是的，老板。”

“她怀孕了。”

约翰·安德森擅自坐到皮椅上，帽子掉到了地上。

“她到处说是我儿子干的，约翰。”

“是的，老板。”

“我不喜欢这样的言论，约翰。”

“是，老板。”

“你在我这工作挺久的了，约翰，如果你家里有什么问题的话，我乐意帮你。”

“谢谢老板。”

“这是一张支票，约翰，五百美元。上面有张条，我在上面写了一个怀特河嘴巴很严的医生，你女儿可以去那打掉。五百美元够多了，算是协议的津贴。”

约翰·安德森站起来，捡回自己的帽子。“谢谢老板。”他说。

“你喜欢给我工作吗，约翰？”

“是的，老板。”

“好了，约翰，你可以回去工作了。”

约翰·安德森走后，莱斯利坐下来，点了根烟，他打电话给自己的秘书问咖啡有没有好。

当天下午，贝蒂·安德森，她不光有道德准则，还有野猫的利爪。她攻破莱斯利的秘书，冲进他的办公室。她的脸上带着她父亲愤怒的标记，她的嘴巴依旧因为咒骂罗德尼扭曲着。她把支票丢到他的桌子上。

“我不会那么便宜就被收买了的，哈灵顿先生，”她大声叫嚷着，“我怀的是罗德尼的孩子，罗德尼得娶我。”

莱斯利捡起女孩扔过来的支票，他没有说话。

“罗德尼必须娶我，否则我就去找警察。这个州，有私生子是要判二十年的。我会看着他服刑，每一天，除非他娶我。”

莱斯利打电话给秘书。“把我的支票本拿来，艾斯特(Esther)，”他说。贝蒂怒气冲冲地坐到椅子上，青肿的嘴唇露出一抹满意的微笑。

秘书进来又走了之后，莱斯利坐在桌边开始写。

“你知道，贝蒂，”他边说边写，“我不觉得你真的会把罗德尼送上法庭，如果你那么做的话，我就会招来几个小伙子作为证人反驳你。你知道我们州需要几个证人就可以指认一个女孩，让她称自己是妓女吗？只需要六个，我工厂里雇的人可比六个多多了。”莱斯利将新写的支票从本上撕下来，干脆利落。他笑着看着贝蒂，把支票递出去。“我不认为你想让罗德尼上法庭，是不是，贝蒂？”

在红色的伤痕下，贝蒂的脸苍白静止。

“是，先生。”她说着，从莱斯利的手中拿走支票。

背对着他，向门口走去，贝蒂低头瞟了一眼手中的纸，是开给她父亲的，一张两百五十美元的支票。她迅速转身，看着莱斯利·哈灵顿。他仍然微笑着，正正地看着她。

“五十的一半就是一个二十五，”他平静地说，“这就是你回来的代价，贝蒂。”

那天晚上，莱斯利哈灵顿父子晚饭吃得比较早，所以可以去怀特河电影院看第一场。他们坐上罗德尼的敞篷车，顶篷放下来。用自己的车载人，让罗德尼有一种快感。

第十四章

关于贝蒂·安德森的流言就像孩子手中的糖果棒，不允许在任何一个嘴巴中停留太长时间，就要很快地传给下一个人。流言就这样从沃尔特·巴里（Walter Barry）开始。沃尔特·巴里是一个胸部扁平的年轻人，在国民中央银行任出纳。约翰·安德森就是找他兑换莱斯利·哈灵顿开给他的支票。沃尔特好奇地盯着支票，瞬间断定有事发生了。“有事发生”是沃尔特最喜欢的惯用语，它隐含着神秘和阴谋，这在他和他年迈的母亲以及兄弟弗兰克（Frank）谨慎的爱尔兰天主教徒的生活中毫不缺少。沃尔特断定有事情发生，因为他的兄弟弗兰克是工厂的工头，回家的时候，弗兰克只字未提约翰·安德森得了两百五十美元这么一大笔奖金。起初，沃尔特，这个喜欢读神秘谋杀案的人，猜想约翰·安德森是因为某种黑暗神秘的原因敲诈了莱斯利·哈灵顿，他被这种想法吓到了。但是这个想法刚刚成型，他就脸红了。任何人敲诈哈灵顿都是荒谬的。沃尔特紧张地笑着，数了两百五十美元钞票给约翰·安德森。

“很多钱啊，约翰，”沃尔特尽可能随意地说，“你计划去度个小假吗?”

约翰·安德森也有个最喜欢的惯用语，那就是：他，约翰·安德森不傻。他已经预料到在银行会被问到问题，友好的、刺探性的问题。但是只要是问题，都需要回答。约翰·安德森是有备而来的。生在斯德哥尔摩，一个国际化大都市，不是他的错。三十年来，他没有学会在一个美国小镇生活的狡诈艺术。

“不是我度假，”约翰·安德森说，“钱是给女儿贝蒂的，她要去佛蒙特照顾她姨姨一阵子。”约翰在新英格兰北部生活了三十年了，他发“姨姨”这个音的时候已经发生了变化。“是我老婆的姐姐，生病了，贝蒂去照顾她。哈灵顿先生是个慷慨的人，他借钱给我让贝蒂去照顾她生病的姨姨。”

“哦，”沃尔特·巴里说，“真遗憾，贝蒂要去很久吗?”

“不会，”可怜的约翰·安德森不傻，“不会很久。”

“我知道了，”沃尔特愉快地说，“钱给你，约翰，两百五十美元。”

“谢谢。”约翰说完走出银行，他对自己突发灵感编的贝蒂和她在佛蒙特未出嫁的姨姨的故事很有把握，编得非常好。他甚至挑出了佛蒙特一个具体的地名，免得有人问起。拉特兰市，他会说。这个地方够远，因此很安全。约翰·安德森不知道佩顿有谁去过佛蒙特，拉特兰那么远的地方。

等到约翰·安德森踏进的旋转门一个人也没有，沃尔特·巴里立刻去找索梅斯（Soames）小姐，她在他左边，离他两个工位。

“你听说贝蒂·安德森了吗?”他问,“去佛蒙特探望未婚的姨姨。”

索梅斯小姐的金丝边眼镜闪着微光。“不见得吧!”

所有这一切发生在中午十二点到下午一点之间,因为约翰·安德森是趁着自己的午饭时间来的。截止到那天下午五点,消息传到了波琳·布莱恩特(Pauline Bryant)的耳朵里。波琳·布莱恩特是莱斯利的秘书埃丝特·布莱恩特的姐妹,在马杰特的五金商店当店员。她打电话给埃斯特,埃丝特很自豪她是唯一一个知道事情真相的人,她说非常开心和贝蒂·安德森的真实故事关联上。那天晚上,贝蒂·安德森的真实故事和肉、土豆一起上了佩顿每家每户的晚餐桌。艾利森·麦肯齐是从她妈妈那里听到的。康斯坦丝将此事作为警钟,讲她对少女贞操的看法。

“看到发生什么了吧,”康斯坦丝·麦肯齐说,“如果一个女孩子让哪个男生亲昵地抚摸她,结果就是贝蒂·安德森的下场。这就是低贱行为的代价——怀孕。”

几个小时候,艾利森和凯西·艾斯沃斯盘膝坐在艾利森的床上。

“你听说贝蒂·安德森的事了吗?”

“嗯,”凯西回应,她心不在焉地梳着自己的头发,“我爸爸吃晚饭的时候说的。”

“你不觉得这太可怕了吗?”

“哦,我不知道,我觉得怀上所爱的人的孩子是一件兴奋的事。”

艾利森将润肤膏擦到她的颈前,用力向上推,这是她从一本女性杂志上学来的。“嗯,我肯定不想被送到佛蒙特去,跟一个至今未出嫁的姨姨住在一起,把孩子生下来。”

“我也不想。”凯西同意道，“你觉得罗德尼是个好情人吗？”

“我想应该是吧，他有足够的经验。诺曼跟我讲他读过的书，书上说，知道并不会让一个人成为一个好的情人，同时也需要经验。”

“罗德尼的经验还行。我觉得他应该娶贝蒂，你觉得呢？”

“我不觉得，为什么要，既然做了，就应该有足够的智商处理好这种事。婚姻是给呆子准备的，如果你按照你计划的样子结婚，凯西，那将会是你艺术生涯的结束。婚姻是荒谬的。”

“什么是荒谬？”

“哦，就是类似拘束，捆绑之类的。”艾利森不耐烦地说。让她给一个她并不确定的词下定义的时候，她总是变得烦躁。

“你觉得你妈妈和马克里斯校长会结婚吗？”

艾利森放下她满是润肤膏的手，仔细地用毛巾擦。这个问题她想过很多次，她知道一个寡妇再婚是完全可以接受的一件事。她的理智告诉她，她妈妈会考虑嫁给托马斯·马克里斯是完全有可能的，但是她的情感不让她相信。她的妈妈嫁过艾利森·麦肯齐，在她脑海中，一个嫁给过他的女人，除了一辈子都为他哀悼，做其他任何事都是难以置信的。

“不，我觉得不会。”艾利森对凯西说。

“如果他们结婚的话，你会不喜欢吗？”凯西问，“我觉得他们会是非常可爱般配的一对，男的黝黑，女的白皙。”

艾利森的胃开始颤抖。“不，”她尖声说，“我一点也不会喜欢。”

“为什么不？你不喜欢马克里斯校长吗？他刚来的时候，你说他是你见过最帅的男人。”

“我从来没有说过这种话，我说是仅次于我爸爸，他是我见过最帅的男人。”

“我觉得马克里斯校长比你爸爸长得好看多了，如果你爸爸有一点像楼下的照片的话。”

“他没有，”艾利森声称道，“况且我爸爸诚实，善良，温柔，体贴，慷慨，大方。长相并不是全部，你知道的。”

“你凭什么觉得马克里斯校长不是这样的人?”凯西问。

“好了，”艾利森说，“我不想再讨论这个问题了。我妈妈不会嫁给他的，如果她嫁的话，我就离家出走。”

“你真的会离家出走?”凯西震惊地问，“你会放弃学校，你在报社的工作，所有的一切?”

艾利森想到了她的工作，过去几周里，她写一百年前的榆树街，五十年前的佩顿火车站，还有其他类似的东西。她的工作一点都不是她期待的在报社工作的样子，用艾利森近来最喜欢但是不合适的一个词来讲，这份工作是“荒谬的”。

“是的，我会。”艾利森斩钉截铁地说。

“你会离开你的家，你的朋友，所有的一切?”

“是，”艾利森说着感伤地叹了口气，因为她的朋友包括诺曼·佩奇，她猜想她爱上他了，“是，我会离开所有人，所有的一切。”

“但是你要去哪里?”凯西问。她现实的想法有时候很讨厌。

“我怎么知道?”艾利森生气地说，“我想我会去纽约吧，所有想要成名的作家都去那里。”

“艺术家们也去那里，”凯西说，“也许我们可以一起去，在格林威治村的公寓里做单身女人，就像我们读的书里的女人。当然，我不知道我该跟卢（Lew）说什么?”

“哦，卢。”艾利森摇了摇手拒绝讨论凯西目前的爱人。

“你是说得轻松，”凯西用受伤的口吻说，“卢爱的又不是你，或许诺曼不会像卢让我一样，让你兴奋、颤抖，但是你没有必要嫉妒。”

“嫉妒！”艾利森呼喊道，“嫉妒！我为什么要嫉妒？诺曼和卢一样让人兴奋，只是因为他不怎么说话，不会总像卢对你一样，扮得性感，没有理由认为他不会让人兴奋激动，因为他会。诺曼很聪明，他甚至会充满智慧地做爱。”

“我从来没听说过智慧之爱，”凯西说，“告诉我是什么样的。我唯一知道的一种爱就是卢的那种，我很喜欢，另外的这种是什么？”

艾利森关掉灯，两个人躺到床上，艾利森开始编智慧之爱的故事。智慧之爱不同于身体之爱。根据她讲的，除了仅仅亲吻一个女孩，聪明之人会首先告诉她，她的嘴唇像宝石红的天鹅绒。智慧之爱，实际上充满了比喻，比如说眼睛像深池，牙齿像珍珠，皮肤像雪花石膏。

“如果他说那么多的话，”凯西睡眼朦胧地说，“他什么时候有时间做其他的事？”

艾利森决定下次单独和诺曼在一起的时候，她要看看能否让他暂时不要那么理智，然后她去睡觉了。

差不多同一时间，康斯坦丝·麦肯齐和托马斯·马克里斯坐在怀特河杰克逊酒店的酒廊。康斯坦丝意识到她和汤姆花了很多时间在餐厅和酒廊。他们没有其他地方可去了。康斯坦丝不愿去牧师的住宅，即汤姆的公寓，她也不喜欢艾利森在家的时候留他在家里。但是，当端起第二杯酒时，康斯坦丝确定她正在快速厌恶和厌倦酒廊和餐厅。

“如果我们结婚，”汤姆忽然开口，“我们可以只在自己乐意的时候，出去喝酒或者吃饭，比如说我们的结婚纪念日。”

“我也在想同一件事，”康斯坦丝承认道，“我开始觉得自己像旅行推销员，将最近的酒吧作为我的栖息地。”

“这个，”汤姆说，“是两年来你给我最好的开场白。我下一句惯常的台词就是‘既然这样?’所以我要说了，既然这样？你想让它程序化吗？比如说‘那好啊亲爱的，两个人生活花得可以和一个人生活一样少。’”

“三个人。”康斯坦丝说。

“三个人生活花得可以和两个人生活一样少，你的房子，加上我的工资。”

“哦，别说了。”康斯坦丝疲倦地说。

汤姆低头盯着杯子里看。“我是认真的，康妮，”他说，“我们在等什么呢?”

“等艾利森长大。”

“这个问题我们已经谈过太多次了，”汤姆说，“以至于我们都可以给对方提示台词了。”

“汤姆，”她说着把手放到他的手上，“我尽快跟艾利森提我们的事，我必须要柔和地来，她不知道我考虑过再婚，但是我会尽快提的，汤姆，就看她什么想法了。”

“我讨厌自己听起来很急切，但是多快?”

康斯坦丝想了一会儿。“明天晚上，”她说，“你过来吃饭。”

“精神支持，啊?”

康斯坦丝笑了。“对，”她说，“而且，如果让她看到你的话，我不认为她可以抵抗这么一个英俊的人当继父。”

“我听到了，但是我不相信，”汤姆说着，举起两根指头跟服务员示意，“但是我很擅长提前庆祝。”

“我会简单地说，艾利森，我不会再年轻了，你很快就会长大，就会离开我，我觉得是时候找个人度过晚年了。”

“再拖得久一点，还有要说我们没剩多少了。”

“什么?”

“晚年。”

他们握着彼此的手，满眼笑意看着对方。“我们比一对小孩子还糟，”他说，“手拉手坐在一起出神。”

“说到孩子，”康斯坦丝说，“贝蒂·安德森的事是不是很糟糕?”

“就看你的‘糟糕’是什么意思了。”汤姆说。服务员放下酒，他松开她的手。“糟糕，她怀孕了，是。糟糕，哈灵顿小子脱身了，是。尤其糟糕的是莱斯利·哈灵顿做了那样的事，是。但是其实也没有那么糟，而且此事也不出乎意料。”

“天啊，汤姆，”康斯坦丝说，“不要告诉我你不觉得一个十五岁和一个十六岁的孩子混在一起——不糟糕，”她停顿了一下，搜寻合适的措辞。“混在一起有所为。”她讲完了。

汤姆咧嘴笑了。“这正是我的意思。”他说。

“你真的打算坐在那告诉我，如果我们结婚，艾利森做了什么事，有麻烦了，或者幸运的话，她没有遭受——”她停了下来，找不到词总结她的想法。

“如果艾利森，或者任何孩子，出去，引用你的话，‘有所为’，我无法按照你想让我说的那样，说这是一件多么糟糕的事。”汤姆说着，交叉胳膊，向后靠到椅子上。

“天啊，汤姆，那个年龄做那种事是不正常的，小孩子想太多的性是有问题的。”

“你的太多是什么意思?”

为数不多，让康斯坦丝恼火的是，汤姆习惯探究她每个论点中有问题的词。她发现，他经常可以通过让她说出她真正想表达的意思，一字一句，让她的观点变得毫无意义和根据。

“太多，”她生气地说，“我的意思就是我说的。一个十五岁的女孩子让哈灵顿这样的男孩子带她出去，对她做任何他想做的，就是因为想了太多的性。如果不是多年想太多性的话，她甚至不会意识到一个男生想带她出去，目的是得到他可以得到的，她永远都不会想到那一点。”

“哇，”汤姆说着，点了一根烟，“你很困惑！”

“我没有！对一个十五岁像贝蒂那么聪明的女孩子是不正常的。好吧，她显然不够聪明。”

“我反而觉得，如果贝蒂十五岁的时候不想性，那才不正常。更何况她显然想过这个问题。我觉得任何一个正常的孩子，”他拿烟指着她说，“‘正常’是你的词，不是我的——都想过性，很多次。”

“好啦！”康斯坦丝不情愿地承认。“但是想和做是两码事。你所说的没有一个字可以让我相信像贝蒂·安德森和罗德尼·哈灵顿这样的孩子做——事是完全合适的。”

汤姆抬了一下眉毛。“你有什么不能说‘性交’这个词的?”他问，“这是一个健康，可供使用的词，但是你宁可花十五分钟绞尽脑汁找一个替代的词也不愿说它。”

“随便你想怎么说，我仍然觉得对孩子来说是不合适的。”

“在最后几分钟，”汤姆说，“你称发生在贝蒂和罗德尼之间的事‘糟糕’到‘不正常’再到‘不合适’。我不会跑到每个街角倡导通奸，倡导每个家庭都应该有一个私生子。基于这些原因，我要承认我不认为这是‘合适’的。但是既然我知道一个十五六岁的孩子，或者通常都会再小一点，在生理上已经可以发生性行为了，我就不能同意贝蒂和罗德尼是‘不正常’的。既然我还知道一个孩子在十五六岁的时候，除了身体上已经可以进行性行为外，他在思想上已经受过关于性的教育和调教，而且他会感受到一种巨大的，对性的原始驱动力，我也就不能同意你所说的，觉得贝蒂和罗德尼很‘糟糕’。”

“巨大的原始驱动力，”康斯坦丝嘲笑道，“现在你要跟我讲弗洛伊德的理论了，告诉我，性和吃饭，喝水，大便是相同的。”

“首先，弗洛伊德从来没说过这样的话，但是我们先放过它；其次，我当然没有把性和你所说的那些东西等同，我把它放在自我保护的驱动力之后，它的位置在那。”

“哦，”康斯坦丝摆了个烦躁的姿势，“你们男人让我恶心。我猜你十五六岁的时候也被巨大的原始动力驱动着。”

“十四，”汤姆说，然后笑着看着她的表情，“我那时十四岁，她是和我住在同一层的租户。我在走廊尽头的厕所撞见她，伴随着倒太多水，煮太久的土豆的臭味，还有周围的污物和尿的骚臭味，我让她站起来，我很喜欢，甚至可以说我沉浸其中，我等不及要回去再多做几次。”

“这是你第二个让我恼火的地方，”康斯坦丝说，“第一个是你将我的论点撕成碎片的方式，第二个就是你试图故意表现得很粗俗。你不在乎你说什么，也不在乎跟谁说。有时候我觉得你晚上躺着不睡觉，脑子里就想着要说什么来博取惊人的效果。”

“错误的推理，”汤姆说，“你叫我拿你如何是好呢?”

“不要说这样的话，”她说，“没有必要，甚至不体面。”

“老天，”汤姆呼喊道，“还得体面！我说的一些话并不特别‘体面’，但是真话。或许，我和小赛迪（Sadie），或者不管她叫什么名字，在走廊的厕所里性交并不体面，但它是事实，它发生了，跟我讲给你的一模一样。而且我的反应也跟我讲的一样，那你呢？我想你结婚之前从来都没有想过性，你带着所有的新鲜和童真投向你丈夫的怀抱，从来没有一丝渴望。”

康斯坦丝迟疑了一阵子，这是一个绝佳的开场，她可以笑对汤姆，告诉他："事实上，他不是我的丈夫。”在她告诉艾利森之前，今晚会是一个好时机。她抬头看着他等待的表情，那个契机消失了。

“事实上，”她说，“真的就是这个样子，也从来没有改变过，性一直都是我给他的一种恩惠。”

“你真是个骗子。”汤姆说。

她觉得她两手冰凉，她恐惧地等待着他接下来的话。终于来了，他会用厌恶的表情看着她，然后说："他从来就不是你的丈夫，你真是个骗子。他是你的情人，你给他生了个孩子。你跟贝蒂和罗德尼的情况一样，只不过你够成熟，因此更明白。”

“你真是个骗子，”汤姆说，“你是要让我相信，你把你自己给我的时候，是作为一种恩惠？”

“不是对你，”康斯坦丝匆忙喝完酒，“但是都一样。”她紧张地笑了一下。“你无法让我相信孩子做那种事是合适的。为什么，如果艾利森出那样的事，我会杀了她。”

“有一个冗长无聊的滑稽故事，”汤姆说着边站起来，在服务员账单上放下一张钞票，“故事是这样的，一个女人给自己的女儿买了一条新裙子，她告诉女儿如果她跑出去摔倒在泥里，她会杀了她。那个小女孩真的出去掉到了泥坑里，她妈妈杀了她。”

“这是个笑话?”康斯坦丝问，挽着他的胳膊走向车。

“我不觉得。”汤姆说。

康斯坦丝舒服地靠在车的前排座椅上。“我可能太激烈了，但是我说我忍受不了艾利森有贝蒂多年就有的行为时，我是认真的。幸运的是，我现在不用忍受。艾利森不是那个样子的，我怀疑她是否想过那件事。她总是鼻子埋在书里，头在云里。”

“那你最好看看她读的是什么，”汤姆说，“一个十四岁迷恋我的女孩说：‘毕竟，马克里斯先生，朱丽叶才十四岁。’小心艾利森没有开始从朱丽叶的角度想自己，或者更糟，从莫班小姐（Mademoiselle de Maupin）的角度。”

“那是什么?”康斯坦丝问，“那个法语名字。”

“那是一个非常著名的小说，作者是一个叫戈蒂耶（Gautier）的法国人。”汤姆说完，笑出声来。

“现在你是在捉弄我，因为我的文学教养很不幸被忽略了。我不在乎，我不用担心艾利森，十六岁，她仍然爱读童话故事。”

“我以为她只有十五岁。”

“哦，她今天秋天就十六岁了，”说漏了嘴，康斯坦丝咬着自己的嘴唇，“距秋天已经不远了。”

“嗯，不远了，”汤姆说，“还有两周多就开学了。”

“我明天跟她说我们的事，”康斯坦丝说，“也许到明年夏天——”

“当然。”汤姆说着脚踩油门。汽车快速平稳地驶在去佩顿的路上。

第十五章

第二天是星期六，后来也被称为一九三九年的不幸日子，这天赛斯·布斯威尔第一次没有闲磕牙。佩顿依旧干旱，大地在八月的艳阳下灼烧，没有任何生命。佩顿的每个男人，女人，小孩都注视着环绕佩顿的山丘，空气中一种独特等待的静默翩然而至。

周六清晨，一个陌生人经过佩顿，他把车停在榆树街，朝海德的餐厅走去。科里·海德双手拳状放在屁股上，在餐厅后面盯着窗外看。克莱顿·弗雷泽站在科里旁边，手里端着咖啡，同样盯着外面看。陌生人伸着脖子越过科里和弗雷泽的脑袋往里看，但是从窗户里什么也看不到，除了山脊和顶端黄色的、一动不动的树。

“给我一杯咖啡。”陌生人说，在他转过来之前，科里的肩膀绷紧了一下。

“好的，先生，马上来。”科里说。

克莱顿·弗雷泽拖着脚走到柜台尽头的一个座位，陌生人注意到，那是一个，从窗户里看出去，可以看到远方山丘的座位。科里把咖啡，糖，勺子放在陌生人前面的长桌上。

“只要咖啡吗，先生?”科里问。

“是。”陌生人回答。科里回到他的位置，站在窗前。

这个特别的陌生人和大部分经过新英格兰北部的人不一样，也不像夏天过来待一阵子的那些人，他是一个敏感的人，他是一个作家代表，在前往加拿大度假的路上，和他一起度假的是他的头号客户，一个多产但酗酒的作家。他感觉到一种扼住这个镇子的等待的焦虑，星期六一大早他就发现自己处在这样一种氛围中。他拍击着餐厅的桌子。

“这儿的人都怎么了?”他问道，“每个人都表现得好像在等待世界末日。不到五分钟前，我去加油，那儿的人完全忙碌于注视和等待什么东西，以至于我还努力想我是不是欠了他什么。大家都在等待什么?”

科里和克莱顿，近乎害怕地听着陌生人拍桌子的声音，但是他们却没有震惊到忘乎所以地直接回答陌生人的问题。

“你要去哪里?”克莱顿·弗雷泽问。

“加拿大。”陌生人回答。在这个疲惫忧虑的地方，成功地让某个人对某件事做出回应，几乎让他感到安慰。

“开车吗?”克莱顿问。他注意到外面停着的灰色凯迪拉克。

“是的，”陌生人说，“我有两周时间，所以我觉得开车会让我享受到缓慢和平静。但是现在我希望我搭的是火车，从纽约一路开过来都太热了。”

“哼，”克莱顿嘀咕一声，“纽约，啊?纽约市吗?”

“对。”陌生人答道。

“很远的一段路程。”

“至少最糟糕的已经结束了。”陌生人说着，抿着他的咖啡。“加拿大的边界线离这里不超过三个小时的车程。”

“是，”克莱顿说，“不超过，三个小时轻轻松松到。如果你开得快的话，先生，用不了三个小时你就可以到了。”

陌生人对着满脸褶子，胡茬，不怎么干净的老头的脸笑了笑。“我为什么要赶？”他平和地问，同时心里想着回到纽约把这个讲给他的朋友，该是多么好笑的趣闻。他要练习一下那个鼻音，回家的时候，他就可以声情并茂地描述他在新英格兰北部遇到并且交谈过的当地老头。“我为什么要赶，老前辈？”他幽默地问。

克莱顿·弗雷泽把咖啡放下，发出很小的咔嚓声，他用力地看了陌生人一会儿。

“开快一点，先生，”他说，“能开多快就开多快，越过山丘线，或许加拿大下着雨呢。”

陌生人笑了。天啊，这就像一个很烂的作家写的故事，越过山丘线，陌生人，不然你就会变死狗。

“你什么意思？”他问，用剩下的咖啡淹没掉自己的笑声，“加拿大下雨和我尽快到那有什么关系？”

“我们这儿没有雨，”克莱顿·弗雷泽说着，转过去望向窗外，“六月开始就没下过雨。”

“哦。”陌生人觉得很失望。“这就是每个人在等待的？雨？”

克莱顿·弗雷泽没有再看他。“火，”他说，“每个人都在等火，先生。如果聪明的话，你就快点走，起火之前，你便可以把山甩在后面了。”

几分钟后，陌生人放在车门上的手停下来。他眯着眼看着远方的山脊，山顶都是树，一种特别的黄色。这是一种反常的色调，陌生人想，不详。但是因为他是一个敏感的人，他感到忧虑的指头正在戳他的神经。他可以看着静止黄色的山丘，想象一块快速移动的红色牛排。他可以描绘出牛排移动的样子，渴望，饥饿，几近欢乐，穿过包围着佩顿的所有干涸，干燥的寂静。陌生人上车走了。后来，他注意到他的速度计显示的是七十五，他笑自己，但是却没有减速。

到处都是等待和守望的人，但是除此之外，这个星期六和数不清的夏日周六以同样的方式开始。

在麦肯齐家住了一晚，凯西·艾斯沃斯和艾利森·麦肯齐坐在麦肯齐家的厨房吃了早餐，康斯坦丝已经去店里了。她们吃着鸡蛋、土司，喝着咖啡。阳光洒满桌布。内莉·克罗斯在水池里洗盘子，暗示女孩们该吃完离开了，但是二人完全没有注意她。

“我在佩顿住的时间比在哪都长。”凯西心不在焉地嚼着土司，看着窗外生动的图案，白色的栅栏映衬着蜀葵。麦肯齐家的草坪和花园是山毛榉街最色彩斑斓的。干旱的这几周，乔伊·克罗斯悉心地给它们浇着水，是康斯坦丝雇乔伊来浇水的。“我永远都不想搬走，”凯西接着说，“我们也不会的，我妈妈告诉我爸爸我们不会搬走的。”

“我要搬走了，”艾利森说，“上完高中就尽快搬走，我要去纽约的巴纳德学院。”

“不是我，”凯西不合文法地说，“我绝不离开这里，我要和卢结婚，永远住在佩顿，生很多孩子。你知道吗？”

“知道什么？”

“结婚后，卢和我要买一栋房子。”

“这有什么特别的？所有结了婚的人最终都会买房子，这是整个荒谬愚蠢模式的一部分。”

“我们从来都没拥有过房子，我出生后我们住过十九个不同的房子，却从来没有拥有过一个。我妈妈想买我们现在租的房子，但是我爸爸的银行信誉不是很好，银行的汉弗莱先生说的。我猜他总会给爸爸钱的，但是哈灵顿先生不让，哈灵顿先生说我爸爸没钱，有风险。”

“买个像内莉那样的棚屋。”艾利森残忍地抬高声音，保证让内莉听到。因为内莉之前对诺曼和伊芙琳·佩奇的评论，艾利森还没有原谅她。

“那样的房子要多少钱?”凯西一本正经地问。

内莉没有回答，也没有看艾利森。她低头看着水池里的洗碗水，搓着自己的左臂。

“哦，几乎不需要钱，”艾利森继续不必要地大声说，“我的天，任何人都可以拥有一个棚屋。卢可能会变成醉鬼，离开你。你可能变成一个疯老太婆，血管里流着脓。但是你仍然有棚屋。任何人都可以拥有一个棚屋，即使是疯子，脑子不正常的人，荒唐地以为他们比其他人都高尚的人。”

最后，凯西意识到了周围的冲突，她先转头看看内莉，然后又看看艾利森。

“你太刻薄了，艾利森，”她严肃地说，“还很残忍。”

“其他很多人也是啊，”艾利森喊叫道，自己的不近人情这么明显就被识破，让她觉得羞愧，但是她现在不能承认，“比如说咒骂别人的人，说他们肮脏谎话的人，那就不刻薄不残忍了吗!”

“别人打你一巴掌，你应该把另半边脸也伸过去让他打，”凯西满嘴道德地说，她很享受牺牲别人换来的正义感，“我听菲茨杰拉德牧师说过一千遍了，你也是。”

“也许吧，”艾利森暴怒地喊道，“但是我也读过以眼还眼。这个适用于那些你认为他是你的朋友，结果他却为别人摇旗呐喊的人。”

“如果你指的是我的话，艾利森·麦肯齐，你就直接说出来，别指桑骂槐。”

“哦！”艾利森抽了一口气，被激怒了，“现在我指桑骂槐了是吗？可惜我指的不是你，凯西·艾斯沃斯。我觉得你又傻又蠢，还有你租来的房子，你愚蠢的男朋友刘易斯·韦尔斯（Lewis Welles），还有你无休无止地谈论结婚，生孩子，孩子，孩子！”

“喔！”凯西站了起来，保持着她喜欢说的“冰一样的镇静”，“喔！我真的很高兴我在一切都没发生之前发现你是怎么看我的！再见！”

凯西威风凛凛地走出厨房，扁平的屁股因为愤怒抽动着。她没有解释在“在一切都没发生之前”发现艾利森是怎么看她的是什么意思，艾利森也没有停下来思考。这是一句完美的退场台词，两个女孩毫无异议地接受了它。凯西沿着山毛榉街傲慢地往下走，拼命地希望艾利森正抹着泪，看着她。

“看看你都做了些什么！”她冲内莉·克罗斯说，“如果不是因为你，我最好的朋友也不会生我的气，我也不会哭红眼睛。我一个小时以后要带午饭去见诺曼，如果他看到我乱蓬蓬的，还红着眼睛，他会怎么做？回答我。”

“哼，”内莉说，“他大概会看你一眼，然后跑回家找他妈。伊芙琳一看到他，就会开始解衣服扣子。”对内莉来说，同样，有些东西是不可原谅的。首先，她就无法原谅艾利森时常找着机会批判卢卡斯。自从他离开镇上之后，在内莉眼中，他就成了美德的典范。第二个不愿意原谅艾利森的理由是艾利森说的一些话。她记不起原话是什么，但是每次想起来，脑子里那个充满脓水的肿块就开始跳动，现在就在跳。内莉转向艾利森开始喋喋不休，“你可以把命赌上，宝贝，”她说，“伊芙琳甚至都不用看到她的鼻涕小子走到她跟前，就准备好要喂他了。”

“我讨厌你，恨你，鄙视你，内莉·克罗斯，”艾利森歇斯底里地叫喊，“你跟疯子一样，比赫斯特·古德尔小姐还疯，我要告诉我妈妈，不让你再来干活了。”

然后内莉·克罗斯记起了她无法原谅艾利森的第二个原因了，艾利森说她疯癫，内莉想是这个原因，她知道是类似邪恶的意思。

“你太疯癫了，应该关进康科特的精神病院，”艾利森高亢，粗糙，刺耳的声音里夹杂着愤怒，受伤和眼泪。“我不指责卢卡斯跑路，抛弃你，他知道你最终会被送到康科特精神病院的软墙病房里。我希望你被关进去，你活该！”

艾利森哭着跑出厨房，跑到楼上自己的房间。内莉站在那里，望着水池上面的窗外，没有任何焦点。

“不是真的，”她最终说道，“没有一句是真的，卢卡斯不是因为这样才离开的。”

但是她的头剧烈地抽动着，水池里的洗洁精泡沫忽然变得密集，黏稠，就像脓液。

艾利森一动不动地站在卧室中间，从容地深呼吸，直到胸腔和喉咙的愤怒带来的疼痛得以缓解，然后她走到浴室，拿湿毛巾敷在眼睛上。她决定不让任何人毁掉她的一天。回到卧室，她仔细地在脸色擦上粉，还擦了一点点口红，这个康斯坦丝是允许的，然后她下楼回到厨房。默默地，甚至都没有看仍然站在水池边的内莉，艾利森开始做三明治。装好野餐的篮子之后，她坐下来，闷闷不乐地看着窗外，等待诺曼。终于听到了自行车铃叮零零的声音，她拿起野餐篮，没说一句话，走出门。内莉没有抬头，即使是艾利森很吵地把自行车从后门弄出去，在台阶上发出噔噔声。

艾利森和诺曼把野餐带的东西平均分配，放在二人的自行车筐里，然后上了车。

“我希望你没有心情不佳，”艾利森生气地说，“每个人好像都是。”

“我没有。”诺曼咧嘴笑道，“每个人是谁?”

“哦，凯西和内莉，我想我妈妈也是，即使她没有，晚饭之前她也会跟其他人一样发脾气。真热啊。”

“还很干燥。”诺曼补充道。两人骑下榆树街，拐上高速公路。“我听弗雷泽先生说州自卫队都处于警戒状态，以免森林着火。看。”

他指着东面的山，艾利森的眼睛跟随着他的指引。

“我知道，”她叹了口气，“每个人日复一日地等，也许明天就会下雨。”

湛蓝的天空，像珐琅一样坚硬而有光泽，盛着一颗巨大的太阳。持久，刺眼的光亮让人无法直视。在恶劣的蓝色和黄色之下，没有一朵云可以存活，看不到任何白色的痕迹。

“不会下雨的。”诺曼说。

他没有特别想它，但是他说镇上随处可以听到。农民们很久之前就已经放弃了拯救庄稼的希望，面无改色地站在国民中央银行门前。他们的脸和春天播种的时候没什么差别，但是如果脖子上有一道或者两道深深的皱痕，或者深深地刻在从鼻子到嘴巴的皮肤上，现在泛着灰色，也是可以理解的。一个农民不可能长时间出去站着，盯着自己被烤焦的田地，身上不沾上点土。农民们站在银行前面等德克斯特·汉弗莱来，坐在信贷部的桌子前。他们抬头看着天说："不会下雨的。"他们用同一种语调说。如果已经下一周雨，让他们发表对第二天天气的观点的时候，他们会用这种语调。

"嗯，我猜不会下雨的。"艾利森说着，把太阳镜推回滑滑的鼻梁。"我们推会儿吧，诺曼，骑车太热了。"

最后，他们终于来到了河流的弯曲处。他们做的事情和以前来的时候基本差不多。但是这一天有一丝细微的差别，似乎两个人都模糊地感觉到少年时代的周六午后已经不多了，变得珍贵。这种两人都无法定义和形容的感觉，让这一次两人在一起的每一秒都太过短暂，流逝得太快，但却比以往任何时候都更加清晰和棱角分明。他们游泳，吃东西，读书。诺曼抚着艾利森的长发，他将脸贴在她的头发上，告诉她她的头发像丝，八月，天气没有那么干燥时的玉米穗丝。有那么一会，他们假装自己是鲁滨孙和星期五，但是后来，他们又决定两个人都是梭罗，康河就是瓦尔登湖。

"我们今天一天都待在这里吧，"艾利森说，"我带了很多吃的东西。"

"待到天黑前吧，"诺曼说，"我们俩的自行车上都有车灯，很容易就可以回去。"

"我们可以看到月亮爬上来。"艾利森兴奋地说。

"只是我们面对的方向不对，"诺曼实际地说，"月亮不从佛蒙特升起来，是从相反的方向。"

"我们可以假装。"艾利森说。

"嗯，我们可以那么做。"诺曼同意道。

"啊，多么美好的一天！"艾利森声称，将手臂伸展开来。"这样的天怎么会有人生气，刻薄！"

“我没有。”诺曼说。

“我有，”艾利森说，太阳好像一下子没那么晃眼了，“我对内莉·克罗斯非常残忍，我星期一要补偿她。”

羞愧的阴影很快就从艾利森愉快决定的脚边飘走，太阳又恢复了光亮，艾利森抓住诺曼的手。

“我们跑步吧，”艾利森开心地叫，“感觉太好了，我跑一个小时都不累。”她没有预感到这是她童年的最后一天。

艾利森和诺曼跑下康河沙滩的这几分钟里，内莉·克罗斯从麦肯齐家厨房的水池边挪开，坐在地板上。艾利森走后，她似乎只站了几分钟而已，但是她累了，她觉得她的头膨胀到无限大，她小心地用脖子支撑着它，免得它掉下来在干净的塑胶地毯上摔成碎片。她向后靠在柜子上，燥热的周六下午，平静地坐在厨房的地板上，让在一个地儿站太久而疼痛的脚休息一会，两手交叉在胸前，对她来说好像是再自然不过的一件事。

不会伤害到谁的，她想，如果她只是把思绪停留在卢卡斯身上一分钟，说不定还会让她感觉好一点，因为有时候的确会。

但是这一分钟，她似乎无法清楚地想卢卡斯，她巨大，满是脓汁的脑子有太多的东西交织着。

倒不是她怪卢卡斯，他离开，他从那个妓女身上染上淋病并不是他的错，而且他把病传染给自己的老婆也是再正常不过的事。这种东西，不传染给自己老婆，他还能传染给谁，摆脱掉？

但是还有其他事，其他她应该能记起来的事。是什么呢？内莉·克罗斯静静地坐着，先把眼睛睁得大大的，然后又闭得紧紧的。她撅起嘴努力回忆，一排汗在她上嘴唇冒出，最后，她耸了耸肩。

努力也没有用，不管怎么尝试，她可怜的脑袋只是不愿让她想她应该记得的到底是什么。跟生小孩有关，如果还能想起点别的，她自己也会吃惊的。她能想起来自己躺在床上，为那件事痛苦地扭曲和翻身。斯温医生在那，但是和平常看病时不一样。他一定是待了一整个晚上，尽管她不记得天亮的时候看到他，但是那也是合理的，白天的时候她就不需要他了。那时都已经结束，她可以听到乔伊在哭。但是，乔伊从外面进来的样子很奇怪，她可以清楚地看见他，他从门里进来，哭号着说爸爸走了。就是那之后，她第一次看到了脓，就在乔伊进来之后，因为她就是那个时候起身去外面上厕所的；她就是那个时候第一次看到它的，像河水一样在她身体流动，浓稠的黄色液体；就是那个时候，她知道她前一天晚上收获的不是小孩，是淋病，从她丈夫那里得来的，就像每一个像样的女人那样。但是奇怪的是，她有时候可以发誓是跟有小孩有关。她确定她可以回忆起听到医生讲小孩，卢卡斯的小孩。如果她现在能想起是什么时候就好了。肯定不是太久之前，因为那时很热，就跟现在一样，也是很久没有下雨。林子里很干燥，卢卡斯跟她说的，就跟火药一样干燥，随时都可以爆炸。医生讲孩子的事肯定也是同一天，因为她在和卢卡斯在讲森林里很干燥什么的。他们等了赛琳娜一会，她还没有出现，卢卡斯说她和那个混蛋卡特出去了。卢卡斯是个好父亲，对赛琳娜视如己出，他不允许自己的孩子放肆，但是赛琳娜还不回来，还不回来，即使天已经黑了。她不可能和小卡特在一起，因为他来找过她。知道赛琳娜没有跟小卡特在一起让卢卡斯很生气，卢卡斯说她应该是跟另外一个混蛋厮混去了。最后卡特和乔伊出去找她了。天啊，她头太疼了。她举起胳膊，尽她所能伸到最开，但是她的手够不到她头痛的那个地方，它每一分钟都在变大，变大。

艾利森是对的，她的头会裂开，把干净上过蜡的塑胶地毯弄得一团糟。但是艾利森说的不是那个，是不是？她想不起来。不，不，不是的。艾利森说的是关于卢卡斯的，一些刻薄的话，就像她平常一样。你不能告诉那个无所不知的小姑娘任何事，卢卡斯打内莉总让她很开心。不管内莉跟她讲多少次卢卡斯不会去打一个他不在乎的女人，对无所不知的艾利森来讲都没有任何意义，她总觉得自己什么都知道。内莉告诉过她，当一个男人不在乎一个女人的时候，只会不理睬她，但是如果他还惦记她的话，他就会调教她，打她。艾利森迟早会发现两者的区别的，其他人也会。他们都会明白卢卡斯是个不错的男人，他没有跑去把淋病传染给别人，而是自己的妻子。但是古怪的是，她可以发誓他的走跟小孩有关，卢卡斯的孩子。这也不可能，因为她怀孕的时候，卢卡斯也没有走，没有离开她。他总是打她，那表明他很在乎她，不是吗？而且，还有乔伊，完全长大了，在哭，所以和小孩没有关系。但是古怪的是，她可以清楚听到医生那天的话。

“内莉。”

她平静地看着空空的厨房。

“是你吗，卢卡斯？”

毫不吃惊，内莉离开厨房，爬到二楼。她朝艾利森空荡荡的卧室看。

“你在这吗，卢卡斯？”她问。

“在窗户边，内莉。”

她走到窗前，看着下面空荡荡的街道，然后她看到了他。

“你在那里干什么，卢卡斯？”

“我死了，内莉，我现在是天使，内莉，你看不到我是飘浮的吗?”

“我看到你了，卢卡斯，你在那里过得好吗?”

“嗯，有喝不完的酒，没人需要工作，但是自己的女人不在身边，感觉不对。”

内莉故作害羞地笑了。“你在找我吗，卢卡斯?”

“我一直都在找你，内莉，但是你从不在一个地方待太久，让我找到你，像你这么漂亮的女孩。”

“接着讲，卢卡斯，你总是油嘴滑舌。”

“那不是我，内莉，我讲的每个字都是真的。跟我走吧，内莉，我为你这么漂亮的女孩而寂寞。”

“哦，别说了。”

“是真的，内莉，你是我见过最漂亮的女孩，不信的话你去照照镜子。”

内莉走到艾利森的衣柜前，打开柜子，看着固定在柜门内侧长镜中的自己。

“看到了吧，内莉，我说什么来着?”

他现在就在她旁边，吹着她颈部柔软的秀发。她从镜中看到他站在苗条美丽的女孩后面。

“没有自己的女人觉得不对，”卢卡斯低声说，“来吧，内莉，没有你寂寞难耐，我的床像冰库一样。”

内莉优雅地抚平颈后的秀发。

“好吧，卢卡斯，”她说，“没有一个女孩能抵抗得了你的甜言蜜语。你先去外面，我现在穿好衣服，不会太久的。”

说着，内莉指尖划过艾利森的丝罗缎浴袍，就挂在衣柜门口的挂钩上。她笑着，一会之后，她把一个直背椅拽进衣柜里，她试了两次，才从隐藏在衣柜里的窄小木杆上，抓到丝罗缎浴袍的末端。

“别在那跺脚，卢卡斯，”她咯咯地笑，“你听起来像头种马。我马上就好，我要把自己打扮得跟之前杂志上看到的图片一样。”

“哦，该死，内莉，一个男人不想永远等像你这么漂亮的女孩，赶快。”

“有件事我要问你，卢卡斯，”内莉喊道，“但是我记不起具体是什么事，跟孩子有关。”

“像你这么年轻的女孩想那样的事非常糟糕，”卢卡斯喊道，“快点，走吧。”

在她踢翻椅子之后的一秒内，在艾利森的丝罗缎浴袍将她和生活隔绝之前，内莉·克罗斯想起来了。

赛琳娜！她默默在心里尖叫。是赛琳娜怀了卢卡斯的孩子！

第十六章

六点刚过一点，康斯坦丝·麦肯齐就走进了她位于山毛榉街的家。环视客厅的时候，她没有预感到不幸，她非常生气。什么事都没做，烟灰缸里还放着昨天晚上的烟头；沙发垫也没有放端正；地上还散落着两本杂志，原原本本地待在前一天放下的位置；小地毯自从上个清扫日后就没有再用真空吸尘器清理过，那天早上必定是要清理的。康斯坦丝气愤地踱步到厨房，她差点哭出来。里面一片混乱，桌子上摆着盘子、干蛋黄蛋糕；水池里放着吃完的脏盘子；垃圾也没有清出去；装有满一半咖啡的玻璃咖啡壶放在电炉的一个灶上。“该死的内莉，”康斯坦丝愤怒地嘀咕着，忘记有多少次，她下班回家看到自己的家一尘不染，“她一整天什么活都没干!”

康斯坦丝整个下午一直期待着泡一个凉水澡，然后换上干净的衣服。她啪啪啪地把自己的钱包，帽子，手套甩在冰箱上面，从清洁工具柜的挂钩上抓起内莉其中一个类似帐篷的围裙，开始往水池里放清水。

牛排、薯条、蔬菜沙拉，她想着，就做这个给艾利森和汤姆当晚饭吧，没有时间做其他的了。说到艾利森，她去哪里了？康斯坦丝明明白白地告诉她要早点回家，洗澡，换衣服，因为马克里斯先生七点半要来吃晚饭。看来晚饭是要晚了，她无计可施，肯定没有人指望她能在现在一团糟的厨房准备晚饭。

为什么她就不能有一次好好听话呢？她生气地想。还有，为什么内莉·克罗斯没有打扫房间。内莉今天早上来得很早，康斯坦丝上班之前她就来了。她有一整天时间可以清扫。康斯坦丝烦躁地耸着肩。这充分表明任何人都靠不住。如果你想每件事都完成得令你满意，那你最好自己做。

康斯坦丝以做其他事情的效率，洗了澡，换好衣服。下楼的时候，她关上艾利森的门，以防汤姆想要用卫生间。她不想让他瞟到女儿的房间，看到没整理的床铺。七点二十五汤姆按响门铃的时候，康斯坦丝给他开门，容光焕发地看着她，就好像她一下午没做什么费力的活，只是磨了磨指甲。她一只手拿着结霜的鸡尾酒调酒器，另一只手夹着烟。厨房里，土豆条在深油里嘶嘶作响，沙拉放在冰箱里，等待着拌上酱。

"你没有，碰巧在来的路上看到艾利森吗？"

"没有，"汤姆回应，"我没有。你告诉她我们搞这个小小晚餐聚会的原因了吗？"

"没有，我只是告诉她你七点半会过来，希望她早点回家。"

"她也许遇到什么有趣的事，忘记了时间。"

"可能吧。"康斯坦丝同意道，"我们先喝一杯吧，然后我打电话给凯西·艾斯沃斯，艾利森肯定在她家。今天真的是，”倒完酒后，她叹了口气，“燥热，没有生意，然后家里又是乱七八糟，内莉该做的什么都没做，艾利森也不听话早点回家。我还是打电话给凯西吧。”

这一晚汤姆永生难忘。

“你好，是凯西吗?”康斯坦丝对着电话讲，“是这样的，凯西，你能不能告诉艾利森让她回家，她已经迟了一个小时了。”

“但是麦肯齐夫人，”凯西说，“艾利森不在我家。”

“不在你家?”康斯坦丝感到一丝恐惧，“那，她在哪呢?”

“和诺曼·佩奇去野餐了。”凯西说。她知道艾利森的所有秘密，既然她现在和艾利森已经不是朋友了，她也不介意透漏一两个。“她今天出去挺早的，麦肯齐夫人。”凯西说。

“你今天早上走的时候内莉·克罗斯还在吗，凯西?”

“是，她在，麦肯齐夫人。艾利森今天早上对内莉非常刻薄，她对谁都很刻薄，她说内莉是个疯癫、精神不正常的老女人。”

“谢谢你，凯西。”康斯坦丝暴怒，砰地把电话扣回原位。几乎同时，她又拿起电话，告诉接线员拨伊芙琳·佩奇的号。

“你家儿子回家了吗?”伊芙琳·佩奇一拿起电话她就问。

“这跟你有什么关系?”伊芙琳快速反问。康斯坦丝盛气凌人的语气让她瞬间生起气来。

“他把我女儿带到哪里去了跟我有关系，”康斯坦丝说，“他带她去野餐，谁也不知道去了哪里。”

“野餐!”伊芙琳尖声喊道，语调几乎跟康斯坦丝告诉她，艾利森和诺曼去参加大麻聚会了一样。“诺曼和艾利森，野餐?单独?”

“毫无疑问，佩奇夫人，”康斯坦丝的话里充满讽刺，“你的儿子看到有机会单独带我女儿去某个地方，就邀她走了。”

“单独?”伊芙琳重复着，无法理解这个词呈现给她的可怕的画面。“诺曼单独和艾利森?”

康斯坦丝恶狠狠地挂断电话。

“啊?”她转向惬意地倚在安乐椅上，朝天花板吐着烟圈的汤姆，“啊，你怎么看?”

“我觉得我们应该去吃饭，”汤姆平静地说，“我们应该把艾利森的饭放到炉子上保温。然后，我觉得我们要不下象棋，要不就听唱片，等艾利森回来，然后我们让她吃饭，就像没有发生任何反常的事。”

“他和诺曼·佩奇去那个树林里了。”康斯坦丝喊道。

汤姆冷静地看着她，“那又怎么样?”

“那又怎样!”康斯坦丝大吼，“那又怎样！谁知道他们在做什么?我辛辛苦苦把艾利森养大，不是为了让她和男生去树林里，就是这样！我接受不了!”她叫喊着，跺着脚，把烟扔进空空的壁炉里。“我就是无法容忍!”

汤姆没有抬高音量。“你得忍，至少在她回家前，”他说，“现在什么也做不了，如果你像我希望的那样聪明的话，她回家的时候，你就不可以像现在这个样子。就像你昨天晚上告诉我的，她今年秋天就十六岁了，该试着自己飞了。”

“她不能单独和一个男生在树林里试着飞!”康斯坦丝宣称，“走，我们开你的车去找她。”

“哦，停，”汤姆厌烦地说，“你太小题大做了，家长追捕孩子，只会让她自己和孩子都变得可笑，尤其是在孩子眼里。如果有意外发生的话，你很快就会听到，但是如果什么也没有发生的话，我确定什么也没发生，艾利森永远也不会原谅你出去找她，搞得她像六岁而不是十六岁。除了等没什么可做。”

“没什么可做!”康斯坦丝喊道，“艾利森不是你的小孩，所以你不关心她在做什么！收起你花里胡哨的孩子和性驱动力的理论吧，汤姆·马克里斯，我不想它们用在艾利森身上!”

汤姆几乎是震惊地看着她。“你凭什么确定艾利森错过了吃饭时间就跟性有关?”

“别蠢了，”康斯坦丝说，“她和一个男生在树林里还能干什么？男人脑子里还能装什么？他们都一样，他们最关心的就是自己的下半身!”

汤姆没有回答，但是仔细地，若有所思地看着她。她转身离开，用颤抖的手点燃一根烟。

“我要去找艾利森，”她说，“如果你不载我的话，我就走路去。”

就在那一刻，伊芙琳·佩奇冲进客厅。她既没有敲门，也没有按门铃，事先完全没有告知，就从未锁的门冲了进来。她头发凌乱，眼神愤怒，看起来，马克里斯觉得，真的不正常。

“他在哪?”她喘着气。康斯坦丝的脸上出现一块块难看的红色斑。

“如果你好好监视他的话，”康斯坦丝说，“你就不仅会知道诺曼在哪里，还会知道他把艾利森带到哪里去了。”

“诺曼从来没有把艾利森带到哪里去，”伊芙琳抗议道，“如果要说谁带谁的话，也是艾利森带诺曼。”

“少来这套，”康斯坦丝嘲笑道，“他是男的，不是吗？别试图告诉我谁把谁带到哪里去了！他知道他在做什么。和男生到树林里去从来就不是艾利森脑子里会想的。”

“你再给我说一句诺曼的不是！”伊芙琳歇斯底里地喊叫，“他对女孩子没兴趣，从来都没有。如果艾利森让他感兴趣的话，那也不是任何人的错，是艾利森自己的错，还有你的。”她结束时看着汤姆的方向。“有些女人，一个男人从来都不够，女儿通常都像妈妈。”

“你个贱人！”康斯坦丝吼道。如果汤姆没有站起来，她就冲向伊芙琳了。

天啊！汤姆心里想着。“停！”他严厉地喝道。康斯坦丝不动了，她和伊芙琳杀气腾腾地看着对方，但是肢体上的暴力已经停止了。汤姆差点笑了，这是他第一次听到康斯坦丝说出像刚刚说伊芙琳那样的字眼。

“好了，女士们，”这次他显然笑了，“我们在口头上撕扯一下头发就可以了，都坐吧，没什么好激动的。”

“没什么！”她们异口同声地叫喊道。她们的联合呼喊还在房间里回荡时，艾利森·麦肯齐神情恍惚地走进来。

“艾利森！”康斯坦丝喊。

“诺曼呢！”伊芙琳问。

艾利森茫然地看着周围。“哈啰，妈妈，”她说，“诺曼？他在外面，沿街下去了。”

伊芙琳冲到门口。“诺曼！”她尖叫，“诺曼！”

她一直叫，直到诺曼回到麦肯齐家门前。

“进来！”她用同样的语调命令。

诺曼进到麦肯齐家的客厅。他恐惧地看着艾利森，然后是康斯坦丝，然后是汤姆，最后是他的妈妈。

“哈啰，妈妈。”他说。

“哈啰，妈妈，哈啰，妈妈！”康斯坦丝大声喊道，“你们两个就只有这句话要说吗？该死的，你们到底去哪了？”

伊芙琳的嘴唇压了压，“没有必要在诺曼面前说邪恶的词。”她说。

“哈！”康斯坦丝喊道，“我想他知道的邪恶远远多于这个该死的词！”

艾利森的脸像纸一样白。她把野餐篮放在地上。“怎么了，妈妈？”她用颤抖的声音问。

汤姆一秒也忍受不了了，他走过去站在艾利森旁边。“你妈妈有点担心，”他说，“天已经黑了，她不知道你去哪里了。”

“我知道她去哪了，”康斯坦丝气急败坏地说，“谁知道跟这个卑鄙下流之人在树林里做什么呢！”

“看在老天的份上，康斯坦丝。”汤姆转向她。

“对，的确是看在老天的份上，”她说，“很好！”她走到艾利森跟前，“好吧！我在等你对你这种非常低贱的行为做出解释。”

“我没有做什么低贱的事。”艾利森抗议。

“我想你去树林里什么也没干，除了读书！”康斯坦丝吼道。

“我们今天没读书，”诺曼开口，“我们今天假设我们在瓦尔登湖。”

“你不许掺和，”康斯坦丝转向他，“我想听你的解释时，我自然会问。”

“诺曼，”伊芙琳抓住他的肩膀晃他，“这个邪恶的女孩对你做了什么？”

“对我做了什么？”诺曼疑惑地问，“艾利森没对我做什么。”

“你对她做了什么？”康斯坦丝问，“这才是重点。”

“他什么也没做!”伊芙琳吼道。

“老天爷作证,”康斯坦丝用低沉骇人的声音说,“我明天就带艾利森去看马特·斯温医生,如果她不是完璧,我就让你儿子以强奸罪被逮捕。”

诺曼的脸跟艾利森的一样白。“我什么也没做,”他结结巴巴地说,“我们什么也没做,是不是,艾利森?”

“已经扯得够远了,”汤姆的声音好像是被愤怒阻塞了一样,“带你儿子回家吧,佩奇夫人。”

“我看你是接管了麦肯齐夫人的房子,就跟接管其他东西一样。”伊芙琳满怀恶意地说。“走了,诺曼,我们不想和娼妓以及拿她们取乐的男人共处一室!”

康斯坦丝愤怒得牙齿打着战,她从来都不知道自己会这样。“滚出我家!”她尖叫道。伊芙琳轻蔑地发出鼻息声,拉着诺曼的手离开了。

如果艾利森没有选择这个时刻出声,发表评论,一切本来可以到此结束。诺曼和伊芙琳刚走出门,艾利森就开始对准她妈妈。

“我从来没有,”她几乎是喷出这些词的,“这辈子,从来,从来没有这么难堪过!”

汤姆没来得及阻止,康斯坦丝抡起胳膊,给艾利森脸上一个巴掌。艾利森向后跌倒在沙发上。一个汤姆从来没见过的女人,居高临下站在她面前。康斯坦丝的整个身体都是僵硬愤怒的,她的脸因此变得扭曲,点点红斑,她的声音颤抖着。

“你个杂种!”康斯坦丝对着自己的女儿吼叫。艾利森脸上的表情令汤姆担心。

“别再说了!”他说,但是康斯坦丝没听他的话。她弯下腰对着自己嘴唇发白的女儿，对她吼叫。

“跟你爸爸一模一样！性！性！性！在这方面，你跟他一样。这是你唯一像他的地方！你长得不像他，说话不像他，无疑，你的行为像他，这是你唯一拥有他的东西，就连他的名字都不属于你。我含辛茹苦，体体面面地把你拉扯大，你却跑到树林里，做的事就跟该死的麦肯齐一模一样。世界上最混蛋的人的私生女！”

她的话悬浮在安静的房间里，就像雾气飘在水上。她沉重的呼吸声清晰可听，汤姆的也是。但是艾利森好像完全没有呼吸，她坐在那儿好像死了一样，她大大的眼睛也没在移动。汤姆觉得，三个人在麦肯齐家的客厅里静止得就像凝固的舞台造型。宁静被打破了，是康斯坦丝。她瘫坐在椅子上开始啜泣，意识到她所做的已经无可挽回。就好像信号机，另外两个人在康斯坦丝的哭声中开始动弹。汤姆的大脑又恢复了运转，这一刻他知道了他尝试了两年都没有发现的真相。他低头看着康斯坦丝低着的头，想象着他可以看到她破碎散落在脚下的躯壳。但是对一个女人来说，从虚假的存在中暴露出来是多么残忍的一件事。他转过去看着艾利森，好像她在等着他的回望。艾利森跳起来，朝二楼跑去。汤姆缓缓地走到门口，康斯坦丝抬起头看着他。

“我早就知道你知道真相后会离开我。”她的呼吸跟着眼泪的频率。

“重要的不是真相，”他说，“是你告诉一个孩子的残忍方式，我的脑子还需要时间适应。”

听到艾利森的第一声尖叫，他脸抽了一下。他觉得艾利森对康斯坦丝所说东西的反应才刚刚开始。在他麻木的脑袋还没有意识到这不是痛苦的尖叫而是恐惧的尖叫时，艾利森的第二声尖叫响起。他一步三台阶跑到楼上。他找到了艾利森，惊恐，煞白的艾利森，她站在那里，背靠着卧室的墙，眼睛因为恐惧而发黑，她盯着自己开着的衣柜门。汤姆在她瘫倒时抓住了她。越过怀里软绵绵的艾利森，汤姆盯着青脸，狰狞，吊死在艾利森衣柜杆上的内莉·克罗斯。他把艾利森抱到楼梯口，当听到楼下说话的声音时，他觉得自己活生生生活在噩梦中。

“这是妈妈今天唯一会来的地方，”乔伊·克罗斯对康斯坦丝说，“赛琳娜让我来找她，近几周妈妈的记性特别差，赛琳娜想妈妈或许出去又走丢了。”

第十七章

“好像有一个邪恶，贪得无厌的鬼怪在我们镇游荡，”赛斯·布斯威尔后来如是说，“一个贪得无厌的鬼怪，蓄谋一场恶意的浩劫和毁灭。”

赛斯醉得一塌糊涂时会说这些话。实际上，他发“贪得无厌的鬼怪”的时候，舌头完全打了结，但是马修·斯温医生，就这一次，跟他的朋友一样醉，没有跟他的朋友争论他的发音。

“正是。”斯温医生明确地说。医生很骄傲他喝醉的时候从来不会口齿不清。

其他跟内莉·克罗斯，或者后来发生的任何事没有直接关系的人，都倾向于赛斯和医生所说的。的确，大家都同意一九三九年的仲夏的确很糟糕。

一九三九年八月最后一个星期六的晚上，克莱顿·弗雷泽走在榆树街上，朝松树街的家走去，正好看到巴克·麦克拉肯警长开车朝相反的方向急速驶过，旁边坐着斯温医生。医生坐在警长的车上真是件怪事，因为医生一直都开自己的车。克莱顿思忖着，医生坐在警车上做什么。但是按他说的，他不打算担心任何事，因为他太累了。不管医生和巴克在一起是什么原因，早上全镇就都会知道的，他到时候再听好了。

克莱顿·弗雷泽在门前转身，最后环顾了一下四周，这是他晚上的习惯。就在那时，他看到，在马什山的山脊，一根红色的指头刺探向天空。那是一根看起来阴险邪恶的指头，只闪现了几分之一秒就消失了，但是克莱顿知道自己看到了。他等了一小会儿，等待它的再次出现，然后就没有再等。

“火！”他喊着冲到街上，因为他家里没有电话。“马什山着火了。”

路过的一辆车载上克莱顿，二人快速开向消防站。不到几分钟内，红色的指头就染指了一半的马什山，将它点燃。

“起火了！”克莱顿喊着。州和镇的森林灭火装备呻吟着快速移动，进入运行状态。

警长和医生第一时间赶到起火点是当地的习俗。警长是志愿消防员。斯温医生经常参加有可能造成人员伤亡的事务中。在通向麦肯齐家的人行道上，听到镇上两辆消防车的呼啸声时，医生和警长都停下来转过头，在环绕佩顿的山丘间搜寻。马什山已经完全被点燃了，火焰快速朝另外一座山爬升，那是文德米尔山。

巴克·麦克拉肯呼了一口气，“这下糟了。”他说。

“是啊。”医生说。两个人继续朝麦肯齐家走去。他们是接了托马斯·马克里斯的电话过来的。

“马上过来，马特，”汤姆说，“带上巴克，内莉·克罗斯在麦肯齐家卧室的衣柜里上吊了。”

“不会有唱诗班练唱了。”几分钟后巴克按下门铃的时候说。

乍看之下，事情似乎不像巴克担心的那么糟。在麦肯齐的客厅里，每个人都似乎绷得紧紧的，而且似乎都在托马斯·马克里斯的力量之下维持着。艾利森毫无意识地躺在沙发上，康斯坦丝在艾利森脚边坐着。乔伊·克罗斯，听了汤姆的话跑去把他姐姐叫了来。他在壁炉一侧的安乐椅上坐着，赛琳娜在另外一边的另一把安乐椅上坐着。只有汤姆站着，他静静地站着，生怕动一下的话，他对局面的控制就会崩溃。马修·斯温立即走到艾利森面前。

“她昏倒了？”巴克问汤姆。汤姆点了点头。“也许就让她躺着也无妨，等我们处理完——”巴克犹豫了一下，瞥了一眼赛琳娜和乔伊。“我们要处理的事。”他结束了话。

就在那时，艾利森睁开了眼睛，她没有哭出来，也没有迷惑地看着周围，她只是睁开了眼睛，看了一眼周围，然后又闭上了眼睛。

“我想让她住几天院，”斯温医生跟康斯坦丝说，“我叫救护车来。”

医生打完电话后，三个男人去了楼上艾利森的房间。几分钟后，巴克的警局来了两个人。医生做完自己的工作，巴克和他的手下准备把内莉·克罗斯的尸体抬走。马修·斯温闭上眼睛，试图隔绝从门厅传来的巴克和他的手下重重的脚步声。他们正试图将内莉已经僵硬的尸体抬下麦肯齐家门前窄窄的台阶。

没完没了了吗？他想着，先是赛琳娜的孩子，接着是卢卡斯，然后又是内莉。什么时候是个头？我把他们都毁了。即使卢卡斯还活着，也和毁了没两样，我让他背井离乡。

医生疲惫地拖着脚走下楼梯。赛琳娜没有哭，她的脸上雕刻着克制。她在门厅等医生。

“医生，”她说，“是因为妈妈知道了吗？所以她才自杀的？”

斯温医生直直地看着赛琳娜的眼睛。“不是，”他平静地说，“她得了癌症，她不让我告诉任何人。”

赛琳娜同样直直地看着医生的眼睛，不知道他是怎么知道的。马修·斯温知道她知道他在撒谎。

“谢谢，医生。”她说，声音跟他的一样平静。她转向客厅，“走吧，乔伊，”她说，“我们该回家了。”

斯温医生看着两人的身影走下人行道，拐进山毛榉街。

这么漫长又漫长的夜晚，她会想些什么？她躺在床上，看着天花板的时候，她会跟自己说些什么？

斯温医生耸了耸肩，走向汤姆。“你能开车载我回家吗？”他问，“我想回家把我的车开出来，这样我就可以去医院了。”

一会儿之后，医生开着车朝医院走，康斯坦丝和汤姆紧跟在他后面。他转头望向山脊，大火在肆虐，佩顿东边的整个天际线都是一团火焰。有那么一会，医生冒出一个奇特的想法，火或许是个象征，火正在清除邪恶，他想着，嘲笑起自己来。

公开的丑闻并不经常发生在小城镇。因此，虽然小镇居民的家丑不多，但是如果所有的小秘密同时开始吵闹，就会造成混乱，在月亮上都听得到。人们喜欢说，像佩顿这样的地方几乎没有什么事发生。毫无疑问，这是真的。城里人的家丑跟小镇上的一样糟糕，不同之处在于，城里人不会像小地方的人一样，跟邻居家的丑事关系密切。在小镇，家丑和丑闻的不同在于，前者是被一群在谷仓后面的低声谈论的人呼喊出来的，而后者是在街上，被所有人盯着看，在屋顶大声议论。

在佩顿，丑闻有三种来源：自杀，谋杀，女孩未婚先孕。除了很多年前，老昆比医生拿枪崩了自己的脑袋，佩顿还未有过自杀的案例。内莉·克罗斯的自杀在镇上引起的轰动比她一辈子做的事都大。人们叽叽喳喳地谈论着。她自杀的第二天，人们发现她是一个受洗过的天主教徒时，叽叽喳喳变成了叫喊。每个人都在猜测奥布莱恩神父会怎么说，怎么做，但是留给你猜测的时间很短，因为神父做了他需要做的事，而且动作很快。他拒绝将内莉埋葬到天主教的神圣墓地。镇上的天主教徒互相点着头，说神父是一个有原则，坚持自己信仰的人。虽然教会有规定管束神父，这是事实，但是奥布莱恩神父在自己的职责问题上，没有踌躇，他没有像一些人可能表现的那样，嗯嗯呃呃。

“当然不可以。”奥布莱恩神父对赛琳娜说。

新教徒们幸灾乐祸地笑着。什么样的神职人员啊他是，他们相互大声问着，声音大到足够让天主教徒听见。谁会拒绝安葬死人？新教徒，尤其是公理会的教友，毫无疑问，在态度上要更加人道。菲茨杰拉德牧师从来不会拒绝体面地安葬任何人，即使是一个天主教徒。

不到二十四小时的时间里，佩顿第二次摇了个底朝天。

“当然不行。”当赛琳娜请他安葬自己的母亲时，菲茨杰拉德牧师如是说。

现在轮到天主教徒幸灾乐祸了，公理会教友愤怒到冒烟。团结一致我们屹立不倒，天主教徒称，分歧不和他们土崩瓦解。一些有影响力的公理会成员，包括出乎所有人意料的罗伯塔和哈蒙·卡特，佩奇家的女孩，还有女性援助会的所有成员都去请求他们的牧师。玛格丽特·菲茨杰拉德，从后门逃出，加入牧师住宅前面人行道上她的朋友当中。

“我不知道他在困扰什么，”她这样回应朝她铺天盖地而来的问题，“我不知道他是着了什么魔，会这样做。”

玛格丽特用迷惑痛苦的语气说出这些话，但是她的脑子里却充满了厌恶和愤怒。对她的朋友，玛格丽特宣称自己的丈夫工作过度，劳累，疲乏，精疲力尽，身体不佳。在脑子里，她叫他是最卑鄙的叛徒，爱尔兰黑人的杂种，热爱罗马教皇的孱弱之人。

菲茨杰拉德牧师在门口接见了公理会的成员，并将他们控制在入口处的台子下面。此刻他们更像一群愤怒的暴民来滋事，而不是来跟他们的首领商量。

“你们想要什么?”他暴躁地问。

罗伯塔·卡特，她自己把自己任命为眼前任务的发言人，说：“我们来问你安葬内莉·克罗斯的事。”

“哦？你们想知道什么?”牧师用同样拳头就位准备战斗的语气说，“我已经给相关人员给过直接的答复了。”

“你不能那样做!”人群中的一个声音说道，几秒钟内其他几个人也呵道。

“如果她的亲人想让你安葬内莉，你就得安葬她!”

“你的职责之一就安葬死去的人!”

“你是什么？天主教徒吗?”

只要人群继续闹嚷，菲茨杰拉德牧师就不说话。最后，所有人都觉得平静，每个人都觉得他的话给引起了注意，因为牧师一直保持着沉默。

“每个人都说完了吗?”牧师喊道。

人群如此平静，甚至让站在街边的赛斯·布斯威尔，托马斯·马克里斯惊讶。牧师等待回应的那几秒，好像有永恒那么久，但是最终他说话了。

“我也已经说过了，”菲茨杰拉德牧师喊道，“我不会安葬一个自杀的天主教徒，杀戮是罪恶，不管一个人杀了别人还是他自己，在教会眼中都是一样，我不可以，也不会安葬一个自杀的天主教徒。”

虽然牧师没有在教会前面加上神圣罗马几个字，人群中所有的人，男人，女人，小孩，都马上意识到菲茨杰拉德牧师意欲暗指那几个字。当下，人们喊开了，但是他们只是对着牧师紧闭的门喷口水，因为牧师已经退到了房子里。喊叫声从“罗马天主教徒”到“货币兑换商”。他们如此激烈，说出如此仇恨的话，赛斯·布斯威尔，这个最能忍的人，都厌恶了。

赛斯，这个在报纸上拿他镇上相互对立的宗教派别开玩笑的人，称他们是书立，大山的人，厌恶地离开了人群。

“天啊，汤姆，”他对马克里斯说，“我需要喝一杯。”

“我们会和相关部门取得联系，”罗伯塔·卡特对人群说，“我们会让这个人从我们的教会逐出，让一个识相的人取代他!”

但是没有一个机构可以引导人们的愤怒。等到公理会成员达成共识，通过一个委员会和相关机构取得联系，内莉·克罗斯的遗体都要开始腐烂了，人群中的新教徒认识到了这一点。最后，是一个名叫奥利弗·兰克（Oliver Rank）的人葬了内莉。他是传教士，而他的宗教在佩顿还很新，仍然被指称为“一个教派”。兰克先生为首的那个宗教派别叫“佩顿五旬纯福音教会”。那些不信奉它的人称它为“工厂街的那群圣滚者”[①]。奥利弗·兰克去找赛琳娜·克罗斯，将她从所有

---

① 因其信徒在狂热时往往在地上打滚而得名。

相关细节中解救出来，那些细节都是一个叫作“安葬死者”仪式的一部分。自杀后的第三天，内莉被放在兰克先生作为教堂的那个建筑后面的土堆上，地上没有多少草，因为那里离工厂太近，烟雾一直盘旋在上空，土地僵硬而贫瘠。

第二天，弗朗西斯·约瑟夫·菲茨杰拉德出现在天主教教区长的住宅，他去找奥布莱恩神父告解。同一天下午，菲茨杰拉德向公理教会的执事递交了辞呈。在榆树街的牧师住宅，玛格丽特·菲茨杰拉德开始打包自己的东西，因为她要回怀特河她父亲那里去。在怀特河，玛格丽特这样想，每个人都明确地知道她的宗教倾向。

“好吧，到此结束了，”赛斯·布斯威尔对马修·斯温说，“现在佩顿也许要回归正常了。发生的时候很糟糕，但是现在都结束了。”

斯温医生看着远方，那里山火依旧在肆虐。

“不，”他说，“还没有结束。”

第十八章

艾利森·麦肯齐在医院住了五天。在医院的前两天，她处于震惊状态，马修医生是这样告诉康斯坦丝的。你问她问题，她会回答，你把食物放到她面前，她会吃。但是之后她对自己的言语和动作没有任何有意识的记忆。

“她会好的，”医生告诉康斯坦丝，“她只是逃走一小会儿，到一个掩蔽的世界，那里是个不错的地方，很舒适，是自然提供给那些被战争，恐惧，悲伤消耗殆尽的人的。”

第三天，艾利森从模糊的多梦状态中摆脱出来。马修·斯温医生到医院的时候，发现她趴在床上，头藏在枕头里掩盖她的哭声。

“艾利森，”他把手轻轻地放在她的颈后，“怎么了？”

他坐在床边，玛丽·凯莉护士觉得这个习惯非常不专业，但它却似乎可以让很多病人汲取安慰。

“告诉我怎么了，艾利森。”他说。

她翻过来，用手掩住红肿的脸。

“是我做的！”她啜泣着，“是我杀了内莉！”

她的话像洪水一样倾泻，医生默默地听着，艾利森哭泣着，痛心着，充满了内疚和惭愧。她说完之后，他把她的两只手都握在自己手中，侧身用手帕擦她脸上的泪水。

“没有机会去纠正我们犯下的错误，”他边说边擦她的脸，“确实是一件很令人难过的事。不幸的是，我们大部分人都会遇到这样的时候，所以不要想了，艾利森，你不是唯一做过这种事的人。你对她说那些话的时候，冤枉了你的朋友内莉，但是你必须抛弃是你杀了她的想法。内莉生病了，非常糟糕，绝症，所以她才自杀的。”

“我知道她病了，”艾利森抽泣着叹了口气，“她告诉我她血管里都是脓，她的病是一种叫淋病的东西，卢卡斯传给她的，她告诉我的。”

“内莉得了癌症，”医生说，艾利森没有赛琳娜那样敏锐的眼神可以识破他的谎言，“什么也救不了她，她知道的。我不想你再告诉别人内莉跟你讲过的她的病，那只是她的借口，她不想让任何人知道她究竟怎么了。”

“我不会说的。”艾利森保证道。她转过脸。“我觉得，我不在乎再也不跟别人讲。”

斯温医生笑了，她的脸又转了回来。“这不是世界末日，我的宝贝，”他说，“很快，你就会忘记的。”

“我永远都无法忘记。”艾利森又开始哭。

“不，你会的，”他温柔地说，“对于时间和生命有很多的评论，但是大部分都变成了陈词滥调，作家们称为老生常谈。如果你打算写作，艾利森，你就得像瘟疫一样避开它们。但是你知道吗？当人们嘲笑伟大评论的陈腐之时，我总忍不住想，也许是真理造就了重复，直到那些箴言变成滥用和陈腐，最终成为陈词滥调。时间可以治愈一切伤痛，是如此的老生常谈，我想我说的时候很多人都会笑我，但是我知道那是真的。”

他的声音如此轻柔，以至于让艾利森觉得医生是不是完全忘记她的存在了，他不是在跟她讲话。好像他在放声沉思，但只对他一个人。在艾利森的年龄，除了她之外，还有人觉得思想值得冥思，仍然让她震惊。

“时间治愈所有的伤痛，”医生重复道，“所有的生命都像一年的一季，有固定的模式，就像时间，每个生命都遵循着自己的模式，从春到冬，再到春。”

“我从来没有这么想过，”艾利森打断说，“我常常觉得生命是季节，但是冬天来临时，生命就像一年一样，结束了。我不理解你说‘再到春’。”

马修·斯温晃了晃笑了。“我在想，”他说，“一个人的孩子给他生命带来的第二春。”

“哦。”艾利森没有那么渴望去听，更想表达自己的观点。“有时候，”她说，“我觉得每个生命都像树，起初的时候有小小的绿叶，那就是你小的时候；然后有大的绿叶，那就是再大一点的时候，也就是我现在这个时候；接着是秋老虎和秋天，树叶明亮美丽，也就是你真正长大的时候，可以做所有一直想做的事；最后就是树叶凋零的时候，也就是冬天，就是你的死期，然后一切都结束了。”

“但是来年春天呢？”医生问，“它会来的，你知道，它总会来的。我自己也思考过树的问题。”他笑着承认。“每次我看着一棵树的时候，我就停下来思考，我总会想起曾经读过的一首诗，名字我记不清了。诗的某一句是这样写的：‘我看到闪闪发光的永恒之树，开出时间的花朵。’也许那也是陈词滥调，但是有时候它甚至比时间可以治愈一切伤痛更能安慰到我，当然是用一种不同的方式。有时候想到我们每个人其实都像开在永恒之树上的花朵一样过着我们的生活，让我觉得很愉快。”

艾利森没再说话，她闭上眼睛想斯温医生的诗，忽然，诺曼·佩奇没有来医院看她，他妈妈对她说的那些卑鄙，残忍的话，都好像不重要了。

我看到闪闪发光的永恒之树，开出时间的花朵，艾利森想着。她睡着了，马修医生关上门，走到走廊。

“你看她怎么样，医生?”玛丽·凯莉护士问。

“挺好的，”医生说，“这周末前她就可以回家了。”

玛丽·凯莉用锐利的眼神看着他。“你自己也该回家了，”她说，“你看起来筋疲力尽。内莉·克罗斯的事真是太可怕了，是不是?”

“是啊。”医生说。

玛丽·凯莉叹了口气。“山火依然迅猛，这周真是糟透了。”

医生离开医院的时候，瞟了一眼玻璃门上的自己，他疲惫、满脸皱纹的影子看着他。马修·斯温扭头走了。

医生，治好你自己，他边快速朝车走去，边想。

因为艾利森是在内莉自杀后第二周的周五才出院，她就幸运地躲过了内莉丑恶的葬礼，以及它留给佩顿的初次后果。诺曼·佩奇就没有那么幸运了，他被迫和他妈妈去参加内莉惨淡凄凉的葬礼。他妈妈更多的是去抗议菲茨杰拉德牧师的行为而不是去看内莉入土为安。那周剩下的时间，他还要不断听妈妈详细讲自己对菲茨杰拉德牧师的看法。伊芙琳似乎不能容忍她的家人在道德和精神上软弱。不管是什么意思，诺曼怨恨地想着，坐在火车站街，赫斯特·古德尔小姐家对面的路牙上。他记得他被赫斯特小姐吓到，记得艾利森嘲笑他，借说赫斯特小姐是巫婆来增加他的恐惧。诺曼用棍子戳着一只很肥的甲虫，希望他能够去看艾利森，但是她妈妈甚至比自己妈妈都反对他去。他想念艾利森，在他们成为“最好的朋友”的那段短暂时光里，他们将自己所有的事都告诉对方。诺曼甚至告诉她他爸爸和妈妈的事，或者说，至少告诉了他所知道的。他从来没对任何人讲过。艾利森听到的时候没有笑。

“我不相信人们说我妈妈嫁给我爸爸是因为她认为他有钱，”诺曼告诉艾利森，“我觉得他们都很寂寞。我爸爸的前妻过世很久了，非常久，我妈妈从来就没嫁过人。当然，他是比较老，镇上的人说他应该有点头脑，不至于娶了我妈妈那么年轻的女人，但是我觉得变老并不会让你的孤单少一分一毫。佩奇家的女孩是我姐姐，你知道吗？不是真正的亲姐姐，是同父异母的姐姐。佩奇家的女孩很恨我妈妈，她是这么告诉我的，但是她从来都不明白为什么，我觉得是因为嫉妒。我妈妈嫁给我爸爸的时候比她们年轻，而且当然还很漂亮。她们恨她，还试图让我爸爸也恨她。我妈妈说太可怕了，佩奇家的女孩跟我爸爸讲她的事。她们甚至都不让她进门，所以我爸爸买了一栋房子给我妈妈，就是我们现在住的。我妈妈说我出生之后更惨了，佩奇家的女孩想方设法让大家相信我不是我爸爸的儿子，我妈妈偷男人。但是我妈妈什么也没说，她说她不会自降身段去跟佩奇家女孩这样的人争论，她也不会像狗看到骨头那样争抢一个男人。或许那就是为什么我爸爸离开我们，搬回去跟佩奇家的女孩一起住的原因。

我妈妈说我爸爸在道德和精神上都很孱弱，不管是什么意思，她再也没跟他讲过话，我也几乎不记得他。他死后，佩奇家的女孩来告诉我妈妈，她们没有称他为她的丈夫，或者我的爸爸，或者她们的爸爸，她们说：‘奥克利·佩奇死了。’我妈妈说：‘愿上帝安放他道德和精神上孱弱的灵魂。’然后把门关上了。我爸爸死后，对他遗产的争夺不可开交。但是佩奇家的女孩也无能为力，因为我爸爸留了遗嘱，写明他想怎样分配自己的财产。我妈妈拿到了大部分。她说这就是佩奇家的女孩比之前更恨她的原因。她们仍然说我妈妈是看上我爸爸的钱才嫁给她的。但是我妈妈说她嫁给他是因为她很寂寞，有时候寂寞的人会犯错。她说但是她很开心自己犯错，因为她有了我。我觉得我是她得到的所有，或许除了钱。”

艾利森没有笑，她哭了，然后她跟他讲了自己的爸爸。他是一个如王子般英俊，世界上最仁慈、最体贴、最绅士的男人。

没有艾莉森的日子糟透了，他愁闷地想。他没有任何人可以交谈了。

他愤怒地踩碎玩逗的甲虫。这不公平！他和艾利森没有做什么难堪的事，尽管他妈妈费尽心力让他承认。当他承认说亲过艾利森几回，她妈妈就开始哭，脸也涨红，但她还是继续逼问，试图让他说出他还做了其他事。想起他妈妈问的一些问题，火热夏日，安静的火车站街，诺曼的脸在灼烧。最后，她抽打他，让他保证以后再也不见艾利森了。诺曼不在意挨鞭子，但是他此刻好后悔他保证不见艾利森。

“诺曼！”

是住在赫斯特小姐家隔壁的卡德太太。诺曼举起手朝她挥了挥。

“过来喝杯柠檬水，”卡德太太喊道，“太热了。”

诺曼站起来，走到街对面。“柠檬水肯定很清凉。”他说。

卡德夫人的嘴唇很宽，她笑的时候，所有的牙齿都露出来。她现在就冲诺曼笑着说：“我们去后面吧，那比较凉。”

诺曼跟着她穿过房子，走到后院。卡德夫人怀孕了，已有八个半月，诺曼听她妈妈跟她的一个朋友讲的。她真的很庞大，不管她走得多远，诺曼想着。他想知道为什么卡德先生和夫人等了这么久才要孩子，他们结婚十多年了，卡德夫人现在才是第一胎。

“是时候了！”诺曼听一些人逗卡德先生，但是卡德先生并没有在意。他的好脾气是出了名的。“任何时候对我来说都是合适的时候！”他这样对取笑他的人说。

但是诺曼很同情卡德夫人，尤其是她下蹲坐到后院长椅上，呻吟的时候。那个椅子是诺曼认为的躺椅，因为在法语是椅子的意思，而且当然是用来躺的椅子。

“呦，”卡德太太大松一口气笑道，“你能倒一下吗，诺米？我累瘫了。”

她总是叫他诺米，而且像同龄人一样对他，他知道她三十五岁。与其说让他高兴，她的态度总让他有点不舒服。他知道他妈妈不会同意卡德太太跟他讨论某些事情。她说怀孕的时候就好像是在讲某种人们普遍会讨论的东西，比如说天气。她说她跑了多远才抓到她随时会生小猫咪的母猫。她还坚持让“诺米”摸猫肿胀的身体，这样他就能感觉到所有的小猫咪都靠着里面，这让他有点反感。但是他最终还是说服他妈妈让他养一只小猫。他非常自然地就对卡德太太的“克洛蒂尔（Clothilde)”有了兴趣。卡德太太答应克洛蒂尔生下小猫咪的时候，让他第一个挑。

诺曼倒了一杯柠檬汽水给卡德太太。他注意到卡德太太没有因为怀孕而让懒懒散散。她的指甲被修成完美的椭圆形，还涂了大红色的甲油。

“谢谢，诺米，”她说，“桌子上有饼干，你自己拿。”

诺曼正要拿饼干的时候，他听到一声微弱的“喵”。

“克洛蒂尔去哪了？”他问。

“在我床上睡得酣呢，淘气的姑娘。”卡德太太回答，“但是她爬到家具上去的时候，我就是不忍心把她推下来。她现在任何时刻都有可能分娩，我很清楚她的感受。”

卡德夫人笑着，但是盖过那个声音，诺曼又听到一声弱弱的“喵”。为了不让卡德太太疑心，诺曼偷偷地转过头，看着高高、厚厚，将卡德的后院和古德尔小姐家隔开的树篱。他听到的是古德尔小姐的猫，而且他非常清楚，那只猫与古德尔小姐如影随形。他颈后忽然一阵发凉。

为什么，她在注视着我们！他想着，震惊了。赫斯特小姐透过树篱看我们呢！如果不是在盯着我们的话，她跑出来在院子里做什么？

但是卡德的后院没什么可让赫斯特小姐或者任何人看的。基于这个原因，诺曼开始猜测赫斯特小姐到底在看什么。他知道赫斯特小姐坐在那里看什么东西呢，因为猫的叫声是很普通很温柔地叫，这种声音是猫蹭着某个静止，没有注意它的人的腿时会发出的声音。诺曼不是一个过分好奇的孩子，他从来没有被一种他称作“爱管闲事”的痛苦折磨过，但是此刻他却被突如其来的强烈的，想要知道为什么赫斯特小姐在看，更重要的是在看什么的渴望所纠缠。下一秒，他想到这一天是周五，通常周五四点钟的时候，赫斯特小姐都会走出家门去镇上。他一口吞下柠檬汽水。

“我要走了，卡德太太，”他说，“我妈妈要我四点前回家。”

他冲到街上，站得离古德尔小姐足够远，远到万一古德尔小姐决定回自己家，从窗户往外看，也看不到他的地方。他在路上坐下来，等四点的到来。

诺曼没有，或者说也许他不能够分析出心里那种莫名的感觉，是一种疯狂地想要看到，想要知道的需求，如此强烈，以至于他觉得要是看不到，无法知道的话，他永远也不会有片刻的平静。诺曼是幸运的，他知道他欲望的尺度，因为这次过后，他就再也不会做第二次了。多年后，当他感到受困于对一种不确定物质的朦胧渴望时，他像对待愚蠢一样，置之不理。他再也没有感受过像一九三九年炎热的周五下午那种巨大的欲望。

他必须知道，诺曼想，他的思想也一直停留在这个点上。四点的时候，他看到赫斯特小姐走出家门，向街上移动，他期待的心怦怦狂跳，就好像他即将完成一个震惊世界的发现。他一直等到她消失不见，在深思和害怕之前，他跑到街对面，穿过赫斯特小姐家的大门。这是他第一次超越她家前面的人行道。

赫斯特小姐家周围的草杂乱高长，朝房子后面走的时候，草差不多没到他的腰。当终于来到后面的门廊时，他停下来研究他看到的。赫斯特小姐门廊上唯一一件家具就是一把绿色的柳条摇椅，它面朝隔着赫斯特和卡德院子的树篱。心扑通扑通地跳着，诺曼走向门廊，他坐到摇椅上，看着树篱，他看到一个间隙，大约三英寸，透过那个间隙，他可以看到卡德太太坐在她的躺椅上。卡德太太在读书，书的护封色彩明亮，她还一边抽着烟，间或地，她手伸下去，抓她像巨大肿块一样的腹部。诺曼的心失望地沉下去了。

如果就是这样的话，赫斯特小姐肯定像人们讲的那样是个疯子。只有一个真正的疯子才会坐下来看卡德太太读书，抽烟，挠她自己。肯定还有别的，这不会就是全部。

他在赫斯特小姐的摇椅上坐了很长时间，等待着什么事情的发生，但是什么也没有。天气很热，闷热和让人昏昏欲睡的下午。树上的虫子嘶嘶地叫着，一刻也不停歇，一股烟味弥漫开来，是近三英里以外的地方燃烧的林火，但是每一分钟就会离镇子更进一步。烟味是一种让人昏昏欲睡的味道，诺曼开始打盹。当他听到榆树街国民中央银行前的钟声时已经太晚了，钟敲了五下。诺曼现在听到的声音是赫斯特小姐大门的门闩声。

除了想到自己一定不能被赫斯特小姐抓到，诺曼什么也没想，他跳下门廊。在门廊下部和树篱之间差不多有一个三英尺宽的空间，诺曼趴在那里，他祈祷赫斯特小姐不要走到门廊边往下看，因为她一眼就可以看到他，看到的话，鬼知道她会做什么。你永远都不知道一个疯子会做出什么事来。任何人，花时间透过树篱的间隙看，另一边却没有任何可看的东西的时候，她肯定是真的疯了。诺曼听到赫斯特小姐家的纱门啪地轻轻关上的声音，还有更加轻的，她坐下时，摇椅的吱呀声。显然，她不会走到门廊边上往下看。他听到她跟自己的猫低声讲话，猫被拴在椅子的横档上。他不知她会在门廊待多久，或许会待到天黑吧，那时回家就不会被撞见。他听到一辆车停在隔壁的车道上，是卡德先生回家了。诺曼稍稍将头转了一英寸，去看树篱的间隙。汗水让他发痒，身下的干草也在挠着他的鼻子，他极度想打喷嚏，同样强烈的还有小便的欲望。

“嗨，宝贝。”是卡德先生走进大门，来到后院。

卡德夫人把书放下，朝他伸出双臂。卡德先生过去坐到躺椅边上，紧挨着他老婆。

“可怜的宝贝，”卡德夫人说，“你又热又湿，喝杯柠檬汽水吧。”

卡德先生解开衬衣的扣子，将它脱掉。他走去小桌倒柠檬水的时候，前胸和肩膀汗津津闪着微光。

“太热了，”他说，“真的是太热了，比店里的铰链还热。”他喝柠檬水的时候喉咙的肌肉紧缩。他用一个小幅度的削球动作将杯子放到桌子上。

“可怜的宝贝，”卡德夫人说，手指在他赤裸的胸膛游走。

卡德先生转向她，即使是从他趴着的地方，诺曼也可以看到他身上的变化，他的肩膀、后颈，整个身体都僵硬了。卡德夫人轻声笑着，卡德先生喊了一小声，脸埋到她脖子下。在诺曼的头上方，赫斯特小姐的公猫轻声叫着。赫斯特小姐坐的摇椅没有发出一点声音。如果不是因为知道，诺曼可以发誓门廊没有人，只有赫斯特小姐的猫。诺曼无法将眼睛从卡德夫妇身上移开。卡德先生已经解开了卡德夫人连衣裙直筒宽大的上半部分，现在在松她的裙子。下一秒，诺曼就看到了卡德夫人巨大、血管纵横的肚子，他觉得他要吐出来了，但是卡德先生却可爱地将手在肚子上滑动，他温柔地抚摸它，甚至低下头去亲吻它。他把卡德太太搂在他黝黑、长满腋毛的臂弯里。卡德夫人的身体看起来很白皙，非常白皙。诺曼手指甲抠进下面的草里，紧紧地闭上眼睛，想要离开这个地方的欲望对他来说是一种身体上的疾病。为什么赫斯特小姐不起来进屋去呢？她到底会不会走？卡德先生的大手此刻正罩着卡德夫人的乳房，诺曼看到这两个东西也是肿胀，布满血管的。他怎么才能脱身呢？如果他跳起来，奋力逃走，赫斯特小姐可能会追他。赫斯特小姐个子很高，腿或许也很长，如果追的话，她有可能抓到他。到时候她会怎么处理他？如果她像镇上的人说的那样疯，谁知道她会做什么，你永远都猜不透一个疯子。诺曼也不能强行突破树篱，进到另一边卡德家的后院。他们会怎么想他，他们对他那么友好，给他柠檬水喝，还答应让他第一个挑克洛蒂尔下的小猫咪，如果他们发现他在偷看他们怎么办。诺曼从树篱的间隙看过去，卡德先生跪在地上，他的脸掩藏在卡德夫人的肉里，卡德夫人静静地躺着，腿稍稍分开，她脸上挂着笑容，露出牙齿。

我要出去！诺曼不顾一切地想。不管老赫斯特小姐会不会抓到我，我都要出去！

他慢慢地爬起来，呈蹲伏状，这样他的眼睛就刚刚露出门廊的边缘。然后他知道他不用担心赫斯特小姐追他了，因为赫斯特小姐僵硬地坐在椅子上，她的手紧握在胳膊上，她的眼睛呆滞地盯着树篱的缝隙，她的上嘴唇上部是一排汗珠。那只肥胖光滑的黑猫拴在椅子的横档上，它轻轻地摩擦着赫斯特小姐的腿，发出求关注的温柔之声。诺曼站起来开始跑，赫斯特小姐完全没有扭头看他。

“你衬衣前面是怎么了，诺曼？”回家后他妈妈问他，“都是草渍。”

诺曼从来都没有跟他妈妈撒过谎，真的，有些事，偶尔他会不告诉她，但是他从没有真正骗过她。

“我摔倒了，”他说，“我在公园里跑，然后摔倒了。”

“天啊，诺曼，我要告诉你多少次这么热的天不要跑？”

之后，吃完晚饭后，伊芙琳·佩奇发现面包没了，她让诺曼去塔特尔的杂货店买一条。黄昏到黑暗之间的转换很快，当诺曼买完面包返回，路过赫斯特小姐家时，他几乎和房子处在并列的位置。这时候，他听到此生听过最可怕的一个声音，是猫激烈的叫春声，一个受惊的动物在为自由战斗的声音。小心翼翼地，诺曼将妈妈的面包放到赫斯特小姐大门旁边的人行道上，他向赫斯特小姐家的后面走去。他知道，非常确定，他会在那里发现什么，他逼迫自己迈开步子前进。

赫斯特小姐坐在柳条摇椅上，她的姿势跟下午诺曼看见的没有任何变化，除了她的僵硬多了一种新的特性。诺曼看着她的猫，它疯狂地想要挣脱拴着它的绳子，它扭曲，旋转，跳跃，但是怎么也无法挣脱赫斯特小姐绑在椅子上的绳子。它挣扎的时候，发出惊恐的尖叫声。

“别叫了！”诺曼从门廊的台阶上小声说，“别叫了！”

但是那只惊恐的动物根本就没注意他。

“停！停！”诺曼的语调逐渐上升，差不多到了喊的地步，但是那猫还是没看他。当诺曼再也忍受不了时，他跳到猫前，锁住它的喉咙，它反抗着，爪子深深地刺进了诺曼的手里，但是对诺曼来说，抓痕只不过是沾了颜料的羽毛留下的红色印记。他越捏越紧，越捏越紧，即使知道那猫已死无疑，他还是继续捏，并且整个过程中他一直呜咽：“别叫！别叫！别叫！”

是卡德先生发现的赫斯特小姐。他和卡德夫人那晚去看电影，回来打开后门让克洛蒂尔出去的时候，它径直朝树篱和赫斯特小姐的后院奔去。

“天啊！多么可怕的景象！”卡德先生后来说，“赫斯特小姐僵直地坐在那摇椅上，毫无疑问已经死了，那只公猫，脖子都断了，还拴在椅子的横档上。我想不通的是，她掐死它的时候，那猫怎么没有抓她？她身上没有一处抓痕！”

“现在，或许该结束了。”赛斯·布斯威尔叹着气，和他疲惫的朋友马修·斯温一起喝酒。

“人说丧事成三。”医生说，笑着保持住他话里的严肃意味。

“迷信的胡话。”赛斯生气地说，生气是因为他怕他的朋友说的是对的。“这段时间是很糟糕，但是现在都结束了。”

马修·斯温耸了耸肩，啜着他的酒。

在佩奇家，诺曼站在马桶边吐，伊芙琳托着他的头。

“我打架了。”当她问他胳膊和手上深深的抓痕是怎么回事时，他这样回答她。

“你的小肚子在闹情绪，宝贝，”她温柔地说，“我给你个灌肠剂，然后你上床躺着。”

“好，”诺曼喘着气说，“好，给我。”他脑子里所有的事都搅和在一起高速运转，艾利森，卡德夫妇，赫斯特小姐和她的猫。

佩顿远方的山上，山火怒吼着，不受抑制，无法控制。

第十九章

截至九月的第一个星期，所有人类知道的灭森林火的方法都已经在佩顿用过了。迎火[①]用了，但是证明不起作用，因为满是树的山上同时有太多地方在着火。疲惫的人们，每二十四小时一轮班，在穿过山丘的柏油路上列队，耐心等待着。为了防止火焰肆虐到他们所在的地方，他们后背都背着印第安带泵灭火器，重压之下，他们都弓起了背。其他更有经验的人，战斗在土路上，两边都被高大，燃烧的树木包围着，每一处的扑火都是徒劳，因为力量都会用在一边。一九三九年夏末，环绕佩顿的森林大火无法控制的原因就是森林大火一直都无法控制。太大的面积，太多地方着火，太少的人和太少的设备，加上足够的风力煽动和火势扩散，以及太少，太少的水。大大小小所有的溪流，唯一没有在一九三九

① 故意引燃以阻止野火蔓延。

年的干旱中完全干涸的就是康河。

“大火蔓延到康河的时候——”人们开口，然后又停住了。如果火势向西蔓延得足够远，就会最终到达康河，然后被阻断，但是东边就没有像康河同样大小的河流。

“如果下雨的话——”它的答案，每个人都知道这个唯一的答案。随着火灾迅速蔓延到离佩顿一英里的范围内，每个人都抬头看着九月万里无云的天说：“如果下雨的话——”

镇上的商店，做生意的，不是完全关门，就是每天只营业两个小时，只要人们可以躲开火区那么长时间。坎伯兰工厂彻底关门了，不仅仅是纺织品生产的短缺让莱斯利·哈灵顿谩骂，踱步，而且在新英格兰北部有个君子约定，该约定规定，如果工人在正常的工作期间外出救火，雇主应继续付他工资，是火灾造成的巨大开销让莱斯利愤怒，再加上他似乎无计可施来改变现状。不管他怎么咒骂，多么愤怒，火就是不灭。截至九月的第一个周末，莱斯利是镇上唯一一个体格健壮，却没有到山上参加救火的人。

“火灾已经让我损失惨重，”他说，“我已经付了百倍的钱来换取休息和观看的权利。”

同样，劳动节那周快要结束时，他还有其他事要做。除了坎伯兰工厂，莱斯利·哈灵顿还拥有一个小型的嘉年华。镇上有一个听厌了的笑话，是关于莱斯利的嘉年华的。工厂的工人说莱斯利让他们一整个夏天都工作，就是为了通过吝啬和他嘉年华最精彩的幸运大轮盘游戏拿走他们的钱。莱斯利是在接管中央国民银行的抵押贷款之后拥有嘉年华的。银行本来准备好要取消嘉年华原主，一个叫杰西·巫师（Jesse Witcher）的，真正的巡回游艺团成员的抵押品赎回权。杰西喜欢威士忌和女人，照他所说，喜欢这两样比喜欢付账单不知道要多多少倍。这种态度不是一个能唤起银行家们同情心的态度，尤其是在佩顿，每个人都记得巫师，时富时贫，那就是巫师，他们一直就是这样。银行几乎要请巴克·麦克拉肯去给杰西·巫师下达取消抵押品赎回权的通知，这个时候莱斯利·哈灵顿插了一腿。

“天啊，莱斯利，你疯了吗?”查尔斯·帕特里奇问他，“嘉年华！要它做什么？你会被它捆住的，巫师付给你的不会比付给银行的多一个子儿。”

“我知道。”莱斯利说。

“既然这样，就别插手了，莱斯利，你要嘉年华能干什么？这不是投资。”

“难道我没有权利像其他人那样买东西供自己享受吗?”莱斯利生气地大喊。他讨厌跟他的律师解释一个没有目的商业投资，他总是把他看得现实又精明。“该死，查理，我有权就因为它本身而买任何东西，不是吗？对其他人来说是电动火车，是邮票，对我来时是嘉年华。”

莱斯利抬起下巴，一副交战的状态，赌帕特里奇有没有胆量笑或者批评。但是帕特里奇是一个和平主义者，所以他既没有笑也没有再批评。他起草了文件，没过多久，他进行了抵押品赎回权的取消程序，让莱斯利成为在此之前名为“开心一千秀”的嘉年华的单独所有人。杰西·巫师非常开心，他仍然可以作为经理运营自己挚爱的嘉年华，而无须承担作为老板的担忧。

这个秀，莱斯利喜欢这样随意称它，六年前为莱斯利所有后，每年劳动节都会在佩顿上演，这个事实一开始惊呆了巫师，也惊呆了他自己。

“劳动节没有地方表演，”巫师抱怨说，“劳动节是个大日子，一个很长的周末，我们应该去曼彻斯特或者类似的地方，可以聚集到人群，这儿没有足够的人可以撑起可观的场子。”

“劳动节工厂关门，”莱斯利说，“所以我最好还是用别的办法赚几个钱。”

“但是我们换个地方可以赚大钱而不是在这里赚几个小钱。”巫师抗议道。

“我喜欢看赚钱的过程。”莱斯利说。巫师耸了耸肩，在工厂附近，莱斯利的一片大大的空地上架好游乐设施，游戏，软饮摊。

负责秀的第一年后巫师就没有再抗议。但是一九三九年劳动节前的那个周五，他来到佩顿时，看到的是空荡的街道，停业的商店，还有大火。他立刻去见莱斯利·哈灵顿。

“这次，”他说，“不只是赚几个小钱的问题，是赔钱的问题。在这个世界上没有比没有人的嘉年华更悲哀，更烧钱的事了。这周末佩顿也不会有人的。”

“他们会来的，”莱斯利说，“把场子搭起来。”

巫师揉了揉被弥漫的烟雾熏疼的眼睛，咳嗽着指挥人卸下车厢，然后一切就停在那里。他透过烟雾望向着火的地方。

“这就像在某人的葬礼上跳舞。”他抱怨道。

神奇的是，人们真的出现了。在巫师看来可能是在葬礼上跳舞，但是对被火灾和烟雾弄得疲倦不堪的佩顿的居民来说，嘉年华似乎是一个呼吸器，一片极度死气沉沉环境中的、趣味横生的绿洲。艾利森·麦肯齐去那，是因为斯温医生说她应该走出房间融入人群中去。她看起来仍然苍白疲倦，但是她去那了，被托马斯·马克里斯和康斯坦丝一左一右护卫着。罗德尼·哈灵顿是和一个怀特河的嘴唇亮泽的女生一起去的，那个女孩抬头看着他，就好像在想着罗德尼想让她想的一切美好的事情。凯西·艾斯沃斯是和他的平头男友刘易斯·威尔斯一起去的。佩顿有些人不喜欢刘易斯，他是一个坦率的男生，脸上经常挂着一个大大的笑容。刘易斯的志向是成为怀特河的药品销售精英，他现在在怀特河做销售员。有人说刘易斯实现他的梦想本不难。他们指的当然是他轻松的笑容，喜欢恶作剧，还有他糟糕的打招呼的方式：响亮地拍对方肩膀。大家觉得他不真诚，很吵，但凯西觉得他擅外交，欢乐，令人惊奇。

劳动节那天晚上，工厂附近的空地不再是空地，事实上，镇上的所有人，除了诺曼·佩奇，都在那。人群推搡着，欢笑着，尖叫着。用这样激烈决绝的方式，制造出如此嘈杂的欢乐声让赛斯·布斯威尔觉得异常可怕。

“他们不是玩得开心，就是死在这个过程中。”赛斯冷酷地告诉汤姆。

从地面上无法看到摩天轮最顶端的座位，烟雾中，只看得到装饰在摩天轮两侧的明亮的灯光，所以就好像坐在摩天轮上的人慢慢旋转，然后消失进另外一个世界。出于某种原因，艾利森想到了她看过的一本名字叫《拓展训练》的戏剧，她打着战，但是玩摩天轮的人却络绎不绝。

“坐到摩天轮上来吧，”巫师大声吆喝着，“去那里呼吸一次空气的味道，这个庞大欢乐的轮子顶端没有烟雾。”

人们尖声笑着，推挤着，不相信他的话，却仍然坐上摩天轮。孩子们揉着红红的眼睛，用干燥嘶痒的声音叫嚷着要坐旋转木马；再大一点的孩子朝碰碰车和鞭子尖叫；成年人坐着绕环滑车作呕。艾利森吸收了周围所有的景象和声音后，抖得更厉害了，汤姆说：“我们还是带你回家吧。”

“哦，别！”凯西·艾斯沃斯喊道。一周前她和艾利森一把鼻涕一把泪地和好了。凯西挽着刘易斯·威尔斯的手说："哦，别把她带回家！跟我们一块吧，艾利森，我们还没有去欢乐屋[1]，来吧！"

"风！"人群里有人大声喊道，"大风来了，要下雨了！"

人群欢笑尖叫着，赛斯·布斯威尔仰起头，尽管他看不到天空，他可以感受到空气中有一股新的东西搅动在里面。

"或许。"他说。

"走吧，艾利森，我们还没有去欢乐屋呢，跟我和卢一起去吧。"

有人拿了一个膨胀的圆锥形棉花糖从艾莉森身边挤过，绒绒的棉花糖擦过她的脸。小时候，有一次玩捉迷藏，她冲进一个谷仓，径直落入了蜘蛛网，它黏黏地粘在艾莉森脸上，就像棉花糖。艾莉森感觉她在做噩梦，她想吐，但是不行，因为她醒不来。

"软饮在这！"

"乘上摩天轮，去那里呼吸一次空气的味道！"

"就往那走，先生，就往那走，三个球十五分钟。"

"给你的女伴赢个真正的法国洋娃娃吧，先生，试试运气。"

"冰淇淋，花生，爆米花，棉花糖。"

"命运之轮转啊转，谁也不知道她会停在哪里！"

在所有这些声音上面，是奇怪的上-下，上-下，跟随旋转木马旋转的音乐节奏。艾利森抓过凯西的另一只手，就好像她要溺亡了。

---

① 游乐园中欢乐屋内设有倾斜的活动地板、哈哈镜和其他吓人或逗人的设备。

“跟我们去吧，艾利森，跟我们去吧！”

“康妮，我觉得她不是很好。”

艾利森和凯西还有刘易斯奔跑着，汤姆喊她的声音像雷雨中的影子一样，消失不见。

《开心一千秀》的欢乐屋，跟所有嘉年华的一样，都是标准的恐怖屋。有经验的家长知道他们年龄稍小孩子会尖叫着被带出来，所以即使允许进去，也会避开，但是对于上中学或者再大一点的孩子来说却可以大玩一场。据说，欢乐屋保证，可以在几秒内让男生带的女生黏住他，不然就退钱。杰西·巫师毫无私心地自豪于他的欢乐屋，曾加剧过他的破产。里面什么都有——在不经意的时候跳到玩家眼前的鬼脸，哈哈镜、倾斜的楼梯、灯光昏暗错综复杂的迷宫，还有让人欢笑、脸红的风力机。巫师爱他的欢乐屋。通常他会自己负责它，他亲自给他的那些生产恐怖滑稽效果的机械上好油，按照正常的顺序运行，没有任何问题。

“没有一项没有达到预期效果，”他告诉莱斯利·哈灵顿，“恐怖效果既没晚了一秒钟才出现，或者速度也没有太快。”

但是这个劳动节周末是狂热的一个周末，杰西·巫师指望搭设嘉年华的当地人手今年都不见了。所有能用的男人和年长壮实的男生都去救火了。巫师到处都得跑，“就像个该死的蚊子。”他之后跟莱斯利解释，努力让嘉年华运转起来。他检查欢乐屋是否搭建好，机械是否正常运转，然后把最后的细节都委托给一个给女能人扔刀的表演者，和一个肩膀很窄，梦想成为一个旅行嘉年华的机械师的来自怀特河的十六岁男孩。巫师没有后悔雇了他。欢乐屋吸引了大量人群，尖叫声从出口处传来，那里是风力机。男孩肯定在合适的时间按下了合适的按钮。四点钟的时候，巫师过去看欢乐屋，确保所有东西都无任何异样，整个周末他都没有机会去检查，但是他朝那里走的时候，有人叫他，所以他又去帮忙修莱斯利·哈灵顿最爱的幸运大轮盘，它出现了短暂的问题。按照他之后解释的，那时人群已经开始涌过来，他完全没有机会去检查欢乐屋。

晚上九点过后，艾利森被凯西和卢拽着，通过欢乐屋的入口。三个人呈纵队，由刘易斯带头走进昏暗，紫色灯光的迷宫通道。凯西紧张地咯咯笑，抓着刘易斯衬衣的后襟。艾利森冒着汗，所有狭小紧闭的地方都会让她冒汗，她抓着凯西裙子的腰带。狭小的走道又热又挤，当他们来到装满哈哈镜的房间时，凯西高兴地伸举着胳膊，乱跳。

“看我!”她喊着，从一个镜子跑到下一个镜子，“我有两英尺高，谷仓那么大!”

“看我！我成竹竿了。看！我的头成三角形的了!”

“哦，看！这个肯定是让一切运转的机器。看这些轮子转啊转的。哦！看那个巨型的风扇，肯定是它在给出口处吹风!”

机器在地板下面，但是透过地板上方形的口可以看到。那个方形口足够大，欢乐屋搭建好之后人就可以下去，操作机器。它在哈哈镜房间的最边上的角落处，周围什么也没有。或许如果凯西在高大，波动起伏的哈哈镜前尽情舞蹈的话，就不会注意到它。之后，刘易斯和艾利森都没有看到到底是什么把凯西吸引到房间的最边上的角落处。按照后来杰西·巫师的证实，不可能是机器发出的声音，因为机器上有充足的润滑油，运转良好，几乎没有什么声音。另外，他说，欢乐屋是胶合板搭的，肯定不隔音，外面的吵闹声肯定会渗透进来，有充足润滑油的机器发出的声音绝对不会听到。除此之外，风也起来了，而且开始打雷，所以凯西不可能是听到声音被吸引到方形的开口那里，她绝对是爱管闲事又粗心大意，才酿成了事故。哦，是的，方形的开口本该被盖上，通常都会。如果有人看的话，他可以看到打好的放盖子的铰链的孔。但是毕竟，巫师没有三头六臂，他不可能同一时间出现在各个地方，确保所有事情都没有问题，他可以吗？那孩子永远都不该靠近那开口，那里什么都没有。她在欢乐屋，不是吗？她应该忙着享受欢乐，而不是跑到不属于她的地方去。

“哦，看！”凯西喊着，“所有轮子一起转多么漂亮啊！”

“哦，看，刘易斯！看，艾利森！”凯西说着，往前靠了靠，想要近距离地看一看，结果掉进了机器里面。

其他年轻人开始慌乱地跑出房间，因为他们被灌输了作为证人可能会带来的危险。刘易斯和艾利森开始发笑，就像人们笑一个在行驶的卡车前面欢乐地迈着步子的醉鬼，或者像笑一个在冰上滑倒的老人。刘易斯蹲下来试图够凯西的手，但是连着凯西手的胳膊，已经不在她身上了。艾利森一直笑，一直笑，最终走出了欢乐屋。当风将她的裙子掀过头顶时，她的笑伴着尖叫声，汤姆跑过来时她依然在笑，她攥住他衬衣的前襟，笑，最后开始哭。

“凯西掉进地板上的洞里了！”她尖叫着，笑着，几乎无法呼吸，“凯西掉下去，她的胳膊掉了，就像玩具娃娃。”

风刮得更猛烈了，卷着烟，带着沙吹进汤姆的眼睛。从他身边匆匆经过，想要在下雨之前赶回家的女人们的裙子，被风鼓起，呈怪诞的气球，她们每个人看起来都很肥胖、畸形。

“赛斯！”汤姆朝风中喊道，但是赛斯没有听到，继续往前走。汤姆开始诅咒厄运让他和康斯坦丝在人群里分开。他让艾利森靠在欢乐屋的侧面，因为她笑得太用力了几乎站不稳，然后自己跑去从怀特河来的想要成为机械师的男孩那里，让他切断机器。

“但是我不知道怎么弄。”男孩抗议说。汤姆离开男孩，留下他嘴巴大张站在那里。他跑到人群里去找巫师，觉得这里就是一个高大的黑酒鬼。

山上，最初的几滴雨下来的时候，消防员们蜷缩着用手臂挡着脑袋。他们朝佩顿前进的时候，蒸汽在他们周围腾起。

“下雨了。”他们毫无必要地互相说道。

Peyton Place

卷三

第一章

肯尼·斯特恩斯所能想到，形容新英格兰北部秋老虎最贴切的话就是，那是一段美丽的时光。同样，对肯尼来说，也是一段忙碌的时光。冬天来临之前，总有琐事：要最后一次修剪草坪，给割草机上油，将其存放；树叶要烧，树篱还要剪最后一次。但是对肯尼·斯特恩斯来说，秋老虎除了献出美丽和最后的温暖，还奉上了额外的津贴。在冬天来临之前短暂的阳光和色彩中，肯尼总是因为圆满地完成了一季的工作而颇感满意和兴奋。一九四三年十月末的一个星期五下午，肯尼走在榆树街上，他看着大街两侧的草坪和灌木，那都是他照料了一个春天和一个夏天的成果。他似乎注意到了每一根草的叶子，每一个细枝，每一个分枝，他跟它们每一个说话，就像跟一群可爱，衣着整洁的孩子说话。

“你好，公理会的草坪，你今天看起来可真漂亮。”肯尼怜爱地笑着说。

“下午好，小树篱，要剪头发吗？我明天早上看给你剪个什么发型。”

栖息在法院前面长椅上的老头们，充分享受着一年中最后的暖阳，上眼皮下眼皮打着架看着肯尼。

“肯尼·斯特恩斯过去了，”一个老头说着从兜里掏出一块金表，“去学校了，肯定快三点了。”

“瞧他，点着头，咧着嘴，跟树篱说着话。他脑子不正常，从来都没正常过。”

“我可不这么认为，”克莱顿·弗雷泽比以前更老，更虚弱了，但是仍然喜欢争论，“肯尼出事故之前一直很正常，他现在也还好，或许酒喝得有点多，但他又不是镇上唯一一个喝酒的人。”

“事故个屁！肯尼切自己的脚不是事故，那是他和他那帮人在他的地下室待了一整个冬天，斗殴、互砍，才把自己脚搞伤的。”

“没有一整个冬天，”克莱顿泰然地声明道，“他们在肯尼的地下室待了不到五六个星期。总之，他们没发生斗殴。事实是，肯尼举着斧头砍自己的时候从台阶上摔下来了。”

“那是他的版本，我听到的不一样。不管怎样，发生了什么都无所谓，反正也治不好肯尼的酗酒。我觉得他十年来就没有清醒过，难怪他老婆那副样子。”

“金妮从来就不是什么好货，”克莱顿说着，将破毡帽拉低遮住眼睛，“从来就不是，那才是肯尼当初开始酗酒的原因。”

“也许是吧。但是如果男的不求改变的话，也不能怪女的不做出改变。”

“我觉得金妮要改，”弗雷跟往常一样强辩到底，“她天生就是那样，但是肯尼至少不是天生酒鬼。”

没有人可以想到一个合适的词来反驳，所以他们就默默地看着肯尼·斯特恩斯拐进枫树街，消失在视线中。他们中没有人意识到他们已经这样每天看着肯尼·斯特恩斯拐进枫树街，消失在视线中很多年了。

“你们好啊，双头昆比们。”肯尼对着一排紫菀打招呼。“不，不对，等一下。”

肯尼久久地站在枫树街的白色大房子前面，他春天的时候还帮忙粉刷过那房子。他挠着自己布满皱纹，长期晒伤的后颈。房子的百叶窗雅致地拉下来，刚好在顶部和底部的最中间。肯尼想起来了，他走到紫菀跟前，正式地鞠了一躬。

“抱歉了，”他说，“你们好，双头卡特们，请原谅。”他静静地站了一会，低头看着那些花，若有所思地蹙起眉。“不知道，但是我宁愿叫成昆比，即使是叫错了。”他最后说道。

自认为严重地侮辱了罗伯塔和哈蒙让他很开心，肯尼继续朝学校走去。在分隔小学和枫树街第一栋房子的树篱前，肯尼停了下来，抬头看着钟塔。“她在那里！在十月的日光中闪闪发光，精力充沛地眨着眼看着他。”

“你好，可人儿！”肯尼跟他的钟打招呼，“我马上就和你在一起了！”

锃亮的钟受了鼓舞似的发光，眨眼。肯尼朝着小学的校门走去。此刻的他急不可耐，除了他的钟，接近任何东西的时候他都不会有这种感觉。

我的钟不知道吗？肯尼想着，她肯定知道，看看老早以前他出事故时，她缺乏爱抚而几乎炭黑的样子，再看看如今他回来时她光芒四射的样子！

“以为那次我死了，是不是，可人儿？”肯尼问。

很多人都觉得他那次必死无疑，肯尼想着，甚至是斯温医生。哦，虽然他们事后都否认，但是肯尼记得他们讲话的样子，医生弯腰看着他的样子，仿佛就发生在昨日。

“如果说我见过他这种情况的人的话，那个人是死人。”医生这样说。肯尼回答说：“绝不是我！”但是似乎没有人在听他讲话。

肯尼记得他们把他推到某种床上，几个壮汉抬着他，吃力地将他抬进医院。所有的护士都以为他死了，但是当心电图显示他还活着时，他们和医生一样没有听他说话。金妮以为他死了，或者至少奄奄一息。

“他死了吗，医生？”肯尼可以清楚地听见她的声音。

“我没死，你个贱人！”他喊道，但是她没有听到。

事后他跟她说：“以为我死了是吗？我当时没死，现在也活得好好的。一把小斧子砍到脚还杀不死我！”

肯尼的声音轻易地从开着的窗户飘进艾尔西·桑顿老师八年级的课堂。在肯尼的回声消失之前，桑顿老师猛地敲讲桌的沿儿，欲提前制止混乱，肯尼的话总能在学生中引起骚乱。

他又喝醉了，桑顿老师疲倦地想。得对他采取点措施，我应该跟校董提。总有一天，他会从钟塔跌落，或者下楼梯的时候头朝地，那样肯尼就完了，荒芜人生的悲哀结局。

后来，桑顿老师本来要回忆这个特定的周五下午她的思绪，但是最后她还是没有在这上面浪费一秒时间。她又一次敲击桌子的边缘，问谁想下课后留半个小时这个惯常的问题。最终，教室里安静了。但是对桑顿老师来说，每过一天，对学生实施铁腕政策的难度就增加一点。大部分时候，听了学院毕业，年轻聪明的老师的话，她可以把这种状况怪罪到家长身上。这些年轻聪明的老师告诉她，课堂上的不良行为直接反映了一个孩子的家庭环境。在最后的四五年里，桑顿老师学会了使用一个词，这个词在她上史密斯学院的时候从来没有特别流行，那就是“情结”。每个孩子至少都有一种情结，年轻聪明的老师这样告诉她，任何一种情结，都会造成孩子的课堂不良行为。大部分时间，桑顿老师同意这些新理论，但是有些时候，尤其是她非常疲惫的时候，就像她通常会在星期五下午非常疲惫，她想起那些日子，不管有没有情结，她有魄力让一个孩子在她的课堂上规规矩矩。像这样的下午，桑顿老师会意识到自己正在变老，她真的非常非常累。

“剩下的时间你读，乔伊。”她看了一眼手表，还有十分钟就三点了。

乔伊·克罗斯站起来，开始大声朗读《汤姆·索亚历险记》。他读得很好，发音清晰，但是几乎没有情感。通常被叫起来在课堂上朗读的时候，这个年纪的小学男生普遍没有情感。桑顿老师半闭着眼睛，她脑中唯一一根对乔伊声音敏感的神经就是，那根可以告诉一个有经验的老师哪个音发得大错特错的神经。

桑顿老师想：这儿站着的是一个应该对书充满情结的孩子。酗酒、跑路、抛弃他的禽兽父亲，自杀身亡的母亲。九岁之前，吃不上一口像样的饭、没有适当的住所、足够的衣服。但是，过上了比大部分同学都像样的生活后，没什么情怀似乎害了他。大部分同学天生就懂的和乔伊仅用了四年就了解的东西没什么区别。他是班上最聪明的孩子，最有纪律的孩子，也不会像外面的孩子那样经常打架，说脏话。我只是希望他们都像乔伊·克罗斯一样聪明，一样好管理。

乔伊不知道，他的同学也不知道，他是桑顿老师的心头肉。每次她灰心丧气，渴望退休的时候，乔伊的影子就划过她的脑海。如果我能教会一个孩子一样东西，每次想到她最秘密，最充满希望的想法时，她看见的总是乔伊。桑顿老师每年都有宠爱的学生是真的，但是乔伊刚刚上八年级，桑顿老师就将现有的、实现的希望紧紧系到他身上。

一九三九年对赛琳娜和乔伊·克罗斯来说是一段痛苦的日子。内莉自杀后，他们发现自己在这世上孤独无依。赛琳娜马上就十六岁了，乔伊九岁，又瘦又营养不良。内莉刚刚体面地入土为安，镇上很多人就说是罗伯塔和哈蒙·卡特向州社会福利部说明了赛琳娜和乔伊的情况。随后，一名社会工作者就出现在克罗斯的棚屋前。赛琳娜和乔伊那时在外面的羊圈里，看到一辆前面有州印的黑色长款轿车停到门前，一个穿着整齐的短发女人提着公文包从车上下来。这在佩顿极其罕见，赛琳娜立刻起了疑心。社会工作者前脚刚踏进棚屋没锁的门，赛琳娜就抓起乔伊的手跑去找康斯坦丝·麦肯齐。康斯坦丝生怕她被发现，把赛琳娜和乔伊藏到自家的地下室里，然后打电话给赛斯·布斯威尔和查尔斯·帕特里奇。是赛斯最后找到了卢卡斯·克罗斯的长子，赛琳娜的继兄保罗。

保罗·克罗斯开着自己的车，在老婆的陪同下来到佩顿。他是在州北部遇见她并与之结婚的。她的名字叫格拉迪斯(Gladys)，是一个全然不同的女人。佩顿的很多人都准备好挑保罗老婆的毛病，因为她是一个丰乳金发的女人，而且头发很明显是染过的，小孩都能看出来，并对此评头论足。有人说格拉迪斯是在伍兹威尔闲逛的放荡女人，随时准备容留伐木工人来换取钱财。但是桑顿老师知道的仅仅是从乔伊、赛斯·布斯威尔和马修·斯温那里听来的。

格拉迪斯，根据马特·斯温的描述，走进克罗斯的棚屋，看了一眼周围，然后说："天啊，这是什么破地方！"

第二天，全镇的人都在传保罗·克罗斯回家了，要留下来。他几乎是立刻就在锯木厂找到了份不错的工作。两周的时间里克罗斯的棚屋就有了自来水，一年的时间里棚屋就不再是棚屋，而是变成了一栋房子，安上了抽水马桶，每个人都有自己的卧室。唯一的保留的就是卢卡斯修的羊圈，现在里面圈着乔伊养的羊。最让乔伊骄傲的是，他的其中一只母羊在一年当中的三次博览会上三夺蓝绶带。

"保罗肯定是疯了，让自己老婆把钱都砸在一个根本不是他的地方，"镇上的一些人说，"那个房子和地仍然是卢卡斯·克罗斯的。"

"卢卡斯肯定死了，"佩顿大部分人都这么说，"如果没死，他早就回来了。"

保罗·克罗斯，从来都没有人认为他有如此高尚，如家庭之爱的情感。他回来抚养自己同父异母的弟弟和继妹让所有人都感到困惑惊讶。一九四一年十二月，日本偷袭珍珠港的第二天，他就辞了工作参军去了，这一举动再一次震惊了佩顿。

"现在，我们将看到，"佩顿的人两个眼睛都盯着格拉迪斯，"过不了多久她就会跑掉，留下克罗斯家的孩子自力更生。"

但是格拉迪斯还是大波金发的格拉迪斯，她再度紧闭嘴巴，一直留在佩顿，直到赛琳娜高中毕业。两周后，赛琳娜去旺角服饰店工作，她已经成了店里的经理。格拉迪斯离开佩顿，去德州找保罗。

情结？哼，桑顿老师想着，看着乔伊放学后跑回家去喂自己的羊，准备给姐姐做晚饭。有哪个孩子像乔伊对自己的姐姐那样，对自己的妈妈忠诚，挚爱，拉出来给我看看。

头顶，肯尼第一声欢乐的钟声响起，教室里开始叽叽喳喳。

“安静！”桑顿老师命令道，“你可以停下了，乔伊。所有人都保持安静，直到我说下课。”

教室后面有不高兴的咕哝声，她忽略了。

“桌子都清了吗？”

“是的，桑顿老师。”

“你们可以站起来了。”

“你们可以站起来了。”后面的一个声音模仿道。

“下课！”桑顿老师说。

雷鸣般的声音响起，所有人，除了一个男生，都离开了教室。

“埃弗雷特（Everett），”桑顿老师喊道，“坐下，埃弗雷特，你要跟我待半个小时。”

看吧，她想，毕竟我还没那么老，我仍然可以像这样呵斥。

她没有意识到，几年前，没有孩子敢在教室后面模仿她说话。桑顿老师本可以把责任推到别处。

“战争。”她可以说，因为一九四三年的秋天世界上所有的人都在说：“战争开始后，一切都变了样。”

第二章

康斯坦丝·马克里斯关上烤箱门，惊叫一声。她丈夫悄悄出现在她后面，抱住了她的胳膊。她动的时候，他将她抱得更紧，然后她立马就松懈了。

“不要这样偷袭我。”她笑着说。

“我忍不住，”他嘴巴贴着她的脖颈说，“你弯腰往烤炉里看的时候，我就欲火焚身，因为我看到了你臀部。”

“作为一个四十一岁的老头子，你有非常年轻的思想。”她说着，在他亲吻她颈部的快感之下扭动着头部。

他胳膊环着他，两手罩在她的乳房上。“你，”他轻声说，气息在她耳边萦绕，“对于一个三十九岁的女人来说，有着非常年轻的身体。”

“停。”她说，“如果你不马上停下来让我走，我的蛋糕要烤煳了。”

“蛋糕，”他用贬损的语气低声说，“谁要吃蛋糕？”

“没有人。”她说着，转过去面对他，紧紧贴着他，抬起嘴巴。

他用他固有的方式亲吻她，先温柔，更多的是探索，然后猛烈，然后再温柔。

“四年了，”他声音嘶哑地说，“你仍然让我觉得是第一次拥有你。”

“蛋糕，”她说，“绝对要糊了，我闻着味儿了。”

“你知道你有处女般的乳房吗?”他问，“我不明白，你理应有少女没有的，成熟女人性感的下垂。但是看看你，乳房挺拔，乳头翘起，就像神秘谋杀案中，警探勾引一个年轻貌美的嫌犯之前往往会说的话。”

“那你知道你丝毫不懂得体，”她问，“也不懂挑时间吗?乳房不是晚餐前该讨论的话题。”

汤姆咧嘴笑了，头离开她的身体，低头看着她的脸。“那我们应该讨论什么?”他问，臀部和大腿慢慢地靠近她的。

“蛋糕，”她假装严肃地说，“就讨论这个，还有鱼，我们晚上的第一道菜是鱼。”

“鱼!”汤姆说着放下了自己的胳膊。

“没错，是鱼，鱼对你身体好。”康斯坦丝说。

“我去给咱弄点喝的吧，”他怆然地说，“如果要吃鱼的话，我必须要提前做好防御工事。”

“顺便帮我点根烟行吗?”康斯坦丝对着消失进客厅的汤姆喊，“新一期的《麦婀》今天到了，上面有艾利森写的故事。”

“在哪?”

“就在桌子的另一头。”

汤姆端着两个杯子，拿着两根烟和一本杂志回到厨房。

他把其中一杯酒和一根烟递给康斯坦丝，然后坐到餐桌旁，呷着酒，快速翻阅着杂志。

“在这，”他说，“题目真了不起，《小心，工作的女孩们》。”

“是讲一个在纽约广告公司工作的女孩，”康斯坦丝解释道，“她是一个职场少女，想要得到老板的职位。他的老板年轻英俊，女孩控制不住，爱上了他。确定他爱她胜过爱她的事业时，她嫁给了他。”

“天啊，”汤姆说着合上杂志，“不知道她想写的小说有没有任何进展?”

“我不知道。能给我一个防热手套吗?”康斯坦丝将蛋糕从烤箱取出，“或许她放弃写小说了，你知道杂志给她的报酬相当不错，而且她还那么小，我一直觉只有中年人才可以写小说。”

“如果有艾利森那样的天赋就不用。但是我一直相信，作家得有些生活经历，才能坐下来写出好的作品。”汤姆咯咯地笑。“不知道买艾利森第一部短篇小说的编辑是否有没有破产，我怀疑他知不知道自己行为的后果。”

康斯坦丝笑了。“那个故事叫《丽莎的猫》，也不知道她从哪里来的想法。”

“出自萨默赛特·毛姆，”汤姆说，“艾利森信以为那个故事得了奖，她就一跃跻身上流文坛了。”

“不管怎样，这无疑让她下定决心不去上大学了。”

《丽莎的猫》不是一个特别好的小故事，艾利森十七岁的时候写了它，作为一本通俗杂志举办的比赛的参赛作品。该杂志提供了一整页插图，半开的窗户，红色的窗帘，桌上放着一个花瓶，花瓶里插着迎春花，在此背景下，一只黑猫卧在放花瓶的桌子上。

“根据该图写一篇不超过五千字的小故事。”杂志邀请了读者，并给第一名奖励了两百五十美金。

那次对艾莉森更重要的是，杂志宣称会将获奖选手的作品刊登到他们下一期的杂志上。艾莉森立刻坐下，开始写猫的故事。故事讲的是一个在驻外事务处工作的英国绅士，他在周年纪念日的时候送了自己不忠的妻子一只黑猫。一天下午，英国绅士出乎意料地从办公室返回家中，黑猫悲伤的叫声唤起了绅士的注意，之后他和躺在情人臂弯里的妻子离了婚。

或许，汤姆时常想，那个负责审初赛作品的编辑当时很困，又或许，艾利森故事的悲伤结局：英国绅士去了一个艾利森称为“北边”的地方，染瘟疫死了，讨了他的欢心。不管怎样，艾利森获胜了，收到一张两百五十美金的支票，故事也刊登在了随后的杂志上。

“或许艾利森太走运，运气来得太快了，”汤姆边喝着酒边说，“或许她在纽约的工作太忙了，没有时间出去经历一些东西。”

康斯坦丝心不在焉地开始摆餐具，将盘子和杯子放到合适的位置，这与其说是有意识的思维，不如说是长期的习惯。

“我从来都没有真正相信她会离家这么久，”她说，“我以为她不出六个月就会回来，但是她现在已经在纽约待了两年多了。你有没有觉得我们结婚，我们的结合，让她觉得自己成了第三者?”

“不，我不这么认为，”汤姆说，“虽然艾利森和我没有像我乐见的那样了解彼此，但是我觉得内莉·克罗斯自杀后，她就已经开始考虑离开。”

汤姆和康斯坦丝之间有一个心照不宣的共识：只要他们提起一九三九年佩顿那段不愉快的日子，他们就通过内莉·克罗斯的自杀事件来表达自己的忧愁。艾利森知道自己父亲和自己身世的那段时间他们也没有谈论过这件事。

“但是我觉得凯西·艾斯沃斯出事后，审判的时候她的决心就在成形，”汤姆继续说，“我觉得那以后，她对佩顿的感觉就不是从前的样子了。”

“如果那是她离开的主要原因，你就太愚蠢了，”康斯坦丝说，“艾斯沃斯一家状告莱斯利·哈林顿不关艾利森什么事，跟她没有任何关系。”

“跟所有人都有关系。”汤姆默默说。

之后，康斯坦丝站在水槽前洗盘子，她想到汤姆说艾斯沃斯一家控告莱斯利·哈灵顿跟每个人都有关系，或许是对的。那样的局势造成了佩顿的分裂，也就是那个原因让所有人开始担忧他们是不是想得到别人的关心。但是，康斯坦丝仍然记得，不只是艾斯沃斯的事情改变了艾利森，艾利森在那之前就开始发生变化。自从诺曼·佩奇的尴尬事件和内莉·克罗斯的可怕悲剧发生后，康斯坦丝把她从医院接回家后，她就不再是一个孩子了。还有其他的事，康斯坦丝懊丧地想，她爸爸和我的真相。她肯定非常介意，尽管她总是装得毫不在乎。我不知道人们说私生子通常会在自己选择的领域取得成功，因为他们觉得没有父亲一定要得到补偿，是不是真的。康斯坦丝低头看着泡沫洗碗水，泡沫忽然变成了七彩色，在她的眼泪中闪着光。她没有权利这么幸福，没有权利在让艾利森失望后这么幸福。她抹掉脸上的泪，拿肩膀擦了脸，听着在地下室折腾圆锯的汤姆不成调地吹着口哨。

我拥有了这么多，她内疚地想，我本应该把艾利森放到首位的。

一九三九年她确确实实没有把艾利森放到第一位。她只记得那个燥热的晚上，内莉·克罗斯自杀，艾利森惊愕地躺在医院里。康斯坦丝那晚最担心的就是失去托马斯·马克里斯。那晚所有的事都尽力处理好之后，汤姆从佩顿医院后面的停车场缓缓地将车开出来。康斯坦丝记得他没有说话，她坐在副驾上，也没有说话。他没有像往常一样叫她靠近一点，或者握她的手。康斯坦丝靠着车门静静地坐着，因为担心，嘴里充满了一种糟糕的味道。汤姆沉默地将车开到路之尽头。当他关掉车灯的时候，整个佩顿在眼下展开，就像一个花纹地毯。他静静地俯瞰了佩顿很久，康斯坦丝不敢说话。最终，他将烟头扔出黑暗中，转向她。在薄薄的月光下，他脸的轮廓似乎比她以往看到的都更加分明，她开始颤抖。

"告诉我。"他说，但是他没有碰她，即使在她忍不住哭泣的时候。

"没什么可说的，"她说，"我从来都没结过婚，就这么回事。艾利森是私生女，从她出生时我就努力不让人发现，为了保护艾利森，我真的费了很大的力，汤姆。她出生的时候，为了不让任何人知道，我和我妈妈篡改了她的出生证明，她比她以为的大整整一岁。我做了我所能想到的一切去保护她，但是我不能改变她是私生女的事实。"

"为了保护你的孩子，听起来高尚，其实都是胡扯，"汤姆残酷地说，"你欺瞒周围是为了保护你自己，而不是她。至于事实，你有必要用那种方式抛给她吗？我见过残忍的，康斯坦丝，非常多，但是都比不上你那天晚上对艾利森做的。"

"那你希望我怎么做？"康斯坦丝哭喊道，虽然知道自己听起来像个泼妇，但她不在乎，也无法在瞬间停住从嘴里冒出的生硬粗野的话，“那你让我怎么处理？就让她放荡胡为？让她跑到树林里和碰见的每个男生胡搞？我是该这样做吗，然后这世上就有了一个妈妈支持你所谓的儿童性行为的花哨理论？”

“但是你不知道艾利森和诺曼是否做了你不认同的任何事。”汤姆冷冷地说。

“我怎么可能不知道！她和她爸爸一个德行，我越看她越能在她身上看到艾利森·麦肯齐的影子。性，这就是他脑子里的全部，他的私生女也一样。我甚至都不用太费力，就能在艾利森身上看到她的爸爸。”

“你在你女儿身上看到的不是艾利森·麦肯齐，”汤姆说，“是你自已，那才是让你厌恶和恐惧的。你担心她会步你的后尘，她最后也会生出个私生子，就像你一样。那才是那晚你看着艾利森和诺曼的时候看到的。你从来没想过也许她和你不一样。”

“那不是真的！”康斯坦丝喊道，“我跟艾利森不一样，我在她那个年龄的时候绝不会和男生跑到树林里，干她干的事。”

“你怎么知道艾利森做了什么？你从来没给她机会说明，就开始用恶毒的言语劈头盖脸地痛批她。”

“我就是知道，我告诉你！”

“从经验判断吗？”汤姆问。

“哦，我恨你！”她怨恨地说，“我恨你！”

“不，”汤姆说，“你不恨我，你恨的是真相，不是我。我们俩的区别在于，康斯坦丝，我不介意真相，不管它多么丑恶，但是我讨厌谎言。”

他发动了车，极速驶向山毛榉街，再也没说一句话。康斯坦丝知道自己失去了他。

“你怎么能说你爱我?”踏出车门的刹那她问，“你怎么可以爱我，又说出今晚这样的话?”

“我没有说任何爱你少一分的话，康斯坦丝，”汤姆疲惫地说，“我只是说我讨厌说谎的人。两年来我一直想和你结婚，因为我爱你。现在我依然想和你结婚，因为我依然爱你。但是我无法忍受看着你的时候，想到每次遇到难以面对的事实时你就撒谎。”

“好像你从来没有撒过谎一样。”她幼稚地说。

“非常少，”他说，“只有当真相带来的弊大于利时。我很少走到对自己撒谎的地步。更重要的是，康斯坦丝，我从来没有对你撒过谎。如果没有一句真话的话，一个男人和一个女人之间不可能有美，信任和安全感存在。”

“好了，”康斯坦丝生气地说，“你想要真话的话，进来，我给你真话，一字不差。来吧。”

他随她进了屋，锁上身后的门，跟她走到客厅里。他拉上窗帘，关上前厅的门。她僵硬地坐在前厅的沙发上看着他。

“要喝一杯吗?”她胆怯地问，愤怒突然消失了。

“不要，”他靠门站着，“你也不许喝，我们把这事解决了。开始，从头开始，看在上帝的份上，就这一次，尽力对你我都诚实一点。”

他的神态像是监狱的看守，站在那里靠着门等她开口。他冷酷无情的样貌是她以前从未见过的，即使是她开始支支吾吾地叙述自己故事的时候，他也没有变得柔和。他几次离开门去点烟，却没有一次递给她一根。有几次，他用她不认识的声音，挑出她故事中的零碎问题。

“撒谎。”他说。康斯坦丝落入了自己织的网中，开始重讲那个特别的事件。

“你省略掉的是什么?”他质问道。于是她将自己置于一直以来她认为丢脸的事实中。

“再把那个讲一遍,”他说,“看看你两遍讲得一不一样。”

那个夜晚康斯坦丝永远也无法忘记。当一切结束的时候,汤姆再次靠在门上,脸色煞白,憔悴。

“这就是所有的吗?”他问。

“是。”她回答,他相信了她。

直到后来,康斯坦丝才意识到汤姆为自己做了什么。接下来的几周,她觉得自己好像变成了一个全新的,不一样的人,她第一次自由地迈开步子,没有任何畏惧,她再也不用庇护在谎言和伪装之中。也就是在那个时候,她终于明白汤姆说她一直以来负重的外壳是什么意思。但是那天晚上她没有意识到任何事,什么都没有,除了沉甸甸的需求和渴望,让她人生第一次探出身去。

“求你了,”她低声说,在他走向她之前,她就跑过去,“求你了,”她呼喊着,“求你了,求你了。”

他抱住了她,嘴唇贴着她的眼角呢喃的时候,声音温柔地碰撞着她的耳朵,“亲爱的,亲爱的,亲爱的。”康斯坦丝流着泪。他的手指紧紧地抓着她的背,放松她紧绷的肩胛骨,直到她停止哭泣,又开始温柔地抚摸她的脖颈。他坐下来,将她抱在腿上,胳膊环着她。她将头靠在他的肩膀上,在献身的欲望驱使之下身体开始发热。她的手指顺着他的脸,向下画着图案,嘴唇几乎贴着他的嘴唇说:“我从来都不知道可以像这样,如此安慰,没有任何畏惧。”

“可以有很多不同的东西——甚至是乐趣。”

她轻柔缓慢地给了他一个小小的爱之吻,然后很快,他们已经辨不出自己的言语，对方的言语。

他们在一起后第一次，她除去衣服，任他看着自己，体内仍然迸发着献身的喜悦，在他双手的抚摸之下，她扭动起伏着。

“全部，”她说，“全部，全部。”

“我喜欢你身体里的这团火，我喜欢你不自主地扭动。”

“不要停。”

“这儿？这儿？还有这儿？”

“是的，哦，是的，是的。”

“你的乳头跟钻石一样坚硬。”

“再说一遍，亲爱的，再说一遍。”

“你的腿绝对很淫荡，你知道吗？”

“我对你来说是美味佳肴吗，亲爱的？”

“非常！哦！”

“那就对我做吧。”

他抬起头，笑着看着她的脸。“做什么？”他挑逗道，“告诉我。”

“你知道的。”

“我不知道，告诉我，你想让我对你做什么？”

她抬头用哀求地眼神看着他。

“说出来，”他说，“说出来。”

她在他耳边悄悄地说了那个词，他的手抠进她肩膀的皮肤里。

“像这样吗？”

“求你了，”她说，“求你了。”紧接着，“就这样！哦，是的，是的。”

之后，她头靠着他的肩膀躺着，一只手平放在他胸前。

“我人生第一次做完之后没有感觉到羞耻。”她说。

“我应该要令人讨厌地说‘我早就告诉过你吗’?”

“如果你想说的话。”

“我早就告诉过你。”

她挪了挪头，咬住他的肩膀。

“啊噢!”

“收回刚刚说的话!”

“好！好！放开。”

“确定吗?”

“是，天啊!”

“保证?”

“你个食人族！是。”

她将嘴唇贴在自己刚刚留下的齿印上。“爱我吗?”

他用一只肘将自己撑起，一只手轻轻地放在她的颈前，这样她就能透过他的指尖感受到自己的脉搏。他低头久久地看着她的眼睛，直到她感到再一次被浓浓的欲望包围。

“看着你，就毫无抵抗力。”他沙哑地说。

“你在我身边就是为了性，是不是?”

“我不知道，我得先再试一次。”

“请支付两美元。”

“乖一点，我可能还会给你小费。”

“哦，亲爱的，”她突然说，“亲爱的，我再也不害怕了。”她的声音带着幸福和解脱。

“我知道，”他说，“我知道。”

几周后，汤姆向她求婚时，她给了他一个直截了当的“愿意”，然后回家告诉艾利森。

“汤姆和我要结婚了，艾利森。”她说。

“哦?”艾利森已不再是一个孩子,“什么时候?”

“尽快,如果可以的话,下周末。”

“为什么突然这么急?”

“我爱他,而且我已经等得够久了。”康斯坦丝说。

康斯坦丝·马克里斯擦完银餐具,放回去。不是因为她和汤姆结婚让艾利森失望了,是在她们长谈艾利森父亲的时候,母亲让女儿失望了。但是,她尽力如实地给出最真实的答案来回答女儿的问题。

“你爱我爸爸吗?”艾利森问。

“我不这样认为,”康斯坦丝坦诚地回答,“不像我爱汤姆那样。”

“我知道了,”艾利森说,“你确定他是我爸爸吗?”

她恨我,康斯坦丝想,尽力对自己的女儿温和。

“我不应该给自己找借口,”她说,“但是发生在你父亲和我之间的事可能发生在任何人身上。我很孤单,我需要一个人,而他就在那里。”

“他结婚了吗?”

“是的,”康斯坦丝低声回答,“他结婚了,有两个小孩。”

“我知道了。”艾利森说。后来康斯坦丝确定艾利森就是这个时候开始考虑离开佩顿的。

艾斯沃斯的事故,让艾利森感觉到佩顿没有一个人是她的朋友,是第二个原因。

康斯坦丝挂好洗碗布,迅速走到后廊,大口地呼吸着十月晚上的空气。她记得,艾利森一直很爱佩顿的十月。

哦,天啊,康斯坦丝想,试着对我仁慈一点,原谅我一点,理解我一点。回家吧,艾利森,回到属于你的地方来。

康斯坦丝慢慢地走回厨房。她应该要去看看赛琳娜·克罗斯的。太糟糕了，自从赛琳娜开始管理旺角服饰店，她就完全没有关心过生意上的事。但是有赛琳娜掌管，康斯坦丝其实也不用担心，赛琳娜将店打理得和之前一样好。停下来听汤姆的口哨声时，康斯坦丝笑了。她当然是在找借口，她更愿意晚上待在家里，而不是在店里查账和发票。

“嘿，”她冲着地下室的台阶喊道，“你打算一晚上都待在下面吗？”

汤姆关掉圆锯。“如果你没事又愿意的话，我就不会啦。”他说。康斯坦丝笑了。

第三章

同一周的星期五，下午四点，赛斯·布斯威尔在榆树街遇见了莱斯利·哈灵顿。他们互相打了招呼，因为毕竟他们也是出生在同一个镇，同一条街，一起上过学的文明人。

事实上，赛斯讽刺地想，如果他们其中一个人停下来想一想的话，他和莱斯利还是有很多共同之处的。

“星期五晚上你们几个还在玩牌吗？”莱斯利问。

赛斯几乎掩饰不住自己的惊奇，因为这是他听到莱斯利说的最接近请求的一个问题。

“对。”赛斯回答。紧随这个词之后的就是一阵尴尬的停顿，两个人都等着对方开口。但是赛斯没有发出莱斯利期待的邀请，莱斯利也没有再问。两个人漫不经心地分开了，但是脑子里却都想着同样的事。莱斯利·哈灵顿从一九三九年开始就再也没有和栗树街上的人玩过扑克，而且如果赛斯我行我素的话，他就再也不会了。

几年来，星期五晚上的牌友们达成一个协议——如果有一个人无法参加那天的聚会，他应该在那天晚饭后尽快打电话给赛斯，通知他。四年前的一个晚上，莱斯利打电话给他，那天陪审团对艾斯沃斯和哈灵顿的案子做出了判决。

“赛斯，”莱斯利说，“我一整天都在法院，筋疲力尽，今晚就别算我了。”

“那我就不算你了，莱斯利，”赛斯说，下午的愤怒还在折磨着他，“今晚以及之后的每个星期五晚上，我家都不再欢迎你。”

“不要这么草率，赛斯，”莱斯利告诫道，“毕竟我们是这么多年的朋友了。”

“不是朋友，”赛斯回应，“只是碰巧，我们出生在同一个镇的同一条街，我或许会再加一句，是一个并不开心的碰巧。”然后，他挂断了莱斯利的电话。

的确，赛斯想着，大步迈向大门，莱斯利和我真的有很多相似之处。同一个镇，同一条街，共同的朋友，甚至曾经还爱过同一个女人。因为自己的不足去恨一个人是多么轻易的一件事。

最后一个念头让赛斯在心里展开自我厌恶，以至于他想象自己在品尝胆汁。一进家门，他就给自己倒了一大杯酒，大到足以消灭任何讨厌的味道。马修·斯温先于其他人到来时，赛斯已经酩酊大醉。

“天啊！”医生呼了一声，跨过赛斯伸开的腿去够桌子上的酒瓶，“这唱的是哪出？”

“我在想，我亲爱的朋友，”赛斯说，他已经醉到长短音不分，清醒的时候他绝不会这样，“一个人因为自己的缺陷指责另一个人时的轻易程度，那个，老朋友，”赛斯闭上一只眼睛，冲医生摇着食指，“是有眼界的一种想法，借用你那个层次的习语，我甚至可以说那是一个富有想象力的想法。”

医生给自己倒了杯酒，坐下来。“看来今晚赢走你的钱不是什么难事。”他说。

“啊，马修，我发现了世间问题的解决方案，你却在跟我说扑克，你的灵魂到哪里去了。”

“原谅我，拿破仑，”医生说，“门铃响了。”

“如果每个人，”赛斯没有理会医生的评论说道，“停止因为自己的失败和缺点而憎恨和责备其他人，我们就会看到这世上的邪恶一个个消失，从战争到中伤别人。”

马修·斯温开完门回来，后面跟着查尔斯·帕特里奇，杰拉德·克拉克和德克斯特·汉弗莱。

“我们所有人都在同一艘漏水的船上。”赛斯打招呼说。

“他怎么了？”杰拉德·克拉克明知故问。

“他找到了世间问题的解决方案。”斯温医生说。

“哼，”德克斯特·汉弗莱哼了一声，他以缺乏幽默感著称，“我今天下午见到他的时候，他还好好的。我是来打牌的，我们还要不要玩了？”

“请自便，先生们，”赛斯慷慨地挥了挥手，“就跟在自己家一样，我，一个人，要坐下来沉思一会。”

“你怎么回事，赛斯，这么早就把自己灌醉？”帕特里奇问。

赛斯盯着帕特里奇。“你有没有想过，查理，忍耐是有一定限度的？如果到达无法容忍的地步，我们大部分人都引以为豪的听起来高贵的态度，就会退化成软弱和默许。”

“哟！”帕特里奇呼喊道，夸张地做出汗的动作。“你听起来像是在兄弟会闲谈，你要表达什么意思？”

“我指的是，”赛斯庄重地说，“你，我，我们所有人连同莱斯利·哈灵顿。”

赛斯像猫头鹰一样从一个朋友的脸扫到另一朋友的脸，空气中弥漫着不自在的沉默。最后，德克斯特·汉弗莱咳了一声。

“我们玩牌吧。”他说完，带头走进莱斯利的厨房。

“我们所有人，全部，都该死的因为我们自己的不足恨着莱斯利。”赛斯说着，倒向后面的椅子，慢慢地抿着杯中的酒。

如果赛斯·布斯威尔和莱斯利·哈灵顿有什么共同的特征，那就是，赛斯跟莱斯利一样，都不是一个爱担忧的人。他们之间的不同在于，在这点上，莱斯利训练自己不要去担心，而赛斯从来都不用。乔治·布斯威尔，赛斯的父亲，跟莱斯利·哈灵顿的父亲一样富有，但在该州更著名，且影响深远。莱斯利忍受着对成功难以制止的需求，赛斯却放弃了要做出什么成绩的所有希望，因为他还是如此年轻，会不再记得那是什么时候的事。这避免了他对失败的担心，而莱斯利就必须要学会应对。赛斯对自己的决定已经没有有意识的记忆，因为多年来它都已经褪色成了最模糊的感觉。

没有人可以无视我的努力，说我永远达不到我父亲的高度，因为我从来就没有试着要向他看齐。

少年赛斯的这种感觉是他父亲后来谴责“赛斯的懒惰”的开始，而他妈妈则将它称为“赛斯的完全缺乏雄心”。

不管是什么名号，记不起的决定导致了赛斯的从容不迫，顺其自然。他顺其自然过完自己的青春年华，以差不多同样的状态在达特茅斯度过了四年，之后顺其自然地拥有了《佩顿时报》。他顺其自然，就像超脱一样，经历了父母的去世，心上人的失去。不久之后，赛斯的超脱就变成了人们熟知的赛斯的忍耐。

“如果你什么都不在乎，很容易就学会容忍，”赛斯曾跟他年轻的朋友，斯温医生这样说，“照片的哪一面都不会让你烦恼，它让你把两面都看得清清楚楚，明明白白。”

年轻的斯温医生，两周前刚刚娶了一个叫艾米丽·吉尔伯特（Emily Gilbert）的女孩，说：“我宁可死，也不愿什么都不在乎。”

既然对一个人来说，不热爱点什么生存下来很难，赛斯就将他的爱转嫁到了对佩顿的爱上。他的爱是宽容，没有偏见的爱，既不要求，也不期待任何回报，以至于在其他人看来，它更像是兴趣，公民自豪感，而不是爱。

“我们应该有一所新的中学，”赛斯在一篇社评中写道，“不过当然，我们是要付出一些代价，税会上去。但是另一方面，我们现有的设施短缺，无法培养出许多聪明的孩子。在我看来，这取决于有孩子的各位，以及将要生孩子的各位，由你们来决定我们是该多付千分之一点二四美元的财产税，还是将就于二流的教育。”

新英格兰北部的人是赛斯的同胞，他很了解他们。他的容忍，他表面的漠不关心，在他们那里取得了成功，在那里强迫和推销术只会失败。佩顿的每个人都说，赛斯从来没把时报当枪使，即使是在政治运动时。这是事实，赛斯发表佩顿和周围镇上人们感兴趣的东西。他出版的所有世界新闻都来自于美联社的电报，赛斯从来不在自己的社评中评论或者进一步详述。“掺了水的社会新闻和镇上的八卦，这就是你在时报上看到的。”该州其他地方报纸的老板往往会这样说。但是，赛斯当老板的前几年，他不仅成功地让一所新的中学在佩顿拔地而起；还促成了纪念公园的建立以及后期维护和保养的拨款；他募集了大部分建佩顿医院大楼的钱；通过时报招募了建新的消防站的志愿者。

多年来，赛斯用他容忍，顺其自然的方式努力使他的家乡成长进步。之后，莱斯利的儿子出生了，就好像莱斯利在一个领域取得了成功，现在又有了新的兴趣。罗德尼出生后的第二年，镇委会上第一次出现了反对赛斯的声音。一年又一年，对赛斯来说无比珍贵的项目，例如新建小学，对佩顿实行分区在会上进行投票表决时，赛斯都惨败。赛斯隐退到自己容忍的超脱中，让莱斯利·哈灵顿在佩顿担任职位，堪比独裁者的职位。他坚决拒绝将“时报”作为自己声音的延展。赛斯耸了耸肩说人们很快就会厌倦莱斯利的独裁方式，但在这点上他错了，莱斯利没有进行独裁，他谈判。意识到这点时，赛斯又耸了耸肩，然后镇上的所有人都说他有着英雄般的忍耐力。赛斯自己也相信，直到一九三九年的一天，艾利森·麦肯齐，面无血色，攥着拳头来到他的办公室。

“艾斯沃斯一家在起诉莱斯利·哈灵顿，”艾利森说，“大家都说他们拿不到一分钱，因为，因为陪审团将几乎都由工厂工人组成。我们该怎么办?”

赛斯看着眼前的女孩，对一个十六岁的小孩来说，她太过于紧张和细致。他试着跟她解释为什么他们对艾斯沃斯和哈灵顿的案子无能为力。

“我跟你一样恼火，”他说，“事实上，我经常威胁说要拿报纸当作宣传工具，每年镇委会之前，我都扬言要这样做。我知道我会在一个尽管我不想被打败的项目上被打败，就像分区提案，或者新建小学。但是我从来都没有那么做，为什么？因为我相信忍耐，忍耐的其中一个要求就是，你不光要听取其他人的观点，还不能试图将自己的观点塞到别人喉咙里。我会跟每个愿意听的人阐述我的观点，但是我不会强迫任何人读我的报纸。”

“即使你知道你的观点是对的吗?”艾利森质问道，她的声调因为生气和怀疑而抬高。

“这不是重点，不是吗？一个人的观点和他为自己辩护的权利是两码事。假设我在报纸上发表了一些东西，之后有个人在自己家里读到它，如果他的观点和我的不一致，我不会在那里听他的不同意见，他唯一的途径就是坐下来，写一封《给编辑的信》，但是这样他就是对我不公平，因为如果我想跟他辩论的话，他又不在那里。”

“我不知道，”艾利森用严格控制的声音说，“你怎么会那样想的，我也在乎。这是我写的东西，我不是请你把你的文字发表到你的报纸上，发表我的，把我的名字放在前面。我不怕写出我的想法，也不在乎谁读，谁会不同意我的观点。我知道什么时候我是对的。”

“我们来看看你写的是什么。”赛斯说着，伸出手。

艾利森写了很大的篇幅，大部分是关于《宪法》和《独立宣言》以及上帝赐予每个人接受陪审团公平判决的权利。她还写了守财奴为了赚钱不择手段。她控告莱斯利·哈灵顿失职，不负责任，还说如果他是个人的话，就不会等着人家告他，他应该向艾斯沃斯一家赔钱，他应该为自己对凯西做的事，接受良心谴责一辈子。是时候了，艾利森写到，是君子就该站出来。在一个自由的美国城镇，当一个人要畏惧带有偏见的听证会的时候，是时候考验人们的灵魂了。艾利森一共写了十七页打印纸来表达自己的对莱斯利·哈灵顿以及她了解的佩顿的意见。赛斯读完后，轻轻放下手稿。

“这个我不能发表，艾利森。”他说。

“不能?”艾利森叫喊道，迅速拿走所有手稿，“你的意思是你不会?”

“艾利森，宝贝——”

愤怒的泪水噙满了艾利森的双眼。“我还以为你是我的朋友。”她说着跑出办公室。

赛斯的烟烧到了他的手指，他站起来，抽搐了一下。片刻间，他停在那里，不知道自己在哪里，然后眼神落在房间另一边的书架上，于是反应过来他在自己客厅的椅子上。

“该死。”他咕哝道，开始在椅子周围的地上找掉落的烟头。找到的时候，他用脚尖将其碾碎在地毯里，然后坐回去，拿起喝了一半的酒。从厨房里传来低声抱怨的声音，以及新一轮牌开始的低语声。

“加。”

“过。”

“跟。”

“全开。”

“天啊，我三个老K。”

我的朋友，赛斯想，吞咽着空腹喝太多以及不开心的回忆造成的恶心。天哪，久经考验的真朋友，赛斯想。过去时间里的一个声音像幽灵一样敲击着自己。

“我还以为你是我的朋友!”

赛斯喝完已经放了很久的酒，又给自己倒了一杯新的。你知道，他想，我是在跟很久之前的艾利森·麦肯齐说话。如果你听我说的话，你就会免受很多痛苦。我试着教你不要在乎得太多。你在乎太多，这一直显而易见，亲爱的，在你写的东西里展露无遗。而那个，我的宝贝，我太年轻，太善良，才华横溢，美丽动人的艾利森，对培养清醒冷静的头脑，写分析性的散文没有任何好处。

“顺子，皇后，清一色，天啊，黑桃！”传来查尔斯·帕特里奇激动的声音。

我的朋友，赛斯醉醺醺地想，我的好朋友查理·帕特里奇。我们年轻的时候给彼此找了多少借口，查理。多么美丽，高尚，冠冕堂皇的借口！

瞬间，赛斯回到了一九三九年。一九三九年的十月，一九三九年的秋老虎，拥挤的法庭，他的朋友查理·帕特里奇轻柔地跟他的朋友艾利森·麦肯齐讲着话。

“好了，宝贝，记得你发过誓要讲真话的，要原原本本地告诉法庭，今年劳动节的晚上发生了什么。不要害怕，宝贝，这里都是你的朋友。”

“朋友？”艾利森的声音不是一个孩子的声音，不再是感谢赛斯给她机会有偿为报纸写东西的声音。“朋友？”一个十三岁的小姑娘竟然发出如此紧绷，严格控制的声音。“凯西·艾斯沃斯是我的朋友，她是我在佩顿唯一的朋友。”

赛斯之后想，他只有通过想象艾利森·麦肯齐的眼睛在挤满人的法庭发现了他的眼睛来安慰自己。

“那么，”记忆中查尔斯·帕特里奇，莱斯利·哈灵顿的律师的声音响起，“难道不可能是你的朋友凯西，在嘉年华搭建的房子里面，低头盯着机器转动的齿轮，一时晕眩，自己掉了下去吗？”

“反对，法官大人！”是彼得·德雷克的声音。谁知道是出于什么原因，这个年轻的律师在佩顿开了一家律师事务所。他来自“远离这儿”的地方，镇上的人是这样说的。在艾斯沃斯和哈灵顿的案子之前，除了契约和工厂工人的琐碎问题，他没有接过什么案子。此刻他站在这里，大胆地反对查理·帕特里奇，这个本地人说的话。

安东尼·奥尔德里奇（Anthony Aldridge）法官，倔强地不愿住在栗树街，尽管他是法官，可以承担得起住在这里的费用。他赞成彼得·德雷克。法庭对艾莉森怎么想没兴趣，只对她看到什么有兴趣。赛斯偷偷地观察着陪审团，看查理的问题造成了什么危害，因为陪审团是由铁定支持莱斯利·哈灵顿的人组成。在佩顿找不出十二个既不在工厂工作，又不欠莱斯利房贷的人，因为他是国民中央银行受托委员会的主席。刚刚被起诉，莱斯利就迅速行动。他解雇了约翰·艾斯沃斯，凯西的父亲，又突然找到买家来买艾斯沃斯租住的房子。难怪工人们如此感激地紧紧握住对莱斯利·哈灵顿有利的那一点证据。赛斯想着，眼神从陪审团移到了看台上的艾利森·麦肯齐。

案子审了三天，唯一支持艾利森·麦肯齐的人就是托马斯·马克里斯。他作证说，他去找欢乐屋的操作员让他切断机器时，操作员说他不知道怎么做。根据佩顿的法律，刘易斯·威尔斯的证词是不能算数的，因为所有人都知道他和凯西在谈恋爱，他自然会为她辩护，尤其是那可能意味着三千美元。

三千美元！人们不厌其烦地说着。

“三千美元！想象一下！”

“要求莱斯利·哈灵顿赔三千美元！”

“一条胳膊三千美元！我愿意两条胳膊都被扯掉！”

“这个艾斯沃斯以为自己是谁呀？他从哪来的？他在后面，不是他爸爸推她的话，那孩子绝对不会自己那么做的！”

经过陪审团三天的商议，依照赛斯的表，刚刚用了四十二分钟，他们决定让莱斯利·哈灵顿赔偿两千五美元。这个数字，听说他可以接受。凯西·艾斯沃斯没有出现在法庭，她比任何人都平静地接受了判决。她的右胳膊没了，就像她说的，她必须学会用左手，这既不是三千美元，也不是两千五美元可以改变的事实。

“听我说，宝贝，”刘易斯·威尔斯用很多人反对的轻快的、销售员式的声音说，“你不需要用右胳膊来抱孩子，我看到很多女人都用左胳膊抱孩子。”

那天晚上，栗树街的人，除了莱斯利·哈灵顿，聚集在赛斯家玩扑克时，查尔斯·帕特里奇满嘴借口。

“老天爷，”他说，“我知道那不对，但是我能怎样呢？我是莱斯利的律师，他每年付我律师聘用定金，我同意尽我所能帮他处理事情。三千美元是一大笔钱，我必须要那么做。”

“又不是好像那个王八蛋付不起似的。”银行的行长，德克斯特·汉弗莱说。

“莱斯利一向吝啬，”杰拉德·克拉克说，“我觉得他从来没有不杀价买过一样东西。”

“有那么一会儿，”马修·斯温说，“我觉得那女孩活不了了。”

“总有一天，”赛斯说，“那畜生会付出代价的，他肯定会遭报应，让他终生难忘。我只是希望我可以见证它的发生。”

一九四三年秋天，赛斯坐在自己家里喝酒。我们所有人，我们当中的每一个都恨莱斯利，因为我们没有胆子站出来告诉他我们的立场，他想着，拿起空掉的杯子，用尽所有剩余的力气将它扔向对面的墙，杯子甚至都没有破，它滚过地毯，停靠在书架前。

“我的朋友！”赛斯口齿不清地说，“我友好，忠实的朋友，去他们的！”

“你刚说什么，赛斯?”斯温医生问，他走进客厅，后面跟着打完牌的几个人。

“除了你，马特，”赛斯咕哝着，“去他们的，除了你，马特。”他说着，靠着椅子睡着了，嘴还张着。

第四章

那一年的雪来得早，十一月中旬，大地就已是白茫茫一片，十二月的第一个星期还没过完，佩顿街道两边就堆满了为了给汽车和行人腾出地方，而用尖嘴犁推起来的尖尖的雪堆。

塔特尔的杂货店在冬天那几个月总是分外热闹，因为夏天忙得焦头烂额，几乎挤不出一点时间休息的农民们，发现自己现在有几个小时的空闲时间。他们中的大部分都在塔特尔的杂货店聊天，消磨这些时间。聊天通常都没什么意义，也解决不了什么问题。一九四三年的冬天，聊天的内容大部分都和战争有关。但是，战争对佩顿的改变很小，对塔特尔店里的这群人则完全没有改变。镇上已经没有几个年轻人了，但话说回来，年轻人也从不会围着塔特尔的炉子，所以聊天的人都是在那里待了好几年的人。店里卖的东西越来越少了，但是反正炉子周围的老头们也没有多少钱，所以民用物资的短缺并没有对他们造成什么特别的影响。至于农民们，食物已不再是一个问题。战争并没有让新英格兰北部的石质土壤得到改善，变得更加多产，或者天气变得更好预测。靠土地谋生存，从来都是一件艰难的事，战争并没有对此产生什么影响。塔特尔店里的老头们一刻不停地聊，农民们也没有觉得，将好不容易得来的几个小时的闲暇时间花在聊天上是上当受骗了。谈完镇上的话题，紧跟着的总是引人入胜，无休无止的战争话题。每个前线的每场战争，都在红通通，热乎乎的火炉周围的老头们口中，以更巧妙的策略，更出色的战术，更多的勇气和胆量重新打一遍。老头们，包括那些儿子在战场上的老头，嘴上都时常挂着关切之语，因为他们觉得这是参战国家人民的期望。但是，他们当中没有一个对美国的胜利持哪怕一点点的怀疑，虽然他们都抱着无限的关心，讨论着失败的可能性。列强的铁蹄，不管是德国还是日本，践踏到由塔特尔店里的老头们的祖父们最先定居的土地上，是如此遥不可及，无法想象的一件事。所有说的人和听的人都用静默的态度，在这点上，他们也许组织了一个关于超感知力的讨论。说和听都无所谓，但就是没人信。一个刚从战争之地过来，第一次来佩顿的陌生人，面对镇上毫不在乎证据和根据的情形，很可能会目瞪口呆。镇上变化最大，也是唯一发生改变的是坎伯兰工厂，它一年多前投入了战时工作。工厂现在实习三班倒，二十四小时都在工作。事实是，更多的人有更多的钱只是表现得并不是特别明显，因为新获得的财富并没有什么可买。对塔特尔店里的老头们来说，战争几乎就像一场游戏，对话的游戏，其他话题都穷尽了之后玩的游戏。刚来佩顿的人可能很容易就对危险对于勇气，信心对于漠然产生错误的怀疑。

赛琳娜·克罗斯是镇上为数不多的几个有战争情绪的人之一。她的继兄保罗跟随部队在太平洋的某个地方，格拉迪斯在洛杉矶的一个飞机制造厂工作。一九四三年的冬天，赛琳娜一直与持续不断的焦虑不安感和挫败感斗争。

“我希望我是个男人，”她告诉托马斯·马克里斯，“那样便什么也阻碍不了我，我会立刻参军。”

事后，她又后悔自己说了那样的话，因为她听说汤姆好几次尝试入伍，但是似乎没有哪个部门急于接收汤姆这样年过四十，双膝断裂过的人。

除了不安和挫败，赛琳娜还和负罪感较着劲儿。她知道她应该感激泰德·卡特还安安全全地待在州立大学，攻读最后一年的法律，因为优异的成绩被免除现役和预备军官训练团。她觉得泰德应该跟保罗以及其他人并肩作战，所以泰德周末回来的时候，或者满腔热情地写信说他运气多好，能设法留校的时候，她都很恼火。

赛琳娜承认，一个男人一直坚定地锁定自己的目标是好的，她知道泰德不是一个胆小鬼，他做好了充分的准备，毕业之后愿意随时奔赴战场。

“如果我能多待一年的话，包括夏天，我就可以拿到本科学位，那样就只剩法学院了，谁知道呢？说不定还没到那个时候战争就已经结束了。”泰德告诉她。

她愤怒不已。“我竟以为你会希望去，毕竟，美国已经参战了。”

“不是说我不想去，”他回应道，对她的不通情理神伤，“只是这样的话，我就不会耽误任何时间，我们就可以很快结婚。”

“时间！”赛琳娜嘲笑道，“让德国人和日本人都杀过来，到时候看看你的时间是多宝贵!”

“但是，赛琳娜，我们几年前就计划好这一切了——从我们还是孩子的时候。出什么事了?”

“什么都没有!”

事实上，赛琳娜本可以告诉泰德出什么事了。她知道自己的想法很幼稚，很不理智，毫无意义以致无法解释，但是它就在那儿。她克服不了自己的想法，觉得面对横扫全世界的战争，一个健全强壮的男人想要待在昏昏欲睡的大学城，并不十分正确。

内莉死后，保罗和格拉迪斯的到来，以及随之而来的整洁和安全措施，使得卡特夫妇对赛琳娜的态度有所缓和。毕竟，卡特夫妇说，不用老板的帮忙，自己一个人管理生意，聪明的女孩才能做到。自从康妮和汤姆结婚后，她几乎没怎么踏进过店里，都是赛琳娜一个人在打理，一定是非常聪明的女孩才能在十八岁的时候就有这样的能力。现在赛琳娜和乔伊相依为命，罗伯塔有时候会邀请他们周天晚上去吃晚饭，她总是坚持和赛琳娜一起看泰德的信，希望能得到赛琳娜同等的回应，但赛琳娜从来都没有回应过。她不喜欢罗伯塔和哈蒙，也无法信任他们。她警惕地接受罗伯塔的邀请，因为她找不到得体的方式来避开他们。但是她从来没在卡特家度过一个舒心的周末，只要那些周日的夜晚结束，她和乔伊就像一对刚被放出学校的孩子，笑着一路跑回自己家。到家之后，赛琳娜会做汉堡，然后他们边吃，乔伊边模仿罗伯塔女超人似的矫揉造作，伴随着笑声，赛琳娜的食物逐渐变凉。

我没有什么可以抱怨的，赛琳娜想。十二月寒冷的夜晚，关了旺角服饰店的门，赛琳娜走在回家的路上。如果我体内有一盎司的感激之情的话，我就会感激我所拥有的一切。

在她开门进去之前，她停住，抬头看着阴沉的天空，要下雪了，她想，然后快步走进温暖的屋子里。屋子里乔伊已经开始做饭了，泰德的另一封信在等着她。壁炉里，乔伊已经生起了火，因为他知道赛琳娜喜欢吃饭的时候看着火。壁炉是一个不必要的奢侈品，从格拉迪斯那里得知，对赛琳娜来说，没有壁炉家是不完整的之后，保罗费了很大的体力和脑力装了它。

“壁炉！”赛琳娜第一次看到完整的炉床惊呼时，保罗温和地嘲笑她：“这东西又脏又老套，你从哪里来的想法?”

“康妮·麦肯齐，”赛琳娜回答，“我以前常常和艾利森坐在她家的壁炉前，然后想着什么时候我也能有自己的壁炉。”

“那现在你有了，”保罗说，“可不要跟我诉苦说木头是湿的，烟囱不出烟，搞得屋子烟雾笼罩。”

赛琳娜笑了。“我以前常常希望我能有一头金发，这样有壁炉的时候，我就可以坐在它前面，让火光照亮我的头发，就像照亮康妮的金发一样。我愿意付出所有，只要能像她，像她那么漂亮。”

“什么都帮不了你！”保罗大笑着，取笑她，“你的身形像扫帚把，你的脸像刺猬。康妮·麦肯齐！绝对不可能。”

虽然赛琳娜没有像自己希望的那样，长得哪怕有一点像艾利森的妈妈，但是，她是漂亮的。二十岁的时候，她已经实现了年少时对自己的所有承诺。她的眼睛里藏着一种不愿诉说的秘密，却不再苍老，不再和她当时的年龄不相称。不管她去哪里，人们都会看两三眼赛琳娜，因为她身上透露着遭遇的经历有一股说不出的神秘，它比单纯的美丽更加让人着迷。有时候，乔伊·克罗斯看着她，他的爱如此汹涌，以至于他觉得必须要触摸她，或者至少叫她的名字，才让她看他。

“赛琳娜!”

她的眼神从拿着的书上抬起，转过头看他。火光照亮了她的颧骨，以至于骨头下面的凹陷看起来比实际上更深。

“怎么了，乔伊?”

他低头看眼前的杂志。“雪肯定下得很大，”他说，“风像疯狂的猎犬似的咆哮。”

她站起来，走到窗户前面，将脸贴在玻璃上，将百叶窗拉到眼角。

“我想是下雪了!”她呼喊道，“一场真正的暴风雪。你关好羊圈了吗?”

“嗯，我知道会下暴雪。克莱顿·弗雷泽告诉我的，他指给我看下午四点前的云，告诉我他是怎么判断出来的。”

赛琳娜笑了。“如果直到四点之后云都没被吹散，会怎么样?”

“那，那天晚上就不会有暴风雪，”乔伊肯定地说，“就要推迟到第二天。”

“我明白了。”赛琳娜认真地说，“嘿，我们喝热巧克力，玩棋盘格贴图怎么样?”

“可以啊。”乔伊随意地说了一句，但是他的心，甚至是他的眼睛，都溢满了对她的爱。

赛琳娜总让他觉得自己是个大人，非常重要，而不是一个孩子。她依赖着他，喜欢有他在身边。乔伊知道他们学校的很多男生，他们的姐姐宁愿死，也不愿让他们围在身边。但是赛琳娜不这样，只要她一会不见他，即使只是几个小时，她就表现像刚刚从长途旅行中回来。“嗨，乔伊!”她会满脸喜悦，微笑着说。她从来不会像他看到的一些女人对一些男孩子那样，亲他，或者抚弄他。他会死的，乔伊想，如果她那么做的话。但是有时候，她会开玩笑地戳他，或者弄乱他的头发，告诉他如果他不赶快去剪头发的话，理发师很快就会拿着剪刀，在榆树街追着他跑。她弄乱他的头发，那样说，即使有时候他的头发真的不需要剪。

“走，慢吞吞的，”赛琳娜说着，弄乱他的头发，“去外面，把你的鸡窝头理一理，如果你不快点的话，不出几天克莱门特就会挥着大剪子在榆树街追着你跑，大喊让你站住，直到他抓到你。”

他们喝着热巧克力，玩着棋盘格贴图。乔伊连下赛琳娜三盘，她坐在那里抱怨，显然对她才智非凡的对手无计可施。之后他们去睡觉了。很晚的时候，差不多子夜一点，门铃响了。

赛琳娜从床上惊坐起来，保罗！她想，在黑暗中徒劳地寻找着灯的开关。保罗出事了，外面有人拿着电报，她知道应该期待什么。黄色的电报，玻璃纸上黏着一两个红色的星星，这就是政府的方法，让人们准备好接收他们所爱的人，致残，或者是牺牲的震惊消息。几乎是下意识地，她的脑海中出现强风猛烈地刮着，卷着小雪球撞击着窗户的画面。她边打开客厅的灯，边和睡袍的一只袖子斗争。最后她打开门的时候，风将门从她手中夺走，猛地撞到后面的墙上，强风中翻腾的雪袭击着她的脸。卢卡斯·克罗斯跌跌撞撞地走进门，而赛琳娜震惊的脑袋只能想到关上她身后的门。

“老天，你让我在狂风暴雪中等了好久。”卢卡斯以这样的方式打招呼。

赛琳娜的脑袋又恢复运作。“哈啰，爸爸。”她疲倦地说。

“我为了见你跋涉了几百英里，你就是这么问候我的吗？”

卢卡斯问道。

他的笑容没有变，她注意到，他的额头仍然在动，就好像是被嘴唇控制着。然后她注意到他穿着海军制服，水手大衣，外加紧扣在他奇怪的方形脑袋上的白色帽子。

“哎呀，爸爸！”她呼喊道，“你参加了海军。”

“是，该死的，你巴不得我待在林子里吧，我告诉你，砍木头要比当海军容易多了。听着，我一路从波士顿搭车来的，你打算一整晚都让我站着吗？我冻僵了。”

“有你肚子里那点东西，”赛琳娜尖酸地说，“你离冻僵远着呢。我看出来了，海军没能治好你酗酒的毛病。”

“治好我？”卢卡斯问，跟着她走进客厅，“见鬼啊，宝贝，海军教我的戏法我听都没听过！”

“我能想象。”她说，翻着壁炉里余火未尽的木块，丢进去一块新的。

“啧啧！”他呼喊着，脱掉夹克，扔到椅子上。“这里有点变化啊，是不是？外面狂风暴雪，我还没怎么看出来，但是我看里面改善了不少啊。天啊，太冷了。那人就把我载到榆树街，我没办法，从那走过来的。那人要去加拿大，刚好经过。以为他会直接把我送到家里，但是，不是，他不愿意，因为我来的路上喝了一点小酒来保暖。混蛋。”

我就知道，赛琳娜想，我一直都知道一切太美好了，无法长久。这就是我忘恩负义的下场，我毫无理由抱怨的下场。

她转过去看着卢卡斯，他正抱着一品脱的酒瓶，喝到一滴不剩时，他把瓶子扔向壁炉，摔碎在炉床上。

“听着，爸爸，”赛琳娜愤怒地说，“你说这里有些变化是对的，而且这些变化会保留，如果你想到处扔空瓶子，你可以出去，到别处去扔，不能在这扔，再也不可以了。”

大量的酒，加上从极冷到温暖的迅速转变，让卢卡斯感觉比自己认为的要醉很多。一如往常，醉酒让他丑恶。

“你，听着，”他怒骂道，“不要在我的房子里告诉我该做什么，我不在乎我不在的时候你怎么折腾这个地方，这里仍然是我的地盘，不要忘了。”

“你回来就是为了找麻烦吗?”赛琳娜尖声问道，“你做得还不够吗? 你对我和妈妈做得还不够吗? 你听说妈妈的事了，是不是? 她自杀了，这就是你对她做的，你还嫌不够吗?”

卢卡斯做了一个反对的手势。“是，”他说，“我听说内莉的事了，让她的家人丢脸，这就是她做的事。在内莉之前，克罗斯家从来没有一个自杀的。她一定是疯了，但是我不在乎。”他说完，开始笑。他站起来，稍晃了一下，然后朝赛琳娜移动。“我从来都没在乎过内莉，”他说，“谁让我见识了你的好，宝贝。”

刹那间，那天和医生的可怕记忆又浮现了。她可以感觉到七月的阳光炙烤着她的后背，让她汗流浃背，还有医生握着探针的手，她能听到他温柔的声音。她记得她醒过来，一切结束时，她的痛。她记得内莉青肿的脸，医生撒谎告诉她内莉得了癌症。赛琳娜握紧了手里的火钳，拨完火之后她并没有放下它。

“不要靠近我，爸爸。”她说，害怕和厌恶噎到了她的话。

“还是只小野猫，是不是，宝贝?”卢卡斯轻轻地说，“我走之后，周围就没有男人能驯服你，我看出来了。”他向她靠近，直到他站在她正前方。“对我友善一点，宝贝。”他用苍老哀怨的声音说，她记得清清楚楚。“对我友善一点，我又不是你亲爸，对我好一点没什么错。”他把手放到她肩膀上。“对我好一点，宝贝，已经很长时间了。”

赛琳娜甩过头，朝他脸啐了一口。“你个肮脏的老混蛋，”她说，声音愤怒而低沉，“把你的脏手从我身上拿开。”

卢卡斯拿起一只手，抹掉脸上的唾沫。“小野猫，是不是，”他笑着说，“我会惩罚你的，就像很久之前一样，过来。”

然后，赛琳娜意识到她在为自己的生活抗争。卢卡斯意欲制服她，用手扣紧她的脖子，她开始觉得呼吸不畅而头晕眼花。

“小贱人，”他一巴掌打在朝他大腿根顶来的她的膝盖，“我来收拾你！”

他再一次靠近他时，脸上充着血，在他手伸向她的前一秒，她两只手迅速抡起火钳，使出浑身力气朝卢卡斯的头猛击，他当场就倒在地上，几乎倒在她脚下。以免他恢复力气站起来，赛琳娜不断地拿火钳狠打他的头，不断地打。血像喷泉一样喷涌出来，淋湿了她的脸。

他一定不能起来！如果他起来，他就会杀了我！我不能让他站起来！他必须死。

但是赛琳娜没敢放下掩着眼睛的手去看。她感到两只细细的胳膊在背后拉她，把她从脚下的那堆东西拉走，她仍然没敢睁开眼睛。直到她感到下巴被狠狠一击，她才放下手，直直地看着她弟弟乔伊的眼睛。身后，燃烧的火发出一声清脆断裂的声响，伴随着友好的响声，她放在柴架上的木头开始燃烧。

如此之快，她麻木地想，这么短的时间里就可以让木头点燃，开始燃烧。

她抬起左手，抹了一把嘴，放下来的时候上面沾着血。她舔了一下嘴唇，尝到了血的味道。

“我割破嘴了。”她愚蠢地说。

乔伊摇着头。“是他的血，”他低声说，“你身上都是，你浑身是血。”

赛琳娜只想找个地方躺下来，睡过去，她觉得自己好像几周都没有睡觉了。她摇着头，摆脱攻占她的疲惫。我不能睡，她困倦地想，我必须要保持清醒，思考。努力之下，她终于想出她必须要做的是什么。她朝电话走去的时候，就好像在趟过泥地。乔伊冲到她身边之前，她的手已经放到了电话上。他啪得狠狠打掉她的手。

“你在干吗?”他质问道，他想要吼，但是声音出来的时候却是沙哑的低音。

“打电话给巴克·麦克拉肯。”赛琳娜说，手再一次朝电话伸去。

“你疯了吗?”乔伊低声说，他握着她的手腕咳嗽着，“你疯了吗?”这一次声音出来是正常的声调，显得太大声。“你疯了吗?你不能那么做，如果你给警长打电话，他们会逮捕你的。”

“那还能怎么办?”赛琳娜问。

“我们得把他处理掉，”乔伊说，“我听到你们说话了，没人知道他在这，我们把他处理掉，没人会知道的。”

“怎么处理?”

“埋了。”

“不行，地都冻硬了，我们没法挖一个够深的坑。”

“羊圈。”乔伊说。然后两个人一动不动地站在那里，想着羊圈，谁也没有看壁炉前面的尸体。

“羊圈里的地没有冻住，”乔伊说，“考虑到小羊，两天前我在里面放了红外线灯。地应该是软的，就像夏天外面的地面一样。”

“我们会被抓的，”赛琳娜说，“血到处都是，我们会被抓的。”

“听我说，我们不能被抓，如果被抓的话，他们就会逮捕你，送你去监狱，然后就会吊死你。”乔伊坐下来开始喊，“赛琳娜！”

“怎么了，乔伊？”

“赛琳娜，他们会吊死你的！就像妈妈吊死自己一样。他们会吊着你的脖子，直到你身体青紫，死掉！”

“别说了，乔伊。”

“赛琳娜！赛琳娜！”

就好像乔伊的喊声是刺激物，赛琳娜开始思考，她逼迫自己看着卢卡斯。眼前的景象让她胃里的东西迅速泛上来，她将它们吞回去。

“拿个毯子来，乔伊。”她镇静地说。

一会儿之后，乔伊把从她床尾拿的毛毯递给她，她说：“去把羊赶出羊圈。”声音同样镇静。

她拿毯子裹住只有身体还可以辨认，血肉模糊的继父。她和乔伊将尸体拖出房间，劲风袭来，将她的长袍和睡衣紧紧地裹在她的腿上。卢卡斯的血从毯子里渗出，在漂移的雪上留下一道红色的印子。

赛琳娜和乔伊挖了一个三尺深的坑，将卢卡斯埋了。处理完之后，乔伊将羊重新赶回羊圈，它们立刻开始来回走动，就像那是它们的方式。几分钟后，刚挖的坑就被夯实了，上面覆盖着小小的蹄印。但是比起清理客厅的工作，挖坑，埋人简单多了。等他们清理完之后，已是白天，风依旧在刮，卷着飞舞的雪花。他们站在一起，透过一扇前窗，看着外面。房子到羊圈之间的路已经完全被雪覆盖，看起来就好像从来没有人走过一样。

第五章

刚过完元旦，乔伊就联系了一个叫恩里克·安东内利（Enrico Antonelli）的人，他在佩顿郊区有一个很大的养猪场，他同样也是当地的屠夫。安东内利先生出生在新罕布什尔州基恩市，他还是个孩子的时候就随父母来到佩顿。但是通常他都被人们称作“庞德路的那个意大利人”。他有一头黑色的卷发，黝黑明亮的眼睛，喜剧里意大利人圆滚滚的肚子。知道自己比镇上大部分人的英语都说得好，一直是安东内利的骄傲。那些人的祖先十七世纪在美国生活。

“这不是屠杀的好时节，乔伊，”他说，“你干吗要如此着急?”

“我只是厌倦羊了，”乔伊回答，“我在考虑差不多一个月后养鸡，在那之前我想把羊都弄走。”

“即使是科妮莉亚（Cornelia)?”安东内利问，他指的是乔伊三夺蓝绶带的母羊。

“是，”乔伊好容易才说出口，“即使是科妮莉亚。”

“乔伊，你这是犯错啊，再养几个月吧，把它们喂肥，到时候可以卖个更好的价钱。”

乔伊害怕引起出哪怕是一丁点，克罗斯家不是本该有的样子的怀疑，他努力让自己的声音平静且不带感情。“不，我不想等了，安东内利先生，”他说，“我再也不想照顾它们了。”

安东内利先生用手挠着他浓密，卷曲，喜剧里意大利人式的头发，耸了耸肩，颇具说服力地说：“这难道不奇怪吗，我一直觉得你爱那些羊，就好像它们是你的兄弟。”

“过去是，”乔伊承认道，试着模仿安东内利先生的耸肩，但是失败了，“但是现在不爱了。”

“好吧，”安东内利先生叹了口气，“我会尽量早上去你那里，如果肯尼·斯特恩斯清醒的话，或许我可以带上他帮我。”

“我会在家等的，”乔伊说，“肯尼来什么也不做，带上他没用。”

幸好乔伊没去学校，待在家里帮安东内利先生，因为第二天早上，肯尼·斯特恩斯的状况完全没有办法帮安东内利。

“我告诉你带上肯尼没有用。”帮安东内利先生把羊弄上意大利人的卡车时，乔伊评论道。

安东内利先生摇着头。“我昨晚见他了，”他说，“他诚心诚意地答应我，他今天早上六点会到我那里。”

肯尼·斯特恩斯是怎么走到学校的，更别说是怎么找到郊外安东内利的猪场的，这都是个谜，因为那天早上七点的时候他还醉得不成样子，都无法准确地读出他赖以生存的蒸汽压力表。他小心翼翼地将手放到学校熔炉鼓起的那一边，火烧得足够烫，锅炉里也有足够的水，于是他满意地，摇摇晃晃地走下枫树街，朝榆树街的家走去。一到家，肯尼就立刻把自己关在后面的柴火棚里，一天都没有出来。他的妻子金妮和肯尼当天应该去人家家里干活的几个人，尝试把肯尼唤出来，但是都没有成功。

“他在柴火棚里，烂醉如泥，”金妮跟前来询问的人说，“我弄不出来他，如果你们愿意的话，可以去试试。”

但是对金妮和他的雇主，肯尼只有一句话，“滚开。”

伊弗雷姆·塔特尔（Ephraim Tuttle），杂货店的老板，是那天镇上唯一一个让肯尼多说了一句话的人。

“我会的，肯尼，”伊弗雷姆回应肯尼的“滚开”，“只要你能从柴火棚里出来，按你答应的去店里铲墙。”

“去你妈的。”肯尼充满敌意地骂道。这就是那天所有人听他说的最后一句话。

金妮因为没有办法进入柴火棚拿木柴给炉子烧，很快觉得无聊，下午早早地就离开了屋子。

“我要去灯塔了。”她说。她指的是镇上的一家卖啤酒的酒馆，名字取得太不合适，因为它既不在海边，也不是灯或者房子。它坐落在白蜡树街，是一个沉闷，谷仓一样的地方。每次打开门的时候，都散发着汗臭味，走气啤酒的味道，和木屑的味道。“我要去灯塔了，”金妮又说了一遍，“那儿有几个欣赏我的人。”

金妮·斯特恩斯是金发美女毁颜的悲剧案例。四十多岁时，她粉嫩的玫瑰色皮肤退化得苍白松弛，但是肯尼仍旧全心全意地相信，没有一个男人，看过金妮之后，还能正常呼吸，能不像，用肯尼的话说“蟑螂尝到杀虫剂”一样拜倒在她的石榴裙下。年轻的时候，金妮受不安的折磨，以至于她觉得有必要不断地向自己证明自己的价值。她通过跟每个提出请求的男人睡觉，在一定程度上来说，完成了一个壮举。但是金妮也不会什么粗枝烂叶都要。以后的几年，她经常说："我一个手的指头就能数过来佩顿和怀特河没爱过我的男人。"说到爱，金妮指的是一种高贵的来自灵魂的情感，而不是粗俗的、来自性腺的东西。

"你听见我说话了吗，肯尼?"她喊道，愤恨地捶打着柴房紧锁的门，"我要出去了。"

肯尼没有回答，他坐在一堆木头上，打开一瓶威士忌。

"婊子，"听着金妮高跟鞋的噔噔声走近，他咕哝道，"娼妓，荡妇。"

肯尼叹着气。他知道，他和金妮纠缠在一起，怪不得别人，只能怪他自己。他自己的父亲也警告过他，让他不要和金妮搞在一起。

"肯尼斯（Kenneth）①，"他的父亲说，"你和弗吉尼亚·乌伦贝格（Virginia Uhlenberg）② 纠缠在一起不会有什么好结果的，工厂工人家的崽子都一样，没一个好的。"

肯尼知道自己的父亲是一个聪明的人，他没有像肯尼一样当杂工，却是一个真正的庭园美化师，州议会大厦前面的场地就是他设计美化的。

"爸，"肯尼说，"我爱金妮·乌伦贝格，我要娶她。"

"愿上帝安抚你狂躁的灵魂。"他父亲引经据典，辞藻华丽。

不，肯尼想，喝了一口刚开的酒，除了自己怪不得别人，父亲告诉我的，就在金妮开始往外跑的时候，他告诉我他早

---

① 肯尼的全称。

② 弗吉尼亚是吉尼的全称。

就告诉我了。他每年都跟我说，直到去世。王八蛋，我敢打赌他一直在饱受自己得不到金妮的痛苦。

剩下的下午时间和晚上的一部分时间，肯尼一直在试图说服自己，金妮没有跟他的父亲通奸。但是没有用，最后，那个念头变成了折磨他脑子的一把利剑，他再也忍受不了了，他决定去灯塔找金妮，跟她对峙。

“金妮，”他会用恶劣的口气质问她，“你有没有跟我父亲干过?”

她抵赖试试，贱人，他想着，让她抵赖，他会拿碎瓶底把她的谎话打出来。

这个决定成功地让他从屋子里出来，走进一月寒冷的夜色里，一路温暖着他走到工厂街，然后突然抛弃他。他站在街角，在薄薄的衬衫下颤抖，牙齿也开始打战。前方，灯光在夜空中闪烁，肯尼决定走到灯光后面的建筑里，让自己暖和起来。他喝了瓶子里剩的差不多最后一口威士忌，本来打算敲成豁口去打金妮的，此刻也扔到了街上。他朝前面亮着的建筑走去，没有意识到自己在左摇右摆。他唯一想的就是走到那，要花上他很长一段时间。当他终于走到建筑前面的台阶上时，他想象自己听到了唱歌的声音，但是他没有注意到入口旁边黑色镀金的字，声明此地为佩顿五旬纯福音教会教堂。肯尼踉踉跄跄地走进门，发现门附近有个长木凳，他猛地坐下来，没有人转头看他。肯尼坐了似乎很久，任教堂里舒适的暖意抚慰他。他没有刻意去听，但耳边却回荡着声音，讲的是上帝万能的治愈能力。间或地，所有人忽然开始唱歌，这个时候，肯尼抬起千斤重的眼皮，看看周围。

老天，他们为什么不能闭嘴呢？他厌恶地想，因为讲话的声音，夹杂着拍手的声音，还有管风琴低沉回荡的声音，合起来，让他的脑袋一阵阵痛。

当牧师，奥利弗·兰克开始用抑扬顿挫、掷地有声的语调开始讲道，肯尼忍无可忍。他决定，一个男人只能忍这么多了。该死，他的脚去哪里了？肯尼低头看，试图锁定无法让他站立的那双脚。就在此时，他的头开始以令人眩晕恶心的大幅弧度旋转。最后，他站起来了，他朝长凳中间的过道迈了一步，就脸着地重重地趴到地上。

如果哪个畜生没有推我的话，肯尼想，我就是个卑鄙的混蛋。

他没有意识到，但是他的思想在他的嘴唇上组织起来，留下一串低沉，难以辨认的低语。

“听！”奥利弗·兰克喊，“听！”

你自己听，王八蛋，肯尼咕哝着，但是不幸的是，从他嘴里冒出来的都是混乱不清的声音。

任何一个会推挤其他人的人都是王八蛋，肯尼想，开始为自己感到难过。

“听！”奥利弗·兰克再一次喊道，因为他对于找上门来的任何有利机会从来都是按住不放。“听！我们中间有个陌生人在说话，他说的是什么？”

我说的是，肯尼想，你是个王八蛋，把自己的奶奶卖到妓院。任何一个推挤他人的人都是王八蛋。

肯尼没有试着站起来，或者挪一挪。教堂里主过道上铺着柔软的红地毯，教堂里也很暖和，他觉得舒服极了。

“是肯尼·斯特恩斯！”会众中有个人喊道，“他肯尼是喝醉了。”

“轻点走，”奥利弗·兰克缓慢庄重地说，“不要用粗鄙的话辱骂你的弟兄。他说什么？”

“哦，老天爷！”肯尼大声哼叫，你为什么不闭上你该死的嘴？

会众只听到了肯尼热情的“哦，老天爷”，便开始互相低语。

肯尼转了个身躺下，教堂明亮的灯光刺得他直皱眉。“哦，亲爱的上帝，”他哼哼道，“为什么没人把那该死的灯关了。”同样，他后面的半句话都是无法识别的音节。

“未知的方言！”一个情绪异常激动的女人尖叫道，“他说的是未知的方言！”当下，会众们都开始叫喊。未知的方言，牧师告诉过他们，是上帝启示的一种语言，只有至圣者才会说这种语言。讲和解读未知方言的能力是上帝赋予的天赋，只会赐予先知。

“说，哦，上帝！”奥利弗·兰克呼喊道，跟他的会众一样激动，因为他，跟他们一样，也从来没有见过或者听过先知讲最神圣的未知方言。“说！说！”

两个小时，肯尼躺在教堂的地上，醉醺醺地胡言乱语，没人听懂的话。

“先知！”听他讲话的人叫喊着。

“救世主降临要带领我们去约旦！”奥利弗·兰克喊道。

“神圣的使者带来基督复临的消息！”之前大喊的女人尖叫。

一个男人，完全沉醉其中，冲到街上，大喊降临于佩顿的荣耀。他一路跑到灯塔去接金妮·斯特恩斯。她一开始嘲笑着大喊，之后同意去教堂，条件是她要带上几个朋友。金妮和六个她的朋友跟着这个男人，冲回教堂。肯尼依旧在滔滔不绝地讲。金妮的丈夫，躺在地上，跟往常一样，烂醉时胡言乱语。一教堂清醒的人，而且明显是神志正常的人，倾听着他的胡言乱语，就好像是他在跟他们讲哪里可以找到金子。

“肯尼·斯特恩斯!”金妮尖声喊道，她自己也几乎一整天在喝酒，“给我从地上起来，”她用脚趾捅他，“你喝醉了。”

“你们中间谁是无罪的人，谁就可以先拿石头打她!”①看到金妮的醉相，奥利弗·兰克怒吼。

金妮向后退缩，就好像兰克牧师在朝她喷火。肯尼下一句话中唯一能听懂的一个词就是“娼妇”。

“上帝的启示!”兰克牧师喊道，用异常尖锐的指头指着金妮，“我们中间的罪人被揭发了!”

金妮从肯尼身边绕开，躲到她两个朋友身后。

在这两小时的最后时刻，肯尼彻底失去了知觉，他的眼球转回到脑袋，直到剩下白眼仁。会众中的四个人小心翼翼将他抬回了家。

最后，肯尼开始相信，是上帝的手，指引他去了教堂，上帝将启示的话放进他的嘴里。具体是什么话，肯尼从来没有百分百确定，但是这没有烦扰到他。佩顿五旬纯福音教会已经接受他为圣人。很快，肯尼就接受了洗礼，并被授予该教派牧师的圣职。幸运的是，该教派不相信有必要让他们的牧师参加任何形式的神学院，因为那样肯尼肯定会为定义自己的哲学信仰焦头烂额。

看到从前的杂工加醉汉快速走下榆树街，穿着长袍，胳膊下夹着圣经，佩顿的人从来没有从这样的震惊中缓过神来。灯塔的常客，依依不舍地怀念着金妮·斯特恩斯，因为她现

---

① 出自《新约·约翰福音》第七章，上帝对那些试图惩罚娼妇的人群说的话。

在已经洗心革面，接受了丈夫的宗教。对金妮来说，每次肯尼像过去一样对她野蛮粗鲁，她都不介意。她感觉自己就是圣母玛利亚，肯尼是天使，来告诉她上帝将她选为新世界希望的母亲。只有在极少数，极少数的情况下，身体里的某种东西会让肯尼突然停下来，思考他当牧师在做什么，是什么样的道路指引他走到了现在这条路。这样的时刻，肯尼会耸耸肩，把一切都归咎到上帝身上。

一九四四年初冬，除了肯尼·斯特恩斯，人们几乎没有谈论别的事，即便是海军部的两个人来到镇上，询问卢卡斯·克罗斯的事。他貌似加入了海军，现在擅离职守。海军部的两个人随巴克·麦克拉肯去了赛琳娜和乔伊住的地方，问了几个问题，但是姐弟俩说没有，一九三九年卢卡斯离开佩顿之后，他们就再也没见过他。海军部的两个人又跟镇上的人问了几个问题，但是没有人见过卢卡斯或者听说过他的消息，所以他们走了，然后人们又开始谈论肯尼·斯特恩斯，他是神迹中的英雄。

第六章

在肯尼·斯特恩斯引起的轰动消失之前，人们又投入到了进一步的兴奋激动中，因为小诺曼·佩奇从战场回来了。一九四四年三月，他像英雄一样回到佩顿，胸前满是军功绶带勋章，僵直的腿依靠拐杖行走。他妈妈去了波士顿，去火车站接他回家。佩顿中学的乐队表演了《星条旗永不落》欢迎他。镇上的人欢呼喝彩地迎接他。杰拉德·克拉克发表演讲欢迎他，称他是“从山林归乡的猎人，从大海回家的水手”，尽管诺曼参加的是步兵。妇女援助协会与行政委员会以及校董会一起，宣布三月二十日为诺曼·佩奇日。接着又组织了游行，举行了豪华宴会，欢迎镇上所有人都来参加。宴会在中学的体育馆举行，诺曼坐在宴会的头桌，起立做了演讲，当他讲完的时候，几乎没有几个人的眼睛是干的。佩顿，实际上，将过度的爱和感情投放到他们第一个归来的英雄身上。

“可怜的孩子，毫无血色。”他们说，但是没有人指出诺曼从来都是一个苍白的孩子。

“乖孩子，这么小就要经历这么多。”

赛斯·布斯威尔，拍了张诺曼像小英雄一样，靠着拐，站在纪念公园一战阵亡战士纪念碑前的照片，但这张照片自始至终都没有出现在《时报》的头版，这引起了很多针对赛斯的不愉快的言论。人们不知道的是，赛斯照完相的那天晚上，马修医生去找过赛斯。“不要刊登那张照片，赛斯。”医生说。

“为什么不要？”赛斯问，“那是一张好照片，英雄回乡之类的，是好东西啊。”

“佩顿以外的人或许会看到。”医生说。

“那又怎样呢？”

“那又不怎么样，除了我要用我的文凭，行医执照，还有我的招牌打赌，诺曼的腿没有任何问题，甚至一点伤都没有。”

赛斯惊呆了。“但是所有那些勋章又怎么解释？”他问，“那孩子从腰到肩膀差不多戴满了绶带。”

“绶带是，”医生说，“但是勋章不是。任何人都可以在基地附近的商店买到整批的绶带。曼彻斯特就有家这样的店，我上周去那儿的时候注意到的。我敢以身家性命打赌，伊芙琳跑到波士顿的一家这样的店里，买到了诺曼制服上的每一条绶带。”

“但是为什么？这样做没有丝毫意义，很多孩子都不是以英雄的姿态回家的，为什么她觉得诺曼非要这样。”

“我不知道，但是我肯定会找出原因。跟我一块上医学院的哥们现在在华盛顿是高级将领，他应该能告诉我。”

第二天，医生去距佩顿几英里的州议会大厦登记汽车，他在那里打电话给他在华盛顿的朋友。

“我当然能查出来，马特，”他的朋友说，“我今晚打你电话到你家里。”

“不，别，”医生反对道，他想到了镇上的话务员阿尔玛·海耶斯（Alma Hayes），她以偷听每个人的长途电话出名，“写信给我吧，”他说，“我不急。”

几天后，信收到了，斯温医生立刻拿着它去找赛斯。诺曼·佩奇，根据记录：因病退伍，理由是他的精神状况不适合担任士兵的职责。当佩顿的人都在同情伊芙琳·佩奇，她的儿子——据她所说——受伤躺在欧洲的一家医院时，诺曼·佩奇正在美国的一家医院，从严重的战争神经症中恢复。马修·斯温的朋友之后写道，根据他了解到的，诺曼在法国的战火中，患了PN。

“那是什么?”赛斯问，指着PN两个字母。

“神经病。”医生说完，伸手去拿赛斯桌子另一边的打火机。他将信拿在废纸篓的上面，将其点燃。“我看得出来伊芙琳跟这件事有关。”他说。

“我也是。”赛斯同意道。

两个人同时决定，既然他们发现的真相不仅会在镇上对诺曼造成伤害，而且如果被知道的话，还有可能让他惹上军方，他们愿意将这件事忘得一干二净。赛斯将诺曼的照片和底片一起毁掉，任凭人们愤怒的言论在他脑边嗡嗡吵。马修·斯温做了最后一个评论。

“有人，”他说，“该给那孩子教教怎么正确地僵着腿走路，怎样逼真一点地拄拐杖。”

同时，伊芙琳·佩奇完全没有意识到有人已经看穿了她的“小花招”，伊芙琳跟诺曼讲的时候这样形容她的骗局。她给自己找借口说，她从来没有想过要将自己的诡计实施得那么远，这只是其中一件失去控制的不幸事件。毕竟，她告诉自己，事情一旦不好收场，人该充分利用，除了傻子，没有人会为不可挽回的事哭泣。她从不后悔当局通知她诺曼因为精神错乱回到美国时，她所做的决定。她仔细考虑了好几天才去了诺曼卧病的医院。最后，她告知她的朋友，诺曼受伤了，躺在国外的医院里，濒临生死边缘，腿受了严重的伤。伊芙琳离开佩顿去康涅狄格州看她的姐妹时，她的朋友看着她满脸的泪痕，用美好的祝愿送她离开。毕竟，那可怜的灵魂正遭受着悲伤和忧虑的折磨，她不愿意一个人待在火车站街的房子里是可以理解的。

几个月后，当接到诺曼即将退伍的消息时，她在镇上放出消息，她要去波士顿等船将诺曼可怜伤残的身体运回家。诺曼因病退伍后的两周时间里，她和儿子待在波士顿的一家旅馆，指导他，两人回到镇上时，他必须要扮演的角色。

“你想让镇上所有的人都认为你疯了吗?”诺曼拒绝的时候，她喊道，“像赫斯特·古德尔那样疯吗?”

“你想让家乡所有的人都把你看成逃兵和懦夫吗?”

“你想让我们两个再一次蒙羞，然后永远都抬不起头吗?”

“你想给麦肯齐家的女孩提供素材，让她们可以真正谈论我们吗?”

“你按照妈妈说的做，宝贝，我什么时候把你带到歪路上了吗?”

诺曼的脑子、身体、灵魂、精神都疲惫到死。最后，他点头顺从。伊芙琳打电话到佩顿，告诉她要带诺曼回家的喜悦消息。欢迎庆典和宴会结束后，她激动地祝贺他发表演讲时完美的语调。之后的日子，她让他坐在客厅的椅子上，“残废”的腿伸直，搭在匹配的搁脚凳上。她含泪跟每一个来看他的人微笑。甚至是佩奇家的女孩也来了，她们的肥脸上擦了均匀的粉，庞大的身体装在黑丝绸衣服里。卡罗琳带了一罐自制的汤，夏洛特带了一瓶自制的蒲公英酒。

“我们来看奥克利的儿子。”她们跟伊芙琳说。

那时候屋里除了诺曼没人，所以伊芙琳终于有机会奚落她死去丈夫的女儿了。

“如果你们不愿来看你们在战争中受伤的弟弟，你们担心镇上的人会说，对不对?”

因为这是事实，所以佩奇家的女孩没有给出答复。她们又忍受了五分钟伊芙琳的辱骂，在她让她们走进客厅之前，她们没有退缩。诺曼在客厅里坐着，这是两个人第一次来到伊芙琳的房子。她们的表情，她们的态度，她们温柔的声音，让伊芙琳“小花招”里的每一点努力都不虚此举。

“看到了吗?”佩奇家的女孩走之后，她得意扬扬地告诉诺曼，“我告诉过你什么来着？这样是不是要比人们觉得你疯了好?”

对诺曼来说，他觉得好像穿过了一个虚幻的世界。他持续受着噩梦的折磨，不是所有的都跟战争有关，他仍然会做以前重复出现的赫斯特·古德尔小姐和她的猫的梦。在他的梦里，赫斯特小姐的脸总是他妈妈的脸，而他透过树篱缝隙看到的两个人不再是卡德先生和卡德太太，而是艾利森·麦肯齐和诺曼。梦里，当他抚摸艾利森的腹部时，他会感到自己的生殖器兴奋地一紧，但是拿开的时候，艾利森的腹部就会突然裂开，涌出数百万黏糊糊的蓝色虫子。那些虫子有剧毒，诺曼开始跑，他跑啊跑，直到无法再跑，虫子在身后快速追赶着他。有时候梦到这里的时候他会醒过来，浑身是汗，恐惧得无法呼吸。但是大部分时候，醒来之前，他都会成功地抓到他妈妈的胳膊，总是在这个时候，当他抓到他妈妈的时候，他达到艾利森引起的兴奋的高潮。这样的时刻，诺曼会感到温暖和湿润，觉得他的妈妈将他从可怕的危险中拯救了出来。

经过一段时间以后，“僵硬”从诺曼“伤残”的腿上消失了，他开始找事做。赛斯·布斯威尔给了他一份时报联合记账员和发行经理的工作，诺曼去上班了。他每天都忠实地工作，每周末将未兑现的工资支票拿回家给他妈妈。

是诺曼小心谨慎的行为，让罗德尼·哈灵顿在人们眼中凸显，因为罗德尼没有入伍参战。征募刚刚开始，莱斯利·哈灵顿就给自己儿子在坎伯兰工厂找了份足够重要的工作，所以罗德尼被归类为“对战争起至关重要作用的平民”，关于这点，佩顿有很多难听的讨论。有些人说当地征募委员会的三个人的住房抵押都在莱斯利·哈灵顿手中，而且这些人儿子的工作也被定性为在工厂“至关重要”。

莱斯利·哈灵顿尊享多年的地位，在一九三九年开始逐渐削弱，到一九四四春天年已经岌岌可危。一九三九年觉得艾斯沃斯一家状告莱斯利既愚蠢又糟糕的人们，后来很快开始改变想法。用不露声色的勇气，凯西对莱斯利造成的伤害已经远远超过言语可以达到的地步。在刘易斯·威尔斯即将入伍前，她嫁给了他，而且立马就怀孕了。战争期间，每当看到凯西·威尔斯一只手推着婴儿车走下榆树街，镇上的很多人都充满羞愧。他们看着凯西自始至终满怀希望地等刘易斯回来，即使是在巴丹半岛和柯雷吉多尔岛①战役那段黑暗的日子里。他们开始怀疑莱斯利·哈灵顿，他完全可以负担得起，让凯西的日子过得稍微容易一点。

“两千五百美元，”人们说，“好像不是很多，即使他另付了她的医药费。”

“很快莱斯利·哈灵顿就会宁愿出卖自己的灵魂，也不愿割舍一美元。”

“就是不对，她和她丈夫去了战场，莱斯利和他儿子好好地待在家里。”

“凯西·威尔斯倒霉啊，即使三万美元也补不回她的胳膊，但是却会让事情容易一点。她可以给家里雇个人，帮她照顾小孩。我听说她能飞快，毫无障碍地绕着自家房子跑，所以她应该不是很需要两个胳膊。”

“但真的很遗憾，那么便宜就让莱斯利·哈灵顿脱身了。他儿子也是一把脱身的好手。看看他是怎么逃脱入伍的，还有他好像总有很多的汽油来兜他的车，其他人的汽油都是定量配给的。”

“罗德尼一直是一把脱身的好手。还记得贝蒂·安德森吗？”

“我听说他现在又搭上了康科德的一个女孩，听说每天晚上都去见她。”

“他总有一天会遭报应的，莱斯利也是。哈灵顿父子早该遭报应了。”

但是，莱斯利·哈灵顿却一直无法说出是什么时候，他开始失去对佩顿的控制的。他愿意相信是劳联成功地在工厂

---

① 位于菲律宾，二战美日战场。

成立工会的时候，这件事，佩顿人没有听说，也没有想过。莱斯利怒吼，威胁要关掉厂子，让所有人都永远失业。但是不幸的是，他和政府签订过合同，所以他无法这样做，而且工人们也都知道。所有的事，根据莱斯利说的，随着劳联成立工会，都开始土崩瓦解。银行的生意减少了，因为人们都开始把抵押转移到十英里以南的一个镇。以前，莱斯利可以裁掉这么做的人，但是有工会指挥，他不能像以前一样随心所欲。好像是托马斯·马克里斯，莱斯利听说，通知工厂的工人，有另外一个镇的银行迫切需要新业务。即使要反对这种背信弃义，莱斯利也束手无策。那年春天，他竞选校董会的时候也失败了，这件事让他茫然了好几个星期，而且现在的校董会认为汤姆是佩顿有史以来最好的校长。一九四四年春天，莱斯利·哈灵顿恐惧度日，他唯一的安慰就是他成功地将其从战争中挽救出来的儿子。

“我要报复，”他冲罗德尼怒吼，“只要等到这该死的战争一结束。等着瞧，该死的工会能在我的工厂存活多久。我要炒掉所有现在给我工作的王八蛋，我要引进全新的人。”

但是，彼得·德雷克，在艾斯沃斯与哈灵顿的案子中反对莱斯利的年轻律师，持不同意见。

“栗树街的脊梁骨断了，”德雷克说，“只要一个椎骨失灵，整根脊柱都会停止有效运作。”

但是，罗德尼·哈灵顿，既不关心工厂，也不在乎栗树街的脊骨或者佩顿的变化。他一如既往，首要关心的都是他自己。他有两套态度，一套和另一套完全独立，截然不同。第一套由他认为明智的态度组成，第二套由他真正的态度组成。是第一套中的态度促使他经常说：“没有什么比至关重要的战时工作更令人沮丧的了，我觉得自己一无是处，毫发无损地留在美国，而我们的其他男孩却在海外为他们的生存战斗。”他经常跟某个漂亮的女孩说这些话，女孩就会急切地安慰他说，他对她来说至关重要。

“哦，真的吗?”罗德尼会经常这样回应，“多重要，证明给我看，宝贝!”

没有多少女孩，在男人匮乏的一九四四年春天，会拒绝顺应这样的要求。

但是罗德尼第二套中的某个特定的态度却不容否认。他，根据他私下的承认，太开心自己没有上战场。想到肮脏、饮食不佳、拥挤的营房、又脏又破的衣服，尤其是清规戒律，他就厌恶。每个人，罗德尼确信，只要有一丝诚实都会同意他的看法。所有人都跟他一样不想参战，他只是碰巧比大多数人都幸运一些。他太感激这样的事实了。

能给自己带来什么好处呢?罗德尼想，假设可以忽略入伍的所有不利因素，他又能得到什么呢?看看半边屁股的诺曼，从战场回来，在报社干不起眼的小工作混日子，除了几个勋章和一只跛腿，没有什么可以展示他的成就。不，先生，这不适合罗德尼·哈灵顿，绝不可能。

他一脚油门，对加满的油箱和四个上乘的轮胎非常有信心，快速驶向康科德去和女朋友约会。

她无疑是个甜心，海伦（Helen），他想着。但是如果他今天晚上不能得到她，他就要让她滚。有太多的女孩渴望着搭上这样一个优质稳定，既多金又有豪车的平民。

将“得到海伦”放到大脑的首要位置，罗德尼停在康科德主街一家卖酒的商店，又买了五分之一加仑的朗姆酒。朗姆混上可乐，海伦爱死了。除了朗姆，置物箱里他还有六双从黑市买来的尼龙丝袜，作为进一步说服的工具。

“哦，这是什么!”几分钟后，海伦握着丝袜呼喊道。

扒掉你裤子的工具，罗德尼心里想，嘴上却说：“美袜配美腿。”这句空话对海伦不起作用，因为她天生跟秋天的松鼠一样贪得无厌。

总的来说，两个人度过了一个非常愉快的夜晚。十点钟的时候，两个人都觉得被朗姆酒温得暖暖的，升起一种同志般的情谊。

“你太了解我了。”海伦愉快地发出喃喃声，用手指抚着他一只手的手指。

“是吗?”他问，用一只胳膊环着她，手刚好放在胸下面，“是吗?”他贴着她的脸低声问。

“是，”海伦依偎着他说，“你了解生活中美好的东西，书、音乐，等等。”

罗德尼想：海伦最大的问题是她看了太多电影。辛苦完一天后，她会试图用想象中影片女主角会用的方式说话，做事。如果他们不专业，鼻子以各种方式碰到一起，他的吻就让她无动于衷。太遗憾了，罗德尼想，他们还没有开始进行每部电影里都会出现的性行为，因为那时候，海伦就会像一个过熟的葡萄掉入他手中。他叹着气，想着他认识的女孩，从中挑出不迷电影的。拿下海伦，他担心要花很长的时间，过程将非常艰难。他一点也不确定，这个游戏像别人说的一样，值得玩。

“嗯——”海伦靠着他喃喃道，“我们俩配在一起，像桃子配奶油。”

“火腿配鸡蛋。”他说着，开始用手揉捏她的乳房。

“派配冰淇淋。”她咯咯笑道，在他的抚摸之下挪了一小下。

“热狗配橄榄球赛。”罗德尼说着，将另一只手放到她的大腿上。

“说到热狗，”海伦跳了起来，“我饿了，我们去找点吃的吧。”

此刻，罗德尼狠狠地想，就到这里了。他会给她买个该死的热狗，如果她想要的话，买十二个。但是如果过了今晚他还为她烦恼的话，他就该死。

海伦从公寓的台阶下来，走到车跟前，一路都在咯咯笑，她笑得让罗德尼心烦。他开到城市外不远的一个路边餐馆，一路上都没有说话。

“哦，宝贝，”海伦咯咯笑，咀嚼着最后一口热狗，“我亲爱的小老宝贝，生小小的可怜的我的气了吗?”

不幸的是，罗德尼想，他在想贝蒂·安德森。他几乎能听到同样的话从悔罪的贝蒂口中说出，那是很久之前的一个夏日晚上了。

“我想没有。”他说，一种诡异的感觉，再次让他觉得他以前也说过同样的话。

“你不要生我的气，帅哥，”海伦低声说，“我会对你好的，你只要带我回公寓，我就会展示给你看我到底有多好。我会成为你遇过的最棒的，宝贝，等着瞧吧。”

轮到他欲擒故纵了，罗德尼低头看着她笑。“我怎么知道?”他问。

之后海伦做了罗德尼二十一年来从未看过的兴奋之事。就在车里，路边餐馆的灯在他们周围闪着，六英尺外两边的车里都坐着人，海伦解开她的衬衫，给他展示了一只完美的乳房。

“看看，”她说着，用一只手罩住乳房，“没有穿胸罩，我的胸是你玩过最硬的。”

罗德尼全速前进，迫切希望开离路边餐馆的停车场。海伦没有重新扣上衬衣的扣子，而是靠着座椅，让她的胸袒露着。每隔几秒，她吸一口气，坐起来一点，一只手敏感地在她赤裸的皮肤上游走，用手指尖突然轻弹她的乳头。罗德尼的眼神无法从她身上移开，她就像他定义为“黄色书刊”的书里读到的人，他从来没有见过一个女人如此大方地迷恋自己的身体。对他来说，有种邪恶的、禁忌的、兴奋的东西在里面。

“让我来，”他说着伸出手，同时，在高速路上朝康科德疾驰。

她的头突然弹开他的身体。“小心！”

这声尖叫的警告，说得太迟了。当罗德尼清醒过来，能够抬头看时，拖车亮晃晃的灯光好像就在他的顶部。

第七章

每到春天，德克斯特·汉弗莱，作为预算委员会的主席都要主持召开镇委会。他非常认真严肃地对待他的职责，用洪亮的声音读执行令的每一项，在每一轮投票开始前都会用阴沉的语气问一个问题。

“大家已经听到我镇执行令中所列的每一项，你们对此有何意见？”

然后人们不是立刻开始投票，就是不断讨论直到定下来。

“镇委会，”托马斯·马克里斯每一年春天都会跟中学的学生说，“是当今这个世界存在的，纯粹民主的最后一个例子。它保留的其中一个功能就是，每个人，都可以站出来，对于如何管理他的镇子，表达自己的想法和意见。”

当然，汤姆想，回忆起自己在佩顿的第一年，那并不意味着每个人的意见都会被听取，但是他可以发表意见。

一九四四年春天举行的镇委会上，老问题，也是热点问题的新小学的建立没有出现在执行令中，因为战争时期限制盖楼。但是其他问题，相持不下，争议不断的分区问题，依旧难以定论。预算委员会总是将分区法列在执行令的最后一项，因为关于它的争论持久而纷繁。

“接下来是，”德克斯特·汉弗莱缓慢庄严地读到，“我们执行令上第二十一个也是最后一个问题。”他停顿了一下，清了清喉咙。

镇上的人，每人手里都拿着一张复印的执行令，大家都非常清楚最后一个问题是什么，但是每个人都在等德克斯特·汉弗莱将它大声读出来。

“大会是否投票通过第四十四章第十四条，本州修订后的法律。”德克斯特说。

陌生人在这个时候，可能会疯狂地抢夺包含执行令的小册子，试图找到第四十四章十四条，该州修订后的法律的内容，但是镇上的人非常清楚该法律是怎么说的。每个人都在等德克斯特读完问题后，莱斯利·哈灵顿站起来，就像以往一样。以前莱斯利等的时间绝对不会超过德克斯特读的时间，但是现在，德克斯特迷惑地看着周围。

“大家已经听到本镇执行令中所列的条目了，”德克斯特说，愚蠢地盯着莱斯利坐的前排，“你们对此有何意见？”

无疑，莱斯利会在这个时候站起来，看一眼他的金表，好像他很赶时间一样，然后说他一直以来说的话。

“主席，我提议将该问题从执行令上剔除。”

接下来就是：“附议”，声音来自随便哪个莱斯利为了这个年度荣耀挑来的工人。

然后德克斯特会说：“已经提议将该项剔除执行令并已经附议，你们对此有何意见？都赞成吗？”

说“赞成”的声音震耳欲聋，赛斯・布斯威尔和其他几个人会简单地说一句“反对”。

德克斯特・汉弗莱咳嗽道：“你们对此有什么意见?”他一直疯狂地问，不等到某人说话就不进行投票。

这一次，莱斯利・哈灵顿继续定定地坐着，若有所思地盯着法院会议室的窗外看。德克斯特的眼睛搜寻着，想要找到赛斯・布斯威尔。赛斯和马修・斯温以及托马斯・马克里斯坐在后面的座位上。赛斯极度专注地看着他的指甲，就是没有站起来说话。

蠢货！德克斯特・汉弗莱愤怒地想，该死的蠢货！他已经滔滔不绝地说了几年分区法了，现在终于有机会让这个该死的问题进行投票，他却不站起来利用这个大好的机会。

德克斯特・汉弗莱等待的时候，房间里的紧张气氛已经攀升到了一个几乎无法承受的地步。当一个农民终于站起来，清嗓子准备说话时，人们才舒了一口气，像是一声巨大的叹息。

“这个分区的意思是，如果我想建一个新的鸡舍，我就得去请示某个人吗?”农民问道。

“非常中肯的问题，沃尔特（Walt）。”德克斯特说，他很自豪自己知道清单上每个居民的名字。“杰拉德，你介意回答一下沃尔特的问题吗?”

杰拉德・克拉克站了起来。“不，沃尔特，”他说，“你不需要。这个第十四条仅仅影响住宅，也就是住人的地方，比如说，如果你想在镇上盖一栋房子，你必须要得到行政委员会的许可。行政委员会，当然，被允许可以限制住宅的建造。”

“你这么说是什么意思，杰拉德?”叫沃尔特的农民问，

“是说你，本·戴维斯，乔治·卡斯维尔能告诉一个人，他应该建什么样的房子，是这样吗?”

“不全是。”杰拉德谨慎地说，意识到自己踩到了地雷。“分区的想法，”他说，转过去看着大家，“是想保护镇上的地产价值，这是唯一的目的。”

“对，但是那不是我问你的，杰拉德，”沃尔特说，“我问的是，你，本和乔治凭什么有权利告诉别人他应该建什么类型的房子?”

“房子的类型，”杰拉德感觉体温正在上升，“根本就没有涉及。”

“那你的意思是，如果我想在榆树街建一个柏油的纸棚屋，我就可以建?”

“目前的情况是，”杰拉德不悦地说，“你当然可以。”

“但是分区之后我就不行。”

“是，”杰拉德斩钉截铁地回答，“一旦棚屋在一个体面的街区建起，其他房产的价值就会下降，这不合适，也不明智。分区将会是社区的一笔财富，如果实行分区的话，或许我们可以弄走榆树街一个街区内的鸡舍。”

“什么?”后面一个愤怒的尖叫声传来，是一个狡猾的老头，他注意到了杰拉德的前后矛盾。“一个人养几只鸡有什么问题?”马文·波特（Marvin Potter）问。他是泡在塔特尔杂货店的几个老头之一。“一个人想干点什么，赚点外快有什么问题?”马文问，“比如说养几只鸡。”

马文没有在月桂树街房子的后院里养几只鸡，他养了几只貂。夏天的时候，风向合适的时候，马文那几只貂的恶臭，会慢慢地随风飘散到整个榆树街。所有镇上的人都耸了耸肩，眼珠子朝上翻，陌生人则满腹狐疑地看着周围。

“鸡是一回事，”杰拉德用锐利的眼神看着马文说，“貂是另一回事。”

“那我还说，”马文怒吼道，“当行政委员是一回事，试图当独裁者又是另一回事。”跟镇上的人一样，马文发“行政委员”一词的时候，就好像说了三个词。

“克拉克先生，”是赛琳娜·克罗斯镇定低沉的声音，“克拉克先生，既然我和我弟弟住的房子刚刚好在大家所知的“乡下”的范围内，分区是不是就意味着我必须要把我弟弟的羊圈从家移走？”

杰拉德轻轻嗓子，笑了一下，咳嗽了一下，但是他知道，答案只有一个。“是。”他说。

“现在看看这是不是件混蛋事。”一个没有站起来显露身份的人说。

德克斯特·汉弗莱敲着小锤，恢复秩序。赛斯·布斯威尔仔细看着赛琳娜·克罗斯，据他所知，赛琳娜过去几年一直支持分区，他在想是什么让她改变了想法。

“我提议，”赛琳娜说，“将这一项从执行令中剔除。”

“附议。”马文·波特喊道。

“都赞成吗？”

大约有六个声音和赛琳娜坚定地说了“赞成”。

德克斯特·汉弗莱用手帕擦着手，他拿起自己的执行令复印件，又读了一遍第二十一项。问完常规的问题后，他立即组织进行投票。史上第一次，佩顿自愿在分区的问题上给予他们的行政委员新的权利。

会议结束后，彼得·德雷克站在法院的大厅里，点了一根烟。托马斯·马克里斯加入了他，不是事先的安排，只是两个人刚好同一时间出现在大厅里。汤姆和德雷克两个人一起看着莱斯利·哈灵顿离开法院。走出法院后，莱斯利被赛斯，斯温医生，杰拉德·克拉克和德克斯特·汉弗莱夹在中间。

“这不是很反常吗？”德雷克带着一丝微笑评论道，“当他们彼此对立时，每个人都很强大，但是今天，当其中一个败落时，他们集体沉默。我一直以为赛斯对莱斯利恨之入骨。他永远也不会再有像今天这样的机会可以打败莱斯利了。”

汤姆看着他的烟头，“哈灵顿失去了他的儿子，”他说，“那就是为什么除了杰拉德，他们没人说话，如果没有被直接问问题，杰拉德也不会开口的。”

“失去一个儿子，在过去，绝不会阻碍哈灵顿的，”德雷克恶毒地说，“为什么所有人突然之间都对那个王八蛋态度变软？”

汤姆直勾勾地看着德雷克。“你从哪来的，德雷克？”他问。足足过了一分钟，他才意识到他说话时的怀疑语气。

天啊！他想，我要注意，我听起来开始像个真正的老水手了，他开始向后仰头笑。

“新泽西。”德雷克说，看着发笑的汤姆。“你呢？”

“佩顿，”汤姆说，“经由纽约，匹兹堡，还有南部的其他地儿。”

外面，栗树街上的人上了莱斯利·哈灵顿的车。

“不知道查理·帕特里奇今天去哪里了。”德雷克问。

“流感卧床在家，”汤姆说，“如果不是的话，他就会在这，现在就会和其他人一起，搭莱斯利的车返回栗树街。”

“不管怎么说，”德雷克说着，丢掉他的烟，脚踩在上面，“旧秩序改了，栗树街的脊骨彻底断了。”

“或许吧。”汤姆说着，走出法院。

第八章

这是一个春光灿烂，空气清新的五月早晨，巴克·麦克拉肯第一次意识到一句话的意思，这句话他已经听了好多年。

“世界真小。”人们说，但是巴克对此总是默默又强烈地反对。

“世界真大。”巴克想，有数百万英里高，数百万英里深，数百万英里宽。谁说世界小，让他找个明媚的天从佩顿出发，走到波士顿试试。或许那时，他们就会停止世界很小的瞎扯，意识到世界是多么大。

这一天，巴克坐在海德餐厅的柜台旁。只要可以，他总是坐在最末端的座位，但也不是很频繁，因为这个座位，几乎所有人都认为是“克莱顿·弗雷泽的座位”。不管谁坐在那，只要克莱顿进来，他一般都会站起来，挪到别的位置去。巴克喜欢坐在最末端的座位，因为它靠窗，可以俯瞰榆树街，而且也可以看到他的黑色警车停在路牙边。车顶红色的警灯在早晨的日光中闪烁。明快的早晨，对讲机尖尖的天线像一根轴一样竖起。巴克对他的公务车非常骄傲。他定期清洗，擦亮，然后经常深情地看着它。一个陌生人进来，巴克带着满足的微笑从窗户转过头。

推销员，巴克的脑袋立刻给陌生人贴上标签，尽管他假装没有盯着陌生人看。陌生人说话的时候，他抿着咖啡，好像陷入沉思之中。

“这地方跟我上次经过的时候大不一样。”他说。

巴克漠不关心地抬起头。“哦？经常从这边走吗？”

“谢天谢地，没有，虽然今天早上这地方看起来很不错。上次我在这，是隆冬，狂风暴雪像地狱猎犬一样。那是个晚上，我跟你说，我过不了怀特河，得在那里过夜。我那晚还载了一个哥们，一路从波士顿过来。你问他，他会告诉你那是一个多么恶劣的夜晚。”

“那人是这儿的？”巴克问，试着回忆去年冬天下暴雪的时候谁不在镇上。

“对啊，”推销员说，“是个海军，想不起他的名字了，但是他跟我说过。天啊，他是怎么跟我说的！从波士顿一路上都在狂喝酒。”

“你说海军？”巴克问，看到克莱顿·弗雷泽进来，站了起来。克莱顿在他的老座位上坐了下来，巴克警长挪到了陌生人对面。“我想不起来去年冬天这儿有谁在海军，你能想起来吗，克莱顿？”

“想不起。”克莱顿说，端起科里·海德放在他前面的咖啡。“你呢，科里？”

“想不起来，我认识的人没有。”

“听我说，”陌生人说，自己简单的一句话竟然引来这么多异议，让他变得慌乱，“这个人的确是这儿的人，他告诉我的。他就在海军，我就在刚刚出波士顿的时候载上他的，一路把他载到这儿。他说他要回家看他的孩子，他一九三九年后就没回过家。”

巴克，科里，克莱顿，你看我，我看你。卢卡斯·克罗斯，他们一致想到。但是他们不想让陌生人觉得他一时间把他们难住而洋洋得意。

“那人长什么样?”巴克问，用怀疑的眼神盯着陌生人。

“这个，我记不太清了，”陌生人不自在地说，“他很壮。”

“我也很壮，”巴克说，“是我吗?”

“不，不，当然不是。那哥们很能喝，这个我记得。”

“这样的话，镇上随便哪个人都有可能是。”科里·海德说，“你只能记起这么多了吗?”

陌生人若有所思地挠着他的脸。“还有一点，”他说，“那人笑的样子，我从没见过哪个人那样笑。这哥们笑的时候，他的前额会动，那是我见过最疯狂的样子了。我永远记得，如果再让我看见，我一定能认出那样的笑。”

“这位先生，”巴克轻轻地说，“我觉得那天晚上喝酒一定是你，我在佩顿生活了一辈子了，从来没见过哪个人用前额笑。喝酒的那个肯定是你，我的镇上不愿接受酒驾的人。”

“听着。”陌生人看着巴克，克莱顿，科里的脸说。他没有再说一句话，喝完咖啡，快速走出餐厅。

几分钟里，三个人都没有说话。然后克莱顿·弗雷泽把杯子放到小碟上。

“好像有点古怪，”他说，“卢卡斯回家，竟然没有人知道。”

接着又是长长的沉默，然后巴克开口说：“如果他真的回来的话，赛琳娜和乔伊没有看到他啊。海军那边的人来找卢卡斯的时候，我也去了他们家，赛琳娜和乔伊说他们没有看到他。”

科里·海德续了咖啡。“赛琳娜不会撒谎，”他说，“那男孩也不会。”

“对，他们不会。”巴克和克莱顿同意道。“但是陌生人能把卢卡斯描述得那么逼真，仍然很奇怪。我跟那个推销员一样，从没见过一个人像卢卡斯那么笑。”

“当然，”巴克尽可能还原他所能记得的，很久之前的一本警察手册上的话，“我们必须把谋杀的可能性考虑在内。”

“你说谋杀是什么意思？”科里问。

“哦，就是，”巴克说，“有人袭击了一个人的头部，把他的钱拿走之类的。”

“在佩顿，”克莱顿问，“谁会袭击卢卡斯的头？”

“我不知道，”巴克说，“我没有说真的有人，我只是说我们得考虑到这样的可能性。”

“我看这种可能性微乎其微，”克莱顿不屑地说，“卢卡斯的哪个邻居为了他的钱，袭击了卢卡斯的头，卢卡斯一向没钱。”

“我从来没说是他的一个邻居，”巴克辩护道，“可能是其他人，不是吗？比如说那个推销员，我们怎么知道不是他干的？”

“对，”科里气愤地说，“如果是他敲了卢卡斯的头，他肯定会回到佩顿，谈论卢卡斯的。”

“哦，我不知道，”巴克用优越的口气说，“罪犯经常回到他们犯案的地点。”

“不知道那个推销员是哪个公司的？”克莱顿说。

“S. S. Pierce，在波士顿，”巴克爽快地说，“我从他拿的公文包上看到的。”

“或许你该去追他，问他有没有打爆卢卡斯的头。”克莱顿嘲弄地说。

“不，我不会那么做的，”巴克思虑周全地说，“首先，我会和海军部的人取得联系，看看卢卡斯有没有回到波士顿的舰船上，如果没有，我就要思考思考了。”

“世界是不是很小，”科里说，“一个陌生人北上经过佩顿，停下来在我的餐厅里喝个咖啡，刚好就坐在了警长旁边，告诉他他见过一个镇上的人从一九三九年就再也没见过的人。世界是不是很小？”

“是啊。”巴克·麦克拉肯思考着同意道，然后走出餐厅，走向停在路牙边的闪闪发亮的警车。

没过多久，巴克就收到海军部对他询问的回复。没出三天，冬天来找卢卡斯的那两个人又出现在佩顿。他们打电话给 S. S. Pierce 在波士顿的办公室，找到了经过佩顿的那个推销员，他叫杰拉德·盖奇（Gerald Gage）。他公司波士顿的营业处说他目前在佛蒙特蒙彼利埃出差。盖奇先生在蒙彼利埃接到电话，被要求火速返回佩顿。他照做了。海军部的两个人问他问题的时候，他警惕地看着巴克·麦克拉肯。是，他是在那个晚上，我们来看看——他想是十二月十二号的晚上，因为那是他假期之前最后一次去北面，而且他预期十三号到柏林顿。他载了一个穿美国海军制服的搭车的人。没有，他没问那个海员是否请假，他干吗要问？那人想搭车，然后，他，格里·盖奇，人好，就让那个人上车了。他现在巴不得自己没那么做。但是那是他的烦恼，太好心了，他绝对不会在路上拒绝人，尤其是去年冬天那样一个晚上，下着雪？他觉得肯定在下雪，还刮风。哦，他估摸大约十二点三十，他注意到时间，是因为他担心那个点能不能在柏林顿找到住的地方。结果是，他那晚没能到柏林顿，他在怀特河耽搁了，没法再往前开一码，雪下得就是那么大。当然，他猜想他还能认出那人，没问题。他停车载他的时候，外面是黑的，车里也是黑的，没错，但是他们纳舒厄下面的一个地方停下来喝咖啡了，那会他近距离看了他。很壮，喝得烂醉，从波士顿开始就一路喝威士忌。他肯定还能认出他，干他这行，忘记一张脸，或者一个名字都是不行的。他几天前想起来搭车那个人报的名字，卢卡斯·克罗斯，那人跟他说的就是这个名。卢卡斯·克罗斯回家来看他的孩子，说他从一九三九年就再也没回过家。现在是怎么一回事？那海员做了什么？他们找他，格里·盖奇做什么？据他所知，没有哪个法律规定载搭车的人犯法吧，所以让他们放他回去工作怎么样，哈？什么？为什么，他就在榆树街放下他的。他们想要他怎样？把那个人送到家门口，看着他进去吗？没有，那海员没说他住哪，只说那么冷的天要走好久。抗住，那是格里·盖奇跟他说的话。他肚子里装了好多酒，如果需要的话，足够让他热着身子一路走到怀特河。

没过一会，同一天，海军部的两个人就到旺角服饰店见赛琳娜。他们告诉她说波士顿的一个推销员非常准确地就从一堆海军照片中认出了他的父亲，就是他从波士顿载的，然后在佩顿放下的那个人。

“我不明白，”赛琳娜冷静地说，“如果爸爸请假回家，他为什么没到家里？”

不到一个小时后，乔伊·克罗斯在艾尔西·桑顿老师的护送下，在小学的办公室里给出了同样的回答。

“奇怪，”桑顿老师冷冰冰地说，“两位先生都没有更好的事做，花时间来质问一个小孩子。”

“对，女士。”两个人说，然后返回了巴克·麦克拉肯法院的办公室。

当天下午，全镇的人都在叽叽喳喳。

“奇怪，卢卡斯回家怎么没人知道。”

“就连他的孩子都不知道。”

“谁能想到卢卡斯参加了海军？”

“奇怪，你会觉得有人看到了他。”

“但是，赛琳娜不会撒谎，从来都不，乔伊也是。那个家里，卢卡斯总是不诚实的那一个，内莉从来都不聪明，但她一贯诚实。”

“是，克罗斯家的孩子不会撒谎的，如果他们说卢卡斯从来没回过家，那他就没回过家，就这样。”

但是，海军部的两个人，加上难为情的巴克·麦克拉肯，那天晚上去拜访了赛琳娜和乔伊。巴克坐在椅子上，紧张地扭着他脱下来的帽子，希望他从来没有挑起这一切。海军部的人问着礼貌性的问题，而赛琳娜和乔伊都统一回答，没有，没有，他们没见过卢卡斯，他们几年都没有听到他的消息了。没有，从来不，他从来不写信回家。他们甚至都不知道他们的爸爸在海军服役，是去年冬天这两位先生说，他们才知道的。最后，两个人离开了，后面跟着闷闷不乐的巴克·麦克拉肯，他悄悄地在他们背后跟赛琳娜说了抱歉。

“赛琳娜！”

“别害怕，乔伊。”

“可是赛琳娜，这么多问题！”

“别害怕，乔伊，他们什么也不知道，他们不会知道的。我们太小心了，我们埋了他，我们刷洗，清理，烧掉了所有会出卖我们的东西。别担心，乔伊。”

“赛琳娜，你害怕吗?”

“嗯。”

周末的时候，泰德·卡特回家了。当得知卢卡斯·克罗斯从佩顿凭空消失的消息后，他立刻去找赛琳娜。

“你爸爸压根就没有到这来吗?”他问。

赛琳娜紧绷的神经在颤抖。“听着，”她说，“别再像个律师一样在我跟前制造噪音！我回答问题都要吐了，所有的问题我只有一个答案，没有！没有！没有！没有！现在离我远一点!”

“但是赛琳娜，我只是想帮忙。”

“我不需要你帮。”

他用奇怪的表情看着她。“你不想卢卡斯被找到?”他问。

“你认识我这么多年了，”赛琳娜疲倦地说，“如果你跟他一起生活过，你想让他被找到吗?”

“我应该至少想知道他发生了什么。”

“但是我不想，我祈求老天永远都别让人找到他。”

第二天早上，梅多池塘一对棚屋夫妇的孩子来到巴克·麦克拉肯的办公室，手里拿着裹着报纸的一包东西。海军部的两个人非常想知道里面包的是什么，但是巴克·麦克拉肯觉得恶心，从他面前摊开的一堆东西别过头去。那是海军大衣烧剩的残渣，圆圆的扣子还是完整的，而烧焦的碎布条，显然是一个女人的睡袍。即使是从巴克站的地方，足足离桌子六英尺远的地方，也能看到斑斑血迹在枝状花纹娇柔质地的睡袍上。那个大约十二岁，带来包裹的小孩说他发现的时候就是现在看到的样子，跟一堆垃圾一起丢弃在镇上的垃圾厂。那男孩的下一句话是有没有可能得到报酬。

“出去。”巴克·麦克拉肯野蛮地说。在办公室外面的等候室里，传来一个棚屋女人发牢骚的声音。

“我都跟你说了，孩子，”她抱怨着，“我告诉你和你爸了，掺和到和咱们没关系的事情当中，不会有什么好处的。”

海军部的其中一个人用笔尖轻轻拨动着烧焦的海军大衣。“这样看来卢卡斯·克罗斯确实有一个很充分的理由擅离职守。”他说。

一个好的警官，巴克在心里默默复述，绝对不会排除谋杀的可能性。“卢卡斯·克罗斯一定是藏了个女人，我们都不知道。”他大声说。

“我认为是那个女孩。”其中一个海军的人说。

“哪个女孩?”巴克无辜地问。

“赛琳娜·克罗斯。”另一个海军的人回答。

巴克和海军的两个人开车到克罗斯门前的时候还早，赛琳娜还没去上班，乔伊还穿着睡衣。赛琳娜让他们进来，把他们带到客厅里，她表现得好像没看到其中一个海军的人胳膊底下夹的那包东西。那个人把包裹放到长椅上，打开，里面的东西散开来。紧接着，他直起身子直直地看着赛琳娜的眼睛，她既没有动，也没有说话，她脸上所有的情绪是她在毫不费力地看一堆普普通通的纺织品。

“我们知道是你做的。”那个人说。

乔伊·克罗斯从房间跑到客厅里，挡在他姐姐面前。

“是我做的!”他尖叫道，“我做的！我杀了他，把他埋到了羊圈里，我自己做的，我一个人做的!”

赛琳娜把他的头按到她身上，弄了弄他的头发。

“去别的房间，乔伊，”她说，“去穿好衣服，要像个听话的好孩子。”

他离开后，她转头看着巴克·麦克拉肯。

第九章

世界太小了。

在后来的日子里，巴克·麦克拉肯常常说，在赛琳娜的案子开庭前的那段时间，每听到这句话，他就希望自己有五分钱。

一九四四年春末夏初，日子很长，但每一周却又过得很快。过去，这几周是春季舞会周，毕业周，对一些人来说是旅游周，对另一些人来说是工作周，但是一九四四年，这几周是兴奋的几周，极致的兴奋让其他所有东西都黯淡下去，包括战争。

在审判之前和审判期间的那几周，佩顿都人流涌动。新闻记者们走过只有赛斯·布斯威尔，作为记者，之前走过的路。夏天的时候，经常经过佩顿，认为这里更广为人知，在该州有更高宣传度的人们，开着奢华的，州外牌照的车排着队来到佩顿。如果不是一个在赫斯特出版公司旗下的波士顿报纸工作的，自以为是的年轻记者，赛琳娜的案子不可能引起这么大的关注。这个年轻人名叫托马斯·德拉尼（Thomas Delaney），他在撰写引人关注的头条上颇有天赋。赛琳娜被捕后的第二天，德拉尼工作的《每日纪事报》就用一个三英寸长的头条绽放光芒。“佩顿的弑父者”，这几个词被匆匆拣出来，横扫英格兰北部所有报纸的头版，以至于三天后，它们又出现在四个州的报纸上，四个州的几乎每个人都读到了这条消息。编辑们派了最出色的记者去报道赛琳娜·克罗斯的审判，佩顿像一个巨大的露天疯人院。镇上既没有酒店，旅馆，也没有旅店，出租的公寓，所以记者，游客，来报道或者是来观看的，每个人按照他们的行程，都被迫使用怀特河短缺的设施。

每天早上，这些人就涌到佩顿，晚上再离开，但是之间的这段时间，他们却带来了浩劫。每个人记忆中第一次，在法院门前长凳上栖息的老头们，被迫逃走，四散在摄影师和记者的猛攻之下。他们坚持要拍这些“古色古香的老头们”的照片，用一堆问题逼迫他们，而这些问题都是这样开始的：“你对这件事有什么看法?”唯一一个没有跑掉的老头是克莱顿·弗雷泽，他开始喜欢上赫斯特波士顿的记者，托马斯·德拉尼。这个奇怪的联盟始于德拉尼来佩顿的那天。克莱顿发现他在海德的餐厅，泰然自若地坐在他最喜欢的柜台旁的座位上。克莱顿气急败坏，餐厅里其他佩顿的人都热切地看着克莱顿会怎么做。克莱顿坐到德拉尼旁边的凳子上。

“记者，对吧?”克莱顿问。

“对。”

“哪家的?”

“《波士顿每日纪事报》。”

“赫斯特的报纸怎么了？”

“如果你喜欢那种东西的话就没什么。之前读过一个叫亚瑟·J. 佩格勒（Arthur J. Pegler）的人写的东西，估计他已经过世了，他有一个亲戚在赫斯特工作。总之，这个亚瑟·佩格勒说赫斯特的报纸是如何像一个割了喉的，尖叫着跑下街的女人。如果一个人长了喜欢那种东西的脑子，我觉得那话就没错了。”

眨都没眨一下眼，德拉尼端起他的咖啡杯，“我想比佩格勒先生更进一步，”他说，“我应该说一个裸体的女人跑下街，等等。”

“当然，”克莱顿说，“我不是说在赫斯特工作不需要想象力。你不知道的，你就得编，这自然是需要想象力的。”

“与其说想象力，不如说勇气，弗雷泽先生，”德拉尼说，“坦诚的，直截了当的勇气。”

“谁告诉你我名字的？”克莱顿问。

“看到你朝这个位置走来，告诉我我坐的是你的座位的人。”

虽然听着对方投过来的侮辱，克莱顿和德拉尼还是成了朋友，两人对此都不怀疑。在赛琳娜的案子开审前，德拉尼一直待在佩顿。他费了很多纸张写镇上的背景，人们的想法，他告诉克莱顿最终要用这个材料作为小说的要素。

“但是为什么叫佩顿住宅？”有一天他问克莱顿·弗雷泽。“真古怪的名字，但好像没有人过于热切地想要讨论这个问题，除了说该镇是以一个建了城堡的人命名的。这个人和他的城堡是怎么回事？”

“跟我来，”克莱顿说，“我带你去看这个地方。”

两个人沿着波士顿和缅因的铁轨走，克莱顿带路。太阳热辣辣，明晃晃地晒着，沿着铁轨的岩石路上一棵树也没有。很快，德拉尼就脱掉西装外套，解掉领带，将他们搭在肩膀上。最后，在到达康河大桥之前，轨道略微有些弯曲的地方，克莱顿停了下来，指着最高的那座山。那座山的顶端，坐落着塔形的一堆灰色大石，那就是塞缪尔·佩顿的城堡。

“想爬到那山上去吗？”克莱顿问。

“想。”德拉尼说，在脑子里记录下来城堡邪恶，黑暗的样貌，即使是在热辣，公开的日光之下，也那么邪恶和诡秘。“这个塞缪尔·佩顿是谁？”他和克莱顿朝陡峭，布满荆棘的山路艰难爬行，“被流放的英国公爵，伯爵，还是什么？”

“大家都这么想，”克莱顿说，停下来用袖子擦了擦脸，“事实是建造那个城堡，该镇以他命名的是一个该死的黑鬼。”

“哦，听我说——”德拉尼开口，但是直到他们到达城堡的城墙，克莱顿都拒绝再多说一个字。

城墙很高，高到站在它们前面的时候，人完全无法像在远处那样，看到城堡。墙同样很厚，而且每隔一段距离就有一扇门，大门紧锁，无法入内。克莱顿和德拉尼坐下来，靠着灰色的城墙，克莱顿拔掉威士忌的瓶塞，他就是为这一刻准备的。树木为两人遮住阳光，山上几乎可以说是凉爽。

克莱顿喝了一口，将瓶子递给德拉尼。“事实是，”他说，“一个该死的黑鬼。”

德拉尼喝了一口，将瓶子还给克莱顿。“说吧，”他说，“别让我挤一下你说一句，从头开始跟我讲。”

克莱顿喝着酒，叹着气，调了调靠着石墙的背。“好吧，”他开始讲，“内战前很久，南部的某个地方有这么一个黑人，他是一个奴隶，在一个叫佩顿的人的种植园里干活。这个黑人名叫塞缪尔，他肯定生活得很超前，或者说处在不相宜的环境，随便你想怎么说，总之，在人们听说一个叫亚伯拉罕·林肯（Abraham Lincoln）的人之前，他就已经活了很长时间了。我之所以说他活得很超前，是因为那个塞缪尔有很多奇怪的想法。他想要自由，而那时大部分人都将黑人当马，当骡子看。总之，塞缪尔决定要逃跑，有人说他是偷了主人佩顿的金子跑的。不要问我，因为我不知道，没人知道，也不知道他是怎么做的。塞缪尔是一个高大，魁梧的年轻人，他肯定是，因为我无法想象在那个时代，一个黑人奴隶可以轻易逃走。不管怎样，他逃走了，上了一艘去法国的船。不要问我他是怎么做到的，我不知道。有人说那艘船的船长是一个半血种的人。你们叫什么?”

“黑白混血?”德拉尼确认道。

“对，”克莱顿喝着酒，喝完把瓶子递给德拉尼，“就是这个，黑白混血。嗯，有人说船长是个黑白混血，我不知道，没人确切地知道。不管怎样，塞缪尔到了法国的马赛。肯定不容易，就像我说的，塞缪尔高大魁梧，跟王牌黑桃一样黑。但是他到那了，而且几年后他做航运生意发了财。没人知道他是怎么开始的，尽管很多人说，他到法国的时候，手里仍然握有大量那个叫佩顿的人的金子。总之，他赚了钱，很多钱，而且没有出过错。但是在法国，他又有了一个疯狂的想法，塞缪尔肯定是一个很喜欢疯狂想法的人。他想到，既然他已经自由，并且有很多钱，那他就跟任何一个白人一样好，于是他就去娶了一个白人女子。她的名字叫维奥莱（Vi’let），不是我们拼的那样，是末尾两个 t 一个 e，法语。有人说她长得很漂亮，看起来娇弱得就像一件瓷器。我不知道，现在这儿没人知道，因为这都是太久之前的事了。

总之，塞缪尔决定回到美国。他回来的时候，美国正值内战。那个叫斯托夫人（Stowe）的马萨诸塞州女作家已经写了那本关于奴隶的书——《汤姆叔叔的小屋》。一时间好多人都开始爱黑人，最后他们的爱也仅仅停留在嘴巴上。塞缪尔和维奥莱去了波士顿。估计塞缪尔想的肯定是，他所有的钱，加上大家又都爱黑人，他可以直接搬到灯塔山[①]，开始招待洛威尔家族（Lowells）和卡伯特家族（Cabots）。结果是，塞缪尔在波士顿的任何地方都找不到任何类型的房子。如果他穿着破布衣服，背上都是鞭子抽的伤痕，如果维奥莱是黑人，看起来像是被警犬追得筋疲力尽的话，他们或许会容易些。我不知道，我想波士顿不太习惯看到一个黑人穿着上浆有褶边的衣服，手工绣的马甲，和四十美元一双的靴子。在他们那个年代，四十美元可是很大的一笔钱啊。拿着所有的钱，领着自己的白人老婆，加上自己的自由身，塞缪尔在波士顿找不到立足之处。有人说，他勃然大怒，黑人本来就这样。我不知道，我只知道他来到了这里。有人说他想离波士顿远远的，这样有生之年他就不会再看到白人了。总之，他来到了这里，那时这里还没有镇子，除了山、森林和康河，什么都没有。当然，南部是有城镇的，但这里没有。塞缪尔选了这里最高的山，决定给自己和妻子建一座城堡。他们住在一个小木屋里，因为建城堡花了很长时间。把酒给我。”

德拉尼把瓶子递给克莱顿，他喝了一口。“看到这个了吗?”他问，用手拍着身后的石墙，“进口的。城堡的每一块砖，每一块石头，每一个门把手，每一块玻璃都是从英国进口的。我不知道，但是我仍然愿意相信这里是新英格兰唯一一座真真正正的城堡。所有内部的家具也是进口的，还有墙

① 美国波士顿一处古老的高级住宅区。

帷，墙的嵌板。当一切都完成的时候，塞缪尔和维奥莱搬了进去，两个人从此再也没有踏出城墙半步。没过多久，一个叫哈灵顿的人出现了，并在河岸边建了工厂，之后这里才开始形成一个城镇。很快，B & M公司铺了一条经由这儿到怀特河的铁轨，火车上的人过去常常会抬头望着塞缪尔的城堡说：‘那是什么？’然后列车员会俯身，从车厢的窗户看出去说，‘嗨，那是佩顿住宅’。该镇就是由此得名的。”

“但是后来发生了什么？”德拉尼问。

“你说后来是什么意思？”

“故事不可能到此结束，”德拉尼说，“塞缪尔和维奥莱怎么样了？”

“哦，他们死了，”克莱顿说，“维奥莱先死的，有人说她是得了肺痨，也有人说她只是因为困在城堡里，逐渐香消玉殒了，我不知道。塞缪尔把她埋到了城堡的后面，墓碑是白色的佛蒙特大理石做的，非常高。塞缪尔死的时候，被埋到了她的旁边，但是塞缪尔的墓碑却矮墩墩的，是意大利或者哪国的黑色大理石做的。州政府埋的塞缪尔，因为他给他们留下了他所有的土地，还有这个城堡。有人说州政府对礼物从不挑剔，来者不拒。”

“但是州政府从里面拿出了什么东西？”德拉尼看着墙上其中一扇紧锁的门问。

“什么也没有，”克莱顿说，“但是塞缪尔也不蠢，这儿以北的林地都是他的。州政府得到了木材，或者说曾得到了木材，现在他们拥有北部的其中一片森林。作为回报，他们要照看这个地方，直到它土崩瓦解，保证大门永远紧锁，不让人靠近，等等。尽管塞缪尔的遗嘱里没提到照看城堡的内部。里面东西都腐烂了，窗帘破碎变形，老鼠将进口的家具咬得千疮百孔，木嵌板也四分五裂，大厅前面的大吊灯在一次风暴中从天花板上扯松了，玻璃仍躺在地上。”

德拉尼用怀疑的眼神看着克莱顿。“按照你描述的城堡内部，我觉得你曾经进去过。”

“当然，”克莱顿承认道，“有办法进去，或者说至少在我还是孩子的时候有。城堡的另一面有一棵树，树的一根枝条正好伸到了墙上。过去你常常可以爬上树，手拉手走过树枝，如果不要太担心摔断腿，你就可以从那根树枝的一端直接跳进塞缪尔的后院。但是我记得返回墙上真是苦不堪言，我进去过一次。你想试试吗?”

德拉尼站起来，看着眼前光秃秃的墙，他想了很久。“不了，”他最终说道，“不，我不想。我们回去吧，晚了。”

两个人下山的时候，德拉尼下一个故事的导语在他脑中自动形成。

“在塞缪尔·佩顿城堡悲剧的阴影下，”他会这样写，“另一个悲剧发生了，在十二月一个寒冷且暴风雪的夜晚，赛琳娜·克罗斯——”

快要到榆树街之前，德拉尼转向克莱顿。“呃，”他说，“作为一个北新英格兰人，你是个非常容忍的人，但你为何总用‘该死的黑鬼’来代指塞缪尔·佩顿?”

“为什么?”克莱顿问。“有人说——这其中就有我的父亲——从内战开始，到临近结束，塞缪尔·佩顿开着船把武器从朴茨茅斯运到南方。如果那不是王八蛋的行径的话，我从来都没想听到。如果塞缪尔的皮肤换个颜色的话，我或许会说他是个该死的叛徒，但是塞缪尔是个黑鬼。”

第十章

当然，在即将到来的赛琳娜·克罗斯的审判引起的狂热当中，佩顿还是有人保持着镇静，就像飓风的核心。这些人当中就有康斯坦丝·马克里斯，最初的震惊过后，她回到了旺角服饰店工作。对于所有的问题，而且问题还不少，她的回答是："我只是暂时回来照看，只要这个麻烦一解决，赛琳娜就会马上回来重新接管。"

在她所指的"赛琳娜遇到的麻烦"将近结束之前，康斯坦丝主动提出负担所有赛琳娜可能需要的律师费用。

"尽管，"她对汤姆说，"我不能理解为什么那孩子需要一个律师。如果她杀了卢卡斯，这点我根本不相信，她有充分的理由。卢卡斯是个禽兽、牲畜，他一直都是。我还记得内莉说他以前是怎么打她和她的孩子的。他是个可怕的人。"

"也许是吧，"汤姆回应，"但是这个时候保持沉默，赛琳娜只会给自己带来更大的伤害而不是好处。她应该放松一点，只要对她的律师就好了，但是德雷克说她一个字都不肯说。”

这是事实，除了说两人在客厅的时候，她用火钳子杀了卢卡斯，不用考虑乔伊说的，她自己干的，没有任何人帮忙，她把他拖到羊圈里，埋了他，赛琳娜拒绝解释。这些是被捕的那天她说的。彼得·德雷克试图让她说出她为什么要那样做，但是没有任何结果。镇上的人只好谈论着一些别的。

“我不相信她杀了他，如果是她做的，她就会说出原因。”

“如果不是她杀的，那她怎么知道他被埋在哪里?”

“他们怎么会在房子里的地上发现血迹，如果有人真的找的话，这世上所有的擦洗都不会弄出血迹来。”

“对啊，如果她没有做，那血是从哪里来的?”

“一月乔伊处理掉他所有羊的时候，我就觉得奇怪。一月不是屠宰的时节，我一直觉得那非常古怪。”

“他那么做，才不会有人想要进到羊圈里走来走去。尽管有些蠢，但是比起就让羊那样待着，他做得好多了。”

“我可不这么认为，就总是有些爱管闲事的王八蛋随时准备好围着别人的牲畜闲转。你可能会说，如果我把我老子埋到了羊圈里，有人在周围转，刚好从他的坟墓上面走过，我肯定会觉得非常奇怪。”

“记得赛琳娜在镇委会上是怎么奋力抵制分区的吗？我敢打赌，那是因为她怕有人去她家乱转。”

“你说的我一个字都不信，我不相信是她干的，她在包庇某人。”

“谁？没有人想杀卢卡斯。”

“是没有，这倒是事实。”

“她为什么不说原因呢?”

为什么？这个问题几乎在每个人的舌尖上打了个转。向德雷克保证她会告诉他她那么做的真正的原因后，泰德·卡特去找赛琳娜。

“是我做的，还有什么好说的?”赛琳娜愠怒地说，“我杀了他，就这样。”

“听我说，赛琳娜，”泰德说，有点不耐烦，“德雷克得知道原因才能为你辩护，如果理由充分，他可以说你是短暂性精神错乱，或许能让你脱身。”

“我杀他的时候跟我现在一样神志正常，”赛琳娜说，“我知道我在做什么。”

“赛琳娜，看在老天的份上，理智一点，拿不出充分的理由，会按一级谋杀罪审判你的，你知道本州会怎么处罚吗?”

“绞刑。”赛琳娜直截了当地说。

“对，”泰德倒吸了一口气说，“绞刑。所以现在老实一点告诉我你为什么那么做，卢卡斯威胁要揍你吗？把你和乔伊赶出家？你为什么那么做?”

“我杀了他，”赛琳娜用过去几天修炼来的平直的声音说，“就这样。”

“但是你不是故意的，是不是？或许你是为了吓他，但是你比你想的下手要重，是不是这样的?”

赛琳娜停了一会儿，试图回忆是什么样的，我真的想杀死他吗？她呆滞地想，试着回忆击打他的那个时刻，以及她脑中的想法，但是回忆起来的都是恐惧。

“我杀了他，”她说，“我朝他抡的时候，我用尽所有力气，我很遗憾他死了。”

泰德站起来，冷冷地看着她。“听着，如果你期望从这里出去的话，最后赶快聪明一点，改变一下你的态度。好好想想，我明天再来。”

“不会，你不会的。”赛琳娜朝着他离去的背影说道。但是她说得太轻了，他没有听到。

那天晚上对泰德·卡特来说，是一个迟疑不决，无法入眠的夜晚。还有不到两周他就要大学毕业了，以二等少尉的身份去参军。如果战争仍然继续，目前看起来可能性极高，他就会被派到哪里接受额外的训练。但是泰德的思绪不在这些现实当中，他想的是未来，他从法学院毕业，回来当律师。如果牵连上一个杀人犯妻子，一个男人能在律师行业走多远？他想，是，他是爱赛琳娜，可能永远会爱她，但是现在他们能在一起的机会又有多少？泰德花了很长时间，在晚上仔细检查他对未来的计划，但是他找不到一个漏洞，大到可以容纳一个阴云笼罩的妻子。即使赛琳娜被发现是无辜的——而这又怎么可能，既然她已经认罪——不会一直有人在那边猜想吗？至于精神错乱的托词，即使是暂时性的精神错乱，那也不是办法。精神错乱，在佩顿会被厌恶，会被人当成一种耻辱。在自己的家乡，赛琳娜做一个已经定罪的杀人犯，要比当精神错乱患者好很多，泰德知道。正当杀人？在黑暗的房间里，泰德摇着头。卢卡斯或许是一个酒鬼，打老婆，打孩子，最不负责任的父亲，但是他付自己的账单，管好自己的事。泰德知道，他不是她亲生父亲的事实会给她在镇上带来伤害。

如果她是卢卡斯的亲骨肉的话，她的遭遇就会好些。既然如此，泰德都知道镇上的人会怎么说。她甚至都不是他亲生的，他们会说。他娶内莉的时候，赛琳娜还是个刚出生的婴儿，但是他就像自己亲生的一样供养她。在杀人犯的头衔上还要加上忘恩负义。泰德咬着食指的指关节，如果德雷克试图用正当杀人为赛琳娜辩护，他都能够想象到陪审团脸上的表情。如果德雷克那样做，赛琳娜等于现在就被绞死了。泰德在床上坐起来，把两只手都放到头上。他试着用僵硬的指头按捏紧绷刺痛的头皮。如果，他想，有什么不可能的运气，意外的好运，德雷克最终成功让赛琳娜脱身，她会在佩顿过上什么样的生活。人们永远都会记得。克罗斯家的女孩过去了，她杀了她爸爸，那其实不是她真正的爸爸，但却比继父好多了，他养了她一辈子，他本来没必要那么做，她不是他亲生的。克罗斯家的女孩来到这里，嫁了一个叫卡特的年轻律师，最好离他远点，娶了个杀人犯。

但是那天晚上，泰德的脑子里不仅仅填满了对未来的想法，让他苦恼的还有往昔的记忆。他记得那些吻，那些对话，共同的希望和梦想。他勾画出他和赛琳娜看过的山的样子，他们要在那里建一座房子，几乎全是玻璃的房子。他记得那些关于那样一栋房子可以容纳几个孩子的争论。他记得只有赛琳娜的那几年，那时，只要想到生活里没有赛琳娜就像想到了死亡。

“你，我，还有乔伊，”赛琳娜说，靠着他笑，他可以感受到赛琳娜的呼吸在自己的脸颊，“就我们三个，其他人都不重要。”

战争爆发后，赛琳娜是变了一点，她有时有一点严厉，有一点不讲理。但是战争让很多女人都变得那样。她有时候会厌恶他，因为他没有像他的继兄保罗一样，在哪个壕沟里，为自己的生命战斗。但是泰德对此没有过多的担心，战争结束后她心里的这种感觉就会消失，之后她就会和从前一样。

西奥多·H. 卡特先生，她说，她的眼睛闪着光芒，每次高兴的时候，她的眼睛都会闪着光。“西奥多·卡特先生和夫人都是君子。哦，卡特，我好爱你。”

当他将湿润的脸庞埋到枕头里时，天已经亮了。但是我的计划，赛琳娜，他想，我的计划该怎么办？我们在佩顿能有什么机会？他心里默默问。过了一会，他知道答案了，他知道自己必须做什么。最后他睡过去了，第二天他没有去见赛琳娜。没过多久，她的案子开庭审判时，他写信告诉自己的妈妈他没办法离开学校。

赛琳娜上次最后一次见过他之后就没有再等他，但是那天晚上，她的嘴唇依旧挤出一个僵硬的微笑。

我知道他不会来了，她想，我再也不是他计划的一部分了，他承受不了不在乎别人说什么。我对天发誓，我可以，如果我一无所有，我还有这个，我不在乎。

她想起不久前，她无法承受在需要的时候，泰德会抛弃她的想法。但是一九四四年初夏，她好像不在乎了。除了不断地担心乔伊会怎么样，什么都不重要了。她会被定罪，被绞死，对此她毫不怀疑。

“如果你能告诉我为什么，”彼得·德雷克一遍一遍地对她说，“或许我就可以帮你。这个样子，想要活命，想都不用想。如果我们走运的话。帮我，让我帮你。”

但是我该说什么呢？赛琳娜想。我应该要说我杀了卢卡斯，是因为怕他再度让我怀孕吗？她想到了马修·斯温，她郑重地承诺过他，她会保持沉默。她也想到了，如果她说出她和卢卡斯的事情的真相，她朋友的脸、邻居的脸的样子。没有人会相信她，他们为什么要信？为什么她沉默了一年又一年？如果卢卡斯骚扰她，她为什么不去找警察？因为棚户区的人从来不会走法律途径，赛琳娜挖苦地想。一个好的棚户区人，管好自己的事，包扎好自己的伤口。她记得有一次，巴克·麦克拉肯警长来小学讲安全的问题。

“现在，我想让你们都记住警察是你们的朋友。”结束时他说，赛琳娜记得棚户区孩子眼里的神态。

朋友才怪，那个眼神说，爱管闲事的人，谁的事都管，就是不管自己的。

我永远都不会说的，赛琳娜绝望地想，即便是他们把我拖出去绞死，他们绝不会从我这里找到原因，让他们问去吧，他们永远不会知道的。

在佩顿的所有人中，有一个人不会想为什么，这个人就是马修·斯温医生，他非常清楚为什么。赛琳娜被捕那天，医生就停止了工作，他称病，将自己的病人都转给了怀特河的比克斯比（Bixby）医生。

“他一定是病了，”伊索贝尔·克罗斯比跟每个愿意听的人说，“他现在早上都不换衣服，就只是一直坐着，坐一整天，定定地盯着看，什么都不做。”

这倒不是十分准确，白天经常，晚上总是，马修·斯温会振作起来，足够让他从客厅走到餐具柜，拿出里面放着的酒，然后返回随便哪个他刚刚坐的椅子。他想着他称之为漂亮的修辞的思绪，过了一会他知道他必须要做什么了。

现在，摧毁兜了一圈又回到了原地，他告诉自己，低头盯着满酒的杯子。开始于卢卡斯，结束于卢卡斯。几乎，但不完全是，开始的时候我摧毁了生命，现在我必须用自己的生命偿还。

有时，当他晚上真的喝醉时，他会从隐蔽处拿出自己死去妻子艾米丽的一张小小的照片。

帮帮我，艾米丽，他恳求着，凝视着照片里慈爱，深邃的目光。帮帮我。

艾米丽刚刚去世，关于照片，就引起了很大的争论。他坚持要把她那张大幅，镶银边框，在他办公室摆了很多年的照片移走。

“我竟然以为你想让它待在原地，”伊索贝尔·克罗斯比伪善地说，“我以为你想她在那里，这样你就可以想起她。”

“你觉得我需要用照片来想起她吗?”医生咆哮道，凶狠地一把将艾米丽的照片从桌子上扫走，“你觉得我需要任何东西来提醒吗?”

咆哮是掩饰眼泪的有效办法，艾米丽去世后，医生无数次咆哮。伊索贝尔，当然是抓紧时间在全镇传播医生的行为。

“直接从桌子上把她的照片扔走，”伊索贝尔说，“把照片扔掉，玻璃碎了，相框弯了。你看见他在葬礼上的行为了，是不是？一滴泪都没掉，也没有冲到未填的坟墓前，什么都没有。牧师合上棺木之前，他甚至都没有上去亲吻她可怜的，冰冷的脸颊。等着瞧，不出半年，他就会再娶的。”

医生将艾米丽最后的照片小心地收起来。他意识到，期望从一张褪色的照片上寻求帮助，他的确变得脆弱了。

先是孩子，他想，毁了它是因为没有选择；之后是玛丽·凯莉，被无权强加于她的知情和负罪感摧毁；然后是内莉，因为我不能控制我的情绪和嘴巴被毁；现在是卢卡斯，被赛琳娜摧毁，因为我没有勇气亲手毁了他。世界就是这样结束的，医生想，醉醺醺地试图回忆引述的最后一部分，关于呜咽，抱怨，或者什么的。

开庭的前一天晚上，马修·斯温仔细检查房间，捡起空瓶子。他在浴缸里热热地泡了一个小时，然后用凉水冲了一下。他刮掉胡子，洗干净他漂亮的白发，然后打电话给伊索贝尔·克罗斯比。

“你去哪了?”他吼道，“现在是夏天，我的白西装还没熨，我早上九点要去法院。”

伊索贝尔，她已经无数个早上试图进去医生家里而无果，生气地挂掉了电话。

“你怎么看?”她委屈地问她的姐妹。

第十一章

同一天晚上，艾利森·麦肯齐回到了佩顿。她八点半从火车上下来，决定走回家。

“你好，罗兹先生。”走进车站后她对站长打招呼。

“你好，艾利森。”他的语气跟如果她从曼彻斯特购物了一天回来，他会用的语气一样。“厌倦大城市了吗?”

“有点。”艾利森承认道，同时想着，哦，罗兹先生，你可知道我有多厌倦，多疲惫，多忍无可忍到准备去死。

“纽约不是一个糟糕的地方，”罗兹说，“你想要搭顺风车回家吗，我准备关门了。”

“我想我还是走路吧，”艾利森说，“我已经好久没有在佩顿走过了。”

罗兹锐利的眼神看着她。“早上的时候镇子还是会在的，最好还是让我载你回家吧，你看起来有点累。”

艾利森太累了，不想争辩。“好，”她说，“我的行李在外面。”

他们开上火车站街，艾利森出神地看着窗外。没有变，她疲惫地想，一块石头，一棵树，一栋房子都没有变，它就这样静静地竖立着。

“听说赛琳娜·克罗斯的事了吗?”罗兹问。

“嗯。”艾利森回答，“这是我回来的主要原因，我觉得可以写个好故事。”

“哦?”罗兹问，“你还在给杂志写故事吗?我老婆经常读，说写得很好。”

“是，我还在给杂志写故事。”艾利森说。同时想到罗兹先生也一点都没变，他还和以前一样爱管闲事。她想知道，如果她告诉他，她写了一年多的小说，结果却很糟，他会说什么。他会很开心，有人在某件事上失败的时候，罗兹先生总是很开心。

“你怎么知道赛琳娜的事的?”他问，“你妈妈给你打电话了?”

“不是，我从报纸上看到的。”

罗兹先生停下车。“你是跟我说纽约的报纸?纽约的人都知道这件事了?”

“不是，当然不是，纽约有个做乡愁生意的人，他在百老汇经营着一个报刊亭，专卖外地的报纸。有一天我经过那，看到一份四天前的《康科德箴言报》的标题。”

罗兹先生笑了。“在纽约城里看到佩顿的消息一定让你一阵错乱。”

不，也不是，罗兹先生，艾利森无声地说。我那时忙着想其他的事，以至于没有太考虑佩顿。你知道，我刚刚和我爱的男人在床上度过了一个周末，结果却是他已经结婚了。

“是，”她大声说，“是让我非常错乱。”

“这里闹翻了，”罗兹说，“这些天不适合在街上走。到处都是记者，游客，还有从怀特河来的纯粹爱八卦的人。明天开庭，你要去吗？”

“我想会的，”艾利森说，“明天赛琳娜或许需要她拥有过的所有朋友。”

罗兹先生痴痴地笑，让艾利森想到他的笑里有点下流的东西。“没有人相信真的是她做的，至少，不是她一个人做的。好了，到你家了。等一下，我帮你拿行李。”

“不用麻烦，”艾利森说着，下了车，“汤姆会来拿的。”

“对，汤姆，”罗兹说，又吃吃地笑了，“你妈妈嫁的那个希腊人。你喜欢他当你爸爸吗？”

艾利森冷冷地看着他。“我爸爸已经死了。”她说着，走向门前的人行道。

艾利森走进客厅时，康斯坦丝和汤姆惊喜地跳了起来。

“哈罗。”她站在那里，摘掉手套。

他们环绕着她，亲吻她，问她有没有吃晚饭。

“但是亲爱的，你为什么不让我们知道你来呢？汤姆可以去火车站接你的。”

“罗兹先生载我回来的，”艾利森说，“我在火车上吃了个三明治。”

“怎么了，”康斯坦丝喊道，“你怎么脸色这么苍白，你看起来筋疲力尽，你生病了吗？”

“哦，天啊，妈妈，”艾利森不耐烦地说，“我只是累了，路途很长，而且火车上很热。”

“你想喝点东西吗？”汤姆问。

“好。”艾利森感激地说。

有点不对劲，汤姆给艾利森调冰冻柠檬糖汁汽水杜松子酒的时候想。有事发生了，每次从不愉快的经历中逃走时，她总是这副表情。一个男人?

“我试着打电话跟你说赛琳娜的事，”康斯坦丝说，“但是住你公寓的女孩说你去布鲁克林见人了。那女孩的叫什么来着？我永远都记不住。”

“史蒂夫·华乐丝（Steve Wallace)，”艾利森说，“还有，不是她住我的公寓，是我住她的公寓。”

“史蒂夫，”康斯坦丝说，“就是这个名，你不是跟我说她的实际的名字是斯蒂芬妮（Stephanie）吗?”

“是，”艾利森回应，“但是没有人那么叫过她，她讨厌那个名字。可怜的史蒂夫，我希望她可以找到别人跟她合住，我不会回去了。”

“出什么事了吗?”康斯坦丝立即问。

“我告诉你了，妈妈，什么事都没有，”艾利森说着，眼泪掉了下来，“我只是累了，厌倦了纽约，我只是想一个人待着!”

“我上去给你铺床。”康斯坦丝说。她从来都无法应对艾利森的情绪。

汤姆坐下来，点了一根烟。“我可以帮忙吗?”他问。

艾利森擦干眼泪，擤掉鼻涕，然后拿起喝的，狂饮了一半。

“是，”她用牢牢控制的语气说，“你可以帮忙，你可以走开，让我一个人待着，你们两个都是。这个要求过分吗?”

汤姆站起来。“不，”他温柔地说，“不过分。但是记得我们爱你，如果你想说的话，我们非常乐意听。”

“我要去睡觉了。”艾利森趁自己再次哭出来之前跑上楼。

但是之后，康斯坦丝和汤姆躺在床上时，听到了艾利森压制的哭泣声。

“出什么事了？”康斯坦丝害怕地问，“我应该去看看她。”

“让她一个人待着吧。”汤姆将手放到妻子的胳膊上。

但是康斯坦丝无法入睡。汤姆睡着很久之后，康斯坦丝悄悄地走到艾利森的房间。

“怎么了，”她低声问，“你有麻烦了吗，宝贝？”

“哦，妈妈，别蠢了！”艾利森说，“我不是你，我绝对不会让一个男人让我怀孕的。让我一个人待着！”

康斯坦丝说麻烦的时候指的不是怀孕。她蹑手蹑脚地回到床上，试图靠着汤姆的背温暖自己。

第十二章

赛琳娜·克罗斯的案子在六月一个温暖的早晨九点开庭。审判室被居民和农民填满。案子由安东尼·奥尔德里奇法官主持。刚来佩顿的陌生人，在那个特别的早晨，可能会惊慌地看着周围，猜想他是不是算错了日期，因为榆树街关着，空无一人，好像是周天或者假期才有的场景。所有的店都关了，法院门前长椅上也没有往日老头们好像在那里扎了根的踪影。现在是六月，赛琳娜的案子以《波士顿每日纪事报》的托马斯·德拉尼后来形容的“一声巨响”开庭。

“一声巨响”德拉尼指的是赛琳娜·克罗斯否认之前的供词，称她没有罪的时候。

一个自称维吉尼亚·沃利斯（Virginia Voorhees）的女孩朝托马斯·德拉尼靠过来。“该死，”她哑着嗓子低声说，“他们打算以暂时性精神错乱脱罪。”她的名字不是维吉尼亚·沃利斯，是斯特拉·奥尔巴赫（Stella Orbach），但是她用维吉尼亚·沃利斯给波士顿的《美国星期天》报写文章。她的文章带着同样的标题："司法制度不复存在了吗?"赛琳娜·克罗斯称没有犯一级谋杀罪坐下后，维吉尼亚沮丧地叹了口气。"该死，"她咕哝道，"这下有好戏了。"

"闭嘴，行吗?"德拉尼低声喝道，但是审判室里吃惊的叽叽喳喳声导致维吉尼亚·沃利斯没有听到。

"不认罪。"人们低声说。

"但是她之前说是她做的呀!"

"她知道尸体埋在哪里!"

查尔斯·帕特里奇，作为县法官，发言抵制人们的吵闹声。"本厅的职责，"他说，"不是控告无辜的人，而是将罪犯绳之以法。"

查尔斯的声音很轻，他的行为显然是对他出现在法庭表示歉意。他的话，没有让人们怀疑他是站在赛琳娜这边的，他希望帮助彼得·德雷克证明她的清白。

"天哪，"自称维吉尼亚·沃利斯的女孩咕哝道，"这正在演变成一场惨败，你有听说过这样的事吗?"

在帕特里奇后面，第二排的座位上，坐着玛丽昂·帕特里奇，她烦躁地动来动去，没有在听自己丈夫的讲话。

这显然反映了赛琳娜的忘恩负义，玛丽昂想，她改口称自己是无辜的，故意让查尔斯出丑。查尔斯对这个案子下了多少工夫，这是他的第一例谋杀案，他花了很多时间在上面。不是他想成为起诉赛琳娜的那个人，他绝对没有。事实上，玛丽昂撅着嘴想，在她看来，查尔斯比彼得·德雷克更努力地为赛琳娜找漏洞。但是即使如此，查尔斯是县法官，而且谋杀是没有借口的，所以他必须要起诉。哦，玛丽昂试着告诉过他，像这样引人瞩目的谋杀审判案，一定是造就县法官的案子，尤其是他有一个无懈可击的案子，赛琳娜做了，她也承认了。那个忘恩负义的，别指望这么晚突然改变说法，可以欺骗查尔斯·帕特里奇。这只会证明，玛丽昂凶狠地想，你为棚户区的人做得越多，他们感激你越少。赛琳娜和乔伊住的地方已经不能再定义为棚屋对玛丽昂来说不重要，把克罗斯那样的人放进白金汉宫，他们仍然是棚户区的人。看看那女孩！精心打扮，好像她要去舞会似的。

玛丽昂·帕特里奇吸了一小下鼻子，因为她刚刚患风热感冒，而她又讨厌一直用手绢。她食指随意从鼻孔下蹭过，盯着赛琳娜。

那女孩穿了一条淡紫色的亚麻裙子，玛丽昂打赌那裙子至少二十五美元。一双透明长袜，玛丽昂立即就将其归类为黑市的尼龙袜。赛琳娜的鞋子是新的。玛丽昂想那女孩是不是用了战时配给券买的这些东西，或者说是康斯坦丝·马克里斯从哪个友好的推销员那里得来的。

我一直跟查尔斯说，那个康妮·麦肯齐是个淫荡的女人，他就是不听。我想当她开始和马克里斯那个家伙勾搭到一起时，他看清了什么是什么。为什么，阿妮塔·泰特斯告诉我那房子里发生的事是很糟糕的事，我猜他们不得不结婚，康妮之后一定是流产了。她和赛琳娜太要好，太不让我称心了。但是，你又能期待什么呢？物以类聚。看看那女孩！法庭上还戴着耳环！赛琳娜是那种，她站上法庭时，会交叉腿，撩裙子的人。这个忘恩负义，试图让查尔斯出丑的人。毕竟，我对赛琳娜一直挺好的，她一分钱没有的时候，我雇她干零活。赛琳娜和乔伊还小的时候，我也一直给内莉找活干。还有，看看卢卡斯给我们做橱柜的时候，我们给他什么待遇，愿上帝安抚他的灵魂，太夸张了，但是我们按他要求的付了。

你觉得赛琳娜会记得那些好吗，没关系，查尔斯会惩罚她的，他会当心不让她逃脱杀人罪。在他让她以任何那样的办法逃脱之前，查尔斯会看着她被绞死！

“——为了证明赛琳娜·克罗斯杀死卢卡斯·克罗斯是自卫，她的行为，因此属于正当杀人。”

玛丽昂·帕特里奇在座位上坐起来，坐得直直的，就好像有人用针把她固定住了一样。现在是查尔斯·帕特里奇在讲话，他在说，既然有了新的证据，为了节省政府开支，应该放弃冗长的审判。潮热令玛丽昂大汗淋漓。

但是这不可能，她狂乱地想，他在扔掉自己的大好机会。没有新的证据，否则他会事先告诉我的。为了救赛琳娜的颈子，他编造了这一切。

玛丽昂拿出手帕，擦了擦她潮湿的太阳穴，那一刻，她突然想到，查尔斯正在忍受和他美丽的小囚犯激烈的风流之事的剧痛。她偷偷地看向周围，她觉得人们好像微笑着朝她的方向，投来诡秘的眼神，为她感到遗憾，因为查尔斯对赛琳娜的淫欲，丢弃了被写进法律书籍的大好机会。

我要亲自杀了她，玛丽昂想，这个决心让她平静了下来。潮热过去了，她安心地坐在座位上，眼睛像浸过毒液的针盯着赛琳娜的后颈。

之后，庭审结束的时候，托马斯·德拉尼说佩顿法庭里没有一个人愿意看到赛琳娜被判有罪，他不了解玛丽昂。德拉尼以为自己找到了一个地方，那里没有一个人热切地想朝堕落的人投石块，他不了解玛丽昂，她不会原谅违背自己设定的准则。德拉尼在城市长大，没有意识到在一个非常小的小镇，恶意通常针对一个单独的个人而不是一个群体，一个民族，一个国家。他对于偏见和偏执非常熟悉，自己就无数次被叫爱尔兰佬。但是辱骂和恶意，他一直认为，更多的是针对自己的祖先而不是自己这个个体。克莱顿·弗雷泽试图跟他解释这其中的门道，但是他是个现实主义者，他想要亲身看到克莱顿的例子，亲耳听到恶意，亲眼看到它的结果。

“我告诉你关于塞缪尔·佩顿的事了，不是吗?”克莱顿·弗雷泽质问，“时间和人不会改变太多。你难道从来没有注意到，通常都是那些希望拥有什么东西或者做过什么事的人恨得最深吗?”

“我不明白你确切的意思。”德拉尼回答。

“好吧，我知道我什么意思，”克莱顿气恼地说，“如果我不能用华丽的词表达它，我也没有办法，我没为赫斯特工作。”

德拉尼笑了。“那么用不华丽的词告诉我你要表达的意思。”

“你难道没有注意到对年轻，漂亮，到处享受愉快时光的女孩百般挑剔的是什么样的女人吗？是那些太老，太肥，太丑而无法做相同事情的女人。当有人严重地不受约束，那个喊得最大声的人是谁？是那个一直想做同样的事，却一直没勇气的人。几年前，这里住着一个哥们，厌倦了自己的老婆，自己的工作，自己的债务，跑掉了。就只要站起来，战胜它。我听到唯一一个叫喊的人，不管时间多短，是莱斯利·哈灵顿。还有一次，有一个寡妇，她在铁轨旁买了栋房子。她长得很好看，几乎让镇上的每一男人都游手好闲。她不是个淫妇，不像金妮·斯特恩斯之前那样。这个寡妇，她有等级。我曾经读过一本书，是关于法国的一个高等妓女的，那个寡妇就是那个样子的，高等妓女，高高在上，傲慢，美丽，就像缎子床单一样。镇上没有哪个女人愿意她在身边，但是喊的最凶的那一个，最后让巴克·麦克拉肯把她逐出镇的那个是玛丽昂·帕特里奇，老查理的老婆。”

“我在赫斯特工作太长时间了，”德拉尼说，“你的这些比喻我难以理解。你想告诉我什么?”

克莱顿生气地发出呼噜呼噜声。“我想告诉你如果赛琳娜被认定无罪，会有人对此喋喋不休地叫嚷，看看谁叫得最大声，叫得最久，是件有趣的事。”

查理很明白这一点，玛丽昂·帕特里奇想，给你的父母争光，这清清楚楚丝毫没有什么争论的地方。如果他觉得有理由充分到可以宽恕一个弑父，即使是继父的女孩，他一定是在衰老的边缘摇摇欲坠，觉得剩下的人都跟他一样。

玛丽昂冷漠地承认她宁愿看着查尔斯流口水，尿床，也不愿他迷恋赛琳娜。乡亲们会同情一个丈夫生病的女人，但是丈夫追求年轻的女子，只会让那个女人自动成为大家的笑柄。

“不需要让旁听者退席，”查尔斯阻拦道，玛丽昂抬起愤怒的眼睛看着他，“这女孩被她的朋友和邻居包围着。”

如果她的朋友和邻居听不到任何证词，赛斯·布斯威尔坐在前排的座位上想，如果赛琳娜被认定无罪，那么他们脑海中一直都会萦绕着怀疑的阴影。聪明的老查理，我真希望知道他到底在说什么。我昨天和德雷克谈的时候，他看起来毫无希望。

艾利森·麦肯齐坐在审判室的中间，两边分别是她妈妈和托马斯·马克里斯。查尔斯·帕特里奇说朋友这个词的时候，她把指尖放到了嘴唇上。

朋友！她震惊地想，立刻朝赛琳娜·克罗斯的方向发出警告的脑波。

别让他们欺骗了你，赛琳娜，她集中精神想。别被骗了，别相信他们漂亮的话。这个房间里你没有一个朋友，快，站起来，告诉他们。我知道，他们也曾试图告诉我，周围都是我的朋友，就在这个房间里。但是没有，我站起来讲出事情的真相时，那些我称之为朋友的人笑着说我说谎。即使是那些不怎么认识我的人，为了救莱斯利·哈灵顿而伤害凯西的时候，也当着我的面说我是骗子。现在看看莱斯利·哈灵顿、赛琳娜，他是陪审员，他会把你的生命玩弄于股掌之间。他不是你的朋友，不管你怎么想，他已经改变了。他叫我骗子，就在这个房间里，我从记事以来就认识他。不要相信查尔斯·帕特里奇，他叫我骗子，他会对你做同样的事。站起来，赛琳娜！告诉他们，你宁可被你的敌人审判也不要被你佩顿的朋友审判。

“传马修·斯温。”一个声音说道。艾利森知道太晚了，赛琳娜已经将自己的信任交到了她的朋友手上，就像艾利森曾经做的一样。她的朋友会翻脸不认人，告诉她她撒谎。艾利森感觉到了自从回到佩顿就会轻易掉下脆弱的眼泪，汤姆伸出手，温柔地将手放在她的胳膊上。马修·斯温开始郑重宣誓。

“卢卡斯·克罗斯疯了，”医生直率地开始，“他发疯的程度到了一个人能达到的最严重的状态。在座的各位，除了几个外乡的，没有一个人不知道卢卡斯生前做的一些事情。他是个酒鬼，打老婆的人，虐待孩子的人。说虐待孩子的人，我的意思是你们所能想到的最恶劣的方式。赛琳娜十四岁起卢卡斯就对她进行性虐待。他威胁说如果她报案，他就会杀了她和她的弟弟，以此让她保持沉默。赛琳娜没有去找巴克·麦克拉肯。为时已晚，她已经有麻烦时，她来找我，我以我认为最好的方式处理了她的麻烦。我给她做了手术，让她不会生下卢卡斯的孩子。”

审判室开始叽叽喳喳。维吉尼亚·沃利斯疯狂地书写着。

“堕胎!”她低声对托马斯·德拉尼说，“这个医生毁了他自己!”

但是他是一个多么了不起的医生啊，德拉尼想，不理他的同僚。白西装，白头发，明亮的蓝眼睛，多么绅士的一个人!

“现在，我猜想，有人会问我，我是怎么知道赛琳娜怀的是卢卡斯的孩子，”医生说，审判室里的哄闹声安静了，就好像每个人都被击死了，除了马修·斯温，“我知道是因为卢卡斯跟我承认了。在座的没有人不记得卢卡斯离开镇上的事，他离开是我告诉他，他必须离开，我告诉他如果他留下的话，镇上的男人会对他用私刑。简而言之，我吓得他屁滚尿流，所以他走了。毫无疑问，第一次发现卢卡斯的行为时，我应该去找巴克·麦克拉肯，我没有去是不对，但是我没有，今天站在审判席上的人也不是我。应该是我，如果我做了我应该做的事，卢卡斯就不会死，他会活着被送进监狱，永远都不会有机会离开后再随意回来，尤其是有机会再对儿童性骚扰。当他真的回来试图对她做几年前做过的事情时，她杀了他。我不怪她。卢卡斯·克罗斯该杀。”医生抬起头，只比正常的高度高一点，他通常都是这个角度。“如果我说的话需要在各位的脑海里得到证实，我有证据。”他将手插进西装侧面的口袋里，拿出一张折叠的纸，他把它递给查尔斯·帕特里奇。“那张纸是一张签名的供认书，”他说，“我处理好赛琳娜的那天晚上写的，卢卡斯签了字。我要说的就这些。”

马修·斯温从证人席上走下来，审判室里又恢复了生机。

在后排的座位上，艾尔西·桑顿用戴黑手套的一只手掩着自己的眼睛，另一只手环着乔伊·克罗斯。乔伊在颤抖，他靠着桑顿老师的瘦弱身体像上了发条的玩具一样紧绷。

第一排，赛斯·布斯威尔低着头，担心眼睛里会流露出惭愧之情。哦，马特，他想，我永远都不会有那样的勇气。

第二排，玛丽昂·帕特里奇愤怒地摇着头。我可能知道，她想。马特·斯温的行为，他自己就是个罪犯加杀人犯。每个人都倾听他讲的话，好像他是神一样。毁掉查尔斯的大好机会，他会付出代价的。他和那女孩合伙，让查尔斯出丑。

维吉尼亚·沃利斯后来称赛琳娜·克罗斯的案子是个"惨败"的主要原因是，法庭就停在了马修·斯温为那女孩的辩解上。那个老医生声称从赛琳娜的继父那里获得的供认书被记录，被认定为证据，被传到陪审团手中检验。但是维吉尼亚注意到，从一个人手里传到另一个人手里的时候，十二个人当中没有一个人低头看那张纸。法官对陪审团说的话，是维吉尼亚从来没在哪个法庭上听过的话。

"你们陪审团没有人不知道马特·斯温的，"法官说，"我认识他一辈子了，就像你们一样，我会说马修·斯温不是个会说谎的人，去其他的房间，做出你们的决定。"

不到十分钟，陪审团就回来了。"无罪。"莱斯利·哈灵顿作为陪审团的团长说。赛琳娜·克罗斯的审判结束了。

"它也许是以一声巨响开始，"维吉尼亚·沃利斯对托马斯·德拉尼说，"但是它无疑以一声最普通的湿爆竹的闷响结束的!"

托马斯·德拉尼看着年老的马修·斯温走出审判室。几分钟后，他注意到医生在外面被五个人陪同着。赛斯·布斯威尔松松地抓着他的一只胳膊，查尔斯·帕特里奇走在医生的对面，杰拉德·克拉克和德克斯特·汉弗莱走在他稍后的位置，莱斯利·哈灵顿走在前面去开医生的车门。六个人上了车走了。德拉尼回头，看到克莱顿·弗雷泽在他身边。

“一群光鲜好看的老混蛋，是不是?”克莱顿亲切地说。德拉尼意识到这是克莱顿觉得自己能给别人最大的称赞。

“是。”他说，挤过人群，走到彼得·德雷克的身边。

“恭喜。”他对赛琳娜的律师说。

“为什么?”德雷克问道。

“为什么，因为你刚刚打赢了一个大案子。”德拉尼说。

“听着，”德雷克尖刻地说，“我不知道你从哪里来的，但是如果你看不出那从头到尾都是查尔斯·帕特里奇的案子，你对佩顿还有很多要了解的。”

“医生会怎么样?”德拉尼问。

德雷克耸了耸肩。“不会有什么事。”

“我意识到我对佩顿确实有很多要了解的地方，”德拉尼挖苦地说，“但是我对这个州的了解，让我知道堕胎是违法的。”

“谁会起诉马特·斯温堕胎，”德雷克问，“你吗?”

“没人需要，当局一旦听到消息，就会吊销他的执照。”

德雷克再次耸了耸肩，“一年后再来，”他说，“看看马特·斯温是不是还在行医。我赌佩顿一个坚固的金钥匙，他依旧会住在栗树街，晚上依旧会出诊。”

“那个女孩呢?”德拉尼问，朝赛琳娜站的方向点头，她被镇上的很多人包围着，“她有任何计划吗? 她会去哪里?”

“听着，”德雷克疲倦地说，“你为什么不去问她，我要回家了。”

第十三章

对艾利森·麦肯齐来说，夏天过得很慢，大部分时间，她都坐在自己的房间里，或者在佩顿的街道上行走。她睡得早起得晚，但是重压着她的，昏沉的疲惫怎么都摆脱不了。有时她会去看凯西·威尔斯，但是这些时刻她也找不到安慰，就好像有一堵墙隔在两个朋友之间，但是不是不友好，或者缺乏理解的墙，而是凯西的幸福制造的一堵墙。

幸福之墙，艾利森想，生活在后面是多么美妙的一件事。

凯西用左手抱着孩子，让孩子靠着她的屁股坐着。棉布裙子空荡荡的右胳膊巧妙地用别针向后别住，艾利森想知道每天早上凯西是怎么自己穿衣服的。

“幸福，”凯西说，“在于找到一个你喜欢的地方，留在那里。这就是为什么事故后我从来不遗憾没有得到大笔的钱。如果卢和我有钱的话，我们或许会被诱惑去旅行，去四处看看，但是我们就不会发现像这样的一个地方。”

“你总是陶醉于佩顿，”艾利森说，“我不知道为什么，这是我能想到所有小镇中最烂的例子。”

凯西笑了。“不，它不是。”她说。

“谈论，谈论，谈论，”艾利森烦躁地说，“佩顿以谈论著称，谈论每个人。”

“胡扯，”凯西粗俗地说，“世界上所有的人都在谈论，谈论每个人，即使是在你宝贝的纽约。沃尔特·温切尔（Walter Winchell）是八卦之王，克莱顿·弗雷泽，佩奇家的女孩，罗伯塔·哈蒙加起来都比不上他。”

艾利森笑了。“温切尔不同，”她说，“他八卦是收费的。”

“我不在乎，”凯西说，“如果说我看过后院篱笆原则的例子的话，我看他的专栏时看到一个[①]。至少在佩顿，我们不会把自己的隐私放到报纸上去。”

艾利森耸了耸肩。“总之，那儿的报纸把自己限定在知名人士上，”她说，“在佩顿，每个人都可以是被嘲弄的对象。”

“赛琳娜·克罗斯在这儿算是某种名人了，”凯西敏锐地说，“赛琳娜对于佩顿才是烦扰你的原因，是不是？”

“是，”艾利森承认道，“我觉得赛琳娜待在这里很蠢，她可以和乔伊去洛杉矶，和格拉迪斯一起住，那里没有人知道她。她在这儿表现得像个鸵鸟，就好像什么事也没发生一样。不管对与错，它确实是发生了，人们开始谈论只是个时间问题。所有不愿看到她因谋杀被绞死的好朋友，都在用他们恶毒的言语绞死她。”

---

① 后院篱笆原则是英阿福克兰群岛之战，中东战争和戴安娜王妃新生王子，电视新闻更关注的是最后一个。因为一天下来有两个主妇在后院篱笆聊天，那么，他们感兴趣的一定是新生王子。

“但是这个也会过去，”凯西引用道，“一向如此，艾利森。”

“被反反复复谈论一百年后，”艾利森说着起身要离开，“等着瞧，最终赛琳娜会离开的。”

“她的行为不像是要逃走，”凯西说，“我昨天去了你妈妈的店里，赛琳娜和彼得·德雷克聊得很开心，她不会离开的。”

“你总能在每个随意的谈话中前瞻性地看到配对，”艾利森生气地说，“别担心，德雷克不会和赛琳娜交往而让自己处于危险境地的。泰德·卡特没有，德雷克也不会。男人都一样。”

“天啊，”凯西喊道，“你在纽约发生了什么事？你走之前从来都不会有这样的态度。”

“我变聪明了。”艾利森说。

“胡说，”凯西说，“你需要做的是找一个不错的男人结婚，然后定下来。”

“不要，谢谢，”艾利森说，“我和爱情相处得不好。”

她轻浮地说了这句话，但是在这个漫长的夏天，她却过于频繁地说这句话，她不仅想着这些词，而且相信它们。因为爱情带来了她离开纽约之前没有引起的痛苦，而是等她回到佩顿才吞噬她。当它终于来临时，她想她会因此而死的。痛的力量是如此大，以至于让她透不过气来。痛是如此锋利，它剥光她的神经，让受伤的它们承受更多的痛。

她重温了童年时的每一段丢弃的经历，陶醉在自己的悲伤之中哭泣：我把罗德尼·哈灵顿输给了贝蒂·安德森，把诺曼·佩奇输给了他妈妈，把我妈妈输给了托马斯·马克里斯。但是我以为在纽约会不同。我错在哪里了？我怎么了？

那是在九月，高中毕业三个月后，她来到了纽约。康斯坦丝坚持让她住专为女性开设的令人沮丧的酒店，但是艾利森没有浪费丝毫时间去维护她新获得的独立。踏出中央车站不到十五分钟，她就开始在《纽约时报》上浏览租房广告。她看到一个第一眼就很吸引人的信息。

“女生，不爱管闲事，希望能找到意气相投的女生一枚合住公寓。”

艾利森仔细地记下地址，不到一个小时，她就约见，并做出决定她很喜欢，然后搬进去，和一个二十岁，自称史蒂夫·华乐丝的女孩一起住。

“不要叫我斯蒂芬妮，”史蒂夫说，“我不知道为什么这样，但是被叫斯蒂芬妮总是让我感觉像简·奥斯汀书里苍白枯燥的东西。”

史蒂夫当时穿一条豹纹的宽松长裤，明黄色的衬衫，她的头发是浓烈的赤咖啡色，她耳朵上戴了一对无比巨大的金耳环。

“你是演员吗?”艾利森问。

“还不是，”史蒂夫用她深沉沙哑的声音说，“还不是。我现在做的都是跑到各处的选角办公室，但是我做模特来付房租，吃饭。你做什么的?”

“写作。”艾利森说，担心自己无法不颤抖地说出这个词，因为她在佩顿已经被嘲笑过太多次了。

“那很好啊!”史蒂夫叫道。就在那一刻艾利森开始非常喜欢她。

但是写故事和卖掉它们是两码事，艾利森很快就发现了这一点。她开始意识到卖掉她的第一个故事真是难以置信的幸运，然而通向下一个出售的道路将无疑是艰难的。

“哦，像买《丽莎的猫》那样的编辑。”她经常热情地说，尤其是每周收到康斯坦丝寄来的慷慨的支票时。

艾利森把杂志举办比赛时那张全页的彩色图画和《丽莎的猫》挂在史蒂夫客厅的墙上。在纽约的第一年，她经常看着那幅画，从中汲取鼓励，因为有时候她担心她永远都无法靠写作来支撑自己的生活。但是之后她遇见了布拉德利·霍姆斯（Bradley Holmes），一个作家经纪人，然后新的大门就为她敞开了。没有霍姆斯，她永远都不可能开始取得成功。但是在这个仲夏的午后，坐在佩顿自己的卧室里，想起他是如此的痛苦，她将脸转向枕头开始哭。

哦，我爱你，我爱你，她哭泣着，然后想起他的手触摸着她，羞愧混合着悲伤。她越是闭紧眼睛，他的形象越是清晰地出现在她紧闭的眼睑后面。

布拉德利·霍姆斯，四十岁，黑头发，尽管他比艾利森高不了多少，却很有力量感。他的眼睛敏锐且有洞察力，他的舌头可以同时残忍和温柔。

“直接卖给出版社比让经纪人推销你的作品容易。”史蒂夫的一个朋友告诉艾利森。

经过一系列被代理秘书和代理接待员拒绝之后，艾利森觉得这或许是真的。在一次毁灭性的经历之后，当她几乎认定与其说是把她的作品卖给代理商的问题，不如说是通过他接待室桌子的问题时，她跑到纽约公共图书馆寻求庇护。她选的书是当下畅销书，作者把它献给自己的“朋友兼经纪人，布拉德利·霍姆斯”。根据作者的描述，这个人是一个真正的朋友，一个有着耶稣般灵魂，约伯（Job）[①] 般耐心的天才，

① 约伯，《圣经》中的人物。约伯是上帝的忠实仆人，以虔诚和忍耐著称。

是纽约最好的经纪人。

艾利森直接到一个公用电话亭，在那里的电话号码簿上查到了布拉德利·霍姆斯的地址，他在第五大道有一间办公室。同一天下午晚些时候，她坐在自己的打字机前，写了一封情绪激动的长信给布拉德利·霍姆斯先生。她写到她在误解下辛劳，因为她一直觉得一个文学经纪人的职责就是阅读作家给他的文稿。如果她是对的，那么她，一个拿过奖的作家，怎么可以无法面对面和一个经纪人见面？如果她是错的，那么文学经纪人又到底有何用？用同样的基调艾利森写了八页多，然后读也没读就寄到了第五大道的地址，因为她担心如果她停下来想她写了些什么的时候，她就会改变想法。

几天后，她收到了布拉德利·霍姆斯的便条，写在非常精美厚重的奶油色的纸上，他的名字用黑色的字迹刻在纸的最上面。便条很短，邀请麦肯齐小姐去他的办公室，留下她的手稿，霍姆斯先生会读的。

那天早上，艾利森第一次去的时候，布拉德利·霍姆斯的办公室充满了光和热，有上等地毯的味道，碾碎的烟蒂的味道，和皮面装订的书的味道。

“坐，麦肯齐小姐，”布拉德利·霍姆斯说，“我必须承认我非常吃惊，我没有预料到是如此年轻的一个人。”

年轻是布拉德（Brad）和艾利森谈话中经常会用的一个词，以各种方式出现。

“我太老了。”他会说。

或者“我活了这么久。”

或者“对于如此年轻的一个人，你有非常敏锐的眼光。”

还有很多很多次，他说：“有一个非常有魅力的年轻人，我想你会喜欢。”

艾利森和他待了大概十五分钟，然后他礼貌地将她引导到大厅的电梯。

“我会尽快读你的故事的，”他告诉她，“我会和你联系的。”

“哼，”史蒂夫·华乐丝后来说，“选角导演那个老家伙的台词，不要打给我们，我们打给你。幸运的是，做模特的时候我从来没遇到过，但是送我出来的戏剧办公室的那些人说了这些话！话说不会收到布拉德利·霍姆斯任何消息的，你最好试试别人吧。”

三天后，布拉德利·霍姆斯打电话给艾利森。

“有几件事我想和你讨论，”他说，“你今天能来办公室一趟吗？”

“你对文字有非凡的天赋，”他告诉她，在那一刻，艾利森宁愿为他死，“还有，”他说，“你处理华而不实的短篇小说有聪明的小技巧，我想眼下我们应该集中在这个上面，把真正的才华留到后面，或许是长篇小说。遗憾的是，我不知道你最优秀的短篇小说适合什么地方。通俗杂志是唯一可以让你赚到足够生活酬劳的，这些杂志也没有偏爱，全是关于老处女、猫、性。给。”

他递给艾利森一沓代表艾利森比较好的故事的手稿。

“我们会研究其他的这些。”他说。

不到两周，艾利森已经将布拉德利·霍姆斯看作最高级别的天才，不到一个月，他卖掉了她的两部短篇。她开始考虑写长篇。

“你有大把的时间，”他告诉她，“你这么年轻。但还是一样，一旦你开始从杂志赚到相当不错的酬劳，你可能永远都不会决定试着写书。如果你喜欢的话，就去做吧，看看你能做出什么成绩。”

“好，布拉德。”艾利森说。如果他告诉她跳进旋转的螺旋桨桨叶没关系，她也会说：“好，布拉德。”

他们在东区布拉德经常光顾的一家高档餐厅吃晚餐。

“我不需要去市区见名流和变态，”他说，“我可以在各式的所谓的文学茶会上看到比我想看到的多得多。”

从那以后，艾利森开始避开村子[①]。但是过了很久，布拉德利·霍姆斯才开始意识到他对自己最年轻的委托人产生的影响。

“自己思考，”他严厉地告诉她，“我们之间的关系不是软帽子——斯文加利似的[②]，不要想我们之间是那样的关系。”

但是艾利森已经养成了依赖的习惯。她打电话给他，跑去找他，问他一大堆细节的意见，而这些她都可以轻易地自己解决。

“不要开始把我想成你的父亲。”他警告她说。

艾利森没有，她视他为神。

然后布拉德开始把艾利森介绍给各式各样的年轻男子，其中最有趣的是一个高个子、瘦瘦的，叫大卫·诺伊斯（David Noyes）的人，他写的是，艾利森定义为“具有社会性意义的小说”。

“我希望艾利森用她一直看布拉德·霍姆斯那样的眼神看我一次，”大卫告诉史蒂夫·华乐丝，“看着她看他几乎是一种尴尬，如此爱恋，如此崇拜，我都受不了，不知道他是什

---

① 是纽约同性恋者、艺术家、波西米亚族的大本营。

② 英国小说家乔治·杜·莫里哀的小说《软帽子》中的人物，他用催眠术控制女主人公。

么感觉?”

艾利森喜欢大卫，他为她打开了一片全新的思想和观念的领域，他帮她度过了她开始写小说那段艰难的时期。她告诉他塞缪尔·佩顿城堡的传奇，他听得津津有味。

“听起来不错，”他告诉她，“当然，把握起来可能有点难，要把塞缪尔塑造成一个称心的角色，你要花大量的工夫，如果搞砸，他就会变成一个恶棍。”

“布拉德觉得这是个非常精彩的故事，”艾利森说，“他觉得它会成为一本非常畅销的书。”

“搞砸。”大卫修正道。

“不是每个人都可以成为天才少年。”艾利森说。

大卫二十五岁，出版第一本小说后就被评论家捧为才华横溢的新一代天才。他想要变革世界。他有过一段艰难时期，无法理解像艾利森一样的人怎么会为名声或者金钱写作。大卫看到一个从战争，贫穷，罪恶，惩罚性机构解脱出来的世界，他一直试图让其他人也看到他所看到的。布拉德·霍姆斯称大卫是一个“有奉献精神的年轻人”，当然，艾利森也是这么看他的。

“布拉德献出了自己，”艾利森告诉他布拉德是怎么说的时候，大卫说，“他就像纽约城，坚硬，生机勃勃，献身于金钱，然后是种族。”

“布拉德和纽约共同点很多，两者的准则都是金钱。”

“哦，你怎么可以说这种话!”艾利森喊道，气得几乎要哭了。“为什么布拉德是我遇过最亲切、最温和的人。”

“布拉德是个该死的好经纪人，”大卫说，“我几乎没看到过金钱和温和手拉手。”

“有时候，”艾利森恶毒地说，“事实上是大部分时候，你都让我厌恶。布拉德是我拥有过最好的朋友。”

“哦?”大卫挖苦地问,“那你告诉我的那个马克里斯家伙呢?你最好的朋友受伤时,站在你身边的那个人,他不是你的朋友吗?当他挺你的时候,他有可能丢掉工作,他好不容易在那个迷人的难以忍受的地方谋了份职位,就在你称为佩顿住宅的地方,反正随便你叫什么名字。马克里斯什么情况,在我听来他像是你最好的朋友。”

“哦,他,”艾利森耸了耸肩,“他不一样,他是我妈妈的丈夫。”

“有时候,”大卫缓缓地说,“我觉得需要把你的灵魂放到一个倍数超大的显微镜下,才能清楚地看到你是有灵魂的。”

“大卫,我们别争论了,就一晚,我们不要闪避言辞,我们只做朋友。”

大卫沉默地看了她一会。“我不想做你该死的朋友。”他说。

“好吧,那你想做什么?”她问。

“你的爱人,”他坦率地说,“但是我没有一套漂亮的陈词滥调让你知道这个。”

他们坐在格林威治村一个地下餐厅的桌边。桌子上铺着标准的红格子桌布,一根蜡烛插在一个空酒瓶里,在远侧闷闷不乐地燃烧着。大卫朝艾利森靠过来,将他的手指温柔地缠在她长发的发梢。

“我看着你的时候,能想到要说得最好听的话就是,你有一头美丽的秀发。”

“谢谢。”艾利森低头看着她的手。大卫低声的恭维,是她始料未及,不知如何应对的。“我们不要赶快吗?我以前从来都没看过芭蕾,我可不想迟到。”

那晚他们看了《仙女们》。艾利森看着穿着芭蕾舞服的舞者，想起了佩顿。湿润的四月从打开的窗户里钻进来，她咳嗽了一下，大卫伸手过来在黑暗的剧院里握住她的手。那晚之后艾利森觉得和大卫拉近了，但是想到爱的时候，她想到的依然是布拉德利·霍姆斯。

"艾利森!"是康斯坦丝在楼梯口喊她。

"怎么了，妈妈?"

"汤姆回家了，下来跟我们喝一杯。"

"谢谢，我马上就下来。"

她洗干净自己被泪水浸肿的脸，将头发梳顺。大卫，她想，大卫会对我非常温柔。

几天后，九月第一周的一个晚上，艾利森和康斯坦丝以及汤姆坐在后门廊。艾利森看着一只蛾子试图杀进门廊的纱门，只放了一半的注意力听康斯坦丝谈论泰德·卡特。

"我不相信他爱过赛琳娜。"康斯坦丝说。

"我不这么看，"汤姆伸直他的长腿坐着，"爱情是有不同的深度的，但是不管深还是浅，它仍然都是爱，"他刻意没有看艾莉森，"如果一个男人只是和身边的一个女人睡觉，他也是在表达某种爱。"

康斯坦丝哼了一声。"接下来你就要说一个男人跑去妓院也是在表达爱。"

"妈妈！天啊。"艾利森抗议道。

"跟汤姆说，"康斯坦丝自在地说，从杯子底部钓柳橙片，"他是那个叫我有话直说①的人。"

---

① 此处的英文为"call a spade a spade"。"spade"是尖头铲的意思，所以下文艾利森会那么说。

“尖头铲是一回事，”艾利森说，“该死的宽边铲又是另一回事。总之，我看不出来那一切跟泰德和赛琳娜有什么关系，他哄骗了她四年，假装想要娶她，看看她有麻烦的时候发生了什么，他离开了她。几年了，我们对泰德·卡特的评价一直太高了，到头来他变成了罗伯塔和哈蒙德的缩影。泰德和他宏伟的计划！那个懦夫在里面找不到空间留给赛琳娜。”

“但是那跟他爱不爱她有什么关系呢？”汤姆问。

“如果他真的爱她，他就应该站在她身边。”艾利森激动地说，同时开心这里的天色已经足够黑，她不用再看着汤姆。

“这倒未必，”他说，“爱情没有经得住考验是有这回事，但是这不意味着它本来就不是一种爱。爱不是静态的，它是变动起伏的，有时候会增强，有时候会减弱，有时候会完全消失。但是我依然认为，一个人不去感恩他得到的爱是很难的。”

“不值得，”艾利森说，“每一滴，每一份爱都带来太多的痛。”

“要做的事，艾利森，是记得爱，不要细想失去。”汤姆温柔地说。

“你知道什么？”艾利森喊道，跳起来开始哭，“你从来没失去过任何东西，你得到了你想要的。”她从门廊跑走，跑上自己的房间。

“啊！”康斯坦丝吃惊地说，“她在烦恼什么？”

“成长之苦。”汤姆说。

在她的房间里，艾利森趴在床上。“记住？”她绝望地想，“记住什么？”

想到自己和布拉德利·霍姆斯在一起的时候感觉到的羞耻，她皱眉蹙额，紧握双拳，祈祷将其遗忘。记得爱而不是失去，汤姆说，一个人怎么可以全部忘记呢？

哦，老天，艾利森躺在床上，滚烫的脸颊贴着起皱的枕套，为什么他要提到爱？

事情发生在她写完小说的那天，早上八点半，她一整晚都在写，最后她写下了两个美丽的字：结束。她弓着脖子，转动的肩膀，感受到疲惫和忧虑的痛苦，然后她扫了一眼钟表，点了一根烟，将近九点，她可以打电话到布拉德利·霍姆斯的办公室。

“哦，布拉德，”她一听到他的声音就说，“我写完了。”

“太好了！”他说，“你周一拿过来怎么样？”

“周一！”艾利森叫道，“但是布拉德，我以为我们可以一起吃晚餐，之后一起读。”

“那样是很好，”布拉德说，“但是我今天下午要早走，去康涅狄格州。”

“哦？”艾利森问，“你一个人去吗？”

“是。”

“布拉德，”艾利森沉默了似乎很长一段时间，“布拉德？”

“怎么了？”

“带上我吧。”

这次轮到他沉默了很久。“好吧，”他最终说道，“我四点来接你。”

“我会准备好的。”

“还有，艾利森。”

“怎么了，布拉德？”

“把手稿放在家里，如果你愿意的话我们可以讨论，但是我这周过得极其辛苦，周末我想休息。”

“好的。”她说完慢慢挂掉电话。

史蒂夫·华乐丝从卧室走出来，打着哈欠。她早上没有约会极其罕见，她要彻底地享受它。

“嗨，”史蒂夫说，用指头揉着头皮，“咖啡好了吗?”

“我要和布拉德出去过周末。”艾利森说。

史蒂夫开始有节奏地舒展她的躯体，这是保证她腰部苗条的运动。“好吧，不要表现得好像你要去死，去升天一样。”

艾利森转过过度工作后疲惫、眼眶红红的眼睛看着她。“我从来没有和一个男人出去过过周末。”

“首先，”史蒂夫伸出食指，强调她的观点，“我不认为你所想的会发生，不是和掌舵的加拉哈德·霍姆斯①。其次，”这次她伸出了两根指头，“如果你不睡一会，让眼睛里的血丝消散的话，肯定不会发生的。”

“我写完书了。”

“好啊!”史蒂夫喊道。她跑到桥牌桌，上面放着艾利森的打字机。她看着白纸上美丽的字符。“结束，”她说，“谢天谢地！我还担心在这之前你会精神崩溃呢。哦，艾利森，是不是很棒!”她光着脚开心地跳了几个舞步。“你写完了!”她定定地站着，看着她的朋友。“哦，”她说，“这就是为什么布拉德周末要带你出去，读书。”

“不是，他只是想让我讲给他，他想要休息。”

“胡扯，”史蒂夫说。“如果我见过哪个男人吮吸着爱，那个人就是布拉德·霍姆斯。他的问题是他年过四十，差不多是你年龄的两倍。”她在厨房里说，艾利森坐在客厅里。“当然，那样的小事情不会困扰大部分男人的，但是大部分人不是布拉德·霍姆斯。”

---

① 最纯洁的圆桌骑士，也是唯一一个能够捧起圣杯的骑士。

“我看不出来年龄和爱情有什么关系，你呢？”

“我也不，你为什么不问问布拉德呢？”

“或许我会的，晚一点，现在我要去睡觉了。”

“我会提前叫你，让你有充足的时间把自己打扮得光彩照人，去过周末。”

艾利森站起来，走到佩顿房间的窗户边。

史蒂夫是多么得聪明和国际化。我想我们那天，她想，我们对我和一个男人出去过周末，是多么的若无其事。我感觉如此勇敢、成熟、无畏。

“我单独去和一个男人过周末你没有一点点震惊吗？”她问史蒂夫。

“那个男人是布拉德·霍姆斯就不会，”史蒂夫边回答边把艾利森难看的棉布睡衣装进小提箱里，“那个人做过最有利的事就是把你介绍给了大卫·诺伊斯。他知道，你也应该明白。我毫不怀疑你周一回到纽约会和你离开时一样是个完璧。”

艾利森无精打采地从卧室的窗前走开，黑暗中她在桌子上的一堆东西中摸索到了烟，指头发现是个空盒子，她将它捏成一团，悄悄地下楼。康斯坦丝和汤姆老早之前就上床睡觉了，客厅里只亮着一盏小灯，一切都是静止的。艾利森打开门，看着山毛榉街，佩顿的九月总是有些凉意。她轻轻地关上门，走回客厅。壁炉里冷冰冰黑漆漆，艾利森在壁炉的柴架上搭了一小堆引火木，火点燃后，艾利森坐在扶手椅上盯着火苗。

我应该跑，她想，我应该从布拉德那里跑开，回到大卫那里。但是我真的想吗？直到现在，艾利森已经给自己找了很多借口。我控制不了，她想，我没有意识到，我爱他，都是他的错，他应该更清楚。艾利森的眼睛盯着火焰，得知她妈妈的缺点后的第一次，她猜想康斯坦丝的内心和思想。

“有可能发生在任何人身上，”康斯坦丝说，“我很孤单，而他就在那。”

但是我不孤单，我有工作，有史蒂夫，有大卫，我不是一个人。

一块原木开始燃烧时，火花四溅，艾利森立刻感觉到了布拉德利·霍姆斯的存在。奇怪，之前回忆是丑恶的东西，现在她可以带着好奇回忆。

他站在他康涅狄格州农场客厅的壁炉前，递给她一个杯子。

“这有可能促成未成年人犯罪，”他说，“但是一点雪利酒伤不了任何人。给。”

“敬塞缪尔的城堡，”他说，“和五十二周的时间。如果你写的跟你今晚说得一样好，那么我们立刻就会有一本畅销书。”

搞砸，她想起了大卫·诺伊斯，但是她没有大声说出来。她看着他。“只要你喜欢，”她说，“我不在乎它是否会被纽约的所有出版社否决。”

“别这样说，”布拉德说，坐到沙发上她旁边，“不能时不时出现一部畅销，你指望我拿什么付办公室的租金?”

长久的沉默，她小口喝着酒，抚平裙子的下摆，点了一根烟。她坐着，跟布拉德一样盯着火，认识他以来第一次，她在他身边感到不舒服。

“你知道，你不需要的。”布拉德说，她大吃一惊以至于差点将拿着的杯子弄掉。

“不需要什么?”

“感觉不舒服。”他站起来去拨火，背对着她。“我不知道你早上说要跟我来的时候，你知不知道自己在说什么，或者说你把它丢给我，让我弄清楚。”

“那么你判断答案是什么?”

“我判断一个年轻的女子要求和一个男人过周末，不是在做爱之后，就是在自己犯傻的路上。我很高兴你足够有智慧选择我作为你的同伴，你一定知道跟一个老到可以做你父亲的男人在一起，你是不会受到什么伤害的。”

“大卫·诺伊斯就不把我当婴儿看，”艾利森生气地说，“不久之前，他让我嫁给他。我希望就今天一晚，你不要再用年轻和老这些词，搞得它们是我们的名字一样。”

“哦，我做不到，”布拉德说，“在这个特殊的晚上。如果今晚我把我们放在同龄的基础之上，它会是一个非常刺激的想法。”

“或许，我宁愿刺激你让你有些想法，对我的想法，作为一个个体的一些想法，而不是和我的工作关联着的那个我。”

“不要让自己赌气，亲爱的，”他冷静地说，“赌气经常让一个女人将她事后后悔不已的言语放在嘴边。”

“哦!”她用加了重重下划线的惊讶的声音呼喊道，“鸣起钟，挂出旗，关了学校，布拉德利·霍姆斯毫无隐瞒地说艾利森·麦肯齐是个女人!”

他快步走向她，手放在她胳膊底下架起她。在他吻她的前一秒，她脑中快速闪过她很开心她记得穿了平底鞋。穿平底鞋，她的头顶刚刚到布拉德的眉毛。

他拿开嘴巴，环着她的胳膊却没有放开。“几乎，但不完全。”他轻轻地说。

“什么?”

“几乎，但不完全是个女人，”他说，“你接吻的时候像个小孩。”

在火光中，她能在他的眼睛里看到自己。“你怎么做的?”她问，她的呼吸堵得她胸腔疼。

“什么?”

“像个女人一样接吻?”

“嘴巴张开一点。”他说。再次亲吻她……

布拉德是一个老练娴熟的专家，他将做爱看成一种创造性的艺术。他带她穿过性爱的预备阶段，熟练快速地除去她的衣服。

“不要。”当她别开脸闭上眼睛时，他说。他将指头放到她的脸颊，将她的脸转回来面对他的脸。“如果你会觉得羞耻，艾利森，这不会对你有任何好处的，今晚不会，其他晚上也不会。告诉我是什么让你把脸扭开，我会处理或者解释清楚，但是不要闭上眼睛，让你不用看我。”

“我从来没有在别人面前裸露过。”她靠着他的肩膀说。

“不要用‘裸露’那个词”他说，“有一个不同的词可以参考——裸体。裸体是一个像你臀部一样光滑的词，”他说着，抚摸着她，“但是裸露有搬开岩石，让蛆虫暴露出来的声音。现在告诉我裸体有什么让你难为情的?”

她迟疑着……“我怕你会觉得我丑。”最后她说。

“我不打算说什么，因为这一刻不管我说什么样消除你疑虑的话，在你听来，每个词都是虚假的，而且这不是你担心的问题，你知道的。”

“那是什么?”

“你担心我会因为你允许我拥有你而对你产生不好的印象，这是非常正常的女性的担心。如果我给你一个足够有信服力的理由，告诉你为什么会这样，这种担心就会消失。这是件奇怪的事，但是大部分女人都需要这样或者那样的借口，这对男人来讲简单多了。”

“怎样做?”她对他对于女人的描述报之一笑。

“一个男人说：‘啊，这是个尤物，我想抱到床上去。’然后他就开始朝实现这个目标努力。如果他达成了，他就会和她跳到最近的床上，在她改变主意，要求他给她一个她正在做的事情的正当理由之前，他会尽全力跟她通奸。”

她转身背朝下躺着，用胳膊抱着他的头。“那么你认为婚前性行为是可以原谅的。”

“我从来没把它看成是可以原谅，或者不可以原谅的。它就在那儿，如果人们不用理由和道歉把它搞砸，它可以是好的东西。你理解哪怕我说的一个词吗?”

“嗯，我想是的。”

“那么我现在可以看你了吗?”

她双手握拳，但是没有闭上眼睛，或者把脸移开。“是。”她说。

他动作很缓慢，眼睛追随着手在她身上游走时开辟的路径。

“你确实非常漂亮，”他说，“你有贵族式修长的双腿，雕塑般精致的乳房。”

她长长地舒了一口憋着的气，打了一个颤。她的心脏在乳房下跳动，他将嘴唇放在那个搏动的点，手温柔地按压着她的腹部。他持续亲吻着她，抚摸着她，直到她的整个身体在他的吻和手之下颤动。当他亲吻她大腿内侧柔软的地方时，她开始发出呻吟声，动物的声音，即便这样，他还是继续肉体的触碰和抚摸，直到她开始用臀部做起伏的性交运动。她躺在那里，胳膊弯曲着放在头上，他抓着她的手腕，让她在床上不能动弹。

“不要动。”第一阵刺痛传来，她试图从他身边扭走时，他命令道。“天啊，”他说，“不要撤走。”

“我做不到，”她喊着，“我做不到。”

“你能做到，脚后跟踩着床垫，抬起你的屁股，天啊，快点!”

最后一刻，鲜血出现在她的嘴唇，她咬破了嘴唇，然后发出一声奇怪的，混合着疼痛和快感的叫声。

之后，他们抽烟，谈论完之后，他再一次转向她。

“第一次对女人来说，从来都不会比它该有的样子好，”他说，“这一次是给你的。”

他再次开始向她求爱，用言语，用亲吻，用抚摸。这一次她感受到了完全高涨的快乐，没有任何痛苦。

“我以为我要死了，”事后她对他说，“这是世界上最愉快的感觉。”

到星期天早晨，她已经可以裸体在他面前走动，感觉他的眼睛探索着她，不会感觉到羞愧或者是担心。她弓着背，将重重的长发从脖子上提起来，用乳房压着他的脸，为他对她的快速反应感到自豪。

这就是它的样子，她欢欣鼓舞地想，用体内的每一个细胞爱上一个男人。

很快就是周日晚上了，他们经梅里特林荫行车道回纽约。布拉德握着她的手，她咯咯地笑着。

“如果我怀孕就太可怕了，”她说，想的却是一点也不可怕，“因为之后我们就必须结婚，我就永远都完不成工作了，我们会把所有抽出来的时间花在床上。”

布拉德立刻把手抽走。

“但是我亲爱的孩子，”他说，“我极度尽责地采取了预防措施以免出现诸如怀孕这样的灾难。我已经结婚了，我以为你知道。”

除了麻木，她感觉不到任何东西，她的身体好像用冰隔离了。

“不，”她用对话的口吻说，“我不知道。你和你妻子有孩子吗?”

“两个。”布拉德说。

她应该感觉到什么的，但是她体内的虚无不愿自己出来。

“我知道了。”她说。

“我很意外你不知道，大家都知道。大卫·诺伊斯知道的，实际上他有一天在办公室见到了我妻子。”

“他从来没跟我提过。”她说话的样子好像是在谈论某个模糊认识的人，对此不重要的人。

“哦，”布拉德说，笑了一下，“伯妮斯（Bernice）不是那种第一次见面会给陌生人留下印象的人。”他熟练地在她门前停下车。“小说我明天会读的，我们就希望它像你说的那样好吧。”

“好。”她下了车。“不用，不用麻烦上来，布拉德，我找得到路，晚安，晚安。”她重复了一遍。“谢谢你，我过得很愉快。”

艾利森进门时，史蒂夫·华乐丝在招待一个朋友。

“出去。”史蒂夫对她的朋友说。门刚刚从他身后关上，她就看着艾利森。“什么?”她质问道，“是什么? 发生了什么?”

艾利森把手提箱放到地上。“布拉德结婚了。”她说，语气跟和一个陌生人说布拉德的头发是黑的一样。

史蒂夫走到咖啡桌前，从盒子里抽出两根烟，都点上，递给她一根。“嗯，这不是个悲剧，不是吗？我的意思是，不是好像你爱上了他，或者什么的。艾利森？”

“嗯？”

“我说，不是好像你爱上了他或者什么的，是不是？”

“我从来没听到任何人谈论他的老婆，”她用迷惑的语气说，“这难道不奇怪吗？我甚至都不知道布拉德结婚了，直到他在回来的路上告诉我。”

“艾利森！回答我！我说，不是好像你爱上了他，或者什么的，是不是？”

“我整个周末都和他在床上度过。我不相信一个女人了解布拉德，而不会想自己爱上他，或者她可以和他睡觉，而不知道她爱过他。”

“哦，天啊！”史蒂夫坐在椅子边上开始哭。“哦，艾利森，”她流着泪，“你能做什么？”

“做什么？为什么，我要去睡觉了。”

第二天早晨，史蒂夫朝艾利森的卧室看，看她是否醒了，她看到她面朝天躺着，眼睛干干地盯着天花板看。

“你还好吗？”史蒂夫忧虑地问，“我九点有个约会，但是如果你感觉不好的话，我可以打电话取消。”

“我非常好。”她说，感觉自己被冰封了。

“哦，艾利森，你打算怎么办？”

“怎么办，”她问，跟前一天晚上的语气一样，“为什么，我想我要出去走走，今天看起来是美好温暖的一天。”

她的腿在床边晃来晃去，然后站了起来。“你九点有约会的话，最好跑快一点。”

“哦，”史蒂夫说，“我忘了告诉你，你妈妈星期六打电话来了，我告诉她你和一个女生朋友去布鲁克林过周末。她说没有什么重要的事，只是有条镇上的消息，她觉得你会感兴趣。我说你回来的话会让你回电话的。”

“我会的，谢谢。”

她喝了三杯咖啡，抽了四根烟，但是什么也没吃，也没有打电话给康斯坦丝。她离开公寓，开始走，走了一个早上。大约中午时分，她发觉自己在百老汇，靠近时代广场。在她从那里看到的东西在自己疲惫的脑袋里记录下来时，她几乎已经走过报刊亭五英尺远。她看到一份折叠的报纸，标题黑体的字体轻推了一下她体内的某个东西，“佩顿”是她看到的字母。她穿过人群，回到报刊亭。

“那份报纸。”她指着。

“十美分。”那个人说。

那是一份四天前的《康科德箴言报》。

“佩顿的弑父者”她读到。然后她叫了一辆出租车，告诉司机以最快的速度开到她的地址，她病了，需要回家。

回到公寓时，史蒂夫告诉她，布拉德已经打过三次电话了。

她从史蒂夫面前走过，走进卧室，从柜子里拿出手提箱，是史蒂夫前一天晚上放进去的。

“我要回家了。”她对史蒂夫说。

艾利森一动不动地坐着，聆听着属于佩顿夜晚一部分的宁静。她记得，布拉德打电话之前，她还没有离开纽约。

“书我读过了，”他说，就好像周末他们之间什么也没发生，“你能到办公室来一趟吗?”

“不行，我来不了，布拉德，”她回应说，试图跟他的语气保持一致，“我要回家了。”

很长时间的停顿。“听着，艾利森，别犯傻，好吗，来办公室，我们谈一谈。”

“你觉得书怎么样，布拉德？”

又是停顿。“它缺少一些东西，”他最终说，“看起来不生动，或者说不是很真实。”

“没可能修补吗？”她问。

“我没有那么说，艾利森，我只是觉得你应该放一段时间。你还年轻，不用着急。写几个发给杂志的故事给我，也许明年你可以再试试写小说。”

“你的意思是说书不行，是不是？”

“我没有那样说。”

“你能卖掉吗？”

布拉德让另一阵沉默从他那头传到她这头。“不能，”他终于说，“我觉得我卖不出去。”

艾利森站起来，走到壁炉旁。她将快要熄灭的木头戳开，这样火就会更快地熄灭。然后她转身，上楼去自己的房间。她在想大卫·诺伊斯讲塞缪尔的城堡时说的话。“如果你搞砸——”他这样说。好吧，她搞砸了，书写得不好。他走到卧室的小桌前，拿出整个夏天大卫写来的信。重新读的时候，她带着笑，因为每一封都是机智和兴致勃勃的精品。他肯定从史蒂夫·华乐丝那里听说她的小说了，但是他在信中并没有提及。他写的是他日常的活动，他写的新书，他去的地方，他遇到的人。每封信里他都让她赶快回纽约。

“我想你，”他写道，“你的伶牙俐齿，或者我应该说，没有它，我的日常生活留下了一个很大的缺口。你走后没有人叫我‘少年天才’，我的自我饱受煎熬。”

他写道："今天流行歌曲各式各样的歌词让我恶心到吐。'带上我，离开我。'说这些让人作呕的事。'击倒我，踢我的牙齿，用你可爱的鞋跟碾碎进我的鼻梁，这不重要，我理解。'你能想象一个男人这么蠢吗？我能。"

哦，大卫，艾利森恶劣地想，我会伤害你的，但是我控制不了自己。

她坐在桌边，给大卫写了封信，就像在写一个故事一样，她将自己在康州度过的周末的每一个细节都描写出来，但是直到写完最后的句子，她才开始感觉到安慰。

"我羞愧的程度，大卫，是因为我不爱他，"她写道，"这是最糟糕的地方。我应该一直将自己看成那种需要用性来表达最高境界爱的女人，但是和布拉德不是这样的。我过去常想将爱和性混同是幼稚和愚蠢的，但是我现在知道为什么那么多女人会这样做，是因为事后太痛苦了，如果一个人可以不记得爱情里的任何东西。"

她再也没有收到大卫的来信，也没有再给他写过信。但是这种沉默创造了一种忧虑的感觉，她几乎后悔她写了那封信给他。

但是她无法想象在大卫面前注意自己的言语。她决定十月底回纽约，她给史蒂夫·华乐丝和布拉德利·霍姆斯写了一个简短的便条告诉他们。她可以没有一丝感觉，手不抖，心不跳地在信封上写下布拉德的名字。

搞定了，她想，但是她没有感到任何平静的满足感，她通常都将这种感觉和处理好细枝末节的事联系在一起。

九月末的一个下午，艾利森和汤姆爬山去塞缪尔·佩顿的城堡。

"我从没去过那，"她说，"或许，这就是为什么我无法成功地写出它的原因。很久之前，我意识到试图写某个你不了解的东西是浪费时间。”

“你打算再试试吗?”汤姆问，“我的意思是小说。”

“暂时不会，”艾利森说，“我想我要回归到小故事上，再写一年左右。汤姆——”她停下来，弯腰捡起一根木棍，走路的时候用它戳着地面，“汤姆，我想和我妈妈讲和。”

汤姆也弯腰捡了一根棍子。“听起来是个不错的主意，”他平静地说，“但是不要一时冲动。如果你不是认真的，就不要做，因为那样只会伤她更深，我忍受不了那样。”

“我是认真的，”艾利森说，“我理解它是怎么发生的，妈妈只是比大部分人都不走运，只是这样。”

汤姆笑了。“我可不这么认为，”他说，“她有了你，不是吗？也许她比大部分人都幸运。”

“我想知道佩顿的人知道的话会怎么说我们。”艾利森咕哝着。

“你对佩顿想知道的太多了，”汤姆说，“它只是个镇，艾利森，和其他镇一样。我们有我们的性格，纽约也是，其他每个镇，每个城市都是。”

“这我知道，”艾利森说，低头看一只兔子蹿过树林，“但是我无法让自己感受它，就跟其他很多事情一样。我知道某件事是这样的，我甚至可以按我想的写出来，但是我无法以同样的方式感受它，就像爱，我的经纪人说我写的爱情场景非常可信，但是汤姆——”她抬起头看着他，“汤姆，写东西，读东西和用它谋生有什么区别?”

“主要的区别就是读和写比用它谋生简单，”汤姆说，“我猜这是唯一真正的区别。”

艾利森靠在环绕着塞缪尔·佩顿城堡的其中一堵灰色的

石墙上。“对我来说，主要的区别一直都是，写和读没那么痛苦，事实上，我刚回家的时候，我几乎下定决心坚持这两样，而放弃用它谋生。”

汤姆微笑着。“但是从另一方面来说，创造一个词出来，人生太他妈短了，不能活够每一分钟。”

“而且，反正人们也没有太多选择。”艾利森笑着补充道。这是整个夏天她第一次不为什么而笑。“我们最好动身回去吧，”她说，“日子越来越短了，天很快就黑了。”

康斯坦丝和艾利森从来没有对多愁善感的话感到舒服过。所以，当晚饭后康斯坦丝注意到，放在客厅壁炉台上多年的，艾利森·麦肯齐的银框照片不见时，她只是转过去用吃惊、希望的眼神看着她的女儿。艾利森微笑了一下，康斯坦丝也微笑了一下，除了汤姆，谁也没有说话。

“听着，”他评论道，“这应该是一个大场面，就像好莱坞电影里的，艾利森你应该掉着泪喊‘妈妈!’康妮，你应该泪中带笑，颤抖地说，当然是说‘女儿!’然后你们两个应该趴到对方的脖子上啜泣。舒缓的音乐响起，然后渐消。天啊，我这是摊上了一对多么冷若冰霜的人啊!”

艾利森和康斯坦丝都笑了出来，康斯坦丝说：“我们来开那瓶我存着过圣诞的干邑吧。”

那天晚上秋雨开始下，几乎持续下了两周。然后在一个早晨，艾利森醒来，在她从床上起来，走到窗边之前，她就知道秋老虎来了。

“哦!”她大声叫喊道，几分钟后，她将身体最大限度伸出窗外，“哦，你还是来了!”

她迅速穿上衣服，几乎没有停下来吃早餐，就出发朝路之尽头走去。她爬上纪念公园后面的山坡，当她到达山顶的时候，一切都在那里，等待着她，就像她记忆中的样子。她步履轻盈优雅地穿过树林，最后到达隐蔽在林中的空地。黄花高高笔挺地站立着，一样黄灿灿。同样的枫树，被秋老虎粉刷得分外显眼，环绕着一切。艾利森在她的秘密基地坐了很久，想到即使这个地方不再像她以前相信的那样秘密，它跟她诉说的话语依旧是个秘密。此刻她感受到了童年时候安慰着她的恒久不变的保证。她微笑着，触摸着一株黄花的头。

我看到闪闪发光的永恒之树，开出时间的花朵，她想，想起了马修·斯温，还有很多很多朋友，他们是佩顿的一部分。我太过轻易地就失去了自己的分寸感，她跟自己承认，我让所有的事物变得太大，太重要，世界在晃动，只有在这，我意识到能够触碰到我的东西是多么的渺小。

艾利森抬头看着天，小阳春独有的湛蓝，她把它想成一个杯子，倒扣在她一个人头上。这种感觉令人安慰，就像从前一样。但是片刻间，艾利森觉得自己不再需要像从前那样的安慰了。当她站起来，再次出发时，中午的太阳明晃晃地高挂着。当她走到涂有红色字母的路之尽头的标记时，她必须要拿手挡在眼睛上方，才能看到像玩具村庄一样的佩顿。

哦，我爱你，她在心里呼喊道，我爱你的每一个部分，你的美丽，你的残忍，你的善良，你的丑恶。但是现在我了解你，你不再让我感到害怕。或许你明天或者第二天还会，但是此刻我爱你，我不再畏惧你，今天，你只是一个镇。

朝山下跑，跑回镇上的途中，艾利森想象着树木像交响乐一样用很多声音为她唱着歌。

“再见，艾利森！再见，艾利森！再见，艾利森！”

跑到榆树街的时候，她仍用大量多余的能量跑着。她妈妈在旺角服饰店的门口喊她。

“艾利森！我满镇子找你！家里有你的客人，一个年轻人，一路从纽约来的，他说他叫大卫·诺伊斯。”

“谢谢。”艾利森喊道，挥了挥手。

她加快脚步，到山毛榉街的时候，她沿着街区一路跑回家。